When
I fell
for You

KRISTEN ZIMMER

When *I fell* for You

Übersetzt von Uta Hege

bookouture

Meiner Mutter,
dafür, dass sie mich stets ermutigt, meine Träume zu verfolgen
und daran zu glauben, dass ich sie realisieren kann.
Ich danke dir.

Elizabeth,
meinem Hoffnungsstrahl und meinem Licht in einer dunklen
Welt;
ich liebe dich.

Oliver Rhodes, Jenny Hutton und Jena Roach,
ihr drei habt mir auf liebevolle Art geholfen, der Geschichte ihre
Form zu geben. Ich danke euch für eure Hingabe und die
Empfehlungen, die ihr ausgesprochen habt.

Mark Falkin,
danke, dass du das perfekte Heim für dieses Buch gefunden hast.

1

PAYTON

Kendall sitzt auf meinem Bett und spielt mit meinem Laptop. Ich stehe vor dem Schrank und suche dort mein Lieblingssweatshirt der Montclair State University. »Ich hasse deine Haare«, rufe ich ihr über meine Schulter zu. »Tut mir leid, aber das musste endlich einmal raus.« Ich hab sofort gesehen, dass ihre blauen Augen durch die rötlich-violette Tönung wirklich toll zu Geltung kommen, aber trotzdem finde ich die Farbe blöd. Ich meine, welche Frau, die von Natur aus blond ist, will rotes Haar? Stattdessen zahlen viele andere Hunderte Dollar beim Frisör, um den perfekten Goldton zu bekommen, mit dem sie auf die Welt gekommen ist. Es ist echt lächerlich.

»Das ist für meine nächste Rolle.« Kendall lacht. »Du könntest wenigstens so *tun*, als ob es dir gefällt.«

»Das kann ich nicht. Und du brauchst gar nicht so zu tun, als ob du dir diese Farbe selbst ausgesucht hättest. Ich weiß ganz genau, dass Lawrence dich dazu gezwungen hat. Du hättest dir deine Haare nie freiwillig färben lassen.«

»Natürlich wollte ich das nicht. Du hättest dabei sein sollen, als er mir das vorgeschlagen hat. ›Du brauchst unbedingt rote Haare, Schätzchen. Keine Sorge, das wird fantastisch aussehen!‹ Er hat sich angehört wie meine Mutter. Am liebsten hätte ich ihm eine reingehauen.«

Ich muss lachen. Typisch Kendall Bettencourt. Sie ist wirklich ein Unikat. Man kann viel über sie sagen, zum Beispiel, dass sie ganz offensichtlich auf die Welt gesetzt wurde, um den Menschen die Definition von »Schönheit« zu zeigen – mit der Figur eines Victoria-Secret-Models und einem Gesicht, das von Da Vinci für die Nachwelt hätte festgehalten werden sollen. Sie hätte niemals ein durchschnittliches Leben führen können. Sie ist ein Mädchen mit dem Erbgut einer Göttin, und es ist wenig überraschend, dass ihr schon in jungen Jahren ganz Hollywood zu Füßen lag. Sie sieht fantastisch aus und ist wirklich talentiert, aber was ich am meisten an ihr bewundere, ist, dass sie sich von keinem Menschen was gefallen lässt, nicht einmal von ihrem PR-Mann Lawrence Mackin, obwohl der eine Legende ist.

»Wie lief denn gestern die *Today Show?*«, frage ich. »Ich hatte keine Zeit, sie mir anzusehen.«

»Ich wollte eigentlich gar nicht hingehen. Am liebsten hätte ich gesagt: ›Tja, Matt, ich glaube nicht, dass irgendwer sein Geld verplempern sollte, um sich den Film anzusehen. *In Heaven's Arms* ist meiner Meinung nach das reinste Brechmittel.« Sie steckt sich einen Finger in den Mund und macht ein würgendes Geräusch. »Der Geist eines Mädchens trifft einen Jungen, verliebt sich und versucht herauszufinden, wie sie mit ihm in die Kiste steigen kann, ohne ihn mit ihrem Geisterkörper abzuturnen. Blabla.«

Ich setze mich zu ihr aufs Bett. »Haha. Wenn dieser Film so schrecklich ist, warum hast du dann darin die Hauptrolle gespielt?«

Sie zuckt mit den Achseln. »Keine Ahnung. Ich kann ja auch nicht einfach rumsitzen und warten, bis jemand mit einem tollen Drehbuch um die Ecke kommt. Wenn irgendwann mal eine Hauptrolle für eine junge, starke, unabhängige und kluge Frau geschrieben wird, bin ich wahrscheinlich schon viel zu alt, um sie zu spielen. Außerdem hat die ganze Welt das Buch gelesen, auf dem der Film basiert. James meinte, der Film würde mein großer Durchbruch werden, und obwohl ich weiß, dass es kaum einen besseren Agenten als ihn gibt, kann ich immer noch nicht glauben, dass er damit wirklich recht hatte! Das Buch ist schon der totale Mist, also kannst du dir vorstellen, dass der Film noch tausendmal schlechter ist.«

»Dann sehen wir ihn uns heute Abend also nicht zusammen an?«

»Nicht, wenn ich mich nicht in aller Öffentlichkeit übergeben soll. Das wäre die perfekte Schlagzeile für den *Inquirer*! ›Filmstar besucht Heimatstadt und kotzt dort ihre alten Klassenkameraden voll.‹«

Ich muss so heftig lachen, dass ich mir fast in die Hose mache. *Wie sehr mir Kendall gefehlt hat!* »Wir müssen nicht ins Kino gehen, aber irgendetwas sollten wir schon unternehmen. Sonst sitze ich bloß die ganze Zeit hier rum und grübele über die verdammten vierundsechzig Takte nach, die ich bis Dienstag für den Musiktheoriekurs komponieren muss.«

»Es ist mir völlig schnuppe, was wir machen. Nächste Woche fangen wieder Dreharbeiten an und ich weiß nicht, wann ich zurück sein werde. Dieses Wochenende bin ich nur gekommen, um meine *beste Freundin* zu besuchen, bevor ich noch vergesse, wie sie aussieht.«

Da hat sie recht. Das letzte Mal war sie am vierten Juli hier, und noch vor ein paar Jahren hätte ich mir unmöglich vorstellen können, Kendall einmal ein geschlagenes Vierteljahr lang nicht zu sehen.

»Lass uns ins Grind House gehen«, schlägt sie vor. »Aus irgendeinem Grund habe ich Sehnsucht nach dem grauenhaften Kaffee, den es dort gibt.«

»Okay, solange du dir dieses hässliche Teil da auf die Nase schiebst.« Ich zeige auf die Sonnenbrille mit Metallrahmen, die auf ihren Haaren sitzt. »Sonst bricht dort garantiert die Hölle los, weil jeder mit dir reden und ein Selfie mit dir machen will.«

»Ach«, winkt sie ab. »Hier kennen mich eh alle, Payton. Und ich bin ja auch nicht Angelina Jolie oder sonst wer Cooles. Aber du fährst. Ich hasse die Schlaglöcher in den Straßen hier.« Mit diesen Worten überlässt sie mir die Schlüssel des schicken silbernen BMW Coupés, das sie am Flughafen gemietet hat.

Sobald wir das Café betreten, geht mir auf, wie ätzend das kleinstädtische New Jersey für einen berühmten oder – wie Kendall es formulieren würde – fast berühmten Menschen sein muss. Zuerst erkennen die Leute sie nicht. In ihrem letzten Film, *In Heaven's Arms,* und auf der jüngsten Pressetour war sie schließlich noch blond. Doch schon nach kurzer Zeit drehen alle völlig durch. Es fängt mit unverhohlenen Blicken an – die Leute starren uns mit zusammengenkniffenden Augen an. Dann setzt der volle Wahnsinn ein, noch während wir zusammen in der Schlange an der Theke stehen. Die Atmosphäre im Lokal ändert sich und der Lärm nimmt ab, bis schließlich im gesamten Raum Stille herrscht. Und dann fängt, so subtil und so diskret wie eine fallende Atombombe, das immer lauter werdende, beinahe bedrohliche Geflüster an. »Ist das nicht Kendall Bettencourt?« »Ich glaube, schon. O MEIN GOTT!«

Auch der Barista weiß genau, wer Kendall ist, und während sie ihre Bestellung aufgibt, fängt er fast an zu sabbern.

»Hi. Ich hätte gerne einen großen Haselnusslatte.« Sie sieht mich über ihre Schulter an und zieht die linke Braue hoch. Ich stehe kerzengerade und stocksteif mit meinen ein Meter achtzig hinter ihr und bin voller Bewunderung dafür, dass sie es schafft, in dieser verrückten Situation ganz normal zu funktionieren. Die ganze Aufmerksamkeit im Raum ist auf sie gerichtet, und ich bin völlig überwältigt. Auch wenn es eigentlich logisch ist. Ihr bisher größter Film ist gerade in den Kinos angelaufen, sie hat jede Menge Kohle auf dem Konto und sie sieht fantastisch aus. Aber trotzdem, im Ernst? Am liebsten würde ich die Leute anschreien: »*Sie hat mich schon in ihren Bann gezogen, als ihr keine Ahnung hattet, wer sie ist. Reißt euch zusammen und kommt drüber hinweg.*«

Sie selbst wirkt völlig ungerührt. Vielleicht ist sie es ja inzwischen so gewohnt, von allen angestarrt zu werden, dass es ihr tatsächlich völlig egal ist.

Sie grinst mich an und ich entspanne mich. »Für dich dasselbe wie immer, Pay?«

»Hm, ja.«

»Und einen großen Kaffee, schwarz und süß.« Kendall wendet sich wieder dem Barista zu. Dann dreht sie abermals den Kopf zu mir und flüstert: »Achte einfach nicht auf sie. So mache ich es jedenfalls.«

Das ist natürlich eine geniale Strategie! »Okay.«

»Hier, dein Kaffee, Schätzchen.« Sie drückt mir den heißen Becher in die Hand und geht mit ihrem Latte auf die breite Fensterreihe zu. Die Leute starren sie noch immer an, als wäre sie ein Einhorn oder ein exotisches Tier, und zweimal wird sie aufgehalten – erst von zwei kleinen Mädchen, die ein Autogramm haben wollen, und dann von einem durchtrainierten Typ, der einen Arm um ihre Schultern legt und mit seinem iPhone eine Reihe Selfies macht.

Dann legt sich die Aufregung allmählich wieder und wir nehmen an einem sonnenhellen Tisch in einer Ecke Platz. Kendall sitzt mir gegenüber, sieht mich lange an und stellt schließlich fest: »Ich kann nicht glauben, wie lang deine Haare geworden sind.« Dann stellt sie ihren Becher auf den Tisch, streckt eine Hand aus, wickelt sich ein paar meiner braunen Strähnen um die Finger und erklärt: »Ein Pony würde dir echt gut stehen. Aber kein gerader, sondern einer, der etwas schräg fällt.« Sie kichert. »Das würde passen. Du bist ja selbst ein bisschen schräg.«

»Und du bist blöd«, antworte ich, muss aber selbst kichern.

»Weißt du, ich treffe fast täglich neue Leute und alle haben riesige Erwartungen an mich.« Plötzlich klingt sie viel ernster und etwas melancholisch. »Für sie bin ich der coole, neue Superstar oder der jüngste Leinwandvamp. Aber niemand sieht in mir den albernen Spaßvogel, der lahme Witze macht.«

»Aber du *bist* ein alberner Spaßvogel, der lahme Witze macht. Nur bist du eben gleichzeitig viel cooler und viel heißer als der Rest von uns. Du bist wie ein Chamäleon, das finde ich total beeindruckend.«

»Ich bin wie ein Chamäleon?« Verwundert schüttelt sie den Kopf, aber dann sagt sie: »Das gefällt mir. Vielen Dank.«

»Bilde dir bloß nichts darauf ein. Offenbar hast du vergessen, dass Chamäleons eklige Reptilien sind.«

»Moment. Hast du mich etwa gerade ekliges Reptil genannt? Sehr nett, Payton. Du bist die Meisterin der zweischneidigen Komplimente *und* hast diesen besonderen Augenblick kaputt gemacht.«

Ich führe meinen Kaffeebecher an den Mund und unterziehe Kendall einer eingehenden Musterung. Ihr Ton ist überzeugend streng und schmerzerfüllt, doch ihr empörter Blick ist eindeutig gespielt. Sie hätte damit niemanden täuschen können, vor allem nicht mich. »Das stimmt. Ich habe das Talent, besondere Momente zu zerstören. Aber du nimmst vielleicht besser Schauspielunterricht, weil dein empörter Blick echt übertrieben und nicht gerade glaubhaft ist.«

»Klappe«, erwidert sie knapp. »Verdammt. Dir kann ich echt nichts vormachen, oder?«

»Nee.« Ich schüttele den Kopf. Kein Mensch kennt Kendall besser als ich.

»Nachdem du den besonderen Augenblick gerade zerstört

hast, würde ich dir gern den Rest des Tages ruinieren und dich dazu zwingen, mit mir in die Stadt zu fahren.«

»Auf keinen Fall! Du weißt, dass ich Manhattan hasse! Es ist laut und schmutzig und viel zu groß.«

»Bitte! Wir brauchen bis dorthin höchstens eine halbe Stunde und ich fahre. Ich weiß, wie sehr du die New Yorker Autofahrer hasst.«

Ich sehe Kendall skeptisch an und sie verzieht schmollend das Gesicht, was bei ihr immer unglaublich süß aussieht.

»Bitte. Ich will ins Met. Und danach darfst du mich zum Mittagessen einladen und ich werde nicht protestieren, wenn du darauf bestehst, zu bezahlen. Versprochen.«

Gegen meinen Willen huscht ein Grinsen über mein Gesicht. »Wow, vielen Dank. Das ist echt großzügig von dir.«

»Nicht wahr? Denn du beklagst dich ja sonst immer, dass du nie bezahlen darfst, wenn wir zusammen sind.« Sie verpasst mir scherzhaft einen Klaps auf den Arm. »Komm schon, bitte ... Kannst du diesen süßen Augen widerstehen?«

»In Ordnung, ja! Aber nur, wenn du aufhörst, so zu gucken, das halte ich nicht aus.«

»Cool! Dann brauche ich nur noch die Autoschlüssel«, sagt sie und springt auf, ohne ihren Kaffee auszutrinken.

Ich hatte ganz vergessen, wie groß das Met ist. Im Museum wimmelt es von Touristen, was für uns jedoch von Vorteil ist. Wir lassen uns in einem Meer von Fremden durch die Säle treiben, ohne dass uns irgendwer erkennt. Niemand bittet Kendall um ein Foto oder ein Autogramm, und es ist offensichtlich, wie erleichtert sie darüber ist. Mir geht es genauso.

In der Abteilung mit den Fotos setzen wir uns auf den Boden und in meinem Innern bricht das vollkommene Chaos aus. Ich werde nervös, als mein Blick auf das Werk vor uns mit dem Titel »Lesbisches Paar im Le Monocle« fällt. Es ist, als wolle mir das Universum sagen, dass ich endlich all meinen Mut zusammennehmen, die Vergangenheit vergessen und mich nicht mehr fürchten soll.

Ich habe mich bisher noch keiner Menschenseele anvertraut und weiß nicht, ob es schlau ist, das jetzt zu tun. Wird sich die Wahrheit, wenn ich sie ausspreche, vielleicht irgendwie in meinem Gesicht manifestieren, sodass sie dann für alle Zeit und für alle Welt zu sehen ist? Wohl kaum. Doch die Gefahr, dass Freunde auf Distanz gehen könnten oder womöglich gar nichts mehr von mir wissen wollen, ist durchaus real. Und was das Allerschlimmste ist – vielleicht käme auch Kendall nicht damit zurecht. Wir haben über dieses Thema bisher noch nie gesprochen. Wenn ich es ihr sage, wird sie mich vielleicht plötzlich mit anderen Augen sehen als heute früh, letzte Woche, letztes Jahr. Zumindest wird sie keine Szene machen, wenn sie es hier an einem öffentlichen Ort erfährt. Dafür kann sie sich viel zu gut verstellen. Verdammt, das ist schließlich ihr Job, dafür wird sie bezahlt.

Noch ehe ich die Bombe platzen lassen kann, fällt Kendalls Blick auf das Foto. »›Lesbisches Paar im Le Monocle‹?« Sie steht auf, um sich das Foto aus der Nähe anzuschauen. »Seltsam. Von Weitem sieht es aus, als seien es ein Mann und eine Frau. Schau mal.« Sie will mich hochziehen. Für einen kurzen Moment überlege ich, einfach sitzen zu bleiben, aus Angst, dass meine Hände schwitzig sein könnten. Das ist natürlich lächerlich, aber für alle Fälle wische ich mir sie trotzdem kurz an meiner Hose ab.

Dann räuspere ich mich und bin mir sofort bewusst, wie hohl und angespannt mein Räuspern klingt. »Ich dachte beim ersten Hinsehen auch, dass es ein Mann und eine Frau sind.«

»Es ist interessant, wann das Foto gemacht wurde und wie sehr sich die Gesellschaft seither verändert hat.«

»Was meinst du?« Ich bin mir sicher, dass mir meine Panik deutlich ins Gesicht geschrieben steht.

»Überleg mal, wie es früher wohl für diese Menschen gewesen sein muss. Ich meine, sie ist ganz eindeutig eine Frau«, sagt Kendall und zeigt auf das Bild. »Aber sie ist gekleidet wie ein Mann. Ich nehme an, damals musste es irgendwie diese … Dynamik geben. Ich meine, wenn es ein Foto von zwei Frauen wäre …« Leicht errötend bricht sie ab, dann fährt sie fort. »Also, sagen wir, dort auf dem Foto wären du und ich. Bestimmt hätten die Leute dann noch verwirrter geguckt als sowieso schon. Verstehst du, was ich damit sagen will? Es ist, als müsste es immer eine weibliche und eine männliche Figur geben, damit klar ist, dass die zwei ein Paar sind.«

»Äh.« Ich wage kaum, auf dieses Thema näher einzugehen, aber dann tu ich es trotzdem. »Du meinst Stereotypen?«

»Ja! heutzutage ist eine Frau nicht gleich lesbisch, nur weil sie kurze Haare hat oder Tops mit Ringerausschnitt trägt.«

»Und eine Frau muss nicht auf Männer stehen, nur weil sie lange Haare hat und Röcke trägt«, stimme ich Kendall zu.

»Genau! Diese Vorstellungen treffen auf die Welt von heute einfach nicht mehr zu.«

»Verstehe. Man kann also einen Menschen nicht nach seinem Aussehen beurteilen.«

»Ganz genau!«

Plötzlich wird mir klar, dass sich mir eine solche Chance vielleicht nie wieder bieten wird. Jetzt oder nie. »Das heißt, es würde dich nicht wirklich überraschen, wenn ich dir erzählen würde, dass ich lesbisch bin – obwohl ich sehr weiblich aussehe.«

»Dein Aussehen wäre für mich kein Grund, überrascht zu sein, aber da ich dich schon ewig kenne, wäre ich wahrscheinlich doch etwas …«

Ich starre Kendall an. *War ich nicht direkt genug? Soll ich ihr geradeheraus sagen, was mir auf der Seele liegt?*

»Moment«, sagt sie und sieht mich mit zusammengekniffenen Augen an. »Willst du mir damit sagen, dass du ...«

»Ich bin lesbisch, Kendall«, sage ich.

Dann folgt Stille, so tief und undurchdringlich, dass ich mich zusammenrollen und direkt vor diesem Bild im Met sterben will.

»Tja, warum lädst du mich jetzt nicht erst mal zum Essen ein? Ich könnte was zu trinken brauchen«, schlägt sie schließlich vor.

Ich hätte eine andere Reaktion erwartet, aber ich nicke einfach knapp. »Na klar.«

Auf dem Weg zum Rock 'n Roll Deli sprechen wir kein Wort, und während ich ihr wie immer einen Vollkornwrap mit Thunfisch und mir selbst mein altbewährtes, mit Tomaten und Käse überbackenes Roggensandwich hole, nimmt sie in einer Nische im hinteren Teil des Ladens Platz.

Ich trage das leuchtend rote Plastiktablett, auf dem unser Essen liegt, an unseren Tisch und Kendall schnappt sich ihren Wrap. Doch statt sofort hineinzubeißen, schaut sie mir erst einmal lange ins Gesicht. Ich habe keine Ahnung, was sie denkt, doch sie sieht aus, als ob sie selbst nicht wüsste, ob sie ihrer besten Freundin oder einem tollwütigen Straßenköter gegenübersitzt.

»Und du bist wirklich lesbisch und stehst auf Frauen?«, erkundigt sie sich nach dem ersten Biss in ihren Wrap.

»Tja.« Ich denke über ihre Frage nach. »Gibt's Frauen, die lesbisch sind und nicht auf Frauen stehen?«

Sie lacht, und zwar das gute Lachen, das von Herzen kommt, und das mich immer ebenfalls zum Lachen bringt. »Was ich meine ist: Stehst du tatsächlich nur auf Frauen? Oder gefallen dir vielleicht Frauen *und* Männer?«

»O nein, ich stehe nur auf Frauen. Was heißt, dass ich für diese heißen Nachtclubs, die ihr in LA habt, nicht zu brauchen bin.«

»Dass du selbst bei einem Gespräch über ein derart ernstes Thema, das dein Leben völlig auf den Kopf stellt, weiter Witze machen kannst, ist ziemlich beeindruckend.«

»Na ja, es ist ja nicht so, als sei ein fremdes Wesen in mich eingedrungen wie bei *Body Snatchers*. Aber du hast recht. Mein ganzes Leben wird dadurch auf den Kopf gestellt.«

»Und seit wann weißt du, dass du auf Frauen stehst?«

»Seit einer halben Ewigkeit. Aber erst mit sechzehn ist es mir so richtig klargeworden.«

Bei diesen Worten verzieht Kendall das Gesicht, und ich kann sehen, dass sie verletzt oder beleidigt oder beides ist. »Im Ernst, Payton? Du weißt seit *fast drei Jahren*, dass du lesbisch bist, und hast mir während all der Zeit niemals auch nur ein Wort davon erzählt? Mein Gott, ich hätte wirklich nicht gedacht, dass du so einen Schiss vor mir hast.«

»Hab ich auch nicht!« Ich schüttele vehement den Kopf. *Na toll, jetzt muss die ganze Sache raus. Dabei wollte ich diese elende Geschichte am liebsten vergessen.* Es ist zwar ewig her, aber die Sache hat bei mir einen dauerhaften Schaden hinterlassen, und immer, wenn ich daran denke, zittere ich wie ein totes Blatt im Wind. »Weißt du noch, Amanda aus der Schule? Sie war eine Klasse über uns. Amanda Garrison.«

»Amanda Garrison.« Sie trommelt mit den Fingern auf dem Tisch, als suche sie nach einem Gesicht zu diesem Namen, und am Ende nickt sie knapp. »O ja, jetzt fällt's mir wieder ein. Sie war im Jahr vor dir Kapitänin der Fußballmannschaft, stimmt's?«

»Genau.«

»Okay. Und was ist mit ihr?«

Also, los geht's. »Ich hatte damals was mit ihr. Ich meine, es war keine echte Liebe oder so. Ich mochte sie einfach und wusste, dass es ihr mit mir genauso ging. Also haben wir uns nach dem Training öfter unterhalten und uns ab und zu getroffen, aber dann haben ihre Eltern was gemerkt. Ich weiß immer noch nicht, woher sie wussten, dass da was lief. Wahrscheinlich haben sie in ihrem Smartphone rumgeschnüffelt oder so. Aber egal. Auf jeden Fall ist ihre Mutter völlig ausgerastet und dann mit Amanda bei uns aufgekreuzt. Sie wollte meine Mutter sprechen, die zu meinem Glück noch bei der Arbeit war, und als ich ihr das gesagt habe, hat sie angefangen, mich anzuschreien. Sie hat rumgebrüllt, dass ihre Tochter keine Lesbe wäre und ich es nicht wagen sollte, sie noch mal zu kontaktieren. Amanda durfte mich dann nicht mehr sehen und musste sogar mit dem Fußball aufhören, nur damit sie nicht noch mal in meine Nähe kommt. Seit dem Tag hat mich Amanda nicht einmal mehr angesehen und das war echt brutal. Nach dem Erlebnis hat mir der Gedanke, mich zu outen, eine Heidenangst gemacht. Ich war voller Selbstverachtung und hab sehr lange gebraucht, um mich in meiner Haut wieder halbwegs wohlzufühlen. So ganz gelingt mir das bis heute nicht, aber ich bin einfach zu erschöpft, um das Geheimnis weiter zu bewahren.«

Ihr angewiderter Gesichtsausdruck spricht Bände und ich weiß, wie es jetzt weitergehen wird. Sie streckt den Arm aus und nimmt meine Hand. »Wow, Payton. Was für eine schreckliche Geschichte. Tut mir leid, dass dir so was passiert ist. Manche Menschen sind einfach erschreckend engstirnig.«

»Stimmt. Das ist auch einer der Gründe, warum ich gezögert habe, es dir zu erzählen. Du bist berühmt. Da ist es gut, wenn du die ganz normalen Sachen tust, die auch andere junge Frauen machen. Was, wenn die Leute mitbekommen würden, dass du regelmäßig quer durchs Land fliegst, um dich mit deiner Lesben-Freundin zu treffen? Ich bin mir sicher, dass das Stoff für jede Menge herrliche Gerüchte geben würde. Und Gerüchte können Menschen auseinanderbringen. Ich hatte einfach Angst, dich zu verlieren.«

»Die Journalisten schreiben, was sie wollen, egal, ob's wahr ist oder nicht, Payton. Darüber kann ich mir keine Sorgen machen. Und sowieso – ich lebe in *Hollywood*. Es wäre total verrückt, zu denken, dass unter meinen Freundinnen dort nicht auch ein paar sind, die auf Frauen stehen. Und ich verspreche dir, dass du mich nie verlieren wirst. Ich bin wie ein besonders schlimmer Fall von Herpes – dass du mich nicht sehen kannst, heißt nicht, dass ich verschwunden bin.«

»Herpes! Igittigitt, was für ein schrecklicher Vergleich«, sage ich augenrollend.

»Zumindest ist er halbwegs witzig und ich finde, dass er durchaus passt.«

»Dann bleibt zwischen uns alles genauso entspannt wie bisher?«

»Genauso entspannt wie bisher?« Kendall lehnt sich auf ihrem Stuhl zurück, verschränkt die Arme vor der Brust und nickt. »O ja, wir sind genauso entspannt wie bisher. Alles paletti, tippitoppi, tiefenentspannt.« Sie zieht mich auf, was mich in diesem Augenblick unendlich glücklich macht.

»Cool, Bro. Und jetzt iss den Rest von deinem Wrap.«

Als sie sich den letzten Bissen in den Mund schieben will, hält sie plötzlich inne. »Moment. Wenn du auf Mädels stehst, verdammt, was war dann zwischen dir und Scott Strafford kurz vor Ende unseres ersten Highschool-Jahres?«

»Da habe ich zum letzten Mal mein Glück mit Jungs versucht.«

Sie stopft sich den Rest von ihrem Essen in den Mund. »Da hättest du dir wirklich jemand anderen suchen sollen. Wahrscheinlich würde jede Frau lesbisch werden, wenn sie sich entscheiden müsste, ob sie was mit diesem Arschloch oder was mit anderen Frauen haben will. Ich hab damals ernsthaft überlegt, mit deiner Mom zu sprechen, damit sie dich in die Geschlossene einliefert. Ich dachte, du hast eine Schraube locker, dass du auf einen solchen Wichser reinfällst.«

»Ich sollte vielleicht den *Inquirer* wissen lassen, dass die neue Hollywood-Ikone Kendall Bettencourt mit vollem Mund spricht«, ziehe ich sie auf.

»Ich zeige eben gerne, was ich habe.« Kendall streckt mir ihre mit Thunfischmatsch bedeckte Zunge raus. »Selbst, wenn's ums Essen geht.«

»Kein Wunder, dass dir kein Typ auf Dauer widerstehen kann.«

»Haha.« Sie schnappt sich das Tablett. »Na los, lass uns gehen.«

Am Sonntag holt mich Kendall mittags ab. Wir wollen ins *Eights* und dort mit unserer Freundin Sarah und mit unserem Kumpel Jared Billard spielen, aber vorher noch ein bisschen ziellos durch die Gegend fahren. Wir mögen beide die leuchtenden Farben der Bäume im Oktober sehr. Vor allem Kendall kann sich kaum am bunten Laub sattsehen, vor allem weil es in Hollywood laut Kendall nur Palmen gibt. Ich kann nicht beurteilen, ob das stimmt, denn bisher hat mir die Zeit für einen Besuch gefehlt. Auch wenn das eigentlich idiotisch ist, da mein Terminkalender nicht mal annähernd so voll ist wie ihrer. Aber bisher hat sich noch nie der rechte Augenblick ergeben, um sie dort zu besuchen. Wenn sie selbst nicht auf Reisen oder mit irgendeinem Projekt beschäftigt ist, muss ich meistens gerade Hausarbeiten schreiben oder für die unzähligen Prüfungen in meinem Studium lernen. »Du arbeitest zu hart«, erklärt mir Kendall immer wieder. Meistens habe ich dann einen schlagfertigen Kommentar parat, etwa dass man nicht mit Steinen werfen soll, wenn man im Glashaus sitzt.

»Ich habe dich noch nie gefragt, warum du, wenn du hier bist, jedes Mal im Marriot statt bei deinen Eltern wohnst«, fällt es mir plötzlich ein.

»Ich habe einfach gern mein eigenes Reich.« Sie rümpft die Nase, als auf ihrem iPod The Original Gabber mit *I Wanna Be (A Motherfucking Hustler)* kommt, und springt eilig zum nächsten Song. Sie wippt mit dem Kopf im Takt zu den schweren Beats und dissonanten Klängen, um mir zu signalisieren, dass sie nicht mehr über dieses Thema reden will. *Aber da hat sie Pech.*

»O nein, du willst nur deine Mom nicht sehen.«

»Falls es dir noch nicht aufgefallen ist – sie ist der reinste Albtraum, seit ich sie als Managerin rausgeworfen habe. Dabei ist das jetzt schon ein Jahr her. Sie wird mir nie verzeihen, dass ich sie nicht jeden noch so winzigen Bereich meines Leben kontrollieren lasse und sie mir nicht mehr vorschreiben kann, welche Rollen ich annehmen darf und welche nicht.«

»Kendall, hast du je daran gedacht, wie hart das vielleicht für sie ist? Du hast sie weggestoßen, bist dann deinen eigenen Weg gegangen und hast in kurzer Zeit unglaublichen Erfolg gehabt.«

»Ich musste mich von meiner Mutter trennen, um dorthin zu gelangen, wo ich inzwischen bin, Payton. Sie wollte nicht, dass ich erwachsen werde, und wenn es nach ihr ginge, würde ich noch immer im verdammten Disney Channel auftreten! Aber das hat mir nicht gereicht. Ich wollte richtig schauspielen.«

»Versetz dich trotzdem mal in ihre Lage und versuch dir vorzustellen, wie es ist, wenn sie im Supermarkt von irgendwelchen Leuten angesprochen wird, die sie nicht fragen, wie es ihr geht, sondern jedes Mal nur wissen wollen, was ihre ungeheuer talentierte Tochter gerade treibt. Glaubst du, dass sie ihnen darauf eine Antwort geben kann?«

»Eher nicht. Ehrlich gesagt weiß ich nicht mal, wann ich zum letzten Mal mit ihr am Telefon gesprochen habe.« Kendall stöhnt. »Okay, verstehe. Offenbar bin ich die schlimmste Tochter, die es gibt. Vielen Dank, dass du mich darauf hingewiesen hast.«

Das Schuldbewusstsein ist ihr deutlich anzusehen. Sie hat ihren Eltern das Haus abbezahlt und ihnen zwei farbliche passende Mercedes-Benz gekauft, aber sie weiß, dass es egal ist und dass das ganze bunte Spielzeug es nicht wettmacht, dass sie sich nie bei ihnen blicken lässt. »Du bist ganz sicher nicht die schlimmste Tochter, die es gibt. Aber wenn deine Mutter deine Freunde fragen muss, wie es dir geht, wird's meiner Meinung nach allmählich Zeit, dass du dich wieder einmal bei ihr blicken lässt.«

Sie runzelt nachdenklich die Stirn. »Wahrscheinlich hast du recht.«

»Wissen deine Eltern, dass du hier bist?«

»Nein.«

»Warum fahren wir nicht kurz bei ihnen vorbei?«

Sie presst die Lippen aufeinander, aber dann nickt sie knapp. »Mit einem Kurzbesuch komme ich klar.«

»Super. Ich hab deinen Dad schon eine Ewigkeit nicht mehr gesehen.« Mr. Bettencourt ist der coolste Dad, der mir in meinem ganzen Leben je begegnet ist. Er hat früher Fußball an der UNC gespielt und mir beigebracht zu grätschen, ohne mir dabei die Knie auf dem Rasen zu verbrennen. Ich glaube, es hat ihm Spaß gemacht, mir so Sachen zu zeigen. Genau wie ich hat Kendall keine Geschwister, und im Gegensatz zu mir hat sie sich nie für Fußball oder irgendeine andere Sportart interessiert. Einmal hat Mr. Bettencourt zu mir gesagt, ich wäre für ihn fast so etwas wie ein Sohn. Das hat mich gefreut, weil er für mich so etwas wie ein Vater war. Obwohl natürlich auch mein Grandpa immer für mich da war.

»Du siehst ihn häufiger als ich«, stellt Kendall derart mürrisch fest, dass ich sie am liebsten daran erinnern würde, wessen Schuld das ist.

Stattdessen murmele ich einfach: »Stimmt.«

Wir parken vor dem Haus ihrer Eltern quer vor den beiden Mercedes-Benz, die in der Einfahrt stehen. Ich habe das Gefühl, dass wir den beiden Blumen oder eine Flasche Rotwein oder sonst was hätten mitbringen sollen. Meine Mom sagt immer, es ist unhöflich, mit leeren Händen vor jemands Tür zu stehen. Aber schließlich hat Kendall ihren Eltern diese Tür mit allem Drumherum gekauft, das zählt doch sicher auch etwas.

Sie klingelt und tritt schnell zur Seite, um sich neben der Tür zu verstecken.

»Was machst du da?«

»Ich überrasche sie. Vermassele es nicht und gib dich ganz natürlich, wenn sie an die Tür kommen«, weist sie mich mit leiser Stimme an.

»Okay«, antworte ich und im selben Moment erscheint die Silhouette ihrer Mom hinter der Glastür.

»Hallo, Payton! Das ist aber nett.« Lächelnd zieht mich Mrs. Bettencourt an ihre Brust.

Verdammt, ich habe keine Ahnung, was ich machen soll, also grinse ich einfach erst mal blöd. »Hi, Mrs. B. Wie geht es Ihnen?«

»Gut. Es ist sehr nett, dass du das fragst. Was führt dich her?« Sie lächelt und zum ersten Mal wird mir bewusst, wie ähnlich Kendall ihrer Mutter sieht. Ich kann mir Kendall plötzlich vorstellen, wie sie mal mit fünfzig aussehen wird. Wahrscheinlich wird sie dann dieselben feinen Falten um den Mund haben – eine Folge jahrelangen einladenden Lächelns und fröhlichen Gelächters.

»Ich habe ein Geschenk für Sie.« Ich strecke meinen Arm nach Kendall aus und ziehe sie schwungvoll neben mich.

»Hi, Mom«, grüßt sie, wobei sie alles andere als begeistert klingt.

Mrs. Bettencourt sieht aus, als sei sie kurz davor, in Tränen auszubrechen. Sie tätschelt Kendalls Arm und zieht sie eng an ihre Brust. »Mein Gott, du bist ja nur noch Haut und Knochen!«

»Ich bin Schauspielerin«, antwortet Kendall mürrisch. »Da ist es Pflicht, so dünn zu sein.«

»Schön, dass ihr da seid! Ihr kommt gerade rechtzeitig zum

Essen«, sagt Mrs. Bettencourt, statt weiter darauf einzugehen, und zieht uns durch die Tür, bevor sie die Treppe hinaufbrüllt: »Komm runter, David, und nimm unsere Tochter in Empfang!«

Wir essen stumm, bis Kendalls Vater irgendwann den Beschluss fasst, dass es an der Zeit für Small Talk ist. »Also, Krümelchen, deinen nächsten Film wirst du in Louisiana drehen?« Mir fällt auf, dass er – im Gegensatz zu seiner Tochter – sein Essen runterschluckt, bevor er spricht.

Sie nickt. »Ich fliege morgen hin und bleibe dann für einen Monat dort. Aber ich hatte eine ziemlich lange Pause zwischen der Pressetour für *In Heaven's Arms* und diesem neuen Film.«

»Genügend Zeit, um einen netten jungen Mann zu treffen?« fragt Mrs. Bettencourt.

»Wow, Mom. Das war mal wieder sehr subtil«, antwortet Kendall und legt ihre Gabel auf dem Teller ab.

Der arme Mr. Bettencourt verschluckt sich fast an seinem Lachs, sieht auf die Uhr und lächelt Kendall an. »Zumindest hat sie sich dieses Mal fast eine Stunde geduldet, bevor sie damit angefangen hat.«

»Also bitte, David!«, fällt ihm Mrs. Bettencourt ins Wort. »Es ist ja wohl normal, dass mich das interessiert. Sie braucht nun mal auch Zeit für ihr Privatleben. Wenn ich noch die Termine für sie machen würde, hätte sie genügend Zeit für sich. Sie ist schließlich erst neunzehn!«

»Richtig, ich bin neunzehn, also alt genug, um selbst zu entscheiden, wie ich leben will«, fährt Kendall ihre Mutter an. »Und statt nach einem ›netten jungen Mann‹ zu suchen, strenge ich mich eben lieber bei der Arbeit an.« Sie sieht mich grimmig an und raunt mir leise zu: »Genau das ist der Grund, warum ich nicht nach Hause komme, wenn ich in der Gegend bin.«

»Warum kannst du nicht beides tun?« Ihre Mutter zeigt auf mich. »Ich bin mir sicher, dass Payton einen Freund hat, obwohl sie am College sehr beschäftigt ist.«

Kendall schnaubt verächtlich. »Und schon weder redest du von Dingen, von denen du keine Ahnung hast. Weil Payton nämlich *lesbisch* ist.«

Sobald das Wort heraus ist, möchte ich vor Scham im Erdboden versinken. Sämtliche Geräusche klingen mit einem Mal gedämpft, die Zeit bleibt stehen. Ich bekomme keine Luft mehr, bestimmt werde ich gleich ohnmächtig. Auch Kendall reißt entsetzt die Augen auf, starrt mich entgeistert an und bringt vor lauter Schreck keine Silbe mehr heraus. Zum allerersten Mal erlebe ich, dass Kendall sprachlos ist, und wenn ich nicht selbst so beschämt wäre, würde ich wahrscheinlich laut lachen.

Der Blick ihrer Mutter wandert zwischen mir und Kendall hin und her. »Oh«, sagt sie schließlich und räuspert sich kurz. Dann sagt sie: »Wirklich, Kendall. Ich will nur, dass du dich während deiner Jugend amüsierst.«

Kendall reißt den Blick von meinen Augen los, atmet tief durch und wendet sich an ihre Mom. »Ich hätte angenommen, dass du froh bist, dass ich nicht mehr so verrückt nach Jungen bin wie mit fünfzehn.«

»Das *bin* ich«, erklärt Mrs. Bettencourt. »Ich war damals echt in Sorge, weil du deine Freunde öfter als deine Klamotten gewechselt hast.«

»Tja, das ist vorbei. Jetzt gehe ich es erst einmal gemächlich an und genieße meine Freiheit. Also lass es gut sein, Mom, okay? Ich habe Freude, gehe auf Partys und bin rundum glücklich.«

»Ich hoffe, dass du keine Party auslässt, junge Dame«, stellt ihr Vater augenzwinkernd fest. »Denn das erwarte ich von meinem Kind.«

Die Stille zwischen uns auf der Fahrt zum *Eights* ist unerträglich, aber Kendall schaltet nicht mal ihren iPod an. »Es tut mir so unglaublich leid. Ich hätte dich niemals auf diese Art vor meinen Eltern outen dürfen«, sagt sie nach einer halben Ewigkeit. »Es war, als ob ich plötzlich Sprechdurchfall bekommen hätte oder so. Mir war gar nicht bewusst, was ich da sage, und dann – *schwupps* – waren die Worte plötzlich raus. Ich kann verstehen, wenn du jetzt sauer auf mich bist. *Ich* an deiner Stelle wäre sauer. Manchmal rede ich echt den letzten Scheiß!«

Sie labert immer weiter, wie jedes Mal, wenn sie Mist gebaut hat, und ich sollte sie beruhigen, aber es ist amüsant und irgendwie auch süß, wenn sie so aufgewühlt und durcheinander ist. Ich lasse sie ein paar Sekunden weiterreden, aber dann beschließe ich, sie zu erlösen, werfe meine Hände in die Luft und sage: »Okay, okay. Schon gut, komm mal runter. Ich bin nicht sauer, keine Angst.« Dann huscht ein Grinsen über mein Gesicht, obwohl ich das im Grunde gar nicht will, und ich erkläre ihr: »Vor allem bin ich froh, dass du damit vor deinen Eltern rausgeplatzt bist statt vor meiner Mom. Wenn sie in dem Moment mit uns am Tisch gesessen hätte, hätte ich wahrscheinlich einen Herzinfarkt gekriegt.«

»Ich weiß«, stimmt sie mir kichernd zu. »Aber wenn sie mit am Tisch gesessen hätte, hätte ich mir eher die Zunge abgebissen, als so was zu sagen, das verspreche ich.« Statt auf die Straße zu schauen, sieht sie jetzt mich an, und plötzlich kommt es mir so vor, als hätte irgendwer mir eine Waffe an den Kopf gepresst und abgedrückt. Ich habe mich in Kendalls Nähe bisher immer wohl gefühlt und es gefällt mir *ganz und gar nicht*, dass mir plötzlich derart unbehaglich ist.

»Was ist?« Ich bin nicht sicher, ob ich wirklich wissen möchte, was sie gerade denkt, doch diese ungewohnte Fremdheit halte ich nicht aus.

»Kann ich heute bei dir übernachten?«

Diese Frage bringt mich völlig aus dem Gleichgewicht. Das haben wir noch nie gemacht. Normalerweise kommt sie in die Stadt, geht ins Hotel und kommt zu mir, sobald sie sich dort in ihrem Zimmer eingerichtet hat.

»Ich dachte, dass du mich vielleicht nach Newark fahren kannst. Montags fangen deine Vorlesungen doch später an, oder?«

In meinen Ohren rauscht das Blut und mir wird schwindelig. Ich weiß zwar nicht, warum, doch diese Unterhaltung setzt mir wirklich zu. »Musst du den BMW nicht noch am Flughafen abgeben?«

»Den lasse ich einfach beim Hotel und die bringen ihn für mich zurück. Das heißt, wir holen jetzt deinen Wagen, und du kannst in diesem Baby vorm Hotel vorfahren«, sagt sie und sie tätschelt das Lenkrad, das mit dem Bezug aus schwarzem Leder wirklich schick aussieht. »Wir schmeißen mein Gepäck in deinen Kofferraum, lassen meinen Wagen dort und fahren weiter zum *Eights*.«

Bin ich blind, oder gibt es einfach keine Logik hinter diesem Vorhaben zu entdecken? »Das klingt nach einem Plan.«

»Cool.« Sie drückt »Play« auf ihrem iPod und dreht *Me and You* von Nero auf volle Lautstärke auf.

Das *Eights* ist selbst am Sonntagabend rappelvoll. Hier treffen sich alle unter einundzwanzig, die eigentlich noch nicht trinken dürfen. Wir setzen uns an einen Tisch, sehen den anderen beim Billardspielen zu und Kendall hat wieder ihre riesengroße Sonnenbrille auf. Das klappt bisher ganz gut – wobei es oft einfach Glück ist, ob ihre Tarnung funktioniert oder nicht.

»He, Kendall, hast du vielleicht auch noch eine zweite Sonnenbrille mit, die du mir leihen kannst? Hier drin ist es so hell, dass ich kaum etwas sehen kann«, foppt Jared sie.

»Es *blendet* richtig«, legt Sarah nach.

»Ihr zwei seit echt zum Schießen.« Kendall schiebt sich ihre Sonnenbrille in die Haare und zerknüllt eine Serviette, um sie dann nach Jared zu werfen.

»Mann, ich hab ewig nicht mehr die Gelegenheit gehabt, dich mit deinen erbärmlichen Tarnungen aufzuziehen. Ich habe Nachholbedarf.«

Es ist genau wie früher. Abgesehen von Kendall haben sich meine Freunde kaum verändert. Jared benimmt sich trotz des ›Erwachsenenjobs‹, den er beim Forstamt hat, meistens immer noch wie ein Kind, und Sarah rechnet weiterhin als Einzige von uns im Kopf korrekt aus, wie viel Trinkgeld wir zahlen müssen. Und trotzdem fühle ich mich heute Abend in ihrer Gesellschaft irgendwie seltsam fehl am Platz. Vielleicht hat es mir stärker zugesetzt, als ich dachte, dass Kendall mich vor ihrer Mom und ihrem Dad geoutet hat. Wer weiß?

»Erde an Payton«, wendet Sarah sich an mich. »Bist du noch da?«

Jepp, ich bin hier und in einer ganz unangenehmen Laune. Danke der Nachfrage.

»Du bist den ganzen Abend schon so abwesend«, stellt Jared fest.

Kendall sagt nichts, aber es scheint auch sie zu interessieren, was ich darauf antworten werde.

»Bin ich nicht.«

»Doch, bist du«, pflichtet Kendall Jared bei.

»Verdammt, ich hab's!«, kreischt Sarah. »Du hast jemanden kennengelernt, nicht wahr? Ich wette, er ist Drummer!« Fragend sieht sie Kendall an. »Hab ich recht, spielt er Schlagzeug?«

Kopfschüttelnd stößt mich Kendall mit dem Ellenbogen an.

»Erzähl mir bloß nicht, dass er Geige spielt«, mischt sich jetzt auch noch Jared ein. »Das wäre wirklich schwul.« Er fährt zusammen, als er von Kendall einen Schlag gegen die Brust bekommt. »Aua. Was sollte das?« Er reibt die Stelle, die den Treffer abbekommen hat.

»Können wir bitte das Thema wechseln?«, frage ich, weil ich mich sicher nicht zum zweiten Mal innerhalb weniger Stunden outen will.

»Ist es jemand, den wir kennen?«, fragt mich Jared, der sich nicht so leicht geschlagen gibt, und wendet sich dann Kendall zu. »Und *spielt* der Kerl jetzt Geige oder nicht?«

»Auf beide Fragen: Nein«, erklärt sie ihm und sieht mich an. »Ihr habt sie jetzt echt genug gelöchert.«

»Es gibt gar niemanden!«, platzt es mit einem Mal aus mir heraus. »Und wenn ich jemanden getroffen hätte, dann wäre es eine ›Sie‹.«

»Du meinst, es wäre eine Frau?«, erkundigt Jared sich nach einem Augenblick. »Willst du damit sagen, dass ich neben einer heißen, landesweit berühmten Freundin auch noch eine heiße Freundin habe, die auf Frauen steht, und dass ich jetzt mit diesen beiden Frauen an einem Tisch sitze? O Mann, was habe ich doch für ein Glück!«

Wir fangen alle schallend an zu lachen und vor lauter Lachen tun mir bald die Rippen weh.

»Moment. Beruhigt euch, Mädels«, befiehlt Jared uns in strengem Ton und sieht mich fragend an. »Jetzt mal Hosen runter. Wann hast du's zum letzten Mal getrieben?«

Kendall verdreht ihre Augen und von Sarah bekommt Jared einen Schlag auf seinen Unterarm verpasst. »Sei nicht so geschmacklos.«

»Tut mir leid. So hätte ich's nicht formulieren sollen. Also, Payton, wann hast du zum letzten Mal mit einer Lady das Bett geteilt?«

Kendall ballt ihre Fäuste. »Das war auch nicht besser.«

»Bisher noch nie«, platzt es aus mir heraus und eine heiße Röte steigt mir ins Gesicht. *Habe ich tatsächlich gerade einge- räumt, dass ich noch Jungfrau bin?* »Ich habe ab und zu mit anderen Mädchen rumgemacht, aber ganz bis zum Äußersten gegangen sind wir nie.«

»Noch nie?«, ertönt ein dreistimmiger Chor, dem das Verblüffen deutlich anzuhören ist.

»Und woher weißt du, dass du lesbisch bist, wenn du noch nie mit einer Frau geschlafen hast?«, hakt Jared nach.

Wie immer ist darauf Verlass, dass Jared die dümmsten Fragen stellt! »Hattest du jemals Sex mit einem Typ?«

»Nein«, erklärt er völlig ungerührt, und ich bin überrascht, dass er nicht angewidert das Gesicht verzieht.

»Und woher weißt du dann, dass du nicht schwul bist oder bi?«

Er denkt für seine Verhältnisse ziemlich lange über seine Antwort nach und gibt schließlich zu: »Tja, das weiß ich nicht. Aber ich weiß, dass Mädchen höllisch sexy sind.«

»Also machen Mädchen dich mit ihren Brüsten, Beinen, Hintern und Hüften an?«

»Auf jeden Fall.«

»Genauso geht's mir auch. Aber ich will nicht einfach mit der ersten süßen Frau, die ich treffe, in die Kiste springen, sondern warte auf die Richtige – auf eine, bei der ich mich gut aufgehoben fühle.«

»Das kann ich nachvollziehen. Das ist cool.«

Argwöhnisch sieht mich Sarah mit zusammengekniffenen Augen an. »Dann willst du uns also erzählen, dass du eine von den größten Unis dieses Bundesstaats besuchst und dich bisher für keins der Mädchen interessiert hast, die dir dort begegnet sind?«

»Warum ist das so schwer zu glauben? Ich hatte ja auch von Anfang an mehr als genug mit meinem Studium zu tun. Ich habe kaum genügend Zeit, um zwischendurch mal Luft zu holen. Da bleibt nicht viel Gelegenheit für irgendwelche heißen Dates.« Das ist nicht unbedingt gelogen und die beste Erklärung, die ich gerade geben kann. Normalerweise bin ich *wirklich* unter einem Berg von Büchern und von Schreibarbeit begraben, aber trotzdem hätte ich daneben eigentlich noch genügend freie Zeit, um mich ein bisschen umzusehen. Warum tu ich es also nicht?

»Wie müsste das ideale Mädchen für dich sein?«, fragt Kendall mich. »Auf welchen Typ fährst du besonders ab?«

Diese Frage ist durchaus berechtigt, aber leider habe ich darüber längst noch nicht so gründlich nachgedacht, wie ich es vielleicht hätte machen sollen. »Ich glaube nicht, dass ich einen besonderen ›Typ‹ habe.«

»*Jeder* hat einen Typ, Payton.«

Zum ersten Mal seit langer Zeit erlaube ich mir, wirklich darüber nachzudenken. Ich gehe in Gedanken durch, welche Charakterzüge mir wichtig sind, und hake sie im Geiste nacheinander ab. »Sie müsste clever sein, das wäre eine Grundvoraussetzung. Und warmherzig, aber auch ein bisschen quirlig. Humorvoll. Und sie sollte auch ab und zu über sich selbst lachen können. Und sie müsste Musik lieben. Vielleicht nicht so sehr wie ich, aber Musik müsste ihr echt wichtig sein.«

»Und wie müsste sie aussehen?«, fragt Kendall neugierig. »Wenn du unter den ganzen heißen Celebritys auswählen könntest, wen würdest du dann nehmen?«

Die erste Frau in dieser Reihe, die mir einfällt, trägt den Namen Kendall Bettencourt. *Was zur Hölle?* Der Gedanke ruft in meinem Innern eine surreale Panik wach. Sie ist eine der mit Abstand wichtigsten Personen in meinem Leben und nicht irgendeine superheiße Sexbombe auf einem Filmplakat. Ich *kenne* sie. Sie ist ein süßer, frecher, kluger, innerlich wie äußerlich wunderschöner, *echter* Mensch. Und ... *O mein Gott.* Sie ist mein Typ. Sie ist das Maß, mit dem ich jede andere Frau auf dem Planeten messe. *Verdammt. Ich muss hier raus. Warum liegt die verdammte Rechnung noch nicht auf dem Tisch?*

Ich würde dich wählen, Kendall, denn ich bin noch keiner Frau begegnet, die mir so auf jede erdenkliche Art den Atem raubt wie du. Das wäre die verfluchte Wahrheit, aber, verdammt, ich weiß, wann ich die Klappe halten muss. »Ihr kennt doch diesen *X-Men*-Film, in dem Xavier noch laufen kann.«

Sie runzelt ihre Stirn, als wolle sie fragen: »Und?«

»Die Schauspielerin, die die Mystique spielt. Die, die von Kopf bis Fuß blau angemalt war.«

»O Ja!«, ruft Jared aus. »Die ist wirklich heiß! Fist bump!«

»O nein, bitte nicht«, sagt Sarah. »Diese blöde Fist-bump-Angewohnheit ist einer der Gründe, warum Jersey so einen schlechten Ruf hat.«

»Ja und? Es macht New Jersey nun mal aus, genau wie all unsere wunderbaren Gärten«, setzt Jared sich zur Wehr.

»Okay, okay«, unterbricht Kendall die Diskussion. »Zeit, die Party zu beenden. Morgen muss ich früh raus.«

Als wir zu mir nach Hause kommen, steht der Honda meiner Mom nicht in der Einfahrt. *Wahrscheinlich hat sie mal wieder Nachtschicht.* Es gibt bestimmt keinen schlimmeren Job, als Oberschwester in der Notaufnahme zu sein. Sie schläft öfter auf einer Pritsche im Bereitschaftszimmer als in ihrem eigenen Bett. Normalerweise macht mir das nichts aus, aber heute Abend hätte ich sie gern hier gehabt. Plötzlich kommt es mir wie die schlechteste Idee der Welt vor, dass Kendall bei mir schläft. Es fühlt sich an, als würde mein Magen Saltos machen. Bestimmt muss ich gleich kotzen. *Na toll.*

Kendall lässt in meinem Zimmer ihre Gucci-Reisetasche auf den Boden fallen und geht die DVDs im Ständer durch. »Ich *wusste* es!« Sie zieht *X-Men: Erste Entscheidung* aus dem Ständer und wedelt mir damit vor dem Gesicht herum. »Peinlich. PEINLICH!«

Die Tatsache, dass ich diesen grauenhaften Film besitze,

untermauert vielleicht die Behauptung, dass Mystique meine Traumfrau sei. Aber das wird sie niemals sein. Denn meine Traumfrau ist nun einmal Kendall, wunderschön, perfekt und durch und durch real.

»Was denn? Jennifer Wie-auch-immer hat einen *makellosen* Knochenbau.«

»Es geht dir also um den Knochenbau. Da hast du ja echt Glück, dass sie in letzter Zeit so dürr geworden ist, dass man all ihre Knochen erkennt.«

»Willst du etwa andeuten, dass sie zu dünn ist? Und das obwohl du selbst, wie deine eigene Mutter sagt, inzwischen nur noch Haut und Knochen bist.« Ich muss meine Gefühle für Kendall unterdrücken. Sie preiszugeben würde garantiert das Ende unserer Freundschaft bedeuten. Ich muss mich so normal verhalten, wie es nur geht. Um mich abzulenken, pikse ich ihr mit meinen Fingern in die Rippen und beginne, sie zu kitzeln. Aber als sie sich quietschend windet und mir auf den Arm schlägt, rutscht ihr Sweatshirt ein wenig hoch und ich berühre plötzlich ihre weiche, sonnengeküsste Haut. In diesem Augenblick wird mir bewusst, dass ich geliefert bin. Wenn man erst merkt, dass man auf seine beste Freundin steht, wird nichts mehr so sein wie zuvor. *Lieber Gott, wenn du mich hörst, schick bitte einen Blitz herunter auf die Erde, der mich niederstreckt – denn wenn ich tot bin oder wenigstens im Koma liege, ist auch dieser Augenblick vorbei.*

Ich ziehe eilig meine Hand zurück und schnappe mir die DVD. »Das ist nicht mal der schlimmste von den Filmen in meiner großen Sammlung schlimmer Filme. Nur dass du's weißt. Ich habe nämlich auch die ganzen Filme, in denen du selber aufgetreten bist.«

Gespielt beleidigt runzelt sie die Stirn. »Du willst damit doch wohl nicht sagen, dass meine Filme schlecht sind.«

»Nicht *alle* deine Filme, nein. Aber du musst zugeben, dass einige von ihnen ziemlich simpel sind.«

»Simpel? Ist das deine Art zu sagen, dass sie dich total gelangweilt haben?«

Ich atme tief durch und versuche, nichts zu sagen, was mich klingen lässt wie einen hoffnungslos besessenen Fan. »Nee, mit simpel meine ich natürlich, dass ich sie superspannend fand.«

»Egal, du hast ja recht. Dank meiner Mom sind die meisten Filme, in denen ich bisher mitgespielt habe, *echt* langweilig. Aber dieser neue Film, den wir jetzt drehen, ist überraschend gut geschrieben. Er ist wirklich intensiv. Genau die Art Film, mit der ich, wenn's nach meiner Mutter ginge, nichts zu tun hätte.« Kendall bricht ab und sieht mich fragend an. »Habe ich dir erzählt, dass ich dort einen Rockstar spiele, drogensüchtig und dazu noch bi?«

Das hat mir gerade noch zu meinem Glück gefehlt! »Das hast du mir noch nicht erzählt. Darfst du dabei auch jemand Interessantes küssen? Vielleicht die Schauspielerin aus den Vampirfilmen?«

»Wenn sie mich die Rolle hätten spielen lassen, wäre die Reihe nicht so gefloppt.«

»Nicht einmal du hättest die Filme retten können«, widerspreche ich.

»Wie eifersüchtig wärst du, wenn ich dir erzählen würde, dass ich in dem Film jemanden küssen werde, der zwar eine Spur zu dünn ist, aber die ›perfekte Knochenstruktur‹ hat?«

Ich wäre außer mir vor Eifersucht, weil sie dich küssen darf. Bleib cool, befehle ich mir selbst. »Im Ernst jetzt?«

»Nein, nur eine andere junge Senkrechtstarterin. Ich habe deinen Schwarm noch nie getroffen, aber falls ich sie mal sehe, werde ich sie wissen lassen, dass du sie unglaublich sexy findest, wenn sie blaue Farbe im Gesicht und Schuppen hat.«

»Wenn du das machst, setze ich einen Killer auf dich an, wie's früher hier in Jersey üblich war.«

Sie setzt sich auf mein Bett und schweigt eine Weile, was mich total nervös macht. Schließlich stellt sie alles andere als begeistert fest: »Es heißt, ich würde für *In Heaven's Arms* bestimmt für den Elite Award nominiert werden.«

»Das klingt doch toll.«

»Wahrscheinlich würde sich dann vieles für mich ändern«, erklärt Kendall achselzuckend.

»Auf jeden Fall, denn von dem Tag an wird dein Name dauerhaft mit dieser Nominierung in Verbindung gebracht werden. Das klingt nach einem echten Albtraum«, stimme ich ihr spöttisch zu. »Wahrscheinlich wird sogar einmal in deinen Grabstein eingemeißelt werden ›Hier liegt die Schauspielerin Kendall Bettencourt, die einmal für den Ellie nominiert war‹. Immer vorausgesetzt, dass du die Auszeichnung nicht *kriegst*. Das wäre natürlich noch viel schlimmer! ›Ellie-Gewinnerin Kendall Bettencourt‹. Das klingt echt grauenhaft.«

Entschlossen packt sie meine Arme und zieht mich zu sich auf Bett. Die plötzliche Berührung überrascht mich und ich kann nur mit Mühe die Fassung bewahren. »Das ist mein Ernst«, erklärt sie mir. »Ich habe jetzt schon kaum Privatsphäre. Wenn sie mich tatsächlich nominieren, kann ich die Tür zu meiner Wohnung gleich offen stehen lassen.«

»Wie wäre es mit einem Deal? Wenn sie dich wirklich nominieren, ziehe ich zu dir und werde dein Bodyguard.«

»Okay. So machen wir's.« Sie gibt mir ihre warme, glatte Hand und ich kann dem Verlangen, meine Lippen auf die weiche Haut zu pressen, nur mit Mühe widerstehen.

Verdammt! Diese Gefühle, die ich für sie habe, bringen mich um den Verstand. Sie waren mir bisher nie bewusst, aber inzwischen bin ich mir sicher, dass sie auch vorher schon da waren. Wahrscheinlich habe ich sie verdrängt und sie haben unter der Oberfläche geschlummert, bis sie plötzlich derart machtvoll hervorgebrochen sind, dass ich sie als physischen Schmerz spüren kann. Es ist, als würde ich auf einer scharfen Kante balancieren, es ist unerträglich. Ein kleiner Ausrutscher, ein falscher Schritt und es ist aus mit mir.

Ich kann es kaum erwarten, bis Kendall morgen früh an Bord des Fliegers geht.

Am Schluss des *X-Men*-Films reißt Kendall ihren Mund zu einem Gähnen auf. Dann steht sie auf und kramt in ihrer Reisetasche nach Schlafsachen. Sie zerrt ein pinkfarbenes Spitzenunterhemd und ein Paar knappe schwarze Shorts hervor, die mit Mühe und Not das gesetzlich vorgeschriebene Minimum an Pobacken bedecken. *Das hat mir gerade noch gefehlt. Bitte, Kendall, zieh was anderes an. Hast du denn keine Jogginghose oder vielleicht einen Skianzug dabei?*

»Hörst du dein Bett, Payton?«, sagt Kendall. »Es ruft nach mir: ›Komm, Kendall. Lass dich fallen. Ich bin so gemütlich. Du wirst nie mehr aufstehen wollen!‹«

Inzwischen ist es elf und ich bin hundemüde. Aber der Gedanke, neben ihr zu schlafen, macht mir so zu schaffen, dass ich gegen den Wunsch, ins Bett zu krabbeln, ankämpfe. Wobei mir die verdammten Shorts nicht wirklich eine Hilfe sind. Sie haben mich in ihren Bann gezogen und ich schaffe es kaum noch, woanders hinzusehen.

»Hast du gehört?« Sie schnipst mit ihren Fingern vor meinem Gesicht. »Wir sollten langsam schlafen gehen, wenn wir morgen nicht wie Zombies durch die Gegend schlurfen wollen.«

Ich schnappe mir die Jogginghose, die auf einem Kleiderstapel in der Ecke liegt, und sehe mich in meinem Zimmer um. Der dunkelblaue Teppich ist mit Lehrbüchern und mit linierten Collegeblöcken übersät. Mein Schrank sieht aus, als hätte er sich übergeben, und der an der Wand montierte Ständer für meine Gitarren ist so verstaubt, dass man vom bloßen Hinsehen einen Asthmaanfall kriegt. Ich hätte Ordnung machen sollen, bevor ich mit Kendall heimgekommen bin.

»Ich zieh mich im Badezimmer um«, erkläre ich und bahne mir den Weg in Richtung Tür.

Sie grinst mich von der Seite an. »Dann überlässt du mir also das Schlafgemach? Das ist sehr zuvorkommend von dir.«

»Du kannst mir ja mit einem Geschenkkorb danken«, rufe ich ihr über meine Schulter zu und stürze in den Flur.

Als sich meine Anspannung etwas gelegt hat und ich wieder in mein Zimmer gehe, liegt sie schon gemütlich unter meiner dicken grünen Decke und ihr flacher, gleichmäßiger Atem zeigt mir, dass sie eingeschlafen ist. Ich schleiche mich auf Zehenspitzen bis zum Bett und schiebe mich behutsam neben sie. *Schlaf bitte weiter,* flehe ich sie in Gedanken an und wickele mich in eine Fleecedecke, die ich vom Boden aufgehoben hab. Ich hoffe, dass ich sie auf diese Art nicht aus Versehen im Schlaf berühre, und erwäge, zusätzlich noch ein paar Kissen zwischen mir und Kendall aufzutürmen. Doch das müsste ich ihr morgen früh erklären und ich wüsste nicht, wie. Ich spüre, wie mich die Müdigkeit allmählich übermannt, also drehe ich ihr einfach den Rücken zu und nicke ein.

Ich werde von den ersten Strahlen morgendlichen Sonnenlichts geweckt, drehe den Kopf und schaue auf den Wecker, der auf meinem Nachttisch steht. 6:33 Uhr. Wie es aussieht, habe ich mich im Verlauf der Nacht von meinen Fleecefesseln befreit und liege, meinen linken Arm unter dem Kissen, auf dem Rücken, während Kendalls Kopf auf meiner Schulter ruht. Dazu hat sie den Arm auf meinen Bauch gelegt, der selbstverständlich nackt ist, weil keins meiner T-Shirts lang genug ist, um nicht hochzurutschen, wenn ich mich im Schlaf bewege. Kurz nach halb sieben Uhr morgens und ich flippe bereits aus. *Das ist mein ganz persönlicher Rekord.*

Ich mache ein paar schnelle, kurze Atemzüge und bereite

mich drauf vor, so langsam und so unmerklich wie möglich aufzustehen. Es ist wie in *Coyote Ugly*, nur dass die Person, die ich nicht stören will, fantastisch aussieht, und letzte Nacht bestimmt *nichts* zwischen uns gelaufen ist. In *gar keiner* Nacht, um genau zu sein.

Als ich versuche, aus dem Bett zu gleiten, rührt sich Kendall, wird aber nicht wach. Sie rückt nur unmerklich den Arm zurecht und plötzlich liegt er nicht mehr einfach leicht auf meinem Oberkörper, sondern hält mich richtig fest. Das ist ein *himmelweiter* Unterschied. Sie hält mich im Arm, und ich merke, dass mir eine heiße, nasse Träne über die Wange rinnt und ungehindert auf mein T-Shirt tropft. Ich will, dass dieser Augenblick nie aufhört, denn ich weiß, dass so eine Umarmung sich zwischen mir und Kendall niemals wiederholen wird.

Ich drehe den Kopf wieder zu Kendall und sehe völlig unerwartet in ein leuchtend blaues Paar Augen. Sie ist hellwach, auch wenn sie sich noch immer nicht bewegt. »Guten Morgen«, murmelt sie und gähnt.

»Hallo.«

Sie setzt sich auf, lässt ihren Kopf kreisen und reckt ihre Arme in die Luft. »Tut mir leid. Ich hab ja praktisch auf dir drauf geschlafen.«

»Schon gut. Ich hoffe nur, dass du nicht im Schlaf gesabbert hast.« Ich tue so, als würde ich mein T-Shirt auf nasse Flecken untersuchen, aber ich weiß, dass außer einem kleinen Fleck von meiner Träne nichts darauf zu finden ist.

»Ich *sabbere* nicht«, erklärt sie mir und sieht mich fragend an. »Wie spät ist es?«

Ich schnappe mir den Wecker, halte ihn nah vor ihr Gesicht und sage langsam: »Das ist eine Sechs, das ist eine Drei und hier eine Acht.«

»Du bist süß, wenn du so spitzfindig bist«, sagt sie augenrollend.

»Los, zieh dich an.« Ich steige aus dem Bett und pflücke

eine Jeans von meinem Schreibtischstuhl. *Okay, ich nehme alles zurück. Ich will doch nicht, dass sie in den verdammten Flieger steigt.* »Wenn wir uns nicht beeilen, verpasst du deinen Flug.«

Wir kommen gerade noch rechtzeitig zum Flughafen, dass Kendall es problemlos, durch die Sicherheitskontrolle und zu ihrem Flieger schaffen wird. Ohne mich hätte sie tatsächlich ihren Flug verpasst. So war es immer schon. Sie kommt zu spät und ich zu früh. Auf diese Weise gleichen wir uns gegenseitig aus und tauchen immer pünktlich auf. Deswegen sagt sie oft, sie wisse wirklich nicht, wie sie es ohne mich überhaupt schafft, irgendwo pünktlich aufzutauchen. Und ich sage ihr dann immer: »Gar nicht.«

Sie ist noch nicht einmal aus dem Wagen ausgestiegen, und ich vermisse sie schon jetzt. »Schreib mir, wenn du gelandet bist.« Ich öffne den Kofferraum, damit sie ihr Gepäck rausholen kann.

»Das mache ich doch jedes Mal.«

Das stimmt. »Ich wollte einfach sicher gehen, dass du es diesmal nicht vergisst.«

Sie stellt sich auf die Zehenspitzen, schlingt mir ihre Arme um den Hals und gibt mir einen Wangenkuss. »Wir werden uns bald wiedersehen. Versprochen.«

»Alles klar.« Ich hasse es, wenn sie mir was verspricht, was sie nicht halten kann. Aber ich weiß, dass sie es auf jeden Fall versuchen wird. »Bis bald.«

Und dann ist Kendall nicht mehr da.

2

KENDALL

Viele Leute im Filmbusiness haben auf Reisen immer ihre ganze Entourage dabei. Wenn möglich, reise ich alleine. Für mich wirkt es immer wie ein peinlicher Versuch, im Mittelpunkt zu stehen, wenn jemand sich mit so vielen Gefolgsleuten umgibt. Und man muss es den Paparazzi ja nicht unnötig leicht machen. Wenn sie einen finden wollen, schaffen sie das auch und heften sich einem wie Höllenhunde an die Fersen, bis die Aufnahme im Kasten ist. Meistens ist die Crew ja eh nur dabei, damit jemand einem das Gepäck schleppt oder was zu Trinken holt. Aber ich kann mein Gepäck problemlos selbst auf einem Wagen durch die Gegend schieben. Ich finde es furchtbar, wenn Leute sich, nur weil sie berühmt sind, von anderen bedienen lassen. Aber die ganzen großen Stars wischen sich wahrscheinlich nicht mal mehr selbst die Hintern ab, wenn sie auf die Toilette gehen.

Eigentlich fliege ich lieber über den JFK Airport, denn auf dem Newark Liberty International Airport ist meistens die Hölle los. Aber er ist von zu Hause aus viel besser zu erreichen und aus welchem Grund auch immer läuft beim Einchecken an diesem Morgen alles überraschend glatt. Der Sicherheitscheck geht verblüffend schnell und schon nach wenigen Minuten bin ich auf dem Weg zu meinem Gate.

Ich sehe aus der Ferne ein paar Leute im Wartebereich. Wahrscheinlich fliegen sie Economyclass und warten drauf, an Bord zu gehen. Ich fliege erster Klasse, das ist eins der Highlights meines Berufs.

Ich setze meine Sonnenbrille auf und hoffe, dass mich keiner der Wartenden erkennt, weil ich um diese Uhrzeit einfach noch nicht lächeln oder mich für irgendwelche Aufnahmen mit Fans in Pose werfen kann. Mein PR-Mann Lawrence besteht darauf, dass ich als Berühmtheit immer makellos geschminkt und gut gelaunt bin, doch morgens um halb acht kriege ich das einfach nicht hin.

Beinahe sofort erkennt mich eine Gruppe Jungs, ihren Sweatshirts nach zu urteilen Studenten an der Universität von Louisiana. Erst stoßen sie sich gegenseitig mit den Ellenbogen an, dann kommen sie auf mich zu und zücken Kugelschreiber, Blöcke und Handys. *Im Ernst?* Ich zwinge mich zu einem möglichst breiten Lächeln, kritzele mehrmals meinen Namen auf ein Blatt und tue so, als fände ich es toll, dass irgendwelche Leute, die ich gar nicht kenne, Fotos mit mir machen wollen. Es ist interessant, wie die meisten Menschen auf berühmte Leute reagieren. Statt einem wie gewöhnlich die Hand zu geben, fallen sie einem häufig einfach um den Hals. Ich bin mir noch immer nicht ganz sicher, was ich davon halte, wenn mir jemand, den ich gar nicht kenne, plötzlich so nahe kommt. Ich bin in dieser Hinsicht sehr empfindlich, doch das interessiert die Menschen leider nicht.

Als sich die Aufregung gelegt hat, sage ich den neuen Freunden nett auf Wiedersehen, sammele meine Sachen ein und gehe schnellstmöglich an Bord. Manchmal kann ich immer noch nicht glauben, dass das alles real ist. Ich werde nie verstehen, warum Leute derart aus dem Häuschen sind, wenn sie mich sehen, und was für eine große Sache meine Unterschrift auf irgendeinem Zettel für sie ist. Sogar die Stewards und die Stewardessen, denen es in der Regel scheißegal ist, wer mit ihnen fliegt, solange sich die Leute setzen und die Klappe halten, sprechen mich inzwischen mit meinem Namen an. Zum Beispiel wollen sie von mir wissen: »Einen Drink, Ms. Bettencourt?« Oder sie sagen, noch bevor ich sitze: »Einen angenehmen Flug, Ms. Bettencourt.« Es ist immer noch ein bisschen seltsam für mich.

Die Stimme eines der Flugbegleiter schallt durch die Lautsprecher und bittet uns, die elektronischen Geräte, die wir bei uns haben, auszuschalten. Ich kenne die Routine und ziehe meinen Blackberry hervor, bevor die Ansage fertig ist. Doch statt ihn auszuschalten, schreibe ich eine Nachricht an Payton: »Bin im Flieger. Ich glaub, ich ruf dich nach der Landung an, statt nur eine Textnachricht zu schicken :)«

Mir ist immer noch nicht klar, warum sie so lange gezögert hat, mir zu erzählen, dass sie lesbisch ist. Okay, natürlich gibt es Idioten, die Leute wegen ihrer Sexualität beurteilen und abwerten. Aber sie denkt doch hoffentlich nicht, dass ich so bin. Die eigene Sexualität macht nur einen kleinen Teil von uns als Menschen aus, und außerdem kann man sie ja nicht einfach ändern wie alte Klamotten oder schlecht gefärbtes Haar. Ich würde nie auf jemanden herabsehen, weil er oder sie ist, wer er oder sie ist. Kennt Payton mich nicht gut genug, um das zu wissen? Doch, natürlich tut sie das. Aber ganz egal, wie gut man meint, jemand anderen zu kennen – wahrscheinlich hat man immer Angst, vielleicht einmal von ihm oder ihr im Stich gelassen zu werden. Und niemand kann einem so weh tun wie die Menschen, die man liebt.

Nach fast vier beengten Stunden im Flieger landen wir in New Orleans, und ich kann es kaum erwarten, endlich wieder auf fester Erde zu stehen. Die größere Beinfreiheit, die es in der ersten Klasse geben soll, ist eindeutig ein Werbegag, und all die Leute, die nicht auf den »Vorzugsplätzen« sitzen, tun mir furchtbar leid.

An der Gepäckausgabe steht schon mein Chauffeur. Er hält ein Schild mit Namen »Bettencourt« vor seine Brust, und bevor jemand Wind von meiner Anwesenheit bekommen kann, sprinte ich eilig auf ihn zu. Ich bin fest entschlossen, die Koffer selbst vom Band zu wuchten, aber er kommt mir zuvor. Nach einem Blick auf den Reiseplan sagt er: »Es sieht so aus, als würde ich Sie erst ins Windsor Resort fahren, Ms. Bettencourt. Um halb vier treffen Sie sich dort mit Mr. Ryan.«

»In Ordnung. Aber erstens: Bitte nennen Sie mich Kendall«, sage ich und reiche ihm die Hand.

Er schüttelt sie und stellt sich mir als »Ricky« vor.

»Und zweitens: Mr. Ryan?« Ich blättere meinen Organizer durch, in dem ich – natürlich – keinen Termin mit einem Mr. Ryan finden kann. »Ich habe keine Ahnung, wer das ist.«

»Oh.« Er sieht mich leicht verwundert an und drückt mir seinen Zettel in die Hand. »Jonathan Ryan. Ein Musiklehrer. Er soll Sie anscheinend unterrichten.«

Ich soll bei diesem Typen Stunden nehmen? Eigentlich weiß ich gar nicht, warum mich das so überrascht, schließlich soll ich einen Rockstar spielen. Ich wusste von Anfang an, dass ich für die Rolle singen und so tun muss, als ob ich Gitarre spielen kann. Ich hätte sie deshalb fast abgelehnt. Und jetzt soll mir sogar jemand Unterricht geben? Wenn Payton das erfährt, kriegt sie wahrscheinlich einen Lachanfall. Ich habe nicht mal einen *Hauch* von musikalischem Talent.

»Okay, Ricky.« Ich seufze tief und stapfe los. »Dann wollen wir mal.«

Nach meiner Ankunft im Hotel rufe ich panisch Payton an.

»Gut angekommen?«

»Ja, aber ich drehe gerade völlig durch.«

Nach kurzem Schweigen sagt sie: »Du bist doch erst vor einer Stunde angekommen. Was gibt es denn da jetzt schon durchzudrehen?«

»Ich kriege einen Musiklehrer.« Ich hatte recht. Payton wiehert wie ein Pferd, als sie das hört. »Ich weiß nicht, was daran so lustig sein soll.«

»Sie zwingen dich, das Einzige zu tun, was du nach zwei Minuten Ausprobieren wieder aufgegeben hast.«

»Ich hab aufgegeben, weil ich wusste, dass ich eine musikalische Niete bin.«

»Das ist nicht wahr. Das weißt du selbst. Als ich dir Klavierstunden gegeben hab, hat dir einfach die Geduld gefehlt, weiter nichts.«

»Geduld ist eine Tugend, die ich nie besessen habe. Das weißt du genauso gut wie ich.«

»Das liegt nur daran, dass du so talentiert bist und abgesehen vom Klavierspielen immer alles sofort konntest. Wenn du nicht nach der zweiten Stunde hingeschmissen hättest, hättest du das auch gelernt.«

»Mein Lehrer heißt Jonathan Ryan. Payton, du weißt selbst, dass Typen mit zwei Vornamen Idioten sind.«

»Hallo? Ich heiße selber Payton Taylor.«

»Ja, aber ...«, will ich protestieren, doch sie fällt mir ins Wort.

»Ich muss zu meiner nächsten Vorlesung. Vorher gebe ich dir aber noch einen guten Tipp. Du wirst zum Unterricht gehen, du wirst aufpassen und du wirst dir Mühe geben, klar? Sie erwarten bestimmt nicht, dass du über Nacht Gitarre spielen lernst. Wahrscheinlich sollst du einfach halbwegs wissen, wie man eine in der Hand hält und so tut, als ob man darauf spielt, mehr nicht.«

»Na toll«, jammere ich.

»Jetzt quengel hier nicht rum. Du kriegst das hin. Ich weiß, dass du das schaffst.«

Ich werde nie verstehen, weshalb sie so viel Vertrauen in mich hat. Aber ich bin froh, dass es so ist. Irgendwer muss schließlich an meine Fähigkeiten glauben. »Ich werde mein Bestes geben«, sage ich. Und das werde ich. Für sie.

»Sehr gut. Und lass mich wissen, wie die erste Stunde lief … aber erst morgen, heute Abend muss ich sechs Kapitel über die Geschichte deutscher Idiotie durchlesen *und* mit meiner Hausarbeit für Literatur anfangen.«

»Geschichte deutscher Idiotie«, stoße ich schnaubend aus. »Okay, viel Erfolg.«

»Dir auch«, antwortet sie und legt dann auf.

Und wieder einmal hat mich Payton zur Vernunft gebracht. Ich weiß beim besten Willen nicht, wie oft ihr das inzwischen schon gelungen ist.

Ich treffe Jonathan in einem echten Tonstudio mit einer durchgehenden Glaswand, durch die auch der größte Lärm nicht nach außen dringt. An der Decke hängen Kondensatormikrofone, die ich nur erkenne, weil ich letzten Sommer kurz mit einem Tontechniker zusammen war.

Ich sehe auf den ersten Blick, dass er so ein Möchtegern-Junggebliebener und ein Depp ist. Er hat sein Haar mit Gel zu Stacheln aufgestellt und trägt Kajal. *Mein Gott, Kajal!* Am liebsten würde ich ihm sagen, dass er wie ein Poser aussieht, aber das würde die Stunde sicherlich noch ätzender machen als eh schon.

»Hi. Ich bin Jon.« Er spricht mit einem breiten Südstaatenakzent und scheucht mich zu dem schwarzen Flügel, der in einer Ecke steht. Mein erster Gedanke ist, wie problemlos

Payton diesem Biest die schönsten Klänge entlocken würde. Ganz im Gegenteil zu mir. »Also, wie ich höre sollst du in dem Film eine Gitarristin spielen. Du wirst natürlich nicht wirklich spielen, aber der Regisseur meint, du solltest ein ›grundlegendes Gefühl für die Musik‹ bekommen, was auch immer das genau heißen soll. Aus meiner Sicht ist der beste Einstieg immer das Klavier.«

Okay, womöglich habe ich mich in dem Typ geirrt und es besteht zumindest eine kleine Chance, dass er kein Arschloch ist. »Also, was soll ich tun?«

Er zieht die Klavierbank ein Stück zurück, nimmt Platz und fordert mich mit einer Handbewegung auf, das auch zu tun. »Am besten finden wir erst einmal raus, was du schon weißt.«

Ist er bescheuert, oder was? *Was ich schon weiß? Ich habe keinen blassen Schimmer von Musik.* Ich habe unzählige Male neben Payton am Klavier in ihrem Wohnzimmer gehockt. Es ist uralt und hat früher ihrem Großvater gehört, der laut Payton mit Miles Davis, John Coltrane und anderen Größen aufgetreten ist. Sie hat versucht, mir wenigstens die grundlegenden Dinge beizubringen, und jetzt wünsche ich, ich hätte besser aufgepasst.

Ich lege meine Finger auf die Tasten, drücke sie herunter und erkenne einen ganz bestimmten Ton. Genau den Ton hat Payton damals ein ums andere Mal gespielt. »Ist das hier das mittlere C? So heißt es doch, oder?«

»Richtig, das ist das mittlere C. Damit fängt die C-Dur-Tonleiter an, bei der man nur die weißen Tasten spielt. C, D, E, F, G, A, H, C.« Er drückt die Tasten nacheinander runter, während er die Töne nennt.

Beherzt drücke ich die zweite Taste rechts vom C. »E, E«, erkläre ich und dann probiere ich die nächste Taste aus. Ich spiele zuerst mit einer und dann mit beiden Händen eine Abfolge von Tönen. »Das ist *Brain Stew* von Green Day«, erkläre ich Jonathan.

»Ach ja? Und wer hat dir das beigebracht?«

»Payton«, sage ich, als müsste jeder wissen, wer das ist. Doch dann fällt mir ein, dass tatsächlich nicht jeder Payton kennt. Die Leute kennen mich, aber deshalb wissen sie noch lange nicht, wer meine beste Freundin ist. »Payton ist eine gute Freundin von mir«, erkläre ich. »Wir sind zusammen aufgewachsen und sie spielt Gitarre und Klavier und alles Mögliche. Sie ist supermusikalisch und hat mir so gut wie alle Interpreten gezeigt, die ich auf meinem iPod habe.«

Er nickt. »Kannst du auch noch was anderes spielen?«

Ich räuspere mich und höre in Gedanken einen Song, den ich einmal mit Payton zusammen gespielt habe. Sie hat mir beigebracht, den leichten Part zu spielen, und selbst den komplexen Part gespielt. Ich nicke. »Ja, aber ich bräuchte etwas Hilfe«, sage ich, und als ich vorsichtig die Tasten drücke, erkennt Jonathan die Melodie und übernimmt den Part, den Payton früher übernommen hat. Erst summe ich dazu, dann singe ich und wir spielen den Song zusammen bis zum Ende durch.

»Du hast eine sehr schöne Stimme und du triffst die Töne. Das ist etwas, das man nicht lernen kann. Entweder man kann es oder man kann es nicht.«

Ich zucke mit den Achseln. »Danke.«

»Eigentlich gibt's kaum noch was, was ich dir beibringen muss. Du solltest deiner Freundin dafür danken, dass sie dir so eine gute Einführung gegeben hat.«

»Das mache ich.«

Lächelnd steht er wieder auf. »Tja, also, es war mir eine Freude, dich zu treffen, und ich wünsche dir viel Glück mit deinem Film.«

Ich schüttele seine ausgestreckte Hand. »Es hat mich auch gefreut. Und vielen Dank für deine Zeit.«

»Schon gut. Pass auf dich auf.«

Ich gehe Richtung Tür und will den Griff herunterdrücken,

aber Jon ist schneller, öffnet mir die Tür und hält sie für mich auf.

»Oha«, lache ich. »Ich dachte, die wahren Gentlemen seien alle ausgestorben.«

Er grinst mich an. »Nicht hier im Süden, nein.«

»Danke«, sage ich und wende mich zum Gehen.

»Moment. Wo du jetzt für eine Weile hier in New Orleans bist, dachte ich, ich könnte dir ja mal die Stadt zeigen, wenn du willst. Natürlich nur, wenn ich dadurch nicht jemand anderem auf die Füße trete«, schränkt er eilig ein.

Ich mustere ihn von Kopf bis Fuß. Er scheint ein durchaus netter Kerl zu sein, und es beeindruckt mich, dass er die erforderlichen Eier hat, mich um ein Date zu bitten. Die meisten anderen Typen, die mich treffen, stehen mir einfach stumm und sabbernd gegenüber. Nur ist es mir todernst damit, dass ich, was Dates betrifft, erst einmal Urlaub machen will. Ich möchte mich ganz auf meine Arbeit konzentrieren, und davon bringt mich dieser mit Kajal geschminkte Kerl ganz bestimmt nicht ab.

»Hör zu, Jon, danke für das nette Angebot, aber ich werde während meiner Zeit hier alle Hände voll zu tun haben und abends so erledigt sein, dass ich in meiner knapp bemessenen Freizeit sicher nicht die Energie habe, um auszugehen.«

»Verstehe.« Er wirkt enttäuscht, aber lässt sich nicht aus der Ruhe bringen und drückt mir seine Visitenkarte in die Hand. »Ruf einfach an, falls du doch noch einen Tourguide brauchen solltest.«

»Okay.« Ich stecke seine Karte ein. »Das mache ich«, füg ich hinzu, obwohl ich jetzt schon weiß, dass das ganz sicher nicht passieren wird. Das Einzige, was dieses Treffen bei mir ausgelöst hat, ist das seltsame Verlangen, endlich richtig Klavier spielen zu lernen.

Als ich nach draußen komme, wartet Ricky schon auf mich.

Er öffnet mir die Hintertür des Wagens und ich klettere hinein. Jetzt habe ich den Rest des Tages frei.

»Soll ich Sie wieder ins Hotel fahren, Ms. Bettencourt?«

»Kendall«, erinnere ich ihn. »Sie kennen nicht zufällig einen Laden, wo es Keyboards oder etwas in der Richtung gibt?«

Er lacht. »Sie sind hier im Big Easy, Kendall, hier gibt's überall Musik. Ich finde sogar eine Fluba für Sie, wenn Sie eine haben wollen.«

Ich habe keine Ahnung, was das ist, aber es klingt cool. »Super! Dann lass uns gleich auch noch so eine besorgen.«

Sobald ich zurück im Hotel bin, schreibe ich Payton. »Ich habe mir ein Keyboard zugelegt. Ein Yamaha PSR-E333. Der Typ im Laden meinte, dass es auch für Anfänger geeignet ist. Meinst du, du kannst mir zeigen, wie man darauf spielt?«

Sie schreibt sofort zurück. »Das klingt, als ob die Stunde gut gelaufen ist. Ich kann dir über Skype die ersten Sachen zeigen, aber such dir besser einen Profi – jemanden, der dabei ist, wenn du spielst.«

Auf keinen Fall. Nach all der Mühe, die sie sich mit mir gegeben hat, wäre es falsch, jetzt mit jemand anderem weiterzumachen. »Ich habe *Brain Stew* und danach *Heart and Soul* gespielt und wusste auch noch, wo das mittlere C auf dem Klavier ist. Wenn du mir diese Dinge beibringen konntest, als ich sie gar nicht lernen wollte, bist du auch die Einzige, die mir jetzt mehr beibringen kann«, schreibe ich ihr zurück.

»Okay«, antwortet sie. »Gib mir einfach Bescheid, wenn du Zeit für einen Videoanruf hast.«

Sehr gut. Auf alle Fälle freue ich mich darauf, ihr Gesicht zu sehen.

Dann schreibt sie noch: »Wann fängst du morgen an?«

»Ich muss um 5:30 Uhr in der Maske sein.«

»Morgens? Wie ich dich beneide!«

Ich kann förmlich sehen, wie der Sarkasmus von ihren Lippen tropft. »Ich weiß. Bin total k. o. und gehe gleich ins Bett. Ich melde mich, sobald ich kann.«

»Träum schön.«

***

Die ersten Drehtage sind einfach grauenhaft. Es gibt von früh bis spät nicht einen freien Augenblick und obendrein ist meine Filmpartnerin eine echte Anfängerin. Wir müssen jede Szene, die wir zusammen haben, zehnmal drehen. Rebecca ist süß, hat durchaus Potenzial und ihre bernsteinbraunen Augen sehen aus wie die von Payton. Aber für eine derart große Rolle ist sie eindeutig noch nicht bereit. Sie hat zwar ihren Text gelernt, aber es fehlt ihr das Selbstvertrauen, ihn so zu sprechen, wie er nun einmal gesprochen werden muss. Wenn der Film nicht floppen soll, muss sie gut spielen, deswegen schlage ich ihr vor, das Skript noch mal zusammen durchzugehen, und am Ende eines langen Freitags steht sie, ihren abgegriffenen Text in einer Hand, mit unglücklicher Miene bei mir vor der Tür.

»O nein. So wird das nichts. Ich mache jetzt die Tür wieder zu, du klopfst noch einmal an, und wenn ich öffne, will ich jede Menge Enthusiasmus sehen.« Ich mache es ihr vor und grinse breit. »Kapiert?«

Sie bleckt die Zähne. »So vielleicht? Ist das genug Begeisterung?«

»Perfekt!« Ich bitte sie herein und führe sie zur Couch. »Willst du was trinken?«

»Danke, nein.«

»Okay.« Ich schnalze mit der Zunge. »Also, wo fangen wir an?«

Sie blättert zu Szene zweiunddreißig, wo wir beide wütend

streiten, bevor es zu einer wirklich heißen Liebesszene kommt. »Ich würde diese Stelle gerne noch mal durchgehen. Ich kann meinen Text, aber es fehlt noch die ... Ich weiß nicht ...«

»Die Chemie«, schlage ich vor.

»Genau, die Chemie. Diese Szene macht mich echt nervös. Ich habe noch nie eine Szene gedreht, die so durchchoreografiert war. Und es ist meine erste Liebesszene vor der Kamera, die will ich einfach richtig gut hinkriegen.«

Ich weiß, wovon sie spricht. Es gibt nichts Unangenehmeres auf der ganzen Welt, als seine erste Liebesszene zu drehen. Es soll natürlich wirken, aber alles ist bis ins kleinste Detail vorgegeben. Wenn man nicht aufpasst, wird ein totales Fiasko daraus. Im wahren Leben brüllt ja auch keine Stimme aus dem Hintergrund, wie man sich beim Sex anstellen soll.

»Okay. Dann wollen wir mal.« Ich lese die Überschrift laut vor: »KATIES HOTELZIMMER – NACHMITTAG«. Wir stehen in der Szene in der Nähe von einem Bett, also stehen wir beide wieder auf. »In diesem Ding willst du dahin?« Ich befingere den Kragen ihrer Bluse, als ob er die Schnur eines Hoodies sei. »Du könntest dir zumindest etwas Mühe geben.«

»Wir gehen zu einem Interview für die Zeitung, nicht zu den Grammys.« Sie schiebt meine Hand weg. »Was soll ich anziehen? Ein Hundehalsband und zerrissene Jeans wie du?« Nach einer kurzen Pause fährt sie fort. »Verdammt, Katie! Statt richtige Musik zu machen, spielst du jetzt den abgewrackten Rockstar, und bei all dem Scheiß, den du ständig einwirfst, und bei deinen lächerlichen Outfits nimmt man dir die Rolle langsam wirklich ab.«

Das hat sie gut rübergebracht. Ich schniefe, wie ich es laut der Regieanweisung soll. »Ich spiele keine Rolle, ich bin ein *echter* Star! Ich bin genau dort, wo ich immer hinwollte! Ich musste mir den Arsch aufreißen und in jeder Menge beschissener Lokale spielen, bis ich endlich hier gelandet bin. Und jetzt genieße ich, dass ich es geschafft habe. Wo ist da das Problem?«

»Du warst auf deinem Weg nicht allein. Tracy, Sam und ich waren die ganze Zeit dabei! Das Problem ist, dass du dich als Einzige von uns so stark verändert hast! Früher war ich total in dich und dein Talent verliebt. Aber jetzt bist du plötzlich ein Junkie, und es wird ganz sicher nicht mehr lange dauern, bis du wieder in der Gosse landest, wo du herkommst.«

Jetzt soll ich sie aufs Bett schubsen und leidenschaftlich küssen, doch das kann ich nicht. Ich bin zu einer Salzsäule erstarrt. So etwas ist mir bisher nie passiert und leise stammele ich: »Es tut mir leid.« Der Rockstar Katie hat den Raum verlassen. Ich bin jetzt nur noch ich. »Das war echt gut. Den Rest der Szene sollten wir meiner Meinung nach erst spielen, wenn wir ihn auch drehen, weil er dann echter rüberkommt.«

»Wahrscheinlich hast du recht«, stimmt mir Rebecca zu. »Wir werden diese Szene rocken!«

»Klar.« Ich nicke, auch wenn ich mir da nicht ganz so sicher bin. Ich habe einen dicken Kloß im Hals, den ich beim besten Willen nicht heruntergeschluckt bekomme.

»He, ich habe einen Riesenhunger«, sagt Rebecca plötzlich. Offensichtlich bin ich die Einzige hier im Raum, für die der bevorstehende Dreh dieser Szene so ein unangenehmes Thema ist. »Wollen wir die Bar gegenüber ausprobieren? Da gibt's die Langusten, von denen alle sprechen.«

»Langusten?« Ich finde den Gedanken, mir einen Hybrid aus Skorpion und Hummer einzuverleiben, grässlich, aber offenbar steht ihr der Sinn nach etwas Spaß und einem kleinen Abenteuer, und vielleicht wäre das ja auch genau das Richtige für mich. »Die wollte ich schon immer mal probieren.«

Rebecca ist tatsächlich so chaotisch, laut und feierlustig, wie ich dachte, und erzählt mir unbekümmert die Geschichte ihres Lebens, während sie genüsslich einen Tequila nach dem anderen runterkippt. Sie ist zweiundzwanzig, stammt aus Iowa und lebt seit vier Jahren in Los Angeles. Ihr Freund heißt Tom, ihr Hund heißt Chutney und ihr Vater hat niemals daran geglaubt, das irgendwann mal etwas aus ihr wird. Von mir erfährt sie, dass ich ein hundeloser Single bin und meine Mom der Inbegriff einer übertrieben ehrgeizigen Helikoptermutter ist. Dank Internet weiß sie bereits, woher ich stamme und wie meine bisherige Karriere vor der Kamera verlaufen ist. Ich finde es noch immer seltsam, dass die Leute nur einen Blick ins Internet werfen müssen, um zu erfahren, wer ich bin.

Es ist bereits nach zwei, als ich beschließe, dass ich gehen muss.

»Ich bleib noch 'n bisschen hier und schau, ob ich 'n paar neue Freunde finde«, klärt sie mich mit schwerer Zunge auf. In der noch immer gut besuchten Bar fallen wir zusammen nicht weiter auf. Aber wenn ich dieses hübsche Mädchen hier ganz allein in einer Kneipe im French Quarter sitzen lasse, wird das bestimmt auf eine Katastrophe hinauslaufen.

»O nein, das tust du nicht.« Ich klatsche etwas Bargeld auf den Tresen, stehe auf und lege ihren Arm um meine Schultern, weil sie nicht mehr gerade stehen kann. Kaum dass wir versuchen, Richtung Tür zu gehen, zücken mehrere Leute ihre Smartphones und beginnen, uns zu filmen. *Na toll. Ich bin noch nicht einundzwanzig und wahrscheinlich wird morgen früh in irgendeinem Käseblatt ein Foto davon zu sehen sein, wie ich versuche, eine sturzbetrunkene junge Frau zu nachtschlafender Zeit aus einer Bar zu zerren.* Am liebsten hätte ich in eine der Kameras gesagt: »Hi, Ma. Bist du jetzt stolz auf mich?« Aber das würde die Standpauke, die Lawrence mir unweigerlich halten wird, nur unnötig in die Länge ziehen, und das will ich ganz bestimmt nicht.

Als wir in Rebeccas Zimmer stolpern, bin ich vollkommen erschöpft. Kaum habe ich sie auf ihr Bett gehievt, sinkt sie in einen komatösen Schlaf, und augenrollend überlasse ich sie ihrem Schicksal.

In meinem Zimmer falle ich aufs Bett und spare mir die Mühe, einen Pyjama anzuziehen. Ich wälze mich unruhig hin und her. Es macht mich unzufrieden, wie der Abend geendet ist. Normalerweise gehe ich Besäufnissen so gut wie möglich aus dem Weg. Es gefällt mir irgendwie, das »brave Mädchen« Hollywoods zu sein. Ich präsentiere mich am liebsten als jemand, der gerne Spaß hat, aber ohne zu übertreiben. Es gibt einfach schon zu viele Leute in der Branche, die unbedingt »cooler« erscheinen wollen, als gesund ist. Wenn es der Inbegriff von Coolness ist, sich sturzbetrunken nach Hause schleifen zu lassen, gelte ich lieber als langweilig.

Obwohl mir klar ist, dass sie schläft, schicke ich Payton eine Textnachricht. »Ich wollte mich schon früher melden, aber hier ist der Teufel los. Hatte heute meinen ersten freien Abend und die andere Hauptdarstellerin hat eindeutig zu tief ins Glas geschaut. Besorg dir Montag irgendwo ein Klatschblatt, falls du was zum Lachen haben willst. Ich habe morgen frei! Dann klappt es hoffentlich mit einem Gespräch. XOXO Kendall.«

Am Samstag hat die ganze Crew seit Drehbeginn den ersten freien Tag. Ich lese viel und hänge mit den anderen am Hotelpool ab. Lauren Atwell, die die Bassistin Tracy spielt, ist megacool. Ich habe sie mal kurz bei der Premiere eines anderen Films getroffen, aber erst jetzt lerne ich sie so richtig kennen. Sie ist zwanzig, sie liebt Bücher und Konzerte und sie stand zum ersten Mal mit zehn vor einer Kamera, in einem derart großen Film wie unserem hat sie bisher noch nie mitgespielt. Wir tauschen Telefonnummern, um weiter in Kontakt zu bleiben, wenn die Dreharbeiten abgeschlossen sind. Spencer St. Germaine, der den Drummer spielt, beherrscht sein Instrument im Gegensatz zu uns wirklich. Er ist süß, aber er verbringt einen Großteil seiner freien Zeit am Telefon mit seiner Freundin.

Als Rebecca auftaucht, wird schnell klar, wie es um sie steht. Statt mit unseren echten Namen spricht sie uns beharrlich mit den Namen der Charaktere an, die wir spielen.

»Da hat jemand aber einen anstrengenden Abend hinter sich«, zieht Lauren sie auf.

Spencer reißt sich kurz von seinem Smartphone los und stellt fest: »Du siehst so aus, als hättest du einen Ringkampf verloren.«

»So *fühle* ich mich auch«, erwidert Rebecca und wendet sich an mich. »Danke, dass du mich gestern Abend nicht einfach dort sitzen gelassen hast.«

»Schon gut.« Ich bin ein bisschen abgelenkt, denn Payton hat noch nichts von sich hören lassen, und das ist völlig untypisch für sie. An meinen freien Tagen meldet sie sich normalerweise immer.

»Na, wartest du darauf, dass dich dein Freund anruft?«, fragt Spencer mich.

Ich hasse es, dass offensichtlich niemand denkt, ich könne auch alleine glücklich sein. »Ich wüsste wirklich gern, warum sich alle so sehr für irgendeinen Mann in meinem Leben interessieren, den es gar nicht gibt.« Ich hätte Spencer nicht so anfahren sollen, denn plötzlich sehen mich auch die anderen fragend an.

»Sorry.« Er nickt mir zu. »Ich dachte nur, dass du auf einen Anruf wartest, weil du ständig auf dein Smartphone starrst.«

»Ist das ein wunder Punkt bei dir?«, hakt Lauren nach.

»Ich warte auf den Anruf einer Freundin, der ich gestern Abend noch geschrieben habe und die normalerweise immer gleich was von sich hören lässt.« Mit einem gleichmütigen Achselzucken füge ich hinzu: »Und nein, das ist kein wunder

Punkt. Ich will einfach im Augenblick keine Beziehung haben, weiter nichts.«

Und dann ruft endlich Payton an. Ich springe auf und gehe ein paar Schritte von den anderen weg, damit ich in Ruhe mit ihr reden kann. »Hey, Payton, hast du meine Nachricht gekriegt?« Ich frage mich, ob die SMS womöglich auf dem weiten Weg quer durch die Staaten irgendwo verloren gegangen ist.

»Natürlich. Tut mir leid. Ich hatte heute Morgen eine Arbeitsgruppe und dann war ich noch mit einem Mädchen aus der Gruppe Kaffee trinken.«

»Oh.« Das höre ich nicht gern, auch wenn ich mir nicht sicher bin, warum. Payton mich niemals durch jemand anderen ersetzen. Oder vielleicht doch? »Dann hattest du also ein Date?« *Das geht dich einen feuchten Kehricht an. Und wenn es ein Date war, solltest du dich für sie freuen.*

»Ja, sicher, wenn man es als Date bezeichnen will, sich zwei Stunden über die Besetzung Europas durch die Nazis zu unterhalten. Ha, das wäre das schlimmste Date überhaupt! Vielleicht würde ich danach nie wieder mit einer Frau ausgehen wollen.«

Ich lache auf. »Das stimmt, ein schlimmeres Date kann ich mir kaum vorstellen.«

Wir reden über eine Stunde lang, planen einen Videochat am Tag nach meiner Rückkehr nach LA, und als sie auflegt, gehe ich zurück zum Pool. Spencer und Rebecca balgen sich im Wasser, aber Lauren sieht mich feixend an und fragt: »War das der Anruf, den du derart sehnsüchtig erwartet hast?«

Ich lasse mich auf eine Liege fallen. »Ja. Der war von meiner Freundin Payton.«

»Gut. Ich konnte nämlich sehen, dass du in Sorge warst.«

»Ich habe in letzter Zeit nicht viel mit ihr gesprochen. Wir sind hier so beschäftigt mit den Dreharbeiten.« In diesem Augenblick beschließe ich, nie mehr bei Produktionen mitzumachen, die in einem Monat durchgezogen werden müssen, weil das einfach viel zu viel und viel zu hektisch ist.

Lauren runzelt die Stirn. »Du hattest doch wohl keine Angst, dass sie dich in der Zeit vergisst?«

»Nein.« Tatsächlich hat mir selbst die Zeit gefehlt, an sie zu denken – aber ich könnte sie natürlich nie vergessen. »Ich habe einfach immer das Gefühl, dass ich verpasse, was zu Hause läuft. So war es auch schon auf der Highschool, als ich nur in Fernsehserien und kleinen Filmen aufgetreten bin. Ich habe meine ganze Zeit damit verbracht, zu arbeiten, und jede Rolle mitgenommen, die mir angeboten wurde. Und dabei heißt es immer, die vier Jahre Highschool wären die besten Jahre, die es im Leben eines Menschen gibt. Und wenn ich wirklich einmal dort war, *war* es auch echt toll. Auch wenn die meisten wichtigen Sachen mir entgangen sind. Ich war nicht mal auf meinem eigenen Abschlussball und das Abschlusszeugnis hat die Schule mir geschickt. Und ich war nicht für meine beste Freundin da, als es ihr wirklich dreckig ging.«

»Das klingt, als wäre dir nicht klar gewesen, worauf du dich beim Streben nach Ruhm und Reichtum einlässt.«

»Ich wollte eine gute Schauspielerin werden, aber auf den *Ruhm* war ich tatsächlich nicht vorbereitet. Ich kann es immer noch nicht fassen, dass manchmal, wenn ich aus dem Haus komme, ein Paparazzo im Gebüsch sitzt und ein Foto von mir schießt.«

»Igitt.« Sie lacht. »Mit so absurden Sachen habe ich bisher noch nichts zu tun gehabt.«

»Wollen wir tauschen?«, frage ich nur halb im Scherz. »Mein Leben ist inzwischen einfach verrückt.«

»Nein, danke«, wehrt sie ab. »Es reicht mir völlig, dass man mich dafür bezahlt, ein winzig kleiner Fleck auf dem Radar zu sein. Und falls du denkst, es wäre jetzt schon schlimm, wart erst mal die Preisverleihungen ab. *In Heaven's Arms* war echt unglaublich, und wenn sie dich dafür nicht für den Elite Award nominieren, haben wir anderen niemals eine Chance.«

»O Gott, das ist das Letzte, was ich will. Ich wäre so geehrt und so verblüfft, dass ich ganz sicher keinen Ton herausbekommen würde. Ich habe nicht das mindeste Interesse daran, so im Mittelpunkt zu stehen. Ich finde es ohnehin schon schwer genug, mir ein Mindestmaß an Privatsphäre zu bewahren.«

Sie nickt. »Ich nehme an, das ist der Beweis, dass man es geschafft hat – wenn es unmöglich scheint, ein Privatleben zu haben.«

»Wahrscheinlich«, stimme ich ihr zu. »Am besten atme ich tief durch und klammere mich an dem letzten bisschen Privatleben, das ich noch habe, fest.«

Sie lacht noch einmal. »Unbedingt.«

Endlich ist der letzte Drehtag gekommen. Wir *alle* freuen uns, wenn der Film endlich im Kasten ist. Aber heute ist auch der Tag, vor dem ich mich die ganze Zeit gefürchtet habe, denn wir werden Szene zweiunddreißig drehen. Ich finde Sexszenen immer schrecklich, aber so angespannt wie vor dieser Szene war ich bisher noch nie. Wir drehen an einem geschlossenen Set, das heißt, dass nur Leute, die dort was zu tun haben, in der Nähe sind. Normalerweise erleichtert es das Ganze etwas, aber diesmal hilft es nicht.

Ich überlege, ob ich vielleicht einen Wodka oder sonst was trinken soll, was mich ein bisschen locker machen würde. Ich habe plötzlich Minderwertigkeitsgefühle und es kommt mir vor, als würden jetzt gleich alle sehen, was für eine jämmerliche Schauspielerin ich in Wahrheit bin. Ich habe kein Problem damit, ein Mädchen darzustellen, das nicht damit zurechtkommt, dass es von dem einen auf den anderen Tag berühmt geworden ist – diese Rolle kommt meinem wahren Ich einigermaßen nahe. Ich kann auch so tun, als könne ich Gitarre spielen, aber diese Liebesszene, die Art, wie sie geschrieben ist ... Sie ist zu leidenschaftlich und real, um sie zu spielen. In meinem wahren Leben habe ich so etwas nie erlebt, deswegen weiß ich nicht, woran ich mich beim Spielen halten soll. *Ich werde es vermasseln.*

Während wir herumstehen und drauf warten, dass das Licht für diese Szene eingestellt wird, schleiche ich mich zu dem Stuhl, auf dem mein Smartphone liegt, und drücke auf den Kurzwahlknopf für »Payton«. Während es am anderen Ende tutet, frage ich mich, ob sie vielleicht irgendwann die Nase davon voll haben wird, mir bei meinen lächerlichen Krisen beizustehen.

»Was gibt's für ein Problem, Kendall?«, fragt sie sofort. *Es ist erschreckend, wie gut sie mich kennt.* Bei ihrer Frage steigen Schuldgefühle in mir auf. Ich denke an die vielen Male, als sie mit mir hätte sprechen wollen, ich aber nicht für sie da war.

»Es gibt kein richtiges Problem. Ich brauche einfach jemand, der mir etwas Mut macht, und du warst die Erste, die mir eingefallen ist.« *Das hast du wirklich nett gesagt. Jetzt hält sie dich wahrscheinlich für die grauenhafte Klette, die du bist.* »Weißt du noch, als ich erzählt habe, ich müsse meine Filmpartnerin küssen? Diese Szene drehen wir in fünf Minuten, aber jetzt geht es plötzlich um viel mehr als einen bloßen Kuss.«

»Und das macht Kendall Bettencourt, die beste Nachwuchsschauspielerin, die Hollywood im Augenblick zu bieten hat, nervös? Ist es das, was du mir sagen willst?«

»Ich kann nicht schauspielen. Ich kann auch sonst nichts und ich will hier weg.«

»Also bitte.« Payton zieht das *Bitte* übertrieben in die Länge und dann fährt sie fort: »Für dich ist die Schauspielerei wie Atmen, elendige Dramaqueen. Mach deine Augen zu und stell dir vor, dass du in deiner eigenen Bude bist und dort jemanden küsst.« Nach einer Pause schlägt sie vor: »Vielleicht denkst du dabei an Jared oder so.«

»An Jared?« Ich muss so laut lachen, dass die anderen sich nach mir umdrehen und mich böse anstarren. Jared. Igitt. Das sind doch olle Kamellen. Die liegen vergessen in der Ecke und gammeln, seit wir beide fünfzehn waren. Die will keiner mehr. »Nicht mal, wenn er der letzte Mensch auf Erden wäre, würde ich den Kerl noch einmal küssen wollen. Im Ernst, da mache ich ja lieber mit einem toten Kaktus rum.«

»Zumindest konntest du darüber lachen. Stell dir einfach jemanden vor, bei dem der Gedanke, ihn zu küssen, dich nicht völlig abtörnt. Verdammt, von mir aus stell dir einfach diesen toten Kaktus vor, wenn das für dich am besten funktioniert.«

»Okay.« Der Assistent des Regisseurs tippt meine Schulter an. Das heißt, die letzte Gnadenfrist ist abgelaufen, und jetzt muss ich ran. »Danke, Payton. Ich muss los.«

»Viel Glück.«

Natürlich fällt mir jemand ein, den ich küssen will. Nur leider ist es genau die eine Person, die ich *niemals* küssen sollte, nicht einmal in Gedanken.

Rebecca baut sich übertrieben selbstbewusst an meiner Seite auf. »Bereit, es ihnen zu zeigen?«

»Klar.« Ich lächele souverän. *Wahrscheinlich ist das Einzige, was ich den Leuten zeigen werde, dass ich eine grauenhafte Schauspielerin bin.*

Dann heißt es »Action!«, ich atme tief durch und trete näher an Rebecca ran. »In diesem Ding willst du dahin?« Ich ziehe an der Schnur von ihrem Hoodie und verziehe angewidert das Gesicht. »Du könntest dir zumindest etwas Mühe geben.«

»Wir gehen zu einem Interview für die Zeitung, nicht zu den Grammys.« Sie schiebt meine Hand weg. »Was soll ich anziehen? Ein Hundehalsband und zerrissene Jeans wie du?« Während sie eine kurze Pause macht, setzt auch mein Herzschlag aus. »Verdammt, Katie! Statt richtige Musik zu machen, spielst du jetzt den abgewrackten Rockstar, und bei all dem Scheiß, den du ständig einwirfst, und bei deinen lächerlichen Outfits nimmt man dir die Rolle langsam wirklich ab.«

Schniefend wische ich mir mit dem Handrücken die Nase ab. »Ich spiele keine Rolle, ich bin ein *echter* Star! Ich bin genau dort, wo ich immer hinwollte! Ich musste mir den Arsch aufreißen und in jeder Menge beschissener Lokale spielen, bis ich endlich hier gelandet bin. Und jetzt genieße ich, dass ich es geschafft habe. Wo ist da das Problem?«

»Du warst auf deinem Weg nicht allein. Tracy, Sam und ich waren die ganze Zeit dabei! Das Problem ist, dass du dich als Einzige von uns so stark verändert hast! Früher war ich total in dich und dein Talent verliebt. Aber jetzt bist du plötzlich ein Junkie, und es wird ganz sicher nicht mehr lange dauern, bis du wieder in der Gosse landest, wo du herkommst.«

Sie baut sich drohend vor mir auf. Ich kann die Hitze zwischen uns spüren und plötzlich ist es nicht Rebecca, der ich in die Augen sehe, sondern Payton. Aber trotzdem fühle ich mich alles andere als wohl in meiner Haut. Was ich in diesem Augenblick empfinde, geht weit über die Freundschaft hinaus, die uns verbindet.

Na los! Ich schließe meine Augen, lege meine Hand an ihren Hinterkopf und packe ihren Pferdeschwanz. Dann küsse ich sie gierig auf den Mund, und sie schlingt mir die Arme um den Hals, streicht mit den Händen über meinen Rücken und zieht dann abrupt mein T-Shirt hoch. Sie unterbricht den Kuss, um mir das Shirt über den Kopf zu zerren. Als ich nur noch in meinem schwarzen Spitzen-BH vor ihr stehe, presst sie mir abermals die Lippen auf den Mund, und ohne unsere Knutscherei zu unterbrechen, fallen wir aufs Bett. Ich lande oben und sie beginnt, sich unter mir zu winden. Für alle am Set muss es so aussehen, als würde ich die Szene spielen, doch zu meinem Leidwesen macht Rebecca mich *wirklich* heiß. Es ist sehr irritierend und lenkt mich von der Arbeit ab.

Ich zwinge mich, mich zu erinnern, wie es laut Drehbuch weitergehen soll. Ich soll ihr hastig ihre Jeans aufknöpfen, aber das fühlt sich für mich nicht richtig an. *Zur Hölle mit den Anweisungen im Drehbuch.* Statt ihr die Jeans vom Leib zu reißen, gehe ich es langsam an. Ich schiebe ihr wie in Zeitlupe die Hose über die Hüfte hinab und berühre dabei immer wieder ihre nackte Haut. Dann ziehe ich ihr die Jeans komplett aus, zerknülle sie und lasse sie auf den Boden fallen. Langsam schiebe mich wieder an ihrem Körper hinauf, und während ich ihr in die Augen sehe, beißt sie sich auf ihre Unterlippe und legt ihre Hand in meinen Nacken. Wir küssen uns erneut. Sie schiebt mir ihre Zunge in den Mund und stößt ein kehliges Stöhnen aus, das in meinem ganzen Körper nachhallt.

»Cut!«, ertönt es irgendwo hinter der Kamera. Ich muss mich zwingen aufzuhören. Der Regisseur gratuliert uns. »Das war perfekt, Mädels. Die Szene ist im Kasten, Leute!«

Alle applaudieren uns, und während sich Rebecca bückt, um ihre Hose aufzuheben, ziehe ich mein T-Shirt wieder an. Wir schaffen es nicht, uns dabei anzusehen, aber als wir wieder angezogen sind, dreht sie sich zu mir um. »Das war echt ...«

»Intensiv«, sagen wir beide wie aus einem Mund.

»Ich habe während des gesamten Drehs an Tom gedacht und war deshalb ein bisschen abgelenkt. Du weißt schon, wegen deines Mangels an Bartwuchs.« Sie reibt ihr Kinn und bricht in leises Kichern aus.

»Ha, ja, klar.« Ich werde ihr ganz sicher nicht erzählen, wen ich an ihrer Stelle hätte küssen wollen. »Und heute Abend steigt dann die große Party zum Drehabschluss, was?«

»Verdammt, ja.«

Am nächsten Morgen reißt der Weckanruf der Rezeption mich um neun Uhr aus dem Schlaf. Da ich bis fünf auf der verfluchten Party war, muss ich mich zwingen aufzustehen. Ich hätte wirklich nicht so lange bleiben und *vor allem* nicht so viel trinken sollen. Aber wie sonst hätte ich meinen verwirrten Kopf betäuben sollen? Den Kopf, der sich gerade mit unerträglichem Pochen für den vielen Wein vom Vorabend rächt.

Um kurz vor zehn taucht Ricky auf, um mich zum Flughafen zu fahren. Ich sage ihm Hallo und will ihm beim Verladen meiner Koffer helfen, aber das lässt er nicht zu. »Haben Sie auf diesem Keyboard mal gespielt?« Er klopft mit einem Finger auf den riesigen Karton, den er im Kofferraum verstaut. Ich will das Keyboard erst aus der Verpackung nehmen, wenn Payton und ich mit dem Unterricht beginnen. Payton. Am Freitag hat sie Geburtstag. Ich war seit Jahren nicht mehr an ihrem Geburtstag bei ihr.

»Dafür hat mir die Zeit gefehlt.«

Er öffnet mir die Hintertür des Wagens und ich steige ein.

»Dann geht's jetzt also wieder heim?«, fragt er, nachdem er selber eingestiegen ist.

O ja, jetzt geht es wieder heim. Ich hole meinen Blackberry aus meiner Tasche, scrolle mich durch die Kontakte und starte einen Anruf.

»Architekturbüro Wilhelm und Bettencourt«, meldet die Sekretärin meines Vaters sich.

»Sandra? Hallo, hier ist Kendall. Ist mein Vater in der Nähe?«

Sandra ist ein echter Schatz. Sie ist die gute Laune in Person und geht mit allen Anrufern so nett um wie mit mir.

»Oh, hallo, Schätzchen! Schön, von dir zu hören! Moment. Ich stelle dich gleich zu ihm durch.«

Es klingelt eine halbe Ewigkeit, doch schließlich kommt mein Vater an den Apparat.

»Hallo, mein Krümelchen«, grüßt er gut gelaunt. Egal, wie

alt ich werde oder wann wir uns zum letzten Mal gesehen oder gesprochen haben – ich werde wohl immer sein Krümelchen sein. »Vor ein paar Wochen gab es einen interessanten Artikel im *Inquirer* über dich. Ich bin stolz auf dich!«, sagt er schelmisch.

Mein Dad. Er fehlt mir wirklich sehr. Genau wie meine *echten* Freundinnen und Freunde, die saubere Luft und der Blick von der anderen Hudsonseite auf New York. Die Liste all der Dinge, die mir fehlen, ist ellenlang. »Ich dachte mir schon, dass es dich freuen wird, zu hören, dass ich mich trotz der vielen Arbeit auch prächtig amüsiere.«

»Darüber war ich wirklich froh. Im Gegensatz zu deiner Mom. Sie hat beim Anblick des Fotos fast der Schlag getroffen.«

Ich lache auf, doch dann wird meine Stimme wieder ernst. »Es gibt da was, was ich dich fragen will, Daddy.«

»Okay, schieß los.«

»Ich habe mich gefragt ...« Ich fühle mich ein bisschen unsicher, aber dafür gibt es keinen Grund – ich rede ja mit meinem Dad. »Ich habe mich gefragt, ob ich vielleicht für ein, zwei Wochen bei euch wohnen kann. Vielleicht bis nach Thanksgiving oder so?« Die Sache hat nur einen Haken, nämlich dass ich dann mehr Zeit mit meiner Mom verbringen werde, als ich will. Aber für mehr Zeit mit meinem Dad und meinen Freundinnen und Freunden nehme ich das gern in Kauf.

Nach einem Augenblick der Stille meint mein Dad: »Du brauchst uns nie zu fragen, ob du bei uns wohnen kannst, Kendall. Es ist auch dein Zuhause. Ist alles gut?«

Ich will ihm all die Dinge aufzählen, die mir fehlen, und ihm sagen, dass ich – obwohl mich anscheinend die ganze Menschheit kennt – in Wahrheit furchtbar einsam bin. »Natürlich ist es das. Ich muss nur einmal für eine Weile durchatmen und zur Ruhe kommen.«

»Ich weiß zwar nicht, warum du dafür unbedingt nach Clifton kommen willst, wo du doch auch nach Cancun fliegen könntest, aber wenn du eine Zeitlang kommen möchtest, würden wir uns wirklich freuen. Vor allem an Thanksgiving.«

»Super.« Ich bin meinem Vater mehr als dankbar, aber davon würde er bestimmt nichts hören wollen. »Okay, ich bin jetzt auf dem Weg zum Flughafen. Ich muss noch meinen Flug ändern, aber heute Abend sollte ich in Clifton sein.«

»Okidoki. Also dann bis dann.« Ich höre, dass er lächelt, und als wir auf Wiedersehen sagen, lächele ich ebenfalls.

Ich lege auf und scrolle mich durch all die Bilder auf meinem Smartphone. Ich habe massenweise Aufnahmen von mir und all den anderen am *Idol-Worship*-Set, wie wir zusammen rumalbern, Fotos von mir und meinen Freundinnen und Freunden aus Hollywood auf irgendwelchen Partys und Premieren, ein paar von mir und meinen Eltern, von mir mit Jared und Sarah und ein einziges Foto von Payton. *Eins.* Sie hat es immer schon gehasst, für Fotos zu posieren, aber einmal ist es mir gelungen, einen Schnappschuss von ihr aufzunehmen, als sie letztes Jahr bei Sarahs Grillfete am vierten Juli mal nicht aufgepasst hat. Sie sitzt mit der Gitarre auf dem Schoß auf einem Gartenstuhl und guckt schräg an der Kamera vorbei. Zu ihrer Linken geht die Sonne unter und taucht ihr Gesicht in überirdisch weiches Licht. *Wie wunderschön sie auf dem Foto ist.*

»Planänderung?«, reißt Rickys Stimme mich aus meinen Überlegungen.

»Ja.« Ich nicke zustimmend. »Ich fliege erst mal heim.«
Im Rückspiegel kann ich ihn lächeln sehen.

3

PAYTON

Ich sitze wie so oft im Café des Studentenzentrums, lese einen Text über den Zweiten Weltkrieg und frage mich, warum zum Teufel ich an der Montclair das ganze Standardzeug mache, statt am Berklee College in Boston Filmmusik zu studieren. Ich hätte dort studieren gehen sollen. An unserem College hier gibt es keinen Filmmusikkurs. Am Ende aber hat das Geld entschieden. Die MSU hat mir ein deutlich größeres Stipendium angeboten, und auch wenn ich das nie offen eingestehen würde, hat mir der Gedanke, so weit weg zu ziehen, ein bisschen Angst gemacht. Direkt nach meinem Schulabschluss war ich noch nicht bereit dazu, und ich bin mir nicht sicher, ob sich das seither geändert hat.

Ich habe den Text fast durchgelesen, als ich durch laute Stimmen draußen abgelenkt werde. Ich reiße mich von der Lektüre los und gucke durch die Fenster in den Flur, um zu erkennen, was der Grund für das Getöse ist. Ich sehe eine Menschenansammlung vor einem der Getränkeautomaten, aber es ist nicht auszumachen, was sie dort alle wollen. Ich klappe mein Geschichtsbuch zu, um die Lektüre im Nebengebäude fortzusetzen, wo man gewöhnlich seine Ruhe hat.

Ich gehe los, aber bei den Automaten packt mich irgendwer am Ellenbogen. Ich fahre herum, bereit, ihm eine zu verpassen. »Verdammt, was soll …?« Ich starre wütend in die Gläser der riesengroßen Sonnenbrille, die mein Gegenüber auf der Nase hat.

Mir stockt der Atem, als ich sehe, wer mich festgehalten hat. »Kendall? O mein Gott!« Ich falle ihr um den Hals, ohne auch nur einen Gedanken darauf zu verschwenden, dass es sich für mich vielleicht komisch anfühlen könnte, sie zu berühren. »Was bringt dich hierher?«

Sie lächelt ihr umwerfendes Lächeln und erklärt: »Es ist zwar kaum zu glauben, aber meine Mutter hat mich hergefahren.«

»Das ist natürlich nett, aber du weißt, was ich meine. Was *machst* du hier?«

»LA ist nur der Ort, an dem ich manchmal meine schicken Sachen in den Schrank hänge. Zuhause ist hier. Vor allem hast du bald Geburtstag, oder etwa nicht?« Noch immer lungern eine Handvoll Leute in der Nähe rum, die Schnappschüsse von Kendall machen und sich lautstark fragen, was sie wohl hier will, was Kendall offenkundig ziemlich auf den Wecker geht. »Lass uns von hier verschwinden«, fordert sie mich deshalb auf.

»Das würde ich zwar gerne, aber leider habe ich noch einen Kurs.«

»Den lässt du einfach ausfallen«, stellt sie sachlich fest, als hinge von dem Studium nicht meine ganze Zukunft ab.

Verdammt! Wenn ich für Kendall durch die Flammen der Hölle gehen sollte, würde ich das tun. »Okay.« Ich hake mich entschlossen bei ihr ein und gemeinsam laufen wir in die Tiefgarage, wo mein Wagen steht.

Um die etwas angespannte Stille auf der Fahrt zu mir nach Hause zu durchbrechen, sage ich: »In irgendeiner Zeitschrift stand, dass zwischen dir und diesem Spencer So-und-so während eurer Zeit in New Orleans was lief.« Natürlich bin ich innerlich überhaupt nicht auf den Fall vorbereitet, dass das stimmen sollte. *Verdammt, warum hast du gerade dieses Thema für ein bisschen Small Talk ausgewählt?*

»Das war gelogen. Er hat seit Jahren eine Freundin und ist so krass in sie verliebt, dass er sie alle paar Minuten angerufen hat. Außerdem waren wir von früh bis spät am Set und danach im Hotel. Wie kann da irgendwer behaupten, dass er uns irgendwo zusammen gesehen hat und dass da ›was lief‹?«

Ich lächele sie an. »Stimmt.«

»Und wie ist es mit dir?« Sie kratzt abwesend an ihren Fingernägeln. »Hast du jemanden getroffen, der dich nicht mit Diskussionen über die Ostfront zu Tode langweilt?«

Natürlich nicht, denn ich liebe ein Mädchen, das bis an sein Lebensende niemals auch nur einen Hauch romantischer Gefühle für mich haben wird. Eigentlich ist es ganz schön doof von mir. Ich werde allein sterben, obwohl ich in einem ganzen Ozean von Frauen, die auf Frauen stehen, fischen könnte. »Statt meine Energie in die Suche nach der Richtigen oder vorübergehend Richtigen zu investieren, konzentriere ich mich erst mal auf mein Studium und aufs Komponieren.«

»Sehr schön«, sagt sie in einem Ton, als wäre sie erleichtert oder überrascht. »Wenn du bereit bist für die große Liebe, kommt dein Ehrgeiz bei den Damen bestimmt gut an.«

Ich bin kurz davor, ihr etwas darüber vorzujammern, dass mir meine große Liebe schon längst begegnet ist, aber ich will nichts sagen, was ich später garantiert bereuen werde.

»Also, wie sieht dein Plan für Freitagabend aus? Gibt es schon irgendwelche abgefahrenen Partypläne?«

»Abgesehen davon, dass ich den Tag damit verbringen werde, mich dran zu gewöhnen, dass hinter der Eins dann eine

Neun stehen wird, ist nichts weiter geplant. Meine Mom und Sarah müssen arbeiten und die Vorstellung, mich den ganzen Abend lang mit Jared über Mädchenbrüste auszutauschen, ist nicht unbedingt verführerisch.«

»Okay, das kann ich nachvollziehen. Das solltest du nicht tun.« Sie greift nach meiner Hand, die auf dem Schalthebel liegt, und mir bleibt nichts, als zu hoffen, dass sie nicht bemerkt, wie ich erschaudere. »Am besten überlässt du alles Kendall. Sie wird dafür sorgen, dass du einen unvergesslichen Geburtstag hast.«

Ich lächele sie an. Zum letzten Mal war sie an meinem sechzehnten Geburtstag hier. »Das glaube ich, solange sie dann nicht den ganzen Tag lang von sich selbst als Kendall spricht.«

Gespielt beleidigt zieht sie ihre Hand zurück. »Das kann dir Kendall nicht versprechen.«

»Also gut, Madame ›Ich bin so berühmt, dass ich von mir selbst in der dritten Person spreche‹, was schwebt dir für meinen Geburtstag vor?«

Bei dem verschmitzten Blick, mit dem sie mich bedenkt, ist es vollends um mich geschehen. »Das sind Geheiminformationen, die dir Kendall nicht enthüllen darf. Aber ich hole dich um neun Uhr ab.«

»Kannst du mir nicht zumindest einen Tipp geben, was ich anziehen soll? Ich fände es entsetzlich, total under- oder over- dressed zu sein.«

»Zieh einfach etwas dazwischen an.«

Sie ist eindeutig nicht bereit, mir irgendetwas zu verraten, also dränge ich sie nicht weiter. »Okay. Ich werde Freitagabend gegen neun Uhr fertig angezogen sein.«

»Sehr gut. Und ich verspreche dir, dass du ganz sicher nicht enttäuscht sein wirst. Ich habe nämlich was …« Das Klingeln ihres Smartphones unterbricht ihren Gedankengang. Sie sieht auf das Display und schaut mich an, als würde sie den Anruf ignorieren wollen. »Mist. Das ist James. Es tut mir leid, ich muss kurz drangehen.«

»Hallo«, meldet sie sich und streckt mir gleichzeitig die Zunge raus. »Ich bin zu Hause. Nein, zu Hause in New Jersey. Was zur Hölle ich hier mache? Ich besuche ein paar Leute. Und nein, ich habe sicher nicht die Absicht, Freitag wieder in LA zu sein, ich hab dort im Moment nichts zu tun. So etwas nennt man eine kurze *Auszeit*. Wow, tut mir leid. Ich wusste nicht, dass ich dich oder Lawrence vorher um Erlaubnis bitten muss. Du solltest aufpassen, in was für einem Ton du mit mir sprichst. Ich hab schon meine eigene Mom für weniger gefeuert, Mann.«

Ich weiß nicht, was er zu ihr sagt, aber sie hat plötzlich einen völlig anderen Tonfall.

»James, bitte, lass mir die zwei Wochen. Ich brauche wirklich dringend eine Pause«, bettelt sie ihn an. »Am Tag nach Thanksgiving? Also gut, bis dahin bin ich wieder da. Mach den Termin für den Tag aus. Ja, sicher, ich verspreche dir, ich nehme Freitagmorgen einen Flieger und ich werde pünktlich sein. Super, danke. Ciao.«

Nach dem Gespräch sieht sie total erledigt aus. »Tut mir leid. Er ist auf hundertachtzig, wegen irgendeiner Rolle, die mir angeboten worden ist.«

»Ist sie zumindest interessant?«

»Wer weiß? Der Film basiert anscheinend auf einem Tolkien-artigen Roman für junge Erwachsene oder so. Vielleicht übernehme ich die Rolle, nur damit endlich mal mit Schwertern spielen kann«, sagt sie und grinst mich an.

»Das klingt cool, aber ich freue mich, dass du trotzdem erst einmal noch in Clifton bleiben willst.«

»Zurückfliegen, um dann bei deinem Geburtstag zu fehlen? Nur über meine Leiche.«

Schnell blicke ich aus meinem Seitenfenster auf die Straße,

damit sie das blöde Grinsen nicht bemerkt, das mein Gesicht in Geiselhaft genommen hat.

***

Wir tauchen später als geplant bei mir zu Hause auf, doch als wir in die Küche schlendern, vergisst meine Mom sich darüber zu beklagen. Als sie Kendall sieht, nimmt sie meine Freundin, ohne mir auch nur Hallo zu sagen, in den Arm und stellt bewundernd fest, dass ihr die Sonnenbräune, die sie sich in Kalifornien zugezogen hat, fantastisch steht.

Kendall war früher so oft bei uns zu Gast, dass meine Mom sie häufig als ihr »zweites Kind« bezeichnet hat. Ich bin froh, dass sie das inzwischen nicht mehr tut. Dass ich mich nicht nur auf freundschaftliche Art zu Kendall hingezogen fühle, ist auch so schon schwer genug für mich.

»Verzeiht, wenn ich die Wiedersehensfreude störe, aber was gibt es denn zum Abendbrot?« Entschlossen schiebe ich die beiden auseinander, um den Kühlschrank zu erreichen.

»Wie *unhöflich*«, wendet sich Kendall stirnrunzelnd an meine Mom.

Wie immer schlägt sich meine Mutter auf die Seite unseres Gastes und erklärt mir feixend: »Also, bitte, Payton, denk an die Erziehung, die du jahrelang durch mich genossen hast.«

Ich stelle drei Limodosen aus dem Kühlschrank auf den Tisch, sehe sie an und stelle grimmig fest: »O Mann, kaum seid ihr zwei in einem Raum, verbündet ihr euch gegen mich.«

»Ich bitte dich. Das schaffen wir auch, wenn wir nicht im selben Zimmer sind«, klärt Kendall mich erhaben auf.

Mom nickt und tritt dann vor den Herd. »Das stimmt.«

Ich nehme ein paar Teller aus dem Schrank, halte sie Kendall hin und sage: »Hier. Mach dich mal nützlich.«

»Ich bin im *Urlaub* und jetzt soll ich plötzlich arbeiten?«, beschwert sie sich, aber dann nimmt sie mir die Teller ab und stellt sie auf den Tisch.

»Und das ist erst der Anfang. Nach dem Essen beginnen wir nämlich mit der Arbeit an deinem Gespür für Musik.«

»Wie schön, Kendall«, mischt Mom sich ein. »Ich wusste gar nicht, dass du lernen willst zu musizieren.«

»Bis vor Kurzem fand ich die Vorstellung auch grauenhaft.«

»Und was hat deinen Sinneswandel ausgelöst?«

»Ich dachte, dass es gut für die Karriere ist, wenn ich neben dem Schauspielen noch ein, zwei andere künstlerische Talente mitbringe. Sie wissen schon, Klavier spielen und noch irgendetwas, was ich mir erst noch überlegen muss.«

»Ich könnte dir ja zeigen, wie man Puls misst«, schlägt ihr meine Mutter scherzhaft vor.

»Das hat ja wohl nicht wirklich was mit *Kunst* zu tun.«

»Und wenn sie dabei summt?«, fragt meine Mutter über ihre Schulter, während sie in einem großen Topf Tomatensauce rührt.

»Es gehört sich nicht, die eigene Mutter so aufzuziehen«, weist Kendall mich zurecht. »Vor allem kann nicht *jeder* so viel von Musik verstehen wie du.« Sie zieht eine Grimasse und bohrt mir den Zeigefinger in den Bauch. Ich packe ihre Hand, um sie wegzuschieben. Unsere Finger verschränken sich, und Kendall verharrt länger in dieser Berührung als eigentlich nötig wäre. Dann sieht sie mir ins Gesicht. Sie sieht mir direkt in die Augen und durch sie hindurch in mich *hinein* und mir wird schwindelig.

Erschrocken ziehe ich die Hand zurück, und Kendall tut so, als sei ihr nicht aufgefallen, wie plötzlich ich die Berührung aufgelöst habe. Ihr Gesichtsausdruck ist nicht wirklich panisch, aber auch keineswegs gelassen.

»Okay, Mädels, wir können essen«, ertönt hinter mir die Stimme meiner Mom und damit ist der Augenblick vorbei.

Kendall drückt auf eine Taste des Klaviers. »Das ist ein C.«

»Sehr gut. Und was kommt dann?«

Sie legt den Finger auf der nächsten weißen Taste ab. »Das D und dann E, F, G, A, H und wieder C.« Sie spielt die Tonleiter und atmet auf.

»Sehr schön.«

»Spielst du mir was vor?«

Ich schüttele den Kopf. »O nein. Du hast jetzt Unterricht, nicht ich.«

»Ich weiß, aber ich würde gerne etwas anderes als die paar abgehackten Noten hören, die ich selber bisher spielen kann.«

»Also gut. Was soll ich spielen?«

Sie blättert eins von meinen Notenheften durch und stößt auf einen halb fertigen Song mit dem Arbeitstitel »Nicht ganz scheiße«.

»Das hier«, erklärt sie mir. »Mit all den Noten und den Strichen überall wirkt es, als ob es furchtbar zornig klingt.«

»Aber es ist noch nicht fertig.«

Ihr schräg gelegter Kopf fragt stumm »Na und?«

»Okay. Dann stell das Heft dahin.« Ich zeige auf den Notenständer auf dem Klavier.

Ich fange langsam an. Kendall liegt völlig falsch. Das Stück ist eher wehmütig, nicht zornig. Ich habe es absichtlich in h-Moll geschrieben, wie die alten Streichquartette, auch wenn es nicht einmal ansatzweise so bemerkenswert wie diese alten Stücke ist. Als ich fertig bin, starrt Kendall mich an.

»Ja?«, frage ich sie.

»Das ist der Wahnsinn. Ich bin hin und weg.«

»Ach, halt den Mund.« Ich stoße sie mit der Schulter an.

»Du musst es unbedingt zu Ende schreiben. Versprich es mir.« Sie legt die Hand auf meinen Arm. »Ich will, dass dieses Lied einmal in einem meiner Filme kommt.«

»Ach, red doch keinen Quatsch.«

»Das ist mein Ernst, Payton«. Ihr Gesicht wirkt plötzlich wirklich völlig ernst. »Das ist ein wunderschönes Lied und bitte schreib es fertig.«

»Zu Befehl, Ma'am«, necke ich sie, doch ihr Gesichtsausdruck bleibt gleich. »Du meinst es wirklich ernst, nicht wahr?«

»Glaubst du etwa, ich würde so etwas zum Spaß sagen? Ich könnte dafür sorgen, dass das Lied genommen wird. Es gibt wahrscheinlich keinen Music Supervisor in der ganzen Branche, der das Stück für eine passende Szene nicht verwenden wollen würde.«

Okay. Mein größter Traum im Leben ist es, Filmmusik zu machen, aber der Gedanke, dass tatsächlich etwas daraus werden könnte, bringt mich völlig aus dem Gleichgewicht. »Ich werde es zu Ende schreiben.«

Kendall lächelt. »Ausgezeichnet! Nur haben dieser Song und deine Art zu spielen mir wieder mal gezeigt, wie unfähig ich selber bin. Das heißt, wir machen erst mal Schluss für heute.«

Sie steht auf und geht zur Tür, aber so einfach lasse ich sie nicht vom Haken, deshalb rufe ich ihr hinterher: »Dann sehen wir uns also morgen um dieselbe Zeit?«

»Dann kann ich leider nicht, weil James mir morgen früh das Drehbuch mailt und ich es spätestens bis morgen Abend durchgelesen haben und ihm eine Antwort geben muss.«

»Dann also Freitag.«

»Da ist dein Geburtstag und da werden wir bestimmt nicht arbeiten.«

»Okay. Soll ich dich noch nach Hause fahren?«

Sie schüttelt ablehnend den Kopf. »Es ist ein schöner Abend und ich würde gerne noch ein Stückchen gehen.«

Ich sehe sie argwöhnisch an. »Ich kann dich auch zu Fuß nach Hause bringen, wenn du willst.«

»Ich will, dass du hier sitzen bleibst und diesen Song zu

Ende schreibst«, erklärt sie mir und greift zur Türklinke. »Ich hole dich dann Freitag ab.«

Am Freitagmorgen werde ich von meiner Mom geweckt. Sie setzt sich auf den Rand von meinem Bett und überreicht mir einen Schoko-Cupcake, auf dem eine Kerze brennt. Das war bei uns schon Tradition, als ich ein kleines Mädchen war. Jedes Jahr weckt meine Mutter mich um zwölf nach sieben, weil ich genau zu dieser Zeit nach achtundvierzig Stunden Wehen auf die Welt gekommen bin.

»Herzlichen Glückwunsch zum Geburtstag.« Sie presst einen Kuss auf meine Stirn. »Jetzt ist meine Kleine ganz erwachsen.«

»Danke, Mom.« Ich puste die Geburtstagskerze aus. »Obwohl ich eigentlich noch nicht richtig erwachsen bin.«

»Du bist jetzt neunzehn. Mag sein, dass du noch nicht verheiratet und noch keine Mutter bist, aber trotzdem bist du jetzt kein Kind mehr, sondern eine junge Frau.«

Wahrscheinlich liegt es daran, dass mein Hirn noch nicht ganz wach ist, aber bei diesen Worten meiner Mutter, sage ich plötzlich etwas, das garantiert den ganzen restlichen Tag ruinieren wird. »Mom, du weißt schon, dass ich auf Mädchen stehe, oder?« *Scheiße, habe ich das wirklich laut gesagt?* O Gott, am besten stürze ich mich jetzt vom nächstbesten Wolkenkratzer in den Tod. *Wie kann man nur so dumm sein?*

Sie bricht in Lachen aus. Ich bin am Ende und sie lacht mich einfach aus. *Verdammt, was ist daran so witzig, dass ich lesbisch bin?* »Ach, Schatz, ich weiß.« Sie tätschelt meinen Kopf. »Aber danke, dass du es mir jetzt erzählst. Auch wenn es eine Ewigkeit gedauert hat.«

Ich starre sie mit großen Augen an. »Ist das dein Ernst? Du hast es schon die ganze Zeit gewusst?«

»Du bist mein Kind, deswegen achte ich auf dich«, erklärt sie mir, als wäre das alles total normal. »Ich kriege schon seit Jahren mit, wie schwer du es dir deshalb machst, und warte schon seit einer Ewigkeit darauf, dass du erkennst, dass du dich deshalb nicht zu schämen brauchst.«

»Ach, Mom.« In meinen Augen steigen Tränen auf und mit belegter Stimme sage ich: »Wahrscheinlich werde ich mein Leben lang allein bleiben.« Wenn ich mich nicht irgendwann zusammenreiße, ganz bestimmt.

»Ach, mein Schatz. Verlier bloß nicht den Mut. Eines Tages wirst du garantiert ein Mädchen treffen, das nach dir genauso verrückt ist wie du nach ihm. Und zwar genau dann, wenn du's am wenigsten erwartest, glaub mir.«

»Mir ist egal, was vielleicht irgendwann einmal passiert. Dieses *Irgendwann* ist vollkommen bedeutungslos für mich. Für mich gibt es nur das Hier und Jetzt, und gerade bin ich ...« Soll ich ihr offenbaren, dass ich in Kendall verliebt bin? Kendall, die ganz sicher niemals etwas in der Richtung von mir wollen wird? Eigentlich ist »verliebt« als Wort nicht stark genug, um die Wucht der Gefühle in mir zu beschreiben – was nur eins bedeuten kann, nämlich, dass ich mehr als nur verliebt bin. »Ich bin vollkommen durcheinander und ich habe keine Ahnung, was ich machen soll.«

»Hm, das ist ein bisschen vage. Weißt du, was aus meiner Sicht das Beste wäre? Ein paar neue Leute, die du neben deinen alten Freundinnen und Freunden treffen kannst. Es ist zwar super, dass du immer noch mit deinen Freunden aus Kindergartenzeiten befreundet bist. Aber es gibt neben ihnen jede Menge anderer Leute, denen du bisher noch gar nicht begegnet bist. Du musst dich diesen Leuten öffnen, denn vielleicht haben sie dir ja etwas zu bieten, was du bei den anderen bisher nicht gefunden hast.«

Dann ist das also die Lösung? In die Welt ziehen, neue Leute kennenlernen, und schon wird alles gut? Ich glaube nicht, dass mir das wirklich weiterhilft. »Okay. Das werde ich versuchen. Danke, Mom.«

Lächelnd tätschelt meine Mutter mir das Knie. »Sehr gut. Am besten fängst du sofort damit an. Also steh auf und unternimm was Lustiges an deinem Ehrentag.«

Genau, ich unternehme einfach irgendetwas Lustiges.

Statt auf den Vorschlag meiner Mutter einzugehen, igele ich mich in meinem Zimmer ein, drehe den Verstärker der Gitarre volle Pulle auf und spiele. Ab und zu halte ich inne, um einige gelungene Akkorde zu notieren.

Um zwanzig vor neun steht Kendall bei mir vor der Tür. Ich schlage beinahe hinten rüber – nicht, weil sie in ihrem schulterfreien silbernen Top, dem engen schwarzen Minirock und den kniehohen Lederstiefeln unglaublich sexy aussieht, sondern weil sie sicherlich zum ersten Mal im Leben überpünktlich irgendwo erscheint. »Sorry, dass ich zu früh bin, aber ich wollte sichergehen, dass du passend angezogen bist.«

In werfe einen Blick in unseren Flurspiegel. Ich trage eine helle, oben enge, aber unten ausgestellte Jeans, ein babyblaues Poloshirt, das meine Rundungen vorteilhaft zur Geltung bringt und etwas Haut zeigt, und neue weiße Puma-Turnschuhe. Ich habe mir sogar die Zeit genommen, mich zu schminken und mein Haar zu glätten, und das mache ich normalerweise nur, wenn jemand heiratet oder beerdigt wird. Ich bin mit meinem Aussehen durchaus zufrieden.

Kendall unterzieht mich einer kurzen Musterung und nimmt dann meine Hand. »Dreh dich mal um«, befiehlt sie mir und ich sehe sie fragend an. »Tu's einfach, ja?«

Gemächlich drehe ich mich um die eigene Achse, bleibe wieder stehen und frage sie: »Zufrieden?«

»Allerdings.« Sie wickelt eine Strähne meines Haars um

ihren Zeigefinger und ich kann nur hoffen, dass die Gänsehaut, die ich bekomme, nicht zu sehen ist. »Du solltest deine Haare öfter offen tragen.«

»Vielleicht, ja.« *Wenn du dann öfter damit spielst, gebe ich meinen heiß geliebten Pferdeschwanz für alle Zeiten auf.*

»Okay, du hast die Inspektion bestanden und wir können los. Bist du bereit?«

Solange du an meiner Seite bist, bin ich zu beinahe allen Schandtaten bereit. »Ich denke, schon.«

»Sehr gut.« Sie scheucht mich durch die Tür hinaus, und ich erwarte, dass wie sonst ein gemieteter BMW oder vielleicht auch der Mercedes ihres Vaters in der Einfahrt steht. Stattdessen führt sie mich zu einer langen Stretchlimousine mit dunklen Scheiben und einem livrierten Chauffeur, der die Tür aufreißt, als er uns kommen sieht. Ich bin total verwirrt.

»Na los, du steigst zuerst in deine Kutsche ein.«

»Bist du dir *sicher*, dass ich passend angezogen bin?«

Sie schnaubt. »Auf jeden Fall. Ich wollte einfach, dass du merkst, dass du der Star des Abends bist, mehr nicht.«

Im Ernst? Natürlich ist mir schmerzlich bewusst, dass die Gefühle, die sie für mich hat, was anderes sind als das, was ich für sie empfinde. Aber bei all den unglaublichen Dinge, die sie schon für mich getan hat, frage ich mich manchmal, was sie wohl für einen Menschen tun würde, den sie wirklich liebt.

»Das habe ich ganz sicher nicht verdie...« Bevor ich meinen Satz beenden kann, bedeckt sie meinen Mund mit ihrer Hand.

»Ich *will* nicht, dass du so was sagst.« Sie zieht die Hand zurück und fügt hinzu: »Du bist die beste Freundin, die es gibt, und du hast mehr verdient, als ich dir jemals geben kann.«

Na toll. Ich werde in Tränen ausbrechen. Das lässt sich jetzt leider nicht mehr verhindern.

»O nein! Ich will an deinem Geburtstag keine Tränen sehen. Nicht einmal Freudentränen.«

Ich nicke knapp und wische mir die Tränen fort. »Okay, dann darfst du aber nicht mehr so rührseliges Zeug reden.«

»In Ordnung«, stimmt sie zu. »Und jetzt steig ein.«

Wir klettern in die Limousine, und sobald wir sitzen, zerrt sie ein Stück dunklen Stoffs aus ihrer Tasche, zieht es stramm und greift nach meinem Kopf. Ich werde starr vor Schreck und schiebe eilig ihre Hand zurück. *Sie hat eine Augenbinde in der Hand.* »Auf *keinen* Fall.«

»O doch, das ist Teil des Plans. Du darfst nicht sehen, wohin es geht. Ohne das Geheimnis macht es nur halb so viel Spaß.«

Ich schüttele den Kopf. »O nein.«

»Na los. Ich hoffe doch, dass du mir vertraust.«

Dir würde ich sogar mein Leben anvertrauen. »Verdammt, okay«, gebe ich nach.

Sie wickelt mir das Stofftuch um den Kopf und knotet es in meinem Nacken zu. »Siehst du noch was?«

Ich drehe meinen Kopf nach links und rechts, nach oben und nach unten und erkläre: »Nichts.«

»Perfekt«, sagt sie und drückt mich in den Sitz. Durch den Stoff meines Shirts hindurch kann ich die Wärme ihrer Hände an meinen Schultern fühlen. Und ich spüre ihren heißen Atem auf meinem Gesicht. Dann streifen ihre langen, weichen Locken meine Wange, und ich weiß, dass eine heiße Röte meine Wangen überzieht. Ich spüre jede noch so winzige Bewegung, die sie macht, und rieche ihr Parfüm. Es ist, als würden meine anderen Sinne für den vorrübergehenden Verlust meines Augenlichts einspringen. Obwohl ich sie nicht sehen kann, weiß ich, wie wunderschön sie ist.

Wir fahren eine Zeitlang durch die Stadt und meine Ängste steigern sich ins Unermessliche. *Ich muss was tun, wenn ich nicht langsam, aber sicher durchdrehen will.* »Sarah hat vorhin bei mir angerufen«, brabbele ich los. »Sie meinte, sie würde mich vermissen und dass ich dir ausrichten soll, dass du mit unlauteren Mitteln spielst. Auch wenn ich keine Ahnung habe, was das genau heißen soll.«

»Fair Play ist vollkommen überbewertet«, erklärt Kendall mit einem leisen Lachen. »Du kannst ihr meinetwegen gerne weitergeben, dass das meine offizielle Antwort ist. Ich kann auch gerne noch ein Statement für die Presse schreiben lassen, wenn du willst.«

»Wenn du mir diese Augenbinde abnehmen würdest, könnte ich ihr selber schreiben«, schlage ich ihr vor.

»Netter Versuch.« Sie stößt mich sanft mit einem ihrer Knie an. »Entspann dich, schließlich sind wir jetzt fast da.«

»Und wo ist ›da‹?«

»Hör endlich auf, mich so zu löchern, Payton. Du wirst schon nicht sterben, nur weil du dich mal von mir überraschen lässt.«

Ich habe in den letzten Wochen wirklich schon genug Überraschungen erlebt. So viele, dass mir jede Lust auf Abenteuer endgültig vergangen ist.

Dann bleibt die Limousine plötzlich stehen. Die Angeln quietschen, als die Tür geöffnet wird, und dann nimmt Kendall meine Hand und legt behutsam ihre freie Hand auf meinen Kopf, damit ich ihn mir beim Aussteigen nicht am Türrahmen stoße. Dann höre ich das Klackern ihrer Absätze auf dem Asphalt. »Siehst du, ich hab doch gesagt, wir sind gleich da.«

»Und warum habe ich dann immer noch das blöde Ding hier im Gesicht?«, erkundige ich mich, weil mir noch immer unbehaglich ist.

»Seit wann jammerst du so viel rum?«

»Ich weiß nicht. Vielleicht seit ich diese Augenbinde tragen muss?«

Sie legt den Arm um meine Taille. »Jetzt sind's nur noch ein paar Schritte.« Wir gehen etwas weiter und dann bleibt sie mit mir stehen. »Okay«, sagt sie und nimmt mir endlich die blöde Augenbinde ab.

Wir stehen in einem dunklen Raum und alles, was ich sehen kann, ist Kendall, die mich nicht mehr aus den Augen lässt.

Dann brüllt sie fröhlich »Jetzt!«, und es wird derart hell im Raum, dass meine Augen einen Moment brauchen, bis ich die Umgebung erkennen kann. Wir stehen ganz allein in einem Musikgeschäft, in das ich ewig schon mal hätte gehen wollen, das ich aber immer gemieden habe, weil es meine finanziellen Möglichkeiten weit übersteigt. Und jetzt stehe ich hier, umgeben von den ganzen Instrumenten und der ganzen Elektronik, die der Traum jeder Musikstudentin sind. Mitten im Laden ist ein Tonstudio mit Mikrofonen, Monitoren und Computern, Soundboards und verschiedenen Instrumenten aufgebaut worden, und mittendrin steht ein für zwei gedeckter, kleiner Tisch mit einer silbernen Servierplatte und einer Flasche Sekt. Wahrscheinlich schlafe ich und träume den wundervollsten Traum aller Zeiten. Aber dann spüre ich Kendalls Blick und mir wird bewusst, dass wir tatsächlich hier in diesem Laden stehen.

Ich trete an den Tisch und Kendall läuft mir hinterher.

»Wir essen hier? In *Ralph's Music City*? Wie zum Teufel hast du das gemacht?«

Sie grinst mich an. »Ich stecke eben voller Überraschungen. Wusstest du das nicht?«

Natürlich, das war mir schon immer klar. Jeder, der Kendall kennt, weiß das. »Aber im Ernst, wie hast du das geschafft?«

»Ich habe ein paar Anrufe getätigt und gefragt, ob ich nach Ladenschluss jemand zum Essen ins Geschäft einladen darf. Ich musste schwören, dass wir nichts verschütten würden, also sollten wir versuchen, uns so gut wie möglich zu benehmen.« Noch einmal huscht ein breites Grinsen über ihr Gesicht. »Und, bist du glücklich?«

»Wenn du mir das Heulen nicht verboten hättest, würde ich jetzt garantiert in Tränen ausbrechen.«

»Ich hoffe, dass es Freudentränen wären.«

»Auf jeden Fall.« Ich schlinge ihr die Arme um den Hals und ziehe sie so eng an meine Brust, dass ich das Pochen ihres Herzens spüren kann. Kendall hält mich genauso fest wie in der Nacht, als sie bei mir geschlafen hat – nur sind wir beide diesmal hellwach.

Dann hebt sie ihren Kopf und sieht mich an, wie sie mich noch nie zuvor angesehen hat. »Alles Gute zum Geburtstag, Payton.«

»Danke«, bringe ich mit rauer Stimme hervor, und um sie nicht zu küssen, mache ich mich fast gewaltsam von ihr los, setze mich an den Tisch und zeige auf den freien Stuhl. »Na los, nimm Platz.«

Das Essen ist von einem exklusiven Restaurant geliefert worden und schmeckt fantastisch. So gute Käsemakkaroni habe ich noch nie gegessen. Zwischen zwei Bissen stelle ich bewundernd fest: »Ich wusste nicht, dass es so gute Käsemakkaroni gibt.«

»Michele überbäckt die Nudeln außer mit Käse auch mit Semmelbröseln, und dann gibt es noch eine besondere Geheimzutat.« Sie wackelt mit den Brauen, als wäre sie in sein Geheimnis eingeweiht.

»Ach ja?«

»Jepp.« Sie strahlt mich an. »Aber du wirst niemals erraten, was es ist.«

»Ach, nein? Hast du vielleicht vergessen, dass du einer ausgemachten Kennerin von Käsemakkaroni gegenübersitzt?«

Kendall fängt schallend an zu lachen. »Und dabei hast du eben erst gesagt, du wüsstest nicht, dass man sie auch auf andere Art als deine Mutter machen kann. Ich wette, dass du nicht darauf kommst, womit er diese Nudeln gewürzt hat.«

»Wetten, dass doch?«

Mit einem Mal huscht ein gewieftes Lächeln über ihr Gesicht.

Es stimmt zwar, dass ich selbst nicht kochen kann, aber Kendall hat offenbar all das leckere Zeug vergessen, das wir früher von meiner Mutter immer vorgesetzt bekommen haben. Die Sachen haben meiner Mom den Spitznamen »Gewürzqueen« eingetragen, deshalb frage ich: »Was kriege ich, wenn ich es rausfinde?«

»Hmm.« Sie trommelt mit den Fingern auf der Tischdecke. »Wenn du es rauskriegst, gehen wir zusammen zu der großartigsten Preisverleihung, die die Welt je gesehen hat.«

Sie hätte mich auch bitten können, mit ihr nach Sibirien zu fahren, und ich hätte dankend zugesagt. »Und wenn ich falsch liege?«

»Dann gehen wir nicht hin, selbst wenn ich nominiert werde.«

»Willst du nicht dabei sein, wenn dein Sieg verkündet wird? Du machst Witze, oder? Ich kann es kaum erwarten, meinen Namen zu hören, wenn du deine Dankesrede hältst. Das heißt, die Wette gilt.«

»Sehr gut.« Sie legt ihre Gabel neben ihren Teller und verschränkt herausfordernd die Arme vor der Brust. »Ich freue mich schon drauf, auf meiner breiten, äußerst bequemen Couch zu liegen und mir die Verleihung gemütlich im Fernsehen anzusehen.«

Ich gurgele mit einem Schluck Sekt, schiebe mir den nächsten Bissen Käsenudeln in den Mund und lasse mir beim Kauen Zeit, damit sich der Geschmack entfalten kann. Ich kann einen bestimmten Geschmack ausmachen – scharf, aber gleichzeitig etwas süßlich. »Mmm«, sage ich und spreche, angelehnt an *Kendalls Handbuch für gute Manieren*, mit vollem Mund. »Ich kann dir sagen, was es ist.«

»Lügnerin.« Sie lacht. »Aber, okay, schieß los! Was hast du rausgeschmeckt?«

»Ein Gemisch aus braunem Zucker und ...«, ich lege eine Pause ein, um meinem Auftritt mehr Dramatik zu verleihen, und schnuppere an einer weiteren Gabel voller Nudeln, »... Cayennepfeffer!«

Sie wirkt erst überrascht und verzieht dann das Gesicht und schmollt wie ein kleines Kind. »Unglaublich.«

»Ich hab den Nagel auf den Kopf getroffen, stimmt's? Das heißt, ich muss am College ein paar Tage freimachen, wenn ich im März zu dieser Preisverleihung kommen will.«

»Tja, was das angeht ...«

»Nein, nein«, falle ich ihr ins Wort. »Wir haben gewettet, und da ich gewonnen habe, werden wir zu dieser Preisverleihung gehen.«

»Okay, okay, wir gehen hin.« Sie zieht ein weißes und ein gelbes Blatt unter dem Tisch hervor und hält mir feierlich den gelben Zettel hin. Zuoberst steht *Ralph's Music City* und darunter sind verschiedene Artikelnummern und Beschreibungen aufgeführt, wie CAD-Mikro-Set Black Pearl, Pro Tools 11 Musikproduktionssoftware, zwei duale Studiomonitore und MK2 Pad Controller. Unter den ganzen Artikelnamen steht in großen, fetten Lettern *Geschenkgutschein*.

»Kendall!«, kreische ich, als sich die erste Überraschung legt. »Du hast mir ja ein ganzes Tonstudio gekauft!«

»Das Gebäude fehlt zwar noch, aber die Ausrüstung hast du jetzt, ja.« Wie die Moderatorin einer Fernsehshow zeigt sie auf die ganzen Sachen rund um unseren Tisch.

»Bist du völlig durchgeknallt? Das kann ich ganz unmöglich annehmen. Ja, die Ausrüstung ist fantastisch, und ich hätte sie schon immer gern gehabt, aber das ist viel zu viel. Und wo sollte ich das alles unterbringen? Du weißt doch selber, dass mein Zimmer ungefähr die Größe einer Besenkammer hat.«

»Da passt es wirklich gut, dass meine Wohnung in LA derart geräumig ist.« Sie drückt mir den weißen Zettel in die Hand, einen Bewerbungsbogen für die Music Academy of Los Angeles. »Das ist im Grunde nur noch eine Formsache. Füll einfach diesen Bogen aus und schick ihn mit den Zeugnissen vom College hin. Ich habe nämlich schon mit der Studiendekanin dort telefoniert und ihr ein Video von deinem Vorspiel für die MSU geschickt. Sie hat gesagt, sobald deine Bewerbung vorliegt, kriegst du noch am selben Tag Bescheid, ob du dort Filmmusik studieren kannst. Und beim Erstellen deines Studienplans, werden sie genau schauen, welche Leistungspunkte von der MSU sie akzeptieren und welche Kurse du noch mal machen musst.«

Ich bin so überwältigt, dass ich nicht begreife, was sie sagt. »Wovon redest du?«

»Ich möchte dich weiter als Musiklehrerin haben, und zwar vor Ort. Das heißt, dass du zu mir ziehen und auf die MALA gehen wirst.«

Ich soll zu Kendall ziehen und auf die MALA gehen. Das klingt ganz einfach, aber leider gibt es da ein winziges Problem. Solange sich mein dummes Herz nach ihr verzehrt und meine dämlichen Hormone so verrückt spielen, kann ich ihr unmöglich die ganze Zeit so nah sein. Ich würde Höllenqualen leiden und ich bräuchte meine ganze Selbstbeherrschung, um nicht vollends durchzudrehen und mich wie eine völlig durchgeknallte Psychopathin zu benehmen. Aber leider kann ich ihr das nicht erzählen. *Also sag was anderes, du Schlaukopf.* »Die Studiengebühren dort sind astronomisch, Kendall, und selbst wenn sie mir ein Teilstipendium geben würden, könnte ich die niemals zahlen.«

»Ich übernehme selbstverständlich auch den finanziellen Teil von deiner Ausbildung.«

»O nein, das kann ich ganz unmöglich annehmen! Das sind gut dreißig Riesen jedes Jahr.«

»Beruhig dich«, bittet Kendall mich. »Ich stelle dich ja auch als meine Musiklehrerin an. Betrachte das Geld einfach als Teil deiner Bezahlung. Das heißt, du kriegst es nicht von mir geschenkt.«

Das zeigt mir wieder mal, dass sie einfach unglaublich ist. »Warum musst du so verdammt clever sein?«, frage ich durch aufeinandergebissene Zähne. »Du findest immer eine Lösung für meine mentalen Zwickmühlen.«

»Nur dass du hier moralisch gar nicht in der Klemme sitzt. In den letzten Jahren hast du jede Menge Zeit und Energie darauf verwandt, mich wieder aufzubauen, wenn mich mein Selbstvertrauen im Stich gelassen hat. Und ich weiß keine andere Art, auf die ich mich für diese großartige Hilfe revanchieren kann.«

Ich glaube nicht, dass ihr bewusst ist, was sie da von mir verlangt. Im Grunde ist es mir wahrscheinlich selber nicht ganz klar. »Noch mal, damit ich es verstehe. Du willst, dass ich mein College, meine Freunde, meine Freundinnen und meine Mom verlasse, um dreitausend Meilen weit weg von hier zu dir nach Kalifornien zu ziehen und dir Klavierspielen beizubringen. Dir ist schon bewusst, was für ein Riesenschritt das für mich ist.«

»Das klingt, als ob ich dich gebeten hätte, mich zu heiraten«, bemerkt sie nonchalant. Dann wird sie plötzlich kreidebleich, schnappt sich ihr Sektglas und leert es in einem Zug. »Hör zu«, fängt sie noch mal von vorne an. »Ich kenne keine andere Musikerin, die so viel Talent hat wie du. Du willst Musik für Filme machen, und ich denke, dass die MALA dafür die richtige Adresse ist. Vor allem bin ich es echt leid, dich ständig zu vermissen. Ich bin einfach kein ganzer Mensch, wenn du nicht in der Nähe bist. Deshalb dachte ich, wir könnten ja mal was anderes probieren.«

Okay, Payton. Du weißt, was gegen diesen Vorschlag spricht. Jetzt überleg dir, warum du ihn vielleicht trotzdem annehmen solltest. Erstens: Du kannst verstehen, wenn Kendall sagt, dass sie dich endlich nicht mehr permanent vermissen will. Und auch wenn du so dumm warst, dich in deine beste Freundin zu verlie-

ben, bleibt die Tatsache bestehen, dass sie deine beste Freundin ist. Zweitens: Eine bessere Uni für dein Studium als die MALA gibt es nicht. Drittens: Angeblich ist das Wetter in Südkalifornien selbst im Winter gut. Viertens: Vielleicht täte dir ein Ortswechsel ja durchaus gut.

Verdammt! Warum hat mein Verstand genau jetzt den Betrieb wieder aufgenommen? Und warum hat er vor einem Monat schlappgemacht, statt mich davon abzuhalten, mich in Kendall zu verlieben? »Vor Ende des Jahres kann ich hier unmöglich weg. Ich muss noch das Semester an der MSU beenden, und wenn ich an Weihnachten nicht hier bin, bringt mich meine Mutter um.«

»Ist das ein Ja?«

»Sieht ganz so aus.«

Sie wirft begeistert ihre Hände in die Luft. »Juhu! Wir beide werden Hollywood im Sturm erobern, dass ist dir klar, oder?«

»Auf jeden Fall.« Ich proste ihr mit meinem Sektglas zu. »Hollywood, wir kommen!«

»Prost.« Wir stoßen miteinander an, aber plötzlich hält sie inne und sagt: »Oh, das hätte ich jetzt fast vergessen.« Sie schnipst mit den Fingern. Hinter dem Vorhang in der Ecke tritt ein Mann mit Kochmütze hervor und schiebt auf einem kleinen Wagen eine Torte in der Form einer Gitarre an den Tisch. Darauf brennen zwei Wunderkerzen. Auf der Glasur steht »Happy 19 Payton« und ich werfe mir die Hände vor den Mund.

Das ist alles zu viel.

»Oh, Kendall.«

»Halt den Mund und puste erst einmal die Kerzen aus.«

Ich bin mir ziemlich sicher, dass der Kosmos für Wunsche, die das Herz betreffen, taub ist. Doch als ich puste, wünsche ich mir stumm, die dämlichen Gefühle, die ich in letzter Zeit für meine beste Freundin habe, würden plötzlich verschwinden.

Wahrscheinlich wäre es realistischer, sich ein Pony zu wünschen, aber was soll's. »Geschafft.«

»Bravo.« Zufrieden drückt sie mir den Tortenschneider in die Hand. »Schoko-Sahne-Torte. Dein Lieblingskuchen.«

»Ich glaube nicht, dass ich auch nur einen weiteren Bissen essen kann. Und du warst heute Abend so süß zu mir – das kann kein Kuchen toppen.«

»Von Süßkram kann man nie genug haben.« Sie fährt mit ihrem Finger über die Glasur und bietet ihn mir an.

Ich schüttele den Kopf. *O nein. Ich lasse sicher keinen Teil deines Körpers in die Nähe von meinem Mund. Das würde böse enden. Oder auf sehr angenehme Weise, wenn ich es mir recht überlege ...*

»Dann eben nicht.« Sie wischt die Glasur an meiner Nasenspitze ab und schlägt kichernd vor: »Dann vielleicht als Gesichtsmaske?«

»So ein feines Peeling hatte ich noch nie.«

Grinsend hält sie mir eine Serviette hin. »Am besten wischst du es dir trotzdem wieder ab und dann verschwinden wir von hier.«

4

KENDALL

Erst als wir das Musikgeschäft verlassen, geht mir auf, dass Payton tatsächlich auf meinen Vorschlag eingegangen ist, zu mir nach Kalifornien zu ziehen. Und sie hat recht, das ist ein Riesenschritt. Unsere Leben werden noch enger verwoben sein als je zuvor. Egal, wohin ich gehen und wie lange ich auch unterwegs sein werde, am Ende werde ich immer an den Ort zurückkehren, an dem Payton lebt, weil wir gemeinsam in meinem Penthouse wohnen werden. Die Aussicht darauf, in Zukunft meine beste Freundin in LA bei mir zu haben, die mir immer für mich da ist, wenn ich wieder einmal drohe durchzudrehen, ist für mich wie die Erfüllung eines Traums.

»Hey«, sagt sie, als wir in die Limousine steigen, und lenkt mich von der Vorfreude auf ihren Umzug ab. »Meinst du, du könntest dabei sein, wenn ich es meiner Mutter sage? Ich fürchte nämlich, dass die Nachricht, dass ich zu dir nach LA ziehe, ihr erheblich mehr zu schaffen machen wird als meine Homosexualität.«

»Heißt das, du hast es deiner Mom erzählt?«

Sie nickt. »Heute früh. Es ist plötzlich einfach so aus mir herausgebrochen. Sie hat mich geweckt, und als sie mir dann zum Geburtstag gratuliert hat, meinte ich: ›Danke für den Cupcake, Mom. Ich stehe übrigens auf Frauen.‹«

»Wow, ein ganz normaler Geburtstagsmorgen. Und was hat sie dazu gesagt?«

»Na ja ...« Sie nagt an ihrer Unterlippe und erklärt in einem Ton, der mir verrät, dass sie es selbst kaum glauben kann: »Sie hat gesagt, sie hätte es bereits gewusst.«

Im Ernst? Wenn Payton es mir nicht verraten hätte, wäre ich niemals darauf gekommen, dass sie lesbisch ist. Dann hätte ich noch jahrelang auf eine Einladung zu ihrer Hochzeit mit dem Traumprinzen gewartet, den es niemals für sie geben wird. »Und woher hat sie es gewusst?«

»Sie hat gesagt, dass sie als Mutter ›auf mich achten würde‹, aber wie genau sie etwas davon mitgekriegt hat, weiß ich nicht.«

Sie hat auf sie geachtet? Tue ich das etwa nicht? Anscheinend nicht genug. »Ich gratuliere. Ich bin wirklich stolz auf dich.« Ich will den Arm um ihre Schulter legen, aber stattdessen tätschele ich ihr nur kurz den Rücken und ziehe die Hand wieder zurück. »Und selbstverständlich werde ich dabei sein, wenn du deiner Mom erzählst, dass du zu mir nach Kalifornien ziehst. Wie wäre es mit Sonntag? Morgen hat mein Dad den ersten Vater-Tochter-Tag seit Jahren angeordnet, und wenn ich den jetzt verschieben würde, wäre er wahrscheinlich echt enttäuscht.«

»Ja, sicher, Sonntag passt mir gut«, stimmt Payton zu. »Hast du dich übrigens entschieden, ob du die Rolle in dem Action-Film annehmen willst?«

Ich nicke knapp, obwohl ich von der Rolle eigentlich total begeistert bin. Die Gewalt und das Blutvergießen sind mir deutlich lieber als die blöden Sexszenen in anderen Filmen. Ist es bedenklich, dass ich es vorziehe, anderen die Köpfe abzuschlagen oder irgendwelche Sachen in die Luft zu jagen, statt noch einmal jemanden küssen zu müssen wie in meinem letzten Film?

Die Limousine hält um kurz nach Mitternacht vor Paytons Haus. Der Fahrer öffnet uns die Tür und wir springen raus.

»Danke für heute Abend und für alles«, wendet Payton sich an mich, als wir auf der Veranda stehen. In ihrem Blick liegt viel mehr als bloße Dankbarkeit. Am liebsten würde ich sie an mich ziehen und nie mehr loslassen. Ich spüre ein beunruhigendes Kribbeln, und ich habe keine Ahnung, was das zu bedeuten hat. *Okay, im Ernst? Verdammt, was geht hier zwischen mir und meiner besten Freundin ab?*

»Es war mir ein Vergnügen.« Ich will und *sollte* sie umarmen, doch aus welchem Grund auch immer schaffe ich das nicht. Ich stehe einfach da, und meine Füße scharren auf dem Holz, als hätten sie ein Eigenleben und wollten so schnell wie möglich weg von hier. Das Witzige an der Geschichte ist: Ich *weiß*, dass es ihr auch so geht. Ich *weiß*, dass sie mich ebenfalls umarmen will und es nicht kann. *Na los, Kendall. Das hier ist Payton und nicht irgendeine Fremde, die dich auf der Straße um ein Autogramm bittet.* Ich rühre mich noch immer nicht vom Fleck. Es ist, als wäre auf einmal eine unsichtbare Mauer zwischen uns – eine sehr robuste Mauer, die sich nicht leicht einreißen lassen wird, auch wenn ich das gerne tun würde. »Okay. Dann schlaf mal gut«, sag ich und muss es mir verkneifen, meine Augen zu verdrehen, weil das so schwachsinnig klingt.

»Gute Nacht, Kendall.«

Ich wende mich zum Gehen, doch auf einmal greift sie mein Handgelenk, fährt mit ihrer Hand meinem Arm herauf, legt sie sanft in meinen Nacken und tritt auf mich zu. O Gott, will sie mich etwa küssen? *Ja, sie will!* Aber dann umarmt sie mich nur kurz und geht ins Haus.

Erst als ich selbst zu Hause bin, gestehe ich mir ein, dass ich vollkommen von der Rolle bin. Nicht, weil ich für einem Moment dachte, dass Payton mich küssen will, sondern weil ich ihren Mund auf meinen Lippen hätte spüren wollen. Ich *wollte,* dass Payton mich küsst. Aber warum? Ich stehe ja gar nicht auf Frauen! Wahrscheinlich bin ich einfach neugierig, zu spüren, wie Payton küsst und wie das zwischen Frauen funktioniert. Bis vor Kurzem dachte ich, ich wisse alles über Payton. Die Einsicht, dass ich damit falsch lag, hat mich offenbar vorübergehend aus dem Gleichgewicht gebracht. Oder vielleicht habe ich auch einfach Panik, meine beste Freundin zu verlieren. Ich weiß, dass sie sich irgendwann verlieben und es dann an meiner Stelle eine andere für sie geben wird. Sie wird eine Frau kennenlernen, die ihr all das geben wird, was ich selbst ihr nicht geben kann. *Was ist denn das für eine faule Ausrede?* Es ist nicht fair, mir zu wünschen, dass sie sich in mich verliebt. Und es ist ganz und gar nicht cool, mir selbst einzureden, etwas zu sein, was ich nicht bin.

»Na, hattest du einen schönen Abend, Krümel?«

»Mein Gott, Dad! Hast du mir einen Schrecken eingejagt.« *Es war ein toller Abend. Bis es am Ende nicht mehr so toll war.* »Und ja, ich hatte einen schönen Abend.«

»Tut mir leid, ich wollte mich nicht an dich anschleichen.« Er lächelt sanft. »Geht es dir gut? Du sahst aus, als ob du in Gedanken wärst.«

»Das war ich auch.«

»Willst du darüber reden?«

Ob ich drüber reden will? Mit meinem Dad? O nein, auf keinen Fall. Zumindest nicht in diesem Augenblick. »Nicht heute Nacht. Ich bin total k. o. und muss ins Bett.«

»Okay. Und morgen bleibt's bei unserem Date?« Er tut so, als hole er mit einem unsichtbaren Schläger aus. »Wir spielen zusammen Minigolf?«

»Auf jeden Fall.« Ich küsse ihm die Wange und als ich nach oben in mein Zimmer stürze, ruft mein Dad von unten »Gute Nacht.«

Am Samstagmorgen schlage ich total verschwitzt und auf zerwühlten, klammen Laken meine Augen wieder auf. Ich hatte einen irren Albtraum, in dem ich von Zombies auf der Autobahn verfolgt wurde. Ich war zu Fuß und habe mir im Zickzack einen Weg an Dutzenden lebloser Körper und an haufenweise Autowracks vorbei gebahnt. Genauso schräge Sachen habe ich auch schon als Kind geträumt, wenn am Vorabend im Fernsehen irgendeinen gruseliger Film gelaufen war.

Ich fühle mich nicht gut. Ich bin total erledigt und das Letzte, was ich will, ist blöden Minigolf mit meinem Dad zu spielen. Aber ich habe ihm einen Vater-Tochter-Tag versprochen, also zwinge ich mich aufzustehen und zerre ein paar Kleider aus dem Schrank.

Als ich aus meinem Zimmer komme, laufe ich an unserem großen Flurspiegel vorbei. In meiner alten, abgewetzten Jogginghose und dem MSU-Hoodie, den ich vor ein paar Monaten bei Payton habe mitgehen lassen, sehe ich total erbärmlich aus. Wenn Lawrence wüsste, dass ich vorhabe, in diesem Aufzug aus dem Haus zu gehen, bekäme er wahrscheinlich einen Herzinfarkt. *Na und? Wenn irgendjemand sich die Mühe macht, zu gucken, wie ich während meines Urlaubs rumlaufe, soll er das meinetwegen tun und dann zur Hölle fahren.*

Als ich mich nach unten in die Küche schleppe, sitzt mein Dad auf einem Hocker an dem schicken Schiefertresen und erklärt mir, ohne von der Zeitung aufzusehen, dass der Kaffee fertig ist. Ich trete an die Arbeitsplatte, auf der die Maschine steht, schenke mir eine Tasse ein und setze mich dann neben ihn.

»Du bist mein Retter«, sage ich nach einem ersten Schluck.

»Natürlich bin ich das.« Er grinst mich an. »Du siehst erbärmlich aus.«

Typisch Dad! Er redet niemals lange um den heißen Brei herum. »Genauso fühle ich mich auch.«

»Wir können unseren Vater-Tochter-Tag auch verschieben, wenn du willst.«

Ich schüttele den Kopf. »Auf keinen Fall! Für ein Mädchen gibt es kaum ein besseres Date als eins mit seinem Dad.«

»Das klingt, als hättest du in letzter Zeit einige miese Dates gehabt.«

»Es tut dir eindeutig nicht gut, so viel Zeit mit Mom zu verbringen!« Ich recke drohend einen Zeigefinger in die Luft. »Bisher war sie die Einzige, die das Talent hatte, mir mit solchen Kommentaren auf den Keks zu gehen.«

Er wirft die Hände in die Luft, als hätte ich ihn während eines Bankraubes erwischt. »Ich bin einfach ein Dad, der seiner Tochter nur das Allerbeste wünscht.«

»Ja, sicher. Können wir jetzt Minigolf spielen gehen?«

Kaum haben wir die Minigolfanlage erreicht, werde ich von Fans umlagert. Dad ist ziemlich überfordert. Seit der Hype wegen *In Heaven's Arms* begonnen hat, waren wir nicht mehr zusammen in der Öffentlichkeit unterwegs. Ich hatte auch schon vorher hin und wieder mit dem einen oder anderen Fan zu tun, aber nur selten und es hat mir Spaß gemacht. Als Star in einem mehrere Millionen teuren Film, der bereits *Monate* vor der Premiere in den Kinos als der »Film des Jahres« angepriesen wird, muss man wahrscheinlich damit rechnen, dass die Leute durchdrehen, wenn sie einen sehen. Leider hat das niemand mit auch nur einem Wort erwähnt, *bevor* ich diese Rolle angenommen habe.

Ich kritzele ein paar Autogramme und posiere mit den Fans für ein paar Fotos, und nachdem ich mit dem ganzen Starquatsch durch bin, suchen wir uns unsere Schläger aus und schlendern auf den Platz.

»Passiert das immer, wenn du aus dem Haus gehst?«, fragt mein Vater, während er den Ball im ersten Loch versenkt.

»Manchmal ist es sogar noch schlimmer.«

»Es ist bestimmt nicht leicht, wenn man kaum etwas unternehmen kann, ohne dass gleich die ganze Welt davon erfährt.«

»Allmählich habe ich mich halbwegs dran gewöhnt.« Ich ziele, verfehle das Loch aber bei Weitem.

»Also«, meint Dad und legt dann eine lange Pause ein. Ich fürchte diese Pausen, denn sie heißen meistens, dass er entweder eine große Rede halten oder mir eine Reihe neugieriger Fragen stellen wird. »Willst du darüber reden, worüber du gestern Abend gegrübelt, als du heimgekommen bist?«, fragt er und abermals verpasse ich das Loch.

Wenn ich nicht durchdrehen will, muss ich mit irgendjemandem über all das reden, was mir gestern Abend durch den Kopf gegangen ist, und da ich mich in diesem Fall ganz sicher nicht an Payton wenden kann, bleibt nur mein Dad. »Ich weiß nicht, wo ich anfangen soll.«

Er legt die Hand auf meine Schulter und erklärt in aufmunterndem Ton: »Du weißt, dass du mir alles sagen kannst. Egal, worum es geht.«

Ich vergewissere mich schnell, dass niemand in der Nähe steht und etwas von unserer Unterhaltung mitbekommen könnte. Das Letzte, was ich brauche, ist, dass irgendein aufmerksamkeitssüchtiger Idiot ein Privatgespräch, das ich mit meinem Vater führe, an die Medien weitergibt. »Ich denke in der letzten Zeit sehr viel an Payton.«

»Und?«

»Na ja, auf *andere* Art als sonst.« *Bitte, Dad, versteh einfach, was ich dir sagen will, dann muss ich es nicht aussprechen.*

»Auf *andere* Art als sonst?«

Verdammt. Wahrscheinlich gibt es keine Art, diskret mit

dieser Sache umzugehen. »Begonnen hat's am Set in New Orleans. Ich musste eine Sexszene drehen, vor der ich einen Riesenbammel hatte. Kurz vorm Dreh hab ich bei Payton angerufen, damit sie mich, so wie immer, wenn ich Schiss habe, beruhigt. Und sie hat mir einen superguten Tipp gegeben, nämlich, dass ich mir während dem Dreh vorstellen soll, dass ich mit jemandem rummache, den ich tatsächlich mag. Das habe ich gemacht und plötzlich habe ich an sie gedacht. Seither bin ich total nervös, wenn ich in ihrer Nähe bin. Ich kann einfach nicht aufhören, sie mir auf *diese* Weise vorzustellen.«

Er tritt von einem auf den anderen Fuß, und ich kann deutlich sehen, dass ihm das Gespräch unangenehm ist. »Das heißt, du stellst dir vor, dass du mit Payton irgendwelche sexuellen Dinge tust?«

Jetzt komme ich mir wirklich seltsam vor. Ich hätte nie gedacht, dass ich mich mit meinem Vater jemals über irgendetwas unterhalten würde, das nur im Entferntesten mit Sex zu tun hat. Aber es sind eben diese sexuellen Fantasien, die ich plötzlich habe, die mir Probleme bereiten. »Ja. Körperliche Sachen irgendwie ...«

»Und bis zu diesem Dreh in New Orleans hast du solche Gedanken nie gehabt?«

»Ganz sicher nicht!«, bricht es aus mir heraus. »Und jetzt versuche ich die ganze Zeit, mir einzureden, dass ich einfach Angst habe, sie zu verlieren. Du weißt schon, weil sie eines Tages eine Freundin finden wird und dann vielleicht nichts mehr von mir wissen will. Aber je öfter ich mir das alles durch den Kopf gehen lasse, umso unsicherer bin ich, ob das wirklich alles ist. Ich bin total verwirrt, vor allem seit gestern Nacht. Da dachte ich, dass sie mich küssen würde und ...«

Jetzt huscht ein Ausdruck ernster Sorge über sein Gesicht. »Sie hat versucht, dir einen Kuss zu geben?«

»Nein, Dad, hör mal richtig zu. Sie hat es nicht *versucht,* aber für mich hat es so ausgesehen, als hätte sie's tun wollen.«

Er kratzt sich nachdenklich am Kinn. »Vielleicht wäre es besser, wenn du über diese Angelegenheit mit deiner Mutter sprechen würdest.«

»Nie im Leben! Statt mir zuzuhören, würde sie nur wieder einen ihrer Anfälle bekommen, und mir sagen, dass ich auf dem falschen Weg bin, nicht die richtigen Signale sende oder irgend so einen Quatsch.«

»Aber, Schätzchen, das, wovon du gerade sprichst, ist eine ziemlich wichtige Sache, deshalb denke ich, dass sie …«

»Du denkst doch nicht im Ernst, dass ich mit so etwas zu Mom gehen kann. Sie bricht schon fast zusammen, wenn ich mal ein Kleid mit einem etwas tieferen Ausschnitt trage. Was meinst du, wie sie reagieren würde, wenn ich auch nur andeute, dass ich vielleicht lesbisch bin?«

»Wahrscheinlich hast du recht«, stimmt er mir schließlich, wenn auch zögernd, zu. Ich bin erleichtert, dass er begreift, dass seine Frau mit so etwas nicht umgehen kann. »Als du mir vorgestern von deinem großen Plan erzählt hast, Payton nach LA zu holen, war ich ganz begeistert. Aber jetzt bin ich mir nicht mehr ganz so sicher. Unter Umständen wird es dich nur noch mehr verwirren, mit ihr zusammenzuwohnen.«

»Vielleicht, ich weiß es nicht. Aber ich weiß *ganz sicher*, dass es niemand anderem so wie ihr gelingt, mir das Gefühl zu geben, dass ich nicht ein Alien vom Planeten Glamouria bin. Sie behandelt mich nicht anders, nur weil ich plötzlich ein Star und reich bin.«

»Tja, wenn sie dich erdet und dir das Gefühl gibt, ein normaler Mensch zu sein, ist die Idee, sie nach LA zu holen, bestimmt nicht schlecht.«

»Genauso sehe ich das auch.« Ich sollte das Gespräch an diesem Punkt beenden. Aber ich muss wissen, dass mein Daddy, ganz egal, was auch passiert, weiterhin hinter mir stehen wird. Ich habe keinen anderen Elternteil, auf den ich mich so sehr verlassen kann wie auf ihn. »Wenn ich in einem halben Jahr nach Hause kommen und dir sagen würde, dass ich lesbisch bin und nie wieder etwas von Männern wissen will, versprichst du mir, dass du mich dann nicht hasst?«

Er reißt so überrascht die Augen auf, als hätte ich ihm eins mit dem Golfschläger übergezogen. »Du bist meine Tochter, Kendall, und ich werde dich bis an mein Lebensende lieben und mit Stolz auf alles blicken, was du tust. Außer vielleicht, wenn du plötzlich als Berufsverbrecherin Karriere machen solltest oder so.«

»Keine Bange«, sage ich und lache leise auf. »Das habe ich bestimmt nicht vor.«

»Sehr gut. Geht's dir jetzt besser?«

Zu meiner eigenen Überraschung tut es das. Ich nicke kurz und sage: »Danke, Dad.«

»Schon gut«, erwidert er und als mein nächster Schlag wie alle anderen daneben geht, schlägt er mir vor: »Vergessen wir das Minigolf und gehen was essen, ja?«

»Au ja.«

Als Payton mich am frühen Sonntagmorgen anruft, gehe ich nicht dran. Zum ersten Mal in all den Jahre unserer Freundschaft weiche ich ihr aus. Die ganze Sache setzt mir wirklich zu. Es ist zu kompliziert. Ich hätte nicht nach Hause kommen sollen. Wenn ich wie ursprünglich geplant gleich nach den Dreharbeiten nach LA geflogen wäre, wäre all das nicht passiert. *Stopp! Jetzt hast du wirklich einen neuen Tiefpunkt erreicht. Du lügst dir hier selbst etwas vor!* Egal, ob ich in Kalifornien wäre, in New Jersey oder auf dem gottverdammten *Mond* – die verwirrenden Gefühle, die ich plötzlich habe, wären überall dieselben. Ich muss mich damit auseinandersetzen, ganz egal, wo ich gerade bin oder sein könnte. Hier geht es schließlich um einen wichtigen Aspekt meines Lebens.

Als mein Smartphone erneut klingelt, atmete ich tief durch und gehe dran. »Hey.«

»Hey, Kendall, meine Mom ist endlich da. Kannst du gleich rüberkommen?«

Ich seufze innerlich. »Zwanzig Minuten.«

»Geht's dir gut? Du klingst so seltsam.«

Sind wir uns so nahe, dass wir selbst auf die Entfernung immer spüren, wie's der jeweils anderen geht? Ich hoffe, nicht, denn Payton soll bitte nicht erfahren, wie es um mich steht. »Ich bin nur noch ein bisschen müde.« *Und vielleicht ein bisschen homosexuell.* Moment mal, was? Um Himmels willen, Kendall, langsam drehst du wirklich völlig durch.

»Okay«, sagt sie. »Bis dann.«

»Bis dann.« Ich lege auf und klettere aus dem Bett.

Bisher war mir mein Aussehen, wenn's um Payton ging, total egal. Sie hat mich schon mit Magen-Darm-Virus erlebt und ungeschminkt in Jogginghose durch die Gegend laufen sehen. Sie ist ein *Mädchen*, und hier bin ich und mache mich plötzlich extra für sie zurecht, nur um ihr eine Reaktion zu entlocken. Aber wie auch immer. Wenn sie nicht denkt, dass ich in diesem Aufzug superheiß aussehe, wird sie wohl nie etwas in sexueller Hinsicht von mir wollen. Ich trage ein kurzes, rückenfreies Kleid, kniehohe weiße Schnallenstiefel und bin perfekt geschminkt. Ich sehe aus, als würde ich zu einer Fotosession für die Titelseite einer Modezeitschrift fahren statt einmal durch die Stadt, um ein Gespräch mit meiner besten Freundin und mit deren Mom zu führen. Jedenfalls weiß ich jetzt, dass es, was das Styling betrifft, keinen Unterschied macht, ob ich nun auf Mädchen stehen oder auf Jungs. Ich würde mich in jedem Fall schick machen wollen, um Eindruck zu hinterlassen.

Wenige Minuten später klopfe ich an Paytons Tür. Sie macht mir auf und sieht mich unsicher an. *Sehr gut.* Offenbar fühlt sie sich genauso unwohl wie ich in letzter Zeit, wenn wir zusammen sind.

»Du siehst hübsch aus«, stellt sie mit beiläufiger Stimme fest.

Hübsch? Heißer geht es ja wohl nicht. »Danke«, sage ich und weiß nicht, ob ich enttäuscht oder erleichtert bin.

»Mom ist in der Küche, und seit sie gehört hat, dass wir beide mit ihr reden müssen, denkt sie offenbar, dass irgendeine Riesenkatastrophe eingetreten ist.«

»Dann wird sie erleichtert sein, wenn sie erfährt, dass du nur ausziehen willst.«

»Da bin ich nicht so sicher.«

Als wir in die Küche kommen, grüßt mich Paytons Mom zwar freundlich, aber dann verzieht sie sofort wieder ängstlich das Gesicht.

»Hallo«, begrüße ich sie und setze mich ihr gegenüber auf den Stuhl, der mir von Payton zugewiesen wird.

Auch Payton setzt sich an den Tisch und wendet sich dann ihrer Mutter zu. »Okay, Mom. Statt erst lange um den heißen Brei herumzureden, kommen wir am besten gleich zum Punkt«, erklärt sie in geschäftsmäßigem Ton, und ich bin überrascht, denn bisher habe ich sie nie so reden hören.

Auch Mrs. Taylor wirkt verblüfft und sieht mich forschend an, als könne sie in meinem Gesicht einen Hinweis darauf finden, was der Grund dieses Gespräches ist. Ich bemühe mich, mir nichts ansehen zu lassen. »Okay, Payton, was hast du mir zu sagen?«

»Ende des Semesters werde ich nach Kalifornien zu Kendall ziehen. Aber keine Angst, ich werde nicht mein Studium schmeißen, sondern wechsele an die MALA, die Musikhochschule von Los Angeles.«

Mrs. Taylor starrt mich an, als wolle sie mir den Hals dafür umdrehen, dass ich ihr ihr kleines Mädchen stehle. Und in gewisser Weise tue ich das ja auch. Dann sieht sie wieder

Payton an. »Das habe ich nicht damit gemeint, als ich gesagt habe, dass du deinen Horizont erweitern sollst.«

»Aber ich möchte unbedingt dorthin. Hast du eine Vorstellung davon, wie viele MALA-Absolventinnen und -Absolventen Musik für Film und Fernsehen machen? Ich dachte bisher immer, dass ich diesen Traum niemals realisieren könnte, aber vielleicht habe ich ja jetzt die Chance dazu. Wenn Grandpa noch am Leben wäre, würde er mich sicher unterstützen, und ich nehme an, er wäre stolz darauf, dass es für mich nichts Wichtigeres gibt als die Musik. Er hat mich schon mit drei an sein Klavier gesetzt und mir die ersten Lieder beigebracht.«

Oha, mit ihrem ungeheuer talentierten Grandpa zieht Payton ihren größten Trumpf. Sehr clever, Mrs. Taylor kann ihr da schwer widersprechen. Und sie tut es auch nicht. Sie holt geräuschvoll Luft, aber ihr ist klar, dass sie sich geschlagen geben muss. Sie wendet sich an mich. »Du passt dort gut auf meine Tochter auf, kapiert?«

Als würde ich das nicht eh tun. Ich lächele. »Alles klar.«

»Und, Payton, du rufst mich gefälligst einmal in der Woche an.«

»Das mache ich. Versprochen«, sagt Payton.

»Ich glaube nicht, dass es zu diesem Thema sonst noch irgendwas zu sagen gibt.« Sie steht mit einem leisen Seufzer auf, nimmt Payton in den Arm und hält sie fest. »Mein Baby ist jetzt wirklich eine durch und durch erwachsene Frau.«

»Das hätte sich auf Dauer nicht vermeiden lassen.«

»Trotzdem hatte ich gehofft, mir bliebe noch ein bisschen Zeit.« Sie lässt sie wieder los und wendet sich zum Gehen, dann aber bleibt sie vor mir stehen, umarmt mich ebenfalls und flüstert mir ins Ohr: »Geh ja behutsam mit ihr um.«

Ich will sie fragen, was sie damit meint. Payton macht keinen sonderlich zerbrechlichen Eindruck auf mich. Stattdessen sage ich aber einfach: »Das mache ich.« Mrs. Taylor lässt mich wieder los und geht mit schnellen Schritten in den Flur.

»Das lief erheblich glatter als befürchtet«, murmelt Payton und ich stoße sie mit dem Ellenbogen an.

»Ich weiß beim besten Willen nicht, was du erwartet hast. Du weißt selbst, wie vernünftig deine Mutter im Grunde ist.«

»Das stimmt. Ich bin dir trotzdem dankbar, dass du hergekommen bist.«

»Schon gut«, erkläre ich. Als sie mich durch den Flur zur Haustür bringt, schaue ich sie verwundert an. »Wirfst du mich etwa raus?«

Sie reißt verwirrt die Augen auf. »Was? O nein. Ich dachte nur, du hättest sicher noch was vor.« Mit einem gleichmütigen Achselzucken fügt sie hinzu: »Du hast dich so herausgeputzt, als hättest du noch einen wichtigen Termin.«

»Den hatte ich bereits.«

»Dann hast du wohl den Rest des Tages frei.« Sie lacht ein süßes, etwas raues Lachen und in diesem Augenblick wird mir bewusst, dass ich ihr hilflos ausgeliefert bin. Sie ist so faszinierend und so todbringend wie ein Zyklon, und auch wenn ich eine Mauer um mein Herz errichte, wird sie sie problemlos wieder einreißen. Eigentlich ist es völlig sinnlos zu versuchen, ihr zu widerstehen. Aber ich bin mir nicht sicher, ob ich mich von Payton so mitreißen lassen will. Ich bin noch nicht bereit, aus meinem jämmerlichen, kleinen Unterschlupf zu kriechen, denn wenn mich der Sturm erwischt, wird nichts mehr sein, wie es bisher war.

»Tatsächlich muss ich meiner Mutter noch bei ein paar Sachen helfen. Tut mir leid. Das ist mir jetzt erst wieder eingefallen.«

»Kein Problem«, behauptet sie, auch wenn ihr Blick was anderes sagt.

»Ich ruf dich morgen an«, sage ich, obwohl ich weiß, dass es bei diesen Worten bleiben wird.

»Klingt gut.«

Ich nehme sie zu Abschied auch nicht in den Arm. Ich steige einfach in Dads Wagen und fahre los.

Ich schaue in den Rückspiegel und kann nur daran denken, wie absurd und lächerlich das alles ist. Es geht jetzt nicht mehr nur um Payton, sondern darum, dass ich meine eigene Sexualität total neu denken muss. Weil ich *nicht* lesbisch bin. Das bin ich einfach nicht. Wie könnte ich das sein? Ich hatte schon mehr Jungs gedatet, als ich an meinen Fingern und an meinen Zehen abzählen kann. Lesbische Frauen gehen nicht mit Männern aus. Schluss, aus. Es muss ja nichts heißen, dass ich mich bisher noch nie wirklich körperlich zu einem Typ hingezogen gefühlt habe. Vielleicht waren sie ja einfach alle zu hübsch, um ernsthaftes Verlangen in mir wachzurufen oder so. Vielleicht brauche ich einen Cowboy – einen taffen Kerl mit einem Stetson auf dem Kopf, mit Furchen im Gesicht und einem eher rauen Charme. *Oder vielleicht bist du bisher auch nur mit hübschen Jungen mit weichen, femininen Zügen ausgegangen, weil du – na ja – eben auf* Frauen *stehst.* O nein, nein, das tue ich ganz sicher nicht. Halt deine blöde Klappe, Hirn, wenn ich dich nicht rausoperieren lassen soll!

Ich blicke wieder in den Spiegel, nestele an meinem Haar und zwinge mich, an etwas anderes zu denken als an meine blöde Sexualität.

5

PAYTON

Drei Tage lang ruft Kendall mich nicht an. Heute ist Thanksgiving und morgen fliegt sie wieder nach LA. Wahrscheinlich ist es gut, dass ich den ganzen Tag mit Essensvorbereitungen beschäftigt bin. Wenn ich hier rumsitzen und Däumchen drehen würde, würde ich vermutlich langsam, aber sicher den Verstand verlieren.

Mom hat sich in den Kopf gesetzt, mir sämtliche Gerichte, die sie je gekocht hat, beizubringen. Als ob ich in LA verhungern würde, wenn ich mir nicht jeden Tag eine andere Mahlzeit zubereiten kann. Auch wenn ich momentan nicht weiß, ob aus dem Umzug überhaupt was wird.

»Das Zeug hier ist echt eklig, Mom.« Ich starre angewidert auf die Truthahnfüllung, die an meinen Händen klebt. Die feuchte, glibberige Konsistenz ekelt mich. »Ich werde schon nicht verhungern, nur weil ich nicht weiß, womit man einen Truthahn füllt.«

Sie sieht mich an, als hätten meine Worte sie verletzt. »Du hast dir von deinem Grandpa alles über Musik beibringen lassen. Ist es da zu viel verlangt, jetzt von mir ein paar Rezepte zu lernen?«

»Ich liebe Musik und habe ein Talent dafür, aber in der Küche bin ich eine echte Niete. Deshalb überlasse ich das Kochen auch immer dir.«

»Aber es ist durchaus nützlich, wenn man kochen kann. Und vielleicht willst du mit deinen Kochkünsten ja auch einmal eine zukünftige Freundin beeindrucken.«

»Weswegen sollte ich das wollen, wenn ich auch einfach für sie singen kann? Damit bekäme ich wahrscheinlich jede rum.« Ich lache ein manisch finsteres Lachen.

»Manchmal spuckst du wirklich ganz schön große Töne. Das hast du wahrscheinlich ebenfalls von deinem Großvater geerbt«, stellt meine Mutter grinsend fest.

»Das ist doch sicher nicht verkehrt.«

»Auf keinen Fall. Ich nehme an, dass man in eurer Branche eine große Klappe braucht, wenn man nicht untergehen will. Dein Grandpa hat es schließlich auch als Musiker geschafft, und neben seiner großen Klappe hast du eindeutig auch seine Hartnäckigkeit geerbt.«

Ich lächele. Für mich ist es das größte Kompliment, mit Grandpa verglichen zu werden. Ich will gerade zu einer großen Rede über diesen wunderbaren Mann ansetzen, und darüber, wie sehr ich ihn immer noch vermisse, als es an der Tür klingelt. Mein Onkel, meine Tante und meine Cousins kommen zum Essen. Erleichtert wische ich mir die Truthahnfüllung von den Händen ab. »Ich geh schon«, ruf ich meiner Mutter zu.

Kaum habe ich die Tür geöffnet, reiße ich die Augen auf. Kendall lehnt in einer Yogahose und in einem meiner kuscheligen, weiten Hoodies am Geländer und sieht aus, als hätte sie vier Nächte nacheinander durchgemacht. Der Gegensatz zu Sonntag ist so groß, dass ich sofort in Sorge um sie gerate.

»Hi.« Auch ihre Stimme klingt gedämpft, als sie mich begrüßt.

»Hallo.« Ich weiß nicht, was ich sagen soll. Ich bin noch immer etwas sauer, weil sie mich seit Sonntag nicht angerufen und auf keine meiner Nachrichten reagiert hat. Ich plane, meine Mutter, meine Freundinnen und Freunde und mein bisheriges College zu verlassen, um zu ihr nach Kalifornien zu ziehen, und mit einem Mal geht sie auf Tauchstation? Dabei war es doch sie, die den Vorschlag gemacht hat. »Bist du erkältet?«

»Nein.« Sie stößt sich vom Geländer ab und kommt mit zögerlichen Schritten auf mich zu.

»Bist du dir sicher? Sogar Filmstars haben das Recht, mal krank zu sein.«

»Ich weiß. Aber ich bin nicht krank.«

»Ach nein?« Zum Zeichen, dass ich ihr noch böse bin, verschränke ich die Arme vor der Brust. »Und wo hast du dann die ganze Zeit gesteckt?« *Na toll. Wer bist du, ihre Mom?* Mit welchem Recht bin ich so sauer, nur weil sie sich ein paar Tage nicht bei mir gemeldet hat? Im Gegensatz zu mir ist sie ein Star und hatte sicher einfach wieder einmal alle Hände voll zu tun. Es wäre dumm, sich einzubilden, dass ich mich auf eine Stufe mit ihr stellen kann.

»Es tut mir leid. Mir gehen in letzter Zeit sehr viele Sachen durch den Kopf.«

Und das hat sie bisher mit keinem Ton erwähnt? Ich mag es nicht, wenn sie mir Dinge vorenthält. *Ach nein? Und warum hast du dich ihr andersrum dann nicht bereits viel früher anvertraut?* »Kann ich dir irgendwie helfen?«

»Nein, nicht wirklich. Es sind Sachen, die ich erst mal mit mir selbst klären muss. Ich wollte dich nur wissen lassen, dass mir leidtut, dass ich dir nichts gesagt habe. Es war nicht leicht für mich, nicht bei dir anzurufen und alles mit dir zu besprechen, wie wir es sonst immer tun.«

»Und warum hast du es dann nicht einfach gemacht?«

Sie zieht die Unterlippe zwischen ihre Zähne, beißt darauf herum und stößt mit rauer Stimme aus: »Weil es Probleme gibt, die man nicht durch Gespräche lösen kann.«

»Du bist doch wohl nicht schwanger?«, frage ich im Scherz und sie lacht leise auf.

»Gott, nein! Die Chancen stehen bei null.«

»Puh.« Gespielt erleichtert fahre ich mir mit der Hand über die Stirn. »Da bin ich aber wirklich froh.«

Sie lächelt breit. »Ich mache mich am besten langsam wieder auf den Weg. Meine Eltern haben noch mehr Leute als sonst zu ihrem berühmten Truthahnessen eingeladen, weil ich dieses Jahr zum ersten Mal seit einer Ewigkeit über den Feiertag zu Hause bin.«

»Meine Verwandten kommen auch gleich.«

»Glaubst du, du kommst hier nach dem Essen trotzdem weg? Ich würde gerne noch ein bisschen mit dir abhängen, bevor ich morgen fliegen muss.«

Natürlich komme ich hier weg. Selbst wenn ich dazu aus dem Fenster meines Zimmers und danach das Blumengitter runterklettern muss. »Na klar. So gegen acht?«

»Perfekt. Dann rettest du mich vor dem Teil des Abends, an dem meine Mutter uns in einem Kreis hinsetzt und uns zwingt, den anderen zu erzählen, wofür wir dankbar sind.«

»Abgemacht.«

Zum Abschied nimmt mich Kendall so wie immer in den Arm und für einen Augenblick löst sich die Anspannung, die mich ergriffen hatte, weil sie sich seit vier Tagen nicht bei mir gemeldet hat. Viel zu schnell lässt sie mich wieder los und geht.

»Bis später«, ruft sie mir noch über ihre Schulter zu.

»Bis später«, rufe ich zurück und sehe ihr hinterher, als sie im roten Flitzer ihres Dads die Straße runterschießt.

Zum Glück muss ich nicht aus dem Fenster meines Zimmers klettern. Wahrscheinlich wäre ich dabei kopfüber in den Tod gestürzt oder hätte mir zumindest meine Wirbelsäule angeknackst. Normalerweise besteht Mom darauf, dass wir die Feiertage bis zum Ende im Familienkreis begehen, aber zu meiner Überraschung lässt sie mich nach dem Abendessen einfach ziehen. Sie sagt, ich habe mir eine Verschnaufpause verdient, da ich während des gesamten Essens so »lebendig und so aufgeschlossen« war. Aber in Wahrheit hat sie einfach keinerlei Interesse daran, mich schmollend auf der Couch sitzen zu haben, während die Verwandtschaft da ist. Ich sage allen auf Wiedersehen und stürze, bevor Mom es sich womöglich noch mal anders überlegt, davon.

Trotzdem klingele ich erst eine gute Viertelstunde später als geplant bei Kendall an der Tür. Mit einem zufriedenen Lächeln im Gesicht macht Mrs. Bettencourt mir auf.

»Hi, Mrs. B.! Frohes Thanksgiving«, sage ich und luge über ihre Schulter in das Wohnzimmer, in dem die anderen versammelt sind. *Wahnsinn. Offenbar war es kein Scherz, als Kendall mich vor diesem Dankbarkeitsgedöns gewarnt hat. Da sitzen echt zwanzig Leute in einem ordentlichen Kreis.* Als Kendall mich entdeckt, bedenkt sie mich mit einem mörderischen Blick, als wollte sie mir sagen: »Du bist sonst *immer* überpünktlich, und ausgerechnet jetzt kommst du zu spät!«

»Das wünsche ich dir auch«, antwortet Mrs. Bettencourt, und ich weiß, noch bevor sie weiterspricht, dass sie mich in den Kreis einladen wird. »Kendall ist im Wohnzimmer. Geh einfach durch.«

Verdammt! Ich habe wirklich keinen Bock, wildfremden Leuten meine innersten Gedanken zu enthüllen.

»Danke«, sage ich und schiebe mich an ihr vorbei ins Haus.

Kendall trifft mich in der Tür des Wohnzimmers und raunt mir zu: »Echt jetzt?«

»Ich weiß. Es tut mir leid.«

»Nehmt Platz, Ladys«, befiehlt uns Mrs. Bettencourt, als sie zurück ins Zimmer kommt.

Entschlossen ergreift Kendall meinen Ellbogen und zerrt

mich auf die Zweiercouch. »Wir kommen hier nicht unbeschadet raus. Verzieh am besten keine Miene und wenn du was sagen sollst, erzählst du einfach *irgendwas*.«

»Okay.« Im Grunde ist es ziemlich witzig, dass sie tut, als ginge es bei diesem lächerlichen Spiel um Leben und Tod. So schwer ist es ja auch wieder nicht, irgendwas zu nennen, wofür man dankbar ist. Und an Lampenfieber leidet sie ja auch nicht, wenn sie ihre Filme dreht.

Als Erstes erzählt Mr. Bettencourt, wie dankbar er für seine wunderbare Frau und Tochter und die anderen Verwandten ist. Nach ihrem Vater kommen Kendalls Onkel, Tanten, Cousins und Cousinen an die Reihe und dann ist sie selbst dran. Anscheinend hat sie völlig abgeschaltet, während die anderen geredet haben, denn sie reagiert erst, als ihre Mutter sie zum zweiten Mal mit ihrem Namen anspricht.

Sie überlegt so angestrengt, als hingen die Zukunft von uns allen und der Frieden der Welt von ihren Worten ab. Doch dann sieht sie mir direkt in die Augen und murmelt rau: »Ich bin für vieles dankbar, aber vor allem bin ich dankbar für all die Menschen hier in diesem Raum, die mich lieben und die ich mehr liebe, als ich in Worte fassen kann.«

Mein Mund ist plötzlich trockener als die Mojave-Wüste während einer Dürreperiode. Es fühlt sich an, als hätte ich seit einem guten Jahr auf einem Gemisch aus Sandpapier und Katzenstreu herumgekaut. Ich fange an zu husten und höre selbst, dass es klingt, als stünde ich kurz vorm Erstickungstod.

Erschrocken schnappt sich Kendalls Vater ein Glas Wasser und drückt es mir in die Hand. »Hier, trink.«

Ich führe das Glas an meinen Mund und nippe mehrmals vorsichtig daran. Dann hört der Husten endlich wieder auf und ich atme erleichtert auf. »Danke«, sage ich zu Mr. Bettencourt. Dann räuspere ich mich und füge noch hinzu: »Und falls sich jemand fragt, wofür ich dankbar bin – jetzt gerade bin ich dankbar dafür, dass es Wasser gibt.«

Die anderen brechen in erfreutes Lachen aus. Nie zuvor in meinem Leben war ich so dankbar für mein komödiantisches Talent wie in diesem Moment. Ich könnte niemandem erklären, was das eben war. Im Grunde weiß ich nicht mal sicher, ob mich Kendall wirklich direkt angesprochen hat. Zählt sie mich tatsächlich zu den Menschen, die sie über alles liebt? Natürlich tut sie das. Sie liebt mich, wie man eine gute Freundin oder – was irgendwie noch schlimmer wäre – eine Schwester liebt.

Sie legt ihre Hand auf meinen Rücken und massiert ihn sanft. »Besser?«

»Ja, es geht mir wieder gut.«

»Sehr gut.« Sie springt vom Sofa und nimmt meine Hand. »Lass uns nach oben gehen. Hier unten ist es mir zu laut.«

Halt einfach deinen Mund und geh. Ich nicke und folge ihr.

Das Erste, was mir auffällt, als wir ihr Zimmer betreten, ist der riesengroße Stapel an gepackten Taschen, der am Fußende des Bettes liegt. Als ich sie vor ihrem Dreh zum Flughafen gefahren habe, hatte sie viel weniger dabei. Es sieht aus, als habe sie den gesamten Inhalt ihres Kleiderschranks gepackt. »Kommt es mir nur so vor, oder hast du dir ganz schön viele neue Sachen besorgt?«

Sie wirft sich auf ihr Bett und bricht in hemmungsloses Kichern aus. Ich frage mich, ob sie vielleicht dabei ist durchzudrehen. Meine Frage war wirklich nicht besonders witzig. »Weißt du, was für Zeug sich hier angehäuft hat, seit ich heimgekommen bin?«, beschwert sie sich.

Das weiß ich wirklich nicht, aber offenkundig ziemlich viel. »Fährt dich dein Dad zum Flughafen? In diesen heißen, kleinen Flitzer, den du ihm geschenkt hast, passt das alles niemals rein.«

»Natürlich nicht. Ich habe einen Mietwagen bestellt.«

»Du hättest einen Umzugswagen nehmen sollen.«

Schnaubend setzt sich Kendall wieder auf und klopft auf die Matratze, um mir zu bedeuten, dass ich mich endlich setzen soll. »Apropos Umzug ...« Sie schiebt sich ans Fußende des

Betts und wühlt in einer Tasche, die zuoberst auf dem Stapel liegt. Ich nutze die Gelegenheit, um mir ihren wohlgeformten Hintern anzusehen, den die enge Yogahose sehr vorteilhaft betont. Dann richtet sie sich plötzlich wieder auf und hätte mich beinahe dabei erwischt, wie ich sie anstarre. Das war echt knapp. Ich muss in Zukunft wirklich vorsichtiger sein.

»Das ist für dich.« Sie überreicht mir eine blaue Schachtel in der Größe eines Kartenspiels. Sie ist mit einem schmalen blauen Band verpackt.

Noch ein Geschenk? Verdammt, ich will nicht, dass du mir was schenkst. Ich will, dass du in meiner Nähe bist. Kapierst du das denn nicht? Verächtlich schiebe ich ihr die Schachtel wieder hin. »Was auch immer es ist, nimm es zurück. Ich weiß den Gedanken zu schätzen, aber ich kann nicht noch weitere Geschenke von dir annehmen.«

»Aber das ist gar kein Geschenk. Das ist was, was du brauchst.«

»Ich wusste gar nicht, dass man Sauerstoff in eine Schachtel packen kann.«

»Glaub mir, das ist etwas, was du brauchen und oft nutzen wirst. Also mach's schon auf.«

Trotz meiner Skepsis hat sie meine Neugierde geweckt. Ich ziehe an dem Band, klappe die Schachtel auf und sehe einen Schlüssel, der mit einem Anhänger mit einem »P« versehen ist.

»Der ist für meine – *unsere* Wohnung in LA. Ich wollte ihn dir eigentlich erst geben, wenn du dort ankommst, aber so lange hätte ich nicht warten können. Dafür bin ich viel zu aufgeregt.«

Ich weiß nicht, was ich sagen soll. Nachdem sie Sonntag einfach so verschwunden ist, war ich mir nicht mehr sicher, ob sie diese Sache weiter durchziehen will. »Dann soll ich also immer noch zu dir nach Kalifornien ziehen?« Ich bin zwar nicht dafür gewappnet, dass sie Nein sagt, aber das hier ist sehr wichtig. Ich muss wissen, ob sie mich noch immer bei sich haben will.

Die Hände auf den Knien, sitzt sie völlig reglos da. »Ich kann mich gar nicht genug dafür entschuldigen, dass ich letzte Woche einfach plötzlich abgetaucht bin«, erklärt sie mir verschämt und fügt hinzu: »Natürlich will ich immer noch, dass du zu mir nach Kalifornien ziehst.«

Ich atme auf, obwohl ich weiß, dass es am Anfang sicher nicht einfach wird und ich ständig dieses dämliche Verlangen, sie zu berühren, unterdrücken werden muss. *Es reicht jetzt! Ich werde die Gefühle, die ich für sie habe, in den Griff bekommen, selbst wenn ich rohe Gewalt anwenden muss!* Es gibt für den unglücklichen Umstand, dass sie mich nie so lieben wird wie ich sie, nur eine Lösung. Nämlich meine Trauer zu begraben, ehe sie mich begräbt. Und es gibt noch etwas anderes, das ich klären muss. »Ich hab das Lied fertiggeschrieben. Wo ist dein Keyboard?« Kendall muss das Lied so schnell wie möglich hören. Ich habe es von Anfang an für sie geschrieben.

»Da drüben.« Sie zeigt auf den Schrank.

Ich stolpere durch den Raum, zerre das Instrument aus dem Karton und trage es zum Bett. Dann stecke ich den Stecker ein und setze mich davor. Ich habe zwar die Noten nicht dabei, aber das ist auch nicht nötig. Ich kenne das Stück längst auswendig.

Die Plastiktasten fühlen sich unter meinen Fingern ganz anders als die Tasten des Klaviers von meinem Grandpa an. Aber das spielt keine Rolle. Auch auf dem Keyboard klingt der Song so traurig und so verloren, wie er klingen soll. Während ich spiele, spüre ich den Schmerz, den ich in die Noten gelegt habe. Musik. Durch sie fühle ich, durch sie leide ich.

»Ich habe das Stück noch einmal umbenannt«, erkläre ich am Schluss. »Jetzt heißt es ›Melodie für eine Sterbende‹.«

Ich sehe auf und merke, dass sich Kendall Tränen von den Wangen wischt. *Jetzt weißt du, wie es ist. Jetzt hast du ihn gehört, den Klang der Liebe, wenn sie nicht erwidert wird.*

»Das war unglaublich«, stellt sie flüsternd fest. »Ich konnte die Traurigkeit richtig *spüren*.«

»Danke«, sage ich. Aber jetzt ist es an der Zeit, den Schmerz in meinem Vergessensordner abzuheften und ihn in der Tiefe meines Herzens zu verwahren.

»Eines Tages wird dir Hollywood zu Füßen liegen. Du wirst der neue Danny Elfman sein.«

»Ich wär eigentlich lieber wie Hans Zimmer, vielleicht noch mit einer Spur Chemical Brothers.«

»Auch das ist kein Problem.« Sie schlingt mir lächelnd ihre Arme um den Hals und gegen meinen Willen falle ich ihr praktisch auf den Schoß. Doch statt mich zu bewegen und mich von ihr zu lösen, wie ich es tun sollte, drehe ich mich sachte auf den Rücken, bis ich ihre angezogenen Beine unter meinen Schultern spüre, lege meinen Kopf auf ihren Bauch und sehe zu ihr auf. So komme ich wahrscheinlich niemals über sie hinweg, aber es fühlt sich einfach herrlich an.

Sie gleitet sanft mit ihren Fingern durch mein Haar, und ich weiß nicht, wann ich zum letzten Mal in ihrer Nähe so entspannt war. Ich klappe meine Augen zu und lausche ihren gleichmäßigen Atemzügen, die beruhigend wie das Meeresrauschen sind.

»Kendall«, unterbreche ich den friedlichen Moment. »Wenn du so weitermachst, schlafe ich ein.«

»Dann schlaf ruhig ein.«

Ich sehe auf die Uhr und frage sie: »Musst du denn nicht bald los?« Es ist schon fast zehn.

Sie beugt sich über mich, sieht ebenfalls auf meine Uhr und sagt: »Der Wagen kommt erst gegen eins.«

»Und ich soll hier das letzte bisschen Zeit, das mir noch mit dir bleibt, mit einem Nickerchen vergeuden?«, protestiere ich.

Sie reißt den Mund zu einem Gähnen auf. »Es ist keine vergeudete Zeit, wenn wir beide schlafen.«

Ich schlage meine Augen wieder auf und stelle fest, dass sie ein kurzes Schläfchen gut gebrauchen kann. Und wenn ich eine ganze Nacht an ihrer Seite schlafen konnte, schaden die paar Stunden sicher nicht. »Leg dich hin.« Ich nicke und stelle den Wecker auf 0:30 Uhr, damit wir nicht verschlafen. Sie schaltet ihre Nachttischlampe aus und sucht sich eine komfortable Position. Dann strecke ich mich vorsichtig an ihrer Seite aus und sachte schiebt sie sich an mich heran und legt den Kopf auf meiner Schulter ab. Entschlossen, meine Angst zu unterdrücken und nicht alles zu vermasseln, schließe ich die Augen und genieße das Gefühl ihrer warmen Haut.

6

KENDALL

Der Uhr an meiner Zimmerwand zufolge ist es 0:20 Uhr, und obwohl ich schon seit einer Viertelstunde wach bin, habe ich mich bisher nicht gerührt. Es ist noch schlimmer als das letzte Mal, als ich an Paytons Seite aufgewacht bin, denn damals waren mir die Gefühle, die ich für sie habe, noch nicht bewusst. Aber jetzt nehme ich sie sehr deutlich wahr. Ich habe eine halbe Ewigkeit damit vergeudet, das, was ich empfinde, zu benennen. Und als ich endlich wusste, wie diese intensiven Gefühle heißen, habe ich weitere Zeit damit verloren, gegen sie anzukämpfen, obwohl das vollkommen sinnlos war. Und wenn ich sie jetzt so friedlich und so wunderschön hier an meiner Seite liegen sehe, geht mir auf, dass ich ihr hoffnungslos verfallen bin.

Ich meine nicht die körperliche Anziehung. Sie ist eine Frau und ich kämpfe immer noch damit, dass ich mich zu ihr hingezogen fühle. Aber Aussehen hat *nichts* mit wahrer Liebe zu tun. Auch wenn mir ihr Äußeres natürlich sehr gefällt. Ich meine, es ist völlig offensichtlich, wie schön sie ist. Sie hat phänomenale Wangenknochen, fein geschwungene, volle Lippen, einen strahlenden olivfarbenen Teint und ihre

Muskeln sind so straff, wie man es sich nur wünschen kann. Egal ob Mann oder Frau, Homo oder Hetero – man müsste blind sein, um nicht zu sehen, wie attraktiv sie ist. Ich habe keine Ahnung, ob es einfach oder schwierig für mich wäre, Sex mit ihr zu haben, aber das ist mir im Augenblick auch vollkommen egal. Ich fühle mich nicht nur zu ihrem Körper hingezogen, sondern liebe mindestens genauso ihren Ehrgeiz, ihre Klugheit, ihr Talent, ihren Humor, ihr großes Herz und ihre Zuverlässigkeit.

Nur ist sie eben leider gleichzeitig auch meine beste Freundin. Wir haben diese ganz besondere, irre intensive und dynamische Verbindung, und wir ziehen uns gegenseitig wie Magnete an. Sie ist das *Einzige,* was mich in dieser Welt verankert und verhindert, dass ich durch die Stratosphäre schwebe und irgendwo im All verloren gehe. Deswegen darf ich auf keinen Fall riskieren, sie zu verlieren. Ohne sie wäre ich nur noch eine Hülle meiner selbst.

Um Punkt halb eins klingelt ihr Wecker und als sie langsam anfängt, sich zu rühren, kneife ich die Augen eilig wieder zu. Sie darf mich nicht dabei erwischen, wie ich sie beobachte, während sie schläft. Das wäre *gruselig* von mir, und vor allem würde es ihr sofort verraten, wie es um mich steht.

Dann richtet sie sich auf, stützt sich mit ihren Ellbogen auf der Matratze ab und sieht mich an. Obwohl meine Augen fest geschlossen sind, kann ich ihren Blick so deutlich spüren, als würde sie mich berühren. »Kendall«, flüstert sie und schiebt mir eine Strähne meines wirren Haars hinter das linke Ohr. *Mach das noch mal. Berühr mich irgendwo.* »Kendall«, flüstert sie ein zweites Mal. »Wach auf.«

Sie beugt sich über mich und ich schlage die Augen wieder auf. Das grünlich weiße Licht der Straßenlampen, das durchs Fenster fällt, genügt, um zu erkennen, dass ein Lächeln auf ihren fein geschwungenen Lippen liegt. *Mein Gott, Payton! Warum musst du selbst im Dunkeln so fantastisch aussehen?*

»Hallo, Dornröschen«, grüßt sie mich.

»Hallo«, flüstere ich und mein Gehirn schreit mir mit lauter Stimme zu, dass ich sie endlich küssen soll! Aber genau in diesem Moment klopft es an der Zimmertür, und ohne eine Antwort abzuwarten, kommt mein Dad herein und drückt den Lichtschalter. Ich liege auf dem Rücken und noch immer beugt sich Payton über mich. Mein Vater reißt schockiert die Augen auf und mir ist klar, wie diese Szene auf ihn wirken muss. Am liebsten hätte ich gesagt: »Na super, Dad. Was hättest du gemacht, wenn wir jetzt beide gerade splitternackt und ineinander verschlungen wären?« Aber er soll keinen Herzinfarkt erleiden, also halte ich den Mund.

Er hüstelt unbehaglich. »Tut mir leid, ich hätte euch nicht stören sollen.«

»Uh, nein, Sie haben uns nicht gestört. Wir haben geschlafen und sind gerade aufgewacht«, beeilt sich Payton zu erklären.

»Verstehe. Kendall, eigentlich wollte ich dich nur fragen, ob ich einen Teil von deinem Zeug nach unten tragen soll. Du wirst gleich abgeholt.«

Payton und ich richten uns auf und unsere Beine baumeln wie die Beine kleiner Kinder über den Rand des Betts. »Das wäre nett, Dad. Vielen Dank.«

Mein Dad schnappt sich zwei Koffer und auch Payton greift nach einem Teil meines Gepäcks.

»Der Zimmerservice ist echt gut«, stelle ich scherzhaft fest.

»O nein, das ist er nicht.« Entschlossen drückt mir Payton eine meiner Reisetaschen in die Hand. »Die ist für dich.«

»Wie kann man nur so streng sein?« Grinsend hebe ich mein Keyboard auf und folgte Payton in den Flur.

Zu meiner Überraschung und Freude müssen wir nur einmal gehen, um mein ganzes Zeug nach unten zu bringen. »Danke für die Hilfe«, sage ich zu Payton und zu meinem Dad, als wir am Fuß der Treppe stehen.

»Nichts zu danken«, antworten sie wie aus einem Mund.

Dann höre ich, wie draußen eine Wagentür ins Schloss geworfen wird. Ich luge durch das Flurfenster und sehe, dass es, wie befürchtet, der bestellte Wagen ist, der mich zu meinem Flieger Richtung La La Land bringen soll. Ich muss zurück nach Hollywood – der Stadt der großen Träume und der großen Namen. Nur habe ich nicht besonders lange gebraucht, um herauszufinden, dass der ganze Glitzer und der Glamour eigentlich nur Blendwerk sind. In Hollywood ist ständig etwas los, man kann dort endlos Party machen und zu einer eleganten Filmpremiere oder Preisverleihung nach der anderen gehen, aber wirklich ruhig ist es dort nie. Es geht dort immer nur um Stil und Geld und darum, unbedingt gesehen zu werden. Und wenn man nicht auf irgendwelchen Filmplakaten abgebildet ist und nicht als VIP zu Galas und Premieren eingeladen wird, ist man den Leuten vollkommen egal. *Ich habe eigentlich nicht die geringste Lust, dorthin zurückzukehren.*

»Mom schläft«, sagt Dad. »Soll ich sie wecken, damit du ihr noch auf Wiedersehen sagen kannst?«

»Auf keinen Fall.« *Ich kann sie nicht mal leiden, wenn sie richtig wach ist, also will ich sie ganz sicher nicht erleben, wenn sie gerade unsanft aus dem Schlaf gerissen wurde.*

Mein Vater grinst und schleppt die ersten beiden Koffer aus dem Haus. Auch Payton trägt etwas zum Wagen. Dann nimmt mein Vater mir das Keyboard ab und legt es in den Kofferraum. Danach dreht er sich zu mir um und tätschelt mir den Kopf. »So, mein Krümel, jetzt kann's losgehen.«

Ich küsse ihm die Wange und umarme ihn. »Danke für alles, Daddy.«

Er tritt wieder einen Schritt zurück und nickt. »Ruf deine Mutter an, wenn du gut angekommen bist. Sie macht sich immer Sorgen, wenn du fliegst.« Dann wendet er sich Payton zu. »Und du! Ich hoffe doch, dass du dich vor dem großen Umzug noch mal bei uns blicken lassen wirst.«

»Ja, Sir.« Sie salutiert ihm lächelnd, und als er zurück ins Haus geht, sehen wir ihm hinterher.

Da waren's nur noch zwei.

Payton ist erschreckend ruhig und viel zu weit von mir entfernt. Ich will sie in die Arme nehmen. Mich von ihr zu verabschieden, ist mir schon immer schwergefallen, auch bevor mir klar geworden ist, dass sie für mich viel mehr als bloß meine beste Freundin ist. Sie wirkt immer so traurig, wenn ich gehen muss, als würde sie mich niemals wiedersehen. Und diesmal bringt die Traurigkeit in ihrem Blick mich beinahe um.

Ich strecke meine Arme nach ihr aus. »Komm her.«

Ein wenig widerstrebend tritt sie auf mich zu, aber dann legt sie mir die Arme um die Taille und ich klammere mich an ihren Schultern fest und lege meinen Kopf an ihre Brust. Wie gut, dass sie zehn Zentimeter größer ist als ich. So kann ich ihren gleichmäßigen Herzschlag hören. »Dich werde ich am allermeisten vermissen, du alte Vogelscheuche«, sage ich und mache einen kleinen Schritt zurück, damit ich ihre Augen sehen kann.

»Schon gut.« Sie streichelt mein Gesicht. »In zweiunddreißig Tagen sehen wir uns.«

»In zweiunddreißig Tagen«, wiederhole ich und habe das Gefühl, als würde alles besser dadurch, dass ich jetzt die Tage bis zu ihrer Ankunft runterzählen kann.

»Genau.«

»Okay.« Ich lasse sie nur ungern los, aber wenn ich jetzt nicht in den Wagen steige, bleibe ich bestimmt für immer hier.

»Bis dann.«

Ich steige ein und als der Wagen losfährt, sehe ich durchs Fenster, wie sie immer kleiner und der Abstand zwischen uns mit jedem Meter größer wird.

Ich wache auf und bin erstaunt, dass ich in meinem eigenen Bett liege. Ich hatte kurzfristig vergessen, wo ich mich befinde und wie ich dorthin gekommen bin. Das Erste, was mich dran erinnert, dass ich wieder in LA bin, sind die unzähligen Palmen, die ich durch die breiten Fenster meines Zimmers sehen kann. Es ist noch früh am Morgen, aber ich kann jetzt schon sehen, dass es warm und sonnig werden wird. Im Grunde ist es schade, dass das Wetter in LA fast immer so fantastisch ist. Ich liebe den Herbst in Jersey und die kalte Luft, die dafür sorgt, dass Payton mir hin und wieder eines ihrer Sweatshirts leiht, wenn ich mal wieder viel zu sommerlich gekleidet bin. *Payton. Einunddreißig Tage, und dann ist sie endlich hier.*

Ich reiße mich aus meinem Tagtraum. Wenn ich nicht langsam meinen Hintern schwinge, komme ich zu spät. Ich ziehe mich in aller Eile an und fahre in Rekordzeit los. Ich treffe mich mit James und mit den Machern dieses großen Action-films, *The Relishing,* doch auf der Fahrt zu unserem Meeting halte ich noch kurz bei einem Buchgeschäft, um mir das Buch zu holen, auf dem der Film basiert. Ich habe es noch nicht gele-sen, aber es gibt anscheinend unzählige Fans, und wenn ich den Charakter nicht so spiele, wie er in dem Buch beschrieben ist, riskiere ich, den Hass eines ganzen Heeres an Teenagern, die den Roman verschlungen haben, auf mich zu ziehen. Und dieser zusätzliche Stress würde mir gerade noch fehlen – neben all den anderen Dingen, die mich momentan in den Wahnsinn treiben.

Apropos Stress, ich muss verrückt gewesen sein zu denken, dass ich einfach einen Buchladen betreten und mir unauffällig einen Bestseller besorgen kann. Tatsächlich flippt der ganze Laden völlig aus, als man das Buch in meinen Händen sieht. Anscheinend weiß bereits die ganze Welt über die Pläne für eine Verfilmung dieses Romans Bescheid. Sofort umzingeln mich die Leute und stürmen mit Fragen auf mich ein.

Ein junges Mädchen möchte wissen, ob das Drehbuch dem

Roman entspricht und seine Freundin sieht mich fragend an. »Wen wirst du spielen? Ciara oder Emily?«

Auch eine der Verkäuferinnen mischt sich ein und fragt: »Wen haben sie für die Rolle des Königs gecastet?«

Ich habe keine Ahnung, deswegen lächele ich einfach höflich, zahle für das blöde Buch und trete schnellstmöglich den Rückzug an.

Auf der Weiterfahrt zu meinem Meeting frage ich mich ernsthaft, worauf ich mich hier eingelassen habe. Es war ja schon schlimm, wie sehr ich nach meinem letzten Film plötzlich im Rampenlicht stand, aber jetzt drehen die Leute anscheinend vollends durch. Ich habe das Gefühl, auf Zeit zu spielen, und warte eigentlich nur darauf, dass den Leuten aufgeht, dass ich eigentlich gar nichts Besonders bin. Ich warte darauf, dass mein Stern im nächsten Augenblick erlischt, doch er strahlt bloß immer heller, und manchmal wünschte ich, ich wäre einfach nur Kendall Bettencourt, die ganz normale junge Frau von nebenan, statt Kendall Bettencourt, der Liebling Hollywoods. Dann könnte ich auch weiter anziehen, was, und ausgehen, mit wem ich will, und es wäre allen vollkommen egal.

Ich bin derart in meine Gedanken vertieft, dass ich beinahe am Studio vorbeifahre. Im letzten Augenblick gelingt es mir, auf den Parkplatz abzubiegen, wo ich meine Schlüssel einem der Angestellten überreiche, damit er den Wagen für mich parkt.

Im Flur vor dem Besprechungsraum nimmt James mich in Empfang, weil er mich vorher noch kurz briefen will. »Also, wir treffen gleich die Produzenten und den Regisseur.«

»Ja, und?« Ich kenne die Routine. Ich habe das alles schon unzählige Male durchgemacht. Ich muss nur meinen Charme spielen lassen und den Leuten Honig um den Mund schmieren, den Rest erledigt James, und wenn mir der Vertrag am Ende zusagt, unterschreibe ich. Es ist ganz einfach: Er tut so, als ob es keine heißere Ware auf dem Markt gäbe als mich, und erklärt ihnen, dass ich, wenn der Preis stimmt, gegen Geld zu haben bin. Um Ehrlichkeit und Anstand geht es dabei nicht.

»Wenn du nicht fluchst, geht sicher alles glatt.«

Hat er tatsächlich Angst, dass ich mich nicht benehmen kann? Ja, manchmal bringen mich die Leute hier in Hollywood dazu, meine unleidliche Seite zu zeigen, aber das heißt längst nicht, dass ich *immer* eine unfreundliche Zicke bin. »Ich weiß, wie man sich bei Geschäftsbesprechungen benimmt, du Depp.«

»Hoffen wir's«, schnaubt er und führt mich in den Raum.

Tatsächlich läuft bei diesem Meeting alles glatt. Nach anfänglichem Zögern meinerseits versichern mir die Produzenten, dass ich auch mit der Rolle in diesem Actionfilm als Schauspielerin weiterhin ernst genommen werden werde, und schließlich unterschreibe ich. Landon Stone, der Regisseur, ist außer sich vor Glück. Er nennt mich »das Gesicht des nächsten epochalen Teen-Blockbusters«, denn offenbar soll ich auf Postern, Buttons und T-Shirts abgedruckt werden, und es wird eine Actionfigur und einen lebensgroßen Starschnitt aus Karton von mir geben.

Auch James ist ganz begeistert, aber ich selbst stehe unter Schock. *Ganz egal*, wie viel ich mit dem Film verdiene – der Gedanke, dass das ganze Land mit Postern von mir gepflastert wird, beunruhigt mich. Wahrscheinlich werde ich es irgendwann so leid sein, mich von allen Titelseiten selbst anzulächeln, dass ich nie mehr das Bedürfnis haben werde, mich in einem Spiegel anzuschauen.

»Warum siehst du nicht glücklich aus?«, fragt James, als er mit mir in Richtung Parkplatz läuft.

»Ich *bin* glücklich.«

»Das solltest du auch sein. Du hast gerade den Vertrag für die aktuell begehrteste Hauptrolle für Frauen unterschrieben. Vergiss, was du bisher gemacht hast. Mit dieser Rolle kommst du *ganz groß* raus.«

Ich stöhne leise auf. »Ich dachte eigentlich, dass ich bereits groß rausgekommen wäre.«

»Ja, okay, das bist du, aber jetzt bist du *ganz* oben mit dabei. Noch besser, als die Hauptrolle in einer Verfilmung eines der meistverkauften Bücher aller Zeiten unter der Regie von Landon Stone zu spielen, geht es nicht.«

Na toll! Jetzt werde ich nie wieder meine Ruhe haben.

»Kendall!«, ruft jemand hinter mir. Ich bleibe stehen, sage James auf Wiedersehen und hoffe nur, dass es kein Fan auf Autogrammjagd ist. Zum Glück gehört die Stimme Lauren Atwell, die mit schnellen Schritten auf mich zugelaufen kommt.

»Lauren! Hi!« Ich falle ihr begeistert um den Hals. »Wie geht es dir?«

»Hervorragend. Und dir? Was machst du hier?«

»Ich habe gerade für die Ciara unterschrieben, in *The Relishing*. Und du?«

»Wie cool! Ich habe gerade selber für die Emily vorgesprochen!«

»Wie schön! Ich hoffe sehr, dass du die Rolle kriegst. Dann drehen wir zusammen den coolsten, abgefahrensten Actionfilm, den es jemals gegeben hat.«

»Auf jeden Fall«, stimmt sie mir zu und sieht mich fragend an. »Was hast du jetzt noch vor? Wollen wir was trinken gehen?«

Ich nicke. »Gern.« Ich wollte mich sowieso schon seit Längerem mal bei ihr melden.

Inzwischen sind unsere Wagen vorgefahren worden. Ich steige ein und fahre Lauren hinterher, als sie vom Parkplatz auf die Straße biegt.

Wir landen in einem winzig kleinen Pub in einer ruhigen Gegend von West Hollywood. Für einen Freitag ist es dort erstaunlich ruhig.

»Gemütlich«, sage ich und nehme neben Lauren an der Theke Platz. »Wie hast du diesen Laden hier entdeckt?«

Sie bestellt uns zwei Cocktails und es überrascht mich, dass hier niemand einen Ausweis sehen will. Alle Leute, die uns erkennen, werden auch wissen, dass wir noch nicht alt genug sind, um in einer Kneipe alkoholische Getränke zu bestellen. »Gleich um die Ecke wohnt jemand, mit dem ich mal zusammen war«, klärt Lauren mich mit gleichmütiger Stimme auf.

Ich lache leise auf. »Und du hast keine Angst, ihn hier zu treffen?«

»Sie«, erklärt sie mir. »Und nein, habe ich nicht. Zwischen uns ist alles cool, aber das hier ist sowieso nicht unbedingt ihr Revier.«

Ich wende mich verlegen ab. Vielleicht kann Lauren mir ja die Vorliebe für Frauen, die ich plötzlich an mir erkannt habe, ansehen. Gibt es nicht ein Wort dafür, wenn jemand Homosexualität quasi erschnuppern kann? *Und warum müssen alle coolen Mädchen lesbisch sein, verdammt?* »Ich hätte nicht vermutet, dass du lesbisch bist«, platzt es aus mir heraus, bevor mir klar wird, wie unglaublich blöd das klingt. *Na toll.* Genauso hätte ich erklären können: »Für eine Lesbe bist du überraschend hübsch.« Am besten hätte ich noch mit meinem schlecht sitzenden künstlichen Gebiss klappern sollen, während mir der Sabber auf mein T-Shirt tropft.

»Ich bin nicht lesbisch«, klärt sie mich kopfschüttelnd auf. »Aber ich mag nun einmal, wen ich mag.«

Okay. Das ist wirklich unkonventionell! Sie kann also die Orientierung wechseln so wie ich meine Dessous? Bisher war mir nicht einmal klar, dass es wirklich Leute gibt, die auf Männer und Frauen stehen. Dass man tatsächlich bisexuell sein kann. Ich dachte immer, dass man entweder auf das eine oder auf das andere Geschlecht steht. »Das ist echt cool.«

»Es stört dich also nicht?«

»Dass du auf Männer und auf Frauen stehst?« Ich hoffe, ich sehe nicht so aus, als würde mich das stören. Wir sind hier schließlich in West Hollywood! Falls irgendjemand denken sollte, dass ich etwas gegen Schwule oder Lesben habe, wäre das das Ende meiner Karriere – und das zu Recht. Außerdem wäre es einfach Unsinn, so zu denken.

Sie nickt.

»Weswegen sollte mich das stören? Meine beste Freundin in New Jersey ist lesbisch. Aber ich wüsste gerne, wie du das den Medien verkaufst. Ich meine, gehst du offen damit um?«

Sie nickt erneut. »Ich habe immer schon dazu gestanden und vor allem in unserer Branche ist es meiner Meinung nach am besten, offen damit umzugehen, wer man ist und was man will. Wenn man versucht, etwas über sich geheim zu halten, wird es zu einer Waffe, die die Presse gegen einen verwenden kann. Du weißt wahrscheinlich besser als die meisten anderen, wie brutal die Medien sein können.«

Natürlich hat sie recht, doch leider fehlt mir einfach der erforderliche Mut, um *so* ehrlich gegenüber der gesamten Welt zu sein. »Ich behalte meine Angelegenheiten lieber für mich. Außerdem kann es so interessant doch gar nicht sein, was für Dreck ich am Stecken habe oder nicht.«

Sie nippt an ihrem Drink. »Du siehst fantastisch aus und du bist talentiert und reich. Deshalb kann ich mir durchaus vorstellen, dass viele Leute interessiert wären, zu wissen, dass auch du den einen oder anderen kleinen Fehler hast.«

Ich kichere. »Den einen oder andern kleinen Fehler? Ich bin *alles andere* als perfekt. Ich bin total neurotisch und die meiste Zeit das reinste Nervenwrack.« *Und ein paar Leichen im Keller habe ich auch, so wie vermutlich jeder.*

»Aber so sehen das die Leute nicht. Wenn sie uns

anschauen, sehen sie nur, was wir haben, aber niemals, wer wir sind.«

Ich stoße sie mit meinem Ellenbogen an. »Du bist wohl eine kleine Philosophin, was?«

»Das ist bloß ein großes Wort für jemanden, der zu viel nachdenkt«, stellt sie trocken fest.

»Na, wenn das so ist, bin ich selber eine Philosophin«, kläre ich sie lachend auf. »Aber natürlich hast du recht. Die Leute haben keine Ahnung, wer wir sind. Vielleicht sollte ich mal eine Doku-Serie darüber drehen, wie langweilig mein Leben abseits der Arbeit ist.«

»Au ja! Dann könnte dich die Welt in Schlabber-T-Shirt und in Jogginghose auf dem Sofa lungern sehen. Und du könntest deine Freunde und Familie darüber interviewen, was du in deiner Freizeit machst. Bei dem Projekt bin ich auf jeden Fall dabei! Ich werde aller Welt erzählen, wie langweilig du bist und dass du während unserer Zeit in New Orleans die ganze Zeit nur am Telefon gehangen und eine ganze Trilogie gelesen hast.«

»Das wäre wirklich nett von dir! Aber vermutlich würde es den American Dream vollkommen entzaubern, wenn alle Welt erfahren würde, dass berühmte Leute auch nicht cooler sind als alle anderen.«

»Wahrscheinlich, aber du kannst in dem Film ja eine Szene einbauen, in der du sagst, dass, wenn du es bis nach ganz oben geschafft hast, jeder es schaffen kann. Und das ist ja auch die Wahrheit.«

Ich realisiere, dass ich sie wirklich mag, und wäre nicht im Geringsten überrascht, wenn wir beide gute Freundinnen werden würden.

7

PAYTON

Die Checkliste für meinen Umzug wird nicht kürzer, dabei hake ich inzwischen täglich irgendwelche Dinge darauf ab.

Schon vor drei Wochen habe ich der MALA die erforderlichen Formulare und die Zeugnisse der MSU geschickt. Ein paar Tage darauf hat die Studiendekanin bei mir angerufen, um mir mitzuteilen, dass ich wirklich talentiert sei und ein Gewinn für ihre Fakultät wäre. Ich habe den Studienplatz in Filmmusik natürlich sofort angenommen, und wegen meiner guten Noten ist mir sogar das höchste Stipendium angeboten worden, dass die Schule zu vergeben hat. Anfang Januar soll ich mich mit einem Studienberater treffen, um zu besprechen, welche Kurse für mich infrage kommen. Mein Spiel vom Blatt war *fast* perfekt. *Fast* – das heißt für mich, dass eindeutig noch *jede Menge* Arbeit vor mir liegt. Außerdem werde ich fürs Orchester komponieren. Das macht mich nervös, denn das habe ich noch nie gemacht, doch darüber werde ich mir erst den Kopf zerbrechen, wenn es so weit ist.

Seit das Semester an der MSU geendet hat, versuche ich, mich auf das Packen zu konzentrieren, was alles andere als einfach ist. Erst jetzt wird mir bewusst, wie viel Gerümpel sich im Lauf der Zeit in meinem Zimmer angesammelt hat – die Berge an Kleidern nicht einmal mitgezählt. In den Regalen drängen sich Dutzende von Taschenbüchern neben unzähligen DVDs. Und wo hatte ich damals eigentlich all die CDs gestapelt, die nach dem Erwerb meines iPods rausgeflogen sind? Der größte Teil von meinem Kleinkram bleibt erst mal hier. Ich wüsste nicht, was ich in Kalifornien mit meinen Pokalen vom Fußball oder den Medaillen, die ich bei verschiedenen Vorspielen gewonnen habe, anfangen soll. Es sind Souvenirs aus der Vergangenheit, und dieser Umzug soll ein neuer Anfang für mich sein. Ich hoffe, in der Sonne Kaliforniens werde ich auf wundersame Art zu einem neuen, besseren Menschen, einer selbstbewussten, faszinierenden Person. Und diese Payton 2.0 wird tun, was ihre Mutter sagt, und neue Leute kennenlernen und sie mühelos in ihren Bann ziehen.

Ich hatte nicht von Anfang an vor, mich nach dem Umzug neu zu erfinden, aber vielleicht bietet sich mir so eine Chance nie wieder. In Kalifornien kennt mich niemand, deshalb kann ich dort sein, wer und wie ich will. Wahrscheinlich bin ich erst mal das geheimnisvolle Mädchen an der Seite Kendall Bettencourts, aber ich könnte auch so tun, als sei ich ein Rockstar – obwohl das eigentlich nie mein Traum gewesen ist. Am liebsten wäre ich auch weiterhin ich selbst, aber vielleicht ein bisschen glücklicher als hier. Genau, ich will dort einfach glücklich sein. Das ist ein Ziel, das ich doch sicher mühelos erreichen kann.

»Hey, mein Schatz.« Meine Mutter streckt den Kopf durch meine Tür. »So ordentlich war dieses Zimmer noch *nie*.«

Ich sehe mich verwundert um. Tatsächlich habe ich fast alles, was ich mitnehmen werde, in zwei großen Pappkartons verstaut. Meine Gitarren liegen gut verwahrt in ihren Transportkoffern, und auch die Kleider, die ich mitnehmen will, sind schon gepackt. Ich habe mich dafür entschieden, beinahe alle meine Wintersachen hierzulassen, weil ich in Kalifornien sicher keine dicken Winterstiefel oder Strickpullis gebrauchen kann. Aber meine Hoodies kommen mit. Die liebe ich und gebe sie bestimmt nicht auf, auch wenn es dort nie kälter als sechsundzwanzig Grad wird.

»Packen ist wie Tetris«, erkläre ich ihr.

Sie nickt. »Und in Tetris bist du wirklich gut.« Aber ihr Gesicht zeigt mir, dass sie nicht nur heraufgekommen ist, um nachzusehen, wie weit ich bin, und mich dafür zu loben, dass ich gut in Tetris bin.

»Was ist?«

»Ich wollte mich nur vergewissern, dass du wirklich gute Gründe für den Umzug hast. Es geht dabei um deine Traumkarriere, nicht um deine Traumfrau, stimmt's? Um die zu finden, musst du nämlich ganz bestimmt nicht quer durchs Land nach Kalifornien ziehen.«

»Ich werde meinem Leben eine neue Richtung geben, und die MALA ist auf jeden Fall der beste Ausgangspunkt dafür.«

»Sehr gut. Wenn du dich auf die Dinge konzentrierst, die wirklich wichtig sind, werden dir alle Türen offen stehen.«

»Danke, Mom.«

Sie kommt herein und nimmt mich in den Arm. »Du wirst mir fehlen. Ohne all den Lärm, den du hier immer machst, wird's sicher ziemlich still im Haus.«

»Wenn's dir zu still ist, ruf mich einfach an. Dann spiele ich dir was auf der elektrischen Gitarre vor.«

»*So* laut will ich es dann vielleicht doch nicht haben.« Sie lacht und lässt mich wieder los. »Und jetzt muss ich zur Arbeit, aber ich bin froh, dass wir gesprochen haben.«

»Ich auch. Bis dann.«

Am Abend sieht mein Zimmer ungewohnt kahl aus. Von all dem Kram, der mich in den letzten Jahren dort umgeben hat, ist kaum noch etwas da, und selbst in meinem Schrank hängen nur noch die paar Sachen, die ich brauche, um die Tage bis zu meiner Abreise zu überstehen.

Bevor ich müde und verschwitzt aufs Bett fallen kann, klingelt es an der Tür. Ich schleppe mich nach unten, mache auf und vor mir steht ein Mann in einem blauen Overall. »Hallo. Ms. Payton Taylor?«

»Ja. Was kann ich für Sie tun?«

»Ich brauche Ihre Autoschlüssel und dazu noch den Versicherungsschein.«

»Wie bitte?«

Er blickt auf den Zettel, der an seinem Klemmbrett steckt. »Hier steht, ein weißer VW GTI Coupé soll an eine Adresse im Hamilton Drive, Beverley Hills in Kalifornien gehen.«

Ich schaue auf die Straße, wo ein großer schwarzer Laster mit der Aufschrift *Express Transport Depot* geparkt ist. Er sieht vertrauenswürdig aus, aber dieser Kerl kann nicht ganz richtig ticken, wenn er denkt, dass ich ihm einfach so die Schlüssel meines Autos überreiche. »Äh, können Sie kurz warten?«

»Meinetwegen«, grummelt er. Ich rufe eilig bei Kendall an.

»Sieht aus, als würden sie den Wagen pünktlich bei dir abholen«, meint sie.

»Was hat das zu bedeuten?«

»Dass du nicht nach Kalifornien fährst, sondern den Flieger nimmst.«

Ich stöhne in den Hörer. *Hör doch bitte endlich damit auf, mir ständig irgendwas zu schenken.* »Ich will gar nicht wissen, was du dafür hingeblättert hast.«

»Das ist mein Weihnachtsgeschenk für dich«, klärt sie mich ungeduldig auf. »Es tut mir leid, dass sie schon jetzt gekommen sind, aber ich wollte einfach, dass alles bereit ist, wenn du in LA ankommst..«

»Ich hätte meinen Wagen auch alleine überführen lassen können.« *Ich hätte mir dort einfach irgendeinen miesen Job gesucht und drei Monate dafür gespart.*

»Halt deine Klappe und gib deine Autoschlüssel diesem netten Mann, Payton.«

Ich zerre meine Schlüssel aus der Tasche, drücke sie ihm in

die Hand und zeige dorthin, wo der Wagen steht. »Die Versicherungskarte liegt vorn im Handschuhfach.«

»Danke«, brummelt er und wendet sich dem Wagen zu.

»Das hättest du nicht machen müssen.«

»Nein, aber vertrau mir. Du wirst froh sein, wenn du deinen eigenen Wagen hast.«

»In Ordnung. Danke.«

»Gern geschehen. Ich bin langsam richtig aufgeregt!«

»Ich weiß. Ich auch.« Ich bin tatsächlich aufgeregt, aber der Gedanke an den Umzug macht mir auch eine Heidenangst. Ich habe bisher nie einen so großen Schritt gewagt, und in letzter Zeit hat sich für mich so viel verändert, dass mir, wenn ich daran denke, richtig schwindlig wird. Das ist es, was das Leben so schwierig macht. Es ist eine Aneinanderreihung einzelner Momente, die ständig Veränderung bringt und sich nicht stoppen lässt. »Hör zu, ich bin vollkommen erschöpft vom Aufräumen und Packen und brauche erst einmal ein Nickerchen.«

»Das glaube ich«, stimmt sie mir kichernd zu. »Ich habe diese Woche noch verschiedene Charity-Events, also falls wir vorher nicht mehr miteinander sprechen, frohe Weihnachten. Und richte deiner Mutter schöne Grüße von mir aus.«

»Das mache ich. Und dir auch schöne Weihnachten!«

***

Der Weihnachtstag bei uns ist einfach lächerlich. Mom nimmt mich alle fünf Minuten in den Arm, redet vom Empty-Nest-Syndrom und sagt, dass sie mich vermissen wird. Als Überraschung hat sie meinen Wagen für mich abbezahlt und sagt mir mindestens zehnmal, dass ich ihn für die Fahrten durch Los Angeles noch zusätzlich versichern lassen muss. Auch wenn es hoffentlich niemals zu einem Unfall kommen wird. Im Gegenzug bekommt sie von mir ein Geschenkset ihres Lieblingsdufts, was echt erbärmlich ist, und ich verspreche ihr, dass ich ihr eines Tages, wenn ich es mir leisten kann, genauso coole Sachen schenken werde wie sie mir. Das veranlasst sie zu einer anrührenden Rede darüber, dass ihr egal ist, was für Sachen ich ihr kaufe, wenn ich nur verspreche, bis zum Ende aller Zeiten Weihnachten daheim zu sein. Dann beenden wir den Feiertag auf die gewohnte Art. Wir machen Feuer im Kamin, kuscheln uns aufs Sofa und sehen im Kabelfernsehen *Ist das Leben nicht schön*. Wie immer heult sich Mom dabei die Augen aus dem Kopf. Im Ernst, wenn jedes Mal, wenn meine Mutter bei diesem Film heult, ein Engel Flügel kriegen würde, würde es im Himmel bald ziemlich eng werden.

Am nächsten Tag besuche ich die Bettencourts, um ihnen nachträglich ein frohes Fest zu wünschen und mich zu verabschieden. Ich hatte Mr. Bettencourt versprochen, vor dem Umzug noch einmal bei ihm vorbeizuschauen, und Kendall hat mich ermahnt, dieses Versprechen zu halten. Zum ersten Mal, seit ich den Führerschein gemacht habe, durchquere ich die Stadt zu Fuß. Wahrscheinlich ist es gut, dass ich in Kalifornien nicht ohne Wagen bin. Mein Auto fehlt mir jetzt schon.

Bei meiner Ankunft sehe ich Mr. Bettencourt, der die Mülltonnen für die Leerung morgen an den Rand der Einfahrt zerrt. Ich renne los, um ihm zu helfen. »Hallo, Mr. B., geben Sie her.« Ich schnappe mir den Griff einer der Tonnen und frage mich, ob Kendall wohl auch selbst ihren Müll wegbringt. Wahrscheinlich hat sie jede Menge Männer in der Nachbarschaft, die sich darum reißen, das für sie zu tun.

Lächelnd lässt er die Tonne los. »Hi, Payton. Danke.«

Dann stehen die Tonnen an der Straße und er schüttelt mir die Hand. Was ziemlich seltsam ist, denn schließlich kenne ich ihn praktisch, seit ich auf der Welt bin, und er hat mir nie die Hand geschüttelt. »Komm rein und trink ein Gläschen Wein mit mir«, bietet er obendrein noch an.

»Ein Gläschen Wein.«

Ich bin total perplex und leise lachend meint er: »Keine Bange. Grace ist nicht zu Hause und ich habe sicher nicht die Absicht, deiner Mutter etwas davon zu erzählen.«

Ich gebe nach und folge ihm ins Haus.

»Rot, weiß oder Rosé?«, fragt er, während er vor dem offenen Weinschrank steht.

Ich habe keine Ahnung, denn ich habe ganz bestimmt noch nicht genügend Wein getrunken, um zu wissen, welcher mir am besten schmeckt. Auf den Highschool-Partys, wo ich manchmal war, gab es immer nur lauwarmes Bier. »Rosé?«

»Sehr gut.« Nickend bietet er mir einen Platz am Esstisch an, und als ich mich setze, sagt er: »Ich bin echt froh, dass du bei Kendall einziehen wirst. Es ist nicht gut, wenn sie dort ganz allein zurechtkommen muss.«

Ich nippe vorsichtig an meinem Primitivo und schüttele den Kopf. »Aber sie hat doch alles gut im Griff, und bisher ist sie auch alleine sehr gut klargekommen.«

»Natürlich hat sie die *meisten* Dinge gut im Griff, aber sie ist eben meine Tochter und sie ist noch jung.«

»Genau dasselbe sagt meine Mutter auch über mich.«

»Was du wahrscheinlich erst verstehen wirst, wenn du selber mal Kinder hast. Als Vater oder Mutter macht man sich nun einmal Sorgen um sein Kind, egal, wie alt es ist. Man macht sich Sorgen um die Entscheidungen, die es trifft, und wegen der Gefahr, dass ihm einmal das Herz gebrochen wird.«

Ich käme nie auf den Gedanken, ihr das Herz zu brechen, und vor allem hätte ich wahrscheinlich niemals die Gelegenheit dazu. Aber ich kann ihm unmöglich erzählen, dass seine Tochter für mich mehr als einfach meine beste Freundin ist. Das ist sie selbstverständlich auch, aber es wäre gelogen, zu behaupten, dass sie mich nicht auch auf andere Weise interessiert. Und sicher würde Mr. Bettencourt mich kaltblütig mit einer Axt ermorden, wenn er je dahinterkäme, dass ich scharf auf seine Tochter bin. »Sie hat ein großes Herz, und ist sie wirklich clever und dazu noch eine gute Menschenkennerin. Ich glaube also nicht, dass sie sich in LA mit Leuten umgeben würde, die sie verletzen könnten.«

»Wahrscheinlich hast du recht, schließlich ist sie wirklich alles andere als dumm.« Er trinkt von seinem Wein und sieht mich forschend an. Mir wird ein wenig unbehaglich unter diesem Blick. Es kommt mir so vor, als würde er mich einer eingehenden Charakterprüfung unterziehen. Wie sein Urteil wohl ausfallen wird?

Ich hätte länger bleiben wollen, aber plötzlich fühle ich mich nicht mehr wohl und stehe auf. »Danke für den Wein, aber ich sollte langsam wieder los. Ich habe noch sehr viel zu tun, bevor es morgen losgeht.«

»Es war mir eine Freude.« Er erhebt sich ebenfalls und bringt mich zur Tür.

Dort angekommen, umarme ich ihn instinktiv. »Und bitte richten Sie auch Mrs. B. noch liebe Grüße von mir aus.«

Er nickt. »Pass gut auf dich und Kendall auf, okay?«

»Das mache ich.«

Pass gut auf Kendall auf. Es ist, als würde er mich auf eine schwierige Mission schicken, bei der ich auf keinen Fall scheitern darf. Zuerst muss ich mir überlegen, wie ich am besten auf mich selbst aufpasse, wenn ich erst mal in Kalifornien und dort permanent in ihrer Nähe bin.

Dann ist der Tag des Umzugs da. Schon lange vor dem Klingeln meines Weckers schlage ich die Augen auf. Es ist erst kurz vor sieben, aber es gehen mir viel zu viele Dinge durch den Kopf, um noch einmal einzuschlafen. Mein Flug geht erst um 11:45 Uhr, und um irgendwie die Zeit bis dahin totzuschlagen, gehe ich hinunter in die Küche, schiebe ein paar Waffeln in den Toaster, setze eine Kanne Kaffee auf und hole mir die Morgenzeitung aus dem Flur. Auf meinem Rückweg in die Küche komme ich am Wohnzimmer vorbei und blicke traurig durch die offene Tür. Es ist das letzte Mal, dass ich die Zeitung vorne hole oder hier an dieser Stelle stehe oder hier in dieser Küche Frühstück mache und es sich nach *zu Hause* anfühlt. Ich weiß, dass dies auch weiter mein Zuhause bleiben wird, der Ort, an dem ich aufgewachsen bin und mit dem unzählige schöne Erinnerungen verbunden sind. Aber in Zukunft werde ich hier nicht mehr wohnen, sondern nur noch auf Besuch vorbeischauen. Das ist ein seltsames Gefühl. *Ich hoffe, dass es hier für Mom auch ohne mich okay sein wird.*

»Guten Morgen«, erklingt ihre Stimme hinter mir.

Ich drehe meinen Kopf und sehe, dass sie oben auf der Treppe steht. Beim Anblick meiner Mom in ihrem flauschig weichen rosafarbenen Morgenmantel huscht ein Lächeln über mein Gesicht. »Guten Morgen. Tut mir leid. Ich wollte dich nicht wecken.«

»Das hast du nicht. Der Kaffeeduft hat mich geweckt. Ich dachte erst, ich würde träumen, aber nein.« Sie watschelt in die Küche und ich folge ihr. »Wie wäre es mit einem anständigen Frühstück statt dieser gefrorenen Dinger, die nach nichts schmecken?«

Oh, das wäre toll! »Du musst nicht extra für mich kochen, Ma.«

Sie zieht die Tür des Kühlschranks auf und stellt eine Flasche Milch, ein Päckchen Schinken und einen Karton mit Eiern auf den Tisch. »Red keinen Unsinn. So bald werde ich nicht wieder Frühstück für dich machen können, also setze ich dir heute noch mal etwas Ordentliches vor. Pfannkuchen, Speck und Eier. Klingt das gut?«

»O ja. Das klingt fantastisch.«

Meine Mutter grinst mich an. »Dann deck schon mal den Tisch für uns.«

Ich komme ihrer Bitte nach und schenke meiner Mutter

einen schwarzen Kaffee und mir selbst einen mit etwas Milch und zwei Zuckerwürfeln ein. Als ich ihr ihren Becher gebe, steht sie schon am Herd. Trotzdem trinkt sie erst mal einen großen Schluck und seufzt. »Niemand kocht besseren Kaffee als du.«

»Der wird dir sicherlich am meisten fehlen«, scherze ich.

»O nein, mein Schatz.« Sie fährt mir mit der Hand durchs Haar wie früher, als ich noch ein kleines Mädchen war. »Es gibt *nichts*, was mir *nicht* fehlen wird.«

Das kann ich nachvollziehen. Genauso wird es mir in Kalifornien auch gehen.

Wir haben den Flughafen erreicht. Sobald meine Mutter den Wagen geparkt hat, springe ich raus und suche einen Gepäckwagen. Dann laden wir zusammen meine Sachen auf das Ding. Bei solchen Dingen sind wir immer schon ein gutes Team gewesen. Nach fünf Minuten haben wir es geschafft und ich bin parat für den Umzug. Zumindest körperlich. Wie es um mein Herz steht, ist eine andere Frage.

Ich falle meiner Mutter um den Hals und klammere mich an ihr fest. Sie zieht mich eng an ihre Brust und während mir die Tränen in die Augen steigen, sieht sie mich aus trockenen Augen an. Das ist typisch Mom. Wenn es darauf ankommt, ist sie unglaublich taff. »Du solltest langsam los, mein Schatz.«

»Ich rufe dich gleich nach der Landung an«, verspreche ich und schiebe meinen Wagen zum Terminal.

»Ich liebe dich!«, ruft sie mir hinterher. »Es wird dir in LA gefallen!«

Ich drehe mich noch einmal um und sehe meine Mutter durch die Schiebetür aus Plexiglas. *Ich hoffe, sie hat recht.*

8

Ein Unwetter über Chicago sorgt dafür, dass Paytons Flieger mit Verspätung ankommt. Ich sitze inzwischen seit fast zwei Stunden in der Lounge des Flughafens. Meine Vorfreude auf ihre Ankunft lenkt mich immer wieder von dem Buch auf meinen Knien ab. Die letzten Wochen waren gefüllt mit Interviews und kleinen Preisverleihungen, die ich besuchen musste, aber trotzdem blieb mir genügend Zeit, sie schrecklich zu vermissen, seit ich nach LA zurückgekommen bin.

Sie fehlt mir so sehr, dass es langsam sogar meiner Arbeit in die Quere kommt. Erst gestern hatte ich ein Interview in einem Morgenmagazin und konnte mich dort ums Verrecken nicht auf die Fragen konzentrieren. Zum Glück stand Lawrence auf der Tonbühne neben der Kamera und hat mich fingerschnipsend dran erinnert, meinem Gegenüber ins Gesicht zu sehen. Irgendwie habe ich es geschafft, mich zusammenzureißen und das Interview zu überstehen. Hinterher hat Lawrence mich dazu beglückwünscht, dass es mir immerhin gelungen ist, wie eine Halb- und nicht wie eine Vollidiotin dazustehen. Wenn er nicht da gewesen wäre, wäre ich wahrscheinlich derart abgelenkt gewesen, dass ich dagesessen hätte wie ein komatöser

Fisch. Aber er kann ja nicht den ganzen Tag in meiner Nähe sein. Sicher rutscht mir früher oder später irgendeine echt idiotische Bemerkung raus und das wird dann das Ende meiner Karriere sein.

»Verzeihung. Sitzen Sie schon lange hier?«

Ich hätte diese sinnlich-raue Stimme überall erkannt. Ich sehe auf und Payton schaut auf mich herab. Sie ist endlich angekommen. Ich springe auf und schlinge ihr die Arme um den Hals. »Seltsam, dass Sie danach fragen, denn ich sitze hier tatsächlich schon seit einer Ewigkeit.«

Ich trete einen Schritt zurück, lasse den Blick an ihr herunterwandern und bin hin und weg. Unglaublich, aber sie ist wirklich hier. Und in dem engen schwarzen Hoodie, farbverspritzten Jeans mit Löchern in den Knien und offenen Haaren sieht sie wieder mal fantastisch aus. Ich spüre den gewohnten Drang, mit ihrem Haar zu spielen, aber ich gebe diesem Wunsch nicht nach.

Sie hingegen schiebt mir sanft den frisch geschnittenen Pony aus den Augen. »Jetzt bist du also wieder blond. Sehr schön. Endlich siehst du wieder wie du selbst aus.«

»Danke. Irgendwann war ich das Färben leid. Das Rot bleicht einfach zu schnell aus, und ständig beim Frisör zu hocken war mir zu stressig.«

»Weißt du, was wirklich stressig ist? Die Fliegerei. Das war der längste Nachmittag in meinem Leben. Ich habe keine Ahnung, wie du's schaffst, die Hälfte deines Lebens unterwegs zu sein.«

Ich lache leise auf. »Der Tag ist längst noch nicht vorbei. Jetzt müssen wir erst mal deine Sachen holen, zu unserer Wohnung fahren und alles auspacken.«

»Ich bin schon fix und fertig, wenn ich nur daran *denke*«, stellt sie augenrollend fest.

»Na, los. Auf geht's.« Ich packe ihre Hand, und während ich mit ihr zum Gepäckband laufe, kommt es mir so vor, als wären meine Finger nur dafür gemacht, mit den langen, schlanken Fingern meiner zukünftigen Mitbewohnerin verschränkt zu sein. Am liebsten ließe ich sie niemals wieder los.

Sie hat mir bereits am Telefon erzählt, dass sie erst mal nur ein paar von ihren Sachen mitbringt. Aber dass sie so wenig Zeug mitbringen würde, hätte ich beim besten Willen nicht gedacht. Die beiden Reisetaschen und die zwei Gitarrenkoffer passen mühelos in meinen Kofferraum und die zwei Pappkartons finden problemlos auf der Rückbank Platz.

»Wie weit ist es bis zu deiner Wohnung?«

»Kommt ganz drauf an. Normalerweise eine gute Viertelstunde, aber bei dem Verkehr gerade kann es erheblich länger dauern.«

Sie fächelt sich ein bisschen frische Luft zu und sieht auf die Temperaturanzeige meines Wagens. »Hier sind es vierundzwanzig Grad. In Newark waren es gerade einmal vier.«

»Eigentlich haben wir in LA im Dezember selten mehr als achtzehn, neunzehn Grad.«

»Aha.« Sie öffnet ihren Gurt, beugt sich ein wenig vor, zieht sich das dicke Sweatshirt aus und sitzt nur noch in einem engen weißen Tanktop da. Das Baumwollhemd ist derart dünn, dass ich darunter ihren Spitzen-BH sehen kann. Sie schwitzt ein wenig, aber auf die unglaublich verführerische Art, wie Mädchen schwitzen, wenn sie sich beim Tanzen irgendwo in einem rappelvollen Club verausgaben. Ich muss mich zwingen, weiter geradeaus zu sehen. Wenn ich sie weiter anglotze, wird es einen Unfall geben und wir werden in den Flammen meines Wagens sterben, ohne dass sie jemals auch nur einen Schritt in meine Wohnung gemacht hat. Ein schrecklicher Gedanke – nicht, dass wir zusammen sterben könnten, sondern dass ich heiß auf meine beste Freundin bin. Ich hätte kein Problem damit gehabt, niemals darüber nachdenken zu müssen, ob sie sexy ist.

»Du siehst echt heiß aus«, rutscht es mir heraus und eilig schiebe ich noch hinterher: »Ich meine, du siehst aus, als ob dir heiß wäre. Wir können gern bei einem Laden halten und dir eine Flasche Wasser holen, wenn du willst.«

Sie schüttelt ablehnend den Kopf. »Schon gut. Jetzt fühle ich mich besser und ich will jetzt einfach heim.«

Sie will jetzt einfach heim. In meine Wohnung, unsere Wohnung, unser gemeinsames Zuhause. Unglaublich. Wow. »Anscheinend ist die Schnellstraße mal wieder dicht. Es könnte also eine Weile dauern.«

»Kein Problem.« Sie schaltet meinen iPod ein. »Wir haben ja Musik.«

Ich bin gespannt, wie Payton auf den Anblick meines Hauses reagieren wird. Ihre Körpersprache ist so süß wie die von einem kleinen Hund. Sie hat ihr Fenster aufgemacht und ihr Kinn auf ihren Händen auf dem Rahmen abgelegt. Während ihr Blick über die großen Häuser mit den Luxuswohnungen und all die hohen Palmen links und rechts der Straße wandert, kann ich sehen, dass ihr nicht mal das winzigste Detail entgeht.

»Und?«

Sie reißt den Blick von draußen los und sieht mich fragend an. »Und was?«

»Was hältst du von der Gegend hier?«

Sie stöhnt. »Ich bin zu arm, um hier zu leben.«

Mühsam unterdrücke ich ein Lachen. »Ach, hör auf.«

»Das ist mein Ernst. Das hier ist ein paar Nummern zu groß für mich, das sieht jeder auf den ersten Blick.«

»Ach ja? Befürchtest du etwa, die Leute könnten dich für

eine Pennerin halten und gleich die Polizei rufen, wenn du hier die Straße entlanggehst?«

»So in etwa«, gibt sie zu.

»Also bitte. Du glaubst doch wohl nicht im Ernst, dass die Leute hier die ganze Zeit in teuren, maßgeschneiderten Klamotten rumlaufen? Auch berühmte Leute tragen Jeans und Turnschuhe.«

»Na, wenn das so ist, passe ich ja wunderbar hier rein«, stellt Payton fest, als wir in die Garage des Apartmenthauses fahren.

Ich drücke auf den Knopf der Fernbedienung, fahre durch das Tor und stelle meinen Wagen auf den Platz mit der Aufschrift »PH1«. Direkt daneben steht Paytons VW. Ich öffne das Handschuhfach und drücke ihr die Schlüssel ihres Wagens und die Fernbedienung des Garagentors in die Hand. »Hier, bitte schön.«

Sie zieht den Wohnungsschlüssel, den ich ihr schon übergeben habe, aus der Tasche und macht ihn an ihrem Wagenschlüssel fest.

»Danke.« Sie steigt aus, öffnet die Tür ihres VWs und klemmt die Fernbedienung an die Sonnenblende, bevor sie die beiden Pappkartons vom Rücksitz meines Wagens zerrt. »Öffnest du bitte mal den Kofferraum?«

»Am besten bitte ich erst den Portier, dass er uns einen Gepäckwagen in die Garage schickt.« Ich ziehe meinen Blackberry aus meiner Handtasche.

»Wir haben einen Portier?«, fragt sie mich überrascht.

Was hat sie denn erwartet? Schließlich sind wir hier nicht mehr in Clifton, sondern in Beverly Hills. Ich nicke knapp. »An Wochentagen haben wir Rob, über Nacht ist Jason da, und an den Wochenenden kommt entweder Brandon oder Mike. Du solltest sehen, was ein paar Leute aus dem Haus die armen Kerle alles machen lassen. Einmal habe ich sogar gesehen, wie

Brandon mit dem Hund von jemandem spazieren gegangen ist!«

Sie zieht verächtlich eine Braue hoch. »Und was lässt du sie machen?«

»Kaum etwas. Aber wenn ich shoppen war, tragen sie meistens, ohne dass ich darum bitten würde, meine Taschen in den Fahrstuhl«, kläre ich sie mit einem gleichmütigen Achselzucken auf.

Payton verschränkt die Arme vor der Brust und denkt kurz über meine Antwort nach. »Okay, dann ruf ihn an.«

Ich wähle eine Nummer und sofort erklärt sich Rob zum Schicken des Gepäckwagens bereit.

Während wir warten, sieht mich Payton fragend an. »Aber den Müll bringst du doch sicher selber raus?«

Ich kichere. »Was?« *Wie kommt sie jetzt auf diese Frage?* »Wir haben einen Müllschacht, aber ja, ich bringe meinen Müll normalerweise selber raus.« Ich will gerade etwas darüber murmeln, dass man seine Nase nicht allzu tief in die Angelegenheiten anderer stecken sollte, als die Tür des Fahrstuhls aufgeht und Rob den Gepäckwagen herausschiebt.

»Hier, bitte sehr, Ms. Bettencourt.«

»Danke, Rob. Das hier ist Payton Taylor, meine zukünftige Mitbewohnerin.«

»Hallo. Freut mich.« Ich kann sehen, wie er sie mustert und am liebsten hätte ich ihn angefaucht: »Ich weiß, sie ist echt heiß, aber es ist nicht höflich, sie so anzustarren.« Stattdessen lache ich nur leise auf.

»Freut mich ebenfalls«, erwidert Payton höflich, auch wenn ihr sein Blick natürlich auch aufgefallen ist. »Äh, Verzeihung, Rob. Könnten Sie vielleicht die Bremse von dem Wagen anziehen, während ich ihn belade?«

Eilig tritt er auf die Fußbremse. »Bitte, lassen Sie mich das machen.« Eifrig lädt er ihr Gepäck aus meinem Kofferraum auf den Wagen, schließt den Kofferraum und schiebt das Gepäck

Richtung Lift. Dann fährt er mit uns ins Erdgeschoss und steigt dort wieder aus. Doch vorher wendet er sich noch mal Payton zu. »Ms. Taylor, falls Sie irgendetwas brauchen, rufen Sie mich bitte einfach an.«

»Vielen Dank, das werde ich.«

»Dann wünsche ich den beiden Damen jetzt noch einen schönen Tag.«

Kaum dass wir allein im Fahrstuhl sind, fangen wir beide an zu lachen, und prustend sage ich: »Ich glaube, du hast einen neuen Fan.«

»Ich schätze, er ist eher ein Fan von meinen Brüsten, wie die meisten Kerle.«

»Na ja, du bist nun mal ein wunderschönes Mädchen.« Na toll, *mach nur weiter so und sag total auffällige Sachen. Erzähl ihr am besten gleich, dass du auch auf ihre Brüste stehst.* So schnell wie möglich füge ich hinzu: »In dieser Stadt kriegst du mit diesen Brüsten alles, was du willst.«

»Ich würde lieber dafür arbeiten«, erklärt sie naserümpfend.

Der Fahrstuhl piept und in der Leiste, die die Stockwerke anzeigt, leuchtet das »PH«. »Da wären wir.« Ich schnappe mir den Wagen – hauptsächlich, um ihr zu zeigen, dass sich auch ein hübsches Mädchen nicht vor echter Arbeit fürchtet –, und als ich ihn flott den Gang hinunterschiebe, trottet sie mir hinterher.

»Gibt es in diesem Stockwerk keine anderen Wohnungen?«

»Ein Penthouse hat normalerweise immer eine Wohnung pro Stock«, erkläre ich und schließe auf.

Als sie durch die Tür tritt, werden ihre Augen größer als die einer Anime-Figur. Sie dreht sich langsam um die eigene Achse und betrachtet die geschwungene Glastreppe, die rauf ins Arbeitszimmer führt. Erst bewundert sie die hohe Glasdecke und dann sieht sie sich in der unteren Etage um.

Ich gebe zu, dass das Apartment vielleicht eine Spur zu

groß für mich alleine war. Auf den fünfhundert Quadratmetern könnte man problemlos eine Folge der beliebten Fernsehserie *MTV Cribs* drehen. Der Vorbesitzer hatte sogar eine Skateboardrampe mitten in die Wohnung bauen lassen, aber ich habe sie durch einen Billardtisch und einen Loungebereich ersetzt, und jetzt ist die gesamte untere Etage ein einziger, durchgehender Raum. Die Küche links geht in den Wohnbereich zu meiner Rechten über, und da die Außenwände riesengroße Fenster sind, wirkt der Raum noch größer, als er ohnehin schon ist. Die beiden Schlafzimmer sind ebenfalls durch Glaswände vom Rest der Wohnung abgetrennt. Sie haben gläserne Schiebetüren und sind durch eine Zwischenwand aus schwarzem Bambus voneinander getrennt. Beide Schlafzimmer sind mit bodenlangen Vorhängen bestückt, die man vor die gläsernen Trennwände und vor die Panoramafenster ziehen kann.

Ich schiebe den Gepäckwagen in Paytons Schlafzimmer und rufe: »Du hast auch ein eigenes Bad.« Dann kehre ich ins Wohnzimmer zurück und sehe, wie sie mit der Hand über die Lehne eines meiner weißen Ledersofas streicht.

»Und wo hast du den Pool versteckt?«

»Hinter den Schiebetüren da vorn.« Ich zeige auf die Türen gegenüber der Wand mit dem großen Flachbildschirm.

»Ich hab das als Witz gemeint.«

»Ich nicht«, erkläre ich und signalisiere ihr, mir über die Treppe in das obere Geschoss zu folgen.

Dort angekommen, bleibt sie wie angewurzelt stehen. »Fuck!«

Ich fange an zu grölen. In all den Jahren, die ich sie jetzt schon kenne, habe ich sie dieses Wort nie sagen hören. Was irgendwie unglaublich witzig ist. Als ich mich endlich von meinem Lachanfall beruhigt habe, erkläre ich ihr: »Ich habe keine Ahnung davon, wie ein Studio eingerichtet wird. Mark Carter war hier und hat die Sachen so angeordnet, wie es sich gehört. Er hat auch alles ausprobiert, um sich zu vergewissern, dass die Sachen funktionieren.«

»Mark Carter? Doch wohl nicht der Produzent?«, hakt sie mit leiser, kaum hörbarer Stimme nach.

Wie süß! »Wer sonst?«

»Willst du mir damit etwa sagen, dass einer der besten Elektronik-Musiker der Welt mein Studio eingerichtet und das Zeug hier obendrein auch noch *benutzt* hat?«

»Genau das will ich damit sagen.«

Ihre Augen füllen sich mit Tränen. Ich kann ihren Blick nicht genau deuten, aber wenn sie mich jetzt nicht küsst, wird sie es ganz sicher niemals tun. *Bitte, bitte tu's! Ich schwöre dir bei allem, was mir heilig ist, ich küsse dich auf jeden Fall zurück.*

»Moment.« Sie rennt zurück ins Wohnzimmer.

Okay, ich hatte eigentlich auf eine andere Reaktion gehofft.

Ein paar Minuten später taucht sie wieder auf und überreicht mir ein in grünes Glanzpapier gewickeltes Geschenk. »Das ist nicht viel, aber ich wünsche dir noch einmal frohe Weihnachten.«

Ich wickele die Folie ab und sehe eine Schachtel, auf der »Lenox« steht. Und in der Schachtel liegt ein ordentlich gerahmtes Bild von Sarah, Jared und ihr selbst vor dem Weihnachtsbaum am Rockefeller Center. Meine Freunde – und vor allem *Payton* – lächeln mich vergnügt von dem Foto an.

»Ich dachte, dass du es irgendwo in deinem Zimmer verstecken kannst.«

»O nein. Auf keinen Fall. Das Bild kriegt einen Ehrenplatz im Wohnzimmer auf dem Kaminsims, wo es jeder sehen kann.«

»Na toll.«

»Im Ernst. Das ist ein wunderschönes Bild von euch. Ich danke dir.«

»Ich danke *dir* für all das hier«, gibt sie zurück und sieht sich noch einmal in ihrem Studio um.

Ich starre meine Füße an. Wenn ich sie jetzt ansehen

würde, würde alles aus mir herausbrechen. »Wahrscheinlich sollten wir erst mal dein Zeug auspacken«, schlage ich ihr vor.

»Gute Idee. Aber ich ziehe mir erst mal eine kurze Hose an.«

»Na klar«, stimme ich zu, obwohl ich sie mir nicht einmal in Shorts vorstellen will. Mir ist noch immer etwas schwindlig von dem Augenblick, in dem sie sich ihr Sweatshirt ausgezogen hat. *Gott, steh mir bei.*

Wir packen jetzt seit einer guten Stunde ihre Sachen aus und jedes Mal, wenn Payton sich bewegt oder sich bückt, um etwas aufzuheben, rutscht die blöde Hose hoch und ich kann mehr von ihren makellosen Schenkeln sehen. Ich fühle mich immer stärker zu ihr hingezogen und ich wage zu bezweifeln, dass sich das Gefühl bald wieder legen wird. Eher habe ich das ernsthafte Bedürfnis, herauszufinden, wer die Shorts entworfen hat, damit ich einen langen Dankesbrief an die Person verfassen kann.

»Houston an Kendall. Bitte kommen, Kendall.«

»Hm?«

»Ich habe dich gefragt, ob es in Ordnung wäre, einen Gitarrenständer an einer der Wände oben anzubringen.«

»Ja, sicher, kein Problem. Es ist jetzt auch deine Wohnung. Tob dich hier also einfach aus.«

»Cool«, sagt sie und beugt sich vor, weil sie ein Paar Schuhe aus dem Koffer nehmen will.

Ich räuspere mich leise und erinnere mich daran, dass ich sie nicht anstarren darf. *Na toll, Kendall, wenn du dich aktiv daran erinnern musst, bist du wirklich hoffnungslos verloren.* »Ich dachte, morgen fahren wir erst mal in die Innenstadt, damit ich dir die MALA und die ganzen coolen Locations dort in der Gegend zeigen kann.«

»Musst du nicht arbeiten?«

»Um zehn Uhr gebe ich ein Interview für MusicTube, aber danach habe ich frei.«

»In Ordnung, das klingt gut.«

»Abgemacht!«

»Halt mal.« Sie drückt mir eine leere Reisetasche in die Hand. »Sieht aus, als hätten wir's geschafft.«

Ich atme auf. »Sehr gut, ich habe nämlich einen Riesendurst. Willst du Wasser?«

»Unbedingt.«

Ich schnipse mit den Fingern und gehe in die Küche. Sie läuft mir hinterher ins Wohnzimmer und wirft sich auf die Couch. Ich fülle einen Krug mit Wasser aus dem Hahn und will mich gerade zu ihr setzen, als das Piepsen meines Blackberrys mich unterbricht. Auf dem Display erscheint Laurens Name und ich überlege kurz, nicht dran zu gehen, aber das wäre irgendwie nicht nett. »Hi, du«, begrüße ich sie.

»Hallo. Du wirst niemals erraten, was passiert ist«, stellt sie fröhlich fest und gleich ist meine Neugierde geweckt.

»Was?«

»Mein Agent hat eben bei mir angerufen und es sieht so aus, als würden wir tatsächlich noch einmal zusammenarbeiten.«

»Heißt das, dass du die Rolle hast? Wie toll! Ich gratuliere!« Es wird bestimmt ein Riesenspaß, noch mal mit ihr zu drehen. »Bist du schon aufgeregt?«

»Verdammt, natürlich bin ich aufgeregt! Vor allem aber sollten wir mit einem Abendessen feiern, dass wir jetzt noch mal zusammen drehen. Hast du morgen Abend schon was vor?«

Morgen Abend? Sicher sollte ich erst Payton fragen, was sie davon hält. Ich kann nicht einfach ausgehen und sie hier alleine sitzen lassen, einen Tag nachdem sie in Kalifornien angekommen ist. Aber ich würde ihre Ankunft gerne feiern, indem wir zusammen ausgehen, und es wäre sicher gut, wenn sie so schnell wie möglich neue Leute kennenlernt. »Das klingt super, aber meine Mitbewohnerin ist heute erst aus Jersey angekommen. Ich würde sie gerne mitbringen, wenn das für dich in Ordnung ist.«

»Auf jeden Fall. Dann reserviere ich uns einen Tisch für drei um acht im Diamante's, wenn du willst.«

»Um acht im Diamante's? Es gibt momentan kein angesagteres Lokal in Santa Monica. Und du kriegst dort so kurzfristig noch einen Tisch?« Das ist natürlich eine blöde Frage, denn wenn ich dort morgen Abend eine Stunde vorher einen Tisch bestellen würde, würde es dort heißen: »*Selbstverständlich* haben wir noch einen Tisch für Sie, Ms. Bettencourt.« Das ist ein Vorteil meines Jobs. Nicht wirklich wichtig, aber durchaus angenehm.

»Erinnerst du dich noch an meine Ex, von der ich dir erzählt habe?«, fragt Lauren mich. »Sie ist mir noch was schuldig und sie arbeitet als Souschef dort.«

Perfekt. Freundinnen und Freunde in guten Positionen sind noch besser als Ruhm. »Sekunde.« Ich lege die Hand über den Hörer und schaue rüber zu Payton. »Willst du morgen Abend ausgesehen?«

»Ja, sicher«, stimmt sie achselzuckend zu. Lächelnd ziehe ich den Hörer wieder an mein Ohr.

»Lauren? Wir sind dabei.«

»Cool. Dann sehe ich euch Mädels morgen Abend. Ciao.«

Wir legen auf und mit dem Krug in einer Hand und zwei Gläsern in der anderen trotte ich ins Wohnzimmer und lasse mich aufs Sofa fallen, wo Payton mir die Sachen abnimmt und die Gläser füllt.

»Meine Freundin Lauren hat gerade erfahren, dass sie in *The Relishing* die zweite Hauptrolle bekommen hat. Um das zu feiern, will sie morgen Abend mit uns essen gehen.«

»Cool«, meint Payton, doch ihr Lächeln sieht ein bisschen ängstlich aus.

»Warum grinst du so schief?« Ich tätschele ihr aufmunternd das Bein und erst zu spät erkenne ich, dass die Berührung mich erschaudern lässt.

»Na ja, mein erster voller Tag in Kalifornien wird damit enden, dass ich mit zwei Leinwandstars in einem der coolsten Restaurants von Hollywood zu Abend esse. Dass ich deshalb ein bisschen Bammel habe, ist ja wohl total normal.«

»Ach, red keinen Quatsch. Lauren ist total bodenständig und ich weiß genau, dass du sie mögen wirst.«

Sie atmet hörbar aus. »Okay. Wir werden sehen.«

»Genau, das werden wir. Und was hältst du davon, wenn wir uns heute einen ruhigen Abend mit *Alice im Wunderland* und Essen vom Chinesen machen?«

»Viel«, erklärt sie mir und diesmal huscht ein echtes Lächeln über ihr Gesicht.

Lawrence trifft mich in den Studios von MusicTube und hält mir einen Kaffee hin. Ich sitze in der Maske und frage mich, was er hier macht und weshalb er mir obendrein noch einen Kaffee bringt. In seiner ersten Zeit als mein PR-Mann hat er mich vor jedem Interview mit Anweisungen bombardiert. Aber irgendwann hat er angefangen, darauf zu vertrauen, dass ich weiß, wie ich mich geben und was ich sagen soll – auch wenn er nicht andauernd den Babysitter spielt. In letzter Zeit folgt er mir aber wieder wie mein Schatten. »Was zur Hölle habe ich jetzt wieder falsch gemacht?«, frage ich ihn.

Er studiert mein Spiegelbild und offenbar gefällt ihm, was er sieht, denn er behauptet: »Nichts.«

Na klar. »Warum bist du dann hier?«

»Damit du nicht alleine bist.«

»Ha! In Wahrheit willst du einfach sichergehen, dass ich es

nicht noch mal verbocke, stimmt's? Hör zu, Lawrence. Ich habe bereits einen Vater und ich brauche keinen *zweiten*, alles klar?«

»Ich weiß nicht, was seit ein paar Wochen mit dir los ist, Schätzchen«, setzt er an, und ich kann hören, dass er verärgert ist. »Aber bei deinen letzten Interviews hast du so munter wie eine Wasserleiche auf die Fragen reagiert. Du warst total in Gedanken versunken, statt dich auf den Job zu konzentrieren.«

Er kann manchmal ein echtes Arschloch sein, aber selbst dann hat er normalerweise recht. »Ich weiß. Es tut mir leid. Ich werde mich bemühen, ganz da zu sein.«

»Ich weiß nicht, aber falls du jemanden zum Reden brauchst ...«

»Ich wüsste nicht, wozu«, erkläre ich in scharfem Ton.

»Bist du dir sicher? Ich kann deine Mom anrufen, falls du lieber mit ...«

»Auf keinen Fall!« *Niemals.* Ich steche mir eher freiwillig ein Auge aus, als mit der Frau über was anderes als das Wetter zu sprechen. »Ich komme auch alleine klar, okay? Aber danke, dass du fragst.«

»Das ist schließlich mein Job.«

Ein Assistent ruft durch die Tür, dass es in fünf Minuten losgeht, und ich laufe Richtung Tonbühne. *Auf geht's. Vermassele es nicht.*

»Denk dran, zu lächeln«, gibt mir Lawrence noch mit auf den Weg.

Die ersten Fragen, die der Moderator mir zu *Idol Worship* stellt, sind kein Problem. Wie der Charakter war, den ich gespielt habe, ob's Spaß gemacht hat, diesen Film zu drehen, was es für ein Gefühl war, vor der Kamera zu singen, und ob dafür eine bestimmte Ausbildung notwendig war. Doch dann geht es ans Eingemachte, denn er möchte wissen, wie der Dreh der Sexszene für mich war.

Am liebsten hätte ich ihm offen gestanden, dass es der intensivste Moment meines Lebens war und mir aufgegangen ist, dass es völlige Zeitverschwendung war, bisher nur Typen zu küssen, weil ich eigentlich viel lieber Mädchen küssen will. Stattdessen beiße ich die Zähne fest aufeinander und schaue hilfesuchend an meinem Interviewer vorbei zum treuen Lawrence, der mir wortlos zu verstehen gibt, dass ich die Antwort möglichst vage formulieren soll.

»Ach, wissen Sie, bei diesen Sexszenen ist alles vorgegeben und der Regisseur legt fest, wie man sich küssen und berühren soll. Das heißt, dass eine Sexszene beim Dreh das Gegenteil von sexy ist.«

Ich sehe abermals zu Lawrence und er reckt die Daumen in die Luft. Der Moderator lacht und dann beendet er das Interview, indem er mir für mein Erscheinen dankt. Ich danke ihm im Gegenzug für seine Einladung und dann ist es geschafft.

»Das hast du wirklich super hingekriegt«, beglückwünscht Lawrence mich, als ich neben ihn trete.

Ach, tatsächlich? Ich bin gerade noch mal um ein Haar an einem Outing vor der Kamera vorbeigerutscht. »Ich werde erst einmal nach Hause fahren.«

Er nickt. »Gute Idee. Genehmige dir einen kurzen Schönheitsschlaf. Den hast du dir verdient.«

Ich fahre heim und hole Payton ab, um auf Erkundungstour zu gehen. Als ich darauf bestehe, dass sie fährt, lehnt sie entschieden ab, und als ich ihr erkläre, dass Autofahren hier auch nicht anders ist als in New York, verstärkt sich ihre Abwehrhaltung noch. Wir diskutieren eine gute Viertelstunde, bis ich sie endlich davon überzeugen kann, dass sie sich ans Autofahren in LA gewöhnen muss, wenn sie hier leben will.

Normalerweise grenzt es an ein Wunder, wenn man eine freie Parklücke in Bunker Hill erobert, aber Payton schafft es, auch wenn sie zu diesem Zweck vorsätzlich einen anderen

Wagen schneiden muss. Ich ziehe sie als »jerseysche Verkehrssau« auf und sie antwortet: »Was sonst, Baby?«

Wir laufen zur MALA und sehen uns erst mal auf dem Campus um. Die Größe und die Lage sagen ihr anscheinend zu, und sie ist beeindruckt von der Anzahl der Studierenden, die dort Instrumente in verschiedenen Formen und Größen durch die Gegend schleppen. Mit einem aufgeregten Blitzen in den Augen sieht sie ihnen hinterher. *O Gott, ich liebe es, wenn ihre Augen derart leuchten. So wie alles andere an ihr auch.* »Es ist, als würdest du schon hierhergehören.«

Sie nickt. »Wir sollten trotzdem langsam wieder los. Ich bin kurz vorm *Verhungern.*«

Genauso geht es mir auch. »Gleich um die Ecke gibt's ein tolles peruanisches Lokal. Ich schwöre dir, dort gibt's den besten Flan, den du je gegessen hast.«

Sie lächelt und ich schmelze wie ein Eis im sommerlichen Sonnenschein.

»In Ordnung, aber nimm beim Essen die lächerliche Sonnenbrille ab.«

Ich verspreche es, und während wir die Straße runtergehen, hätte ich am liebsten ihre Hand genommen. Aber ich weiß nicht, wie ich ihr das hätte erklären sollen. Ich wünschte, dass irgendwelche wild gewordenen Stiere wie in Pamplona auf uns zugeschossen kämen, damit ich einen Grund hätte, ihre Hand zu greifen – aber leider kommt das in Los Angeles eher selten vor. *Ich sollte mit ihr nach Pamplona fliegen, um dort die Sanfermines zu feiern. Wir fänden es vermutlich beide lustig, zuzusehen, wie irgendwelche Idioten versuchen, den todbringenden Hörnern dieser tonnenschweren Monster zu entgehen.* »Im Sommer drehen wir *The Relishing,* da kann ich leider keinen Urlaub machen, aber nächsten Sommer möchte ich mir dir nach Spanien«, wende ich mich Payton zu.

»Nach Spanien?«, fragt sie überrascht und hält die Tür des Restaurants, in das wir gehen wollen, für mich auf.

Ich nehme meine Sonnenbrille ab und klemme sie am Kragen meines T-Shirts fest. »Ja, im Juli. Ich würde gern den Stierlauf in Pamplona sehen.«

Sie lacht und läuft dem Kellner hinterher zu unserem Tisch. »Na klar. Ich wollte immer schon mal sehen, wie ein Haufen von Idioten totgetrampelt wird.«

»Ich finde, das klingt wirklich cool.«

Entschlossen schnappt sie sich die Speisekarte, aber als sie sie überfliegt, verzieht sie das Gesicht und seufzt. »Ich hätte in der Schule Spanisch nehmen sollen. Ich verstehe kein Wort.«

»Schon gut.« Ich fahre sanft über die weiche Haut auf ihrem Handrücken. »Am besten überlässt du die Bestellung einfach mir.«

Dann kommt die Kellnerin an unseren Tisch und ich erkläre ihr: »Me gustaría que el pollo saltado, y mi amiga tendrá el pollo de gallina. Y dos refrescos de dieta, por favor.«

Payton klappt die Kinnlade so tief herunter, dass sie fast die Tischplatte berührt. »Wie hast du das gemacht? Du hattest doch auch kein Spanisch in der Schule.«

»Seit ich hier bin, habe ich das eine oder andere aufgeschnappt.«

»Aha.« Sie zieht die Hand zurück und verschränkt ihre Arme vor der Brust. »Und was hast du für mich bestellt?«

»Pollo de Gallina, das heißt Huhn mit Eiern, Käse, Milch und Erdnüssen, und eine Diet Coke.«

»Ich bin beeindruckt. Das hast du echt gut gemacht.«

»Ich muss ja für unsere Reise nach Pamplona üben.«

Payton grinst. »Dann bringst du mir am besten auch ein bisschen Spanisch bei.«

»Okay. Im Gegenzug für die Klavierstunden, die du mir gibst.«

Wir kommen gegen sechs zurück und uns bleibt gerade noch genügend Zeit, uns ausgehfertig zu machen. Ich dusche, föhne mir das Haar und ziehe ein schwarzes, einschultriges Cocktailkleid an. Es sieht aus wie ein Korsett aus schwarzer Spitze, und als ich mein Spiegelbild betrachte, erscheint Payton in der Tür. Erst auf den zweiten Blick bemerke ich, dass sie nur in ein Handtuch eingewickelt ist und ihre feuchten Haare über eine Schulter hängen. *Bitte nicht.*

Sie starrt mich an, als gingen ihr dieselben unguten Gedanken durch den Kopf wie mir. Am liebsten hätte ich zu ihr gesagt: »Na los, bringen wir's endlich hinter uns.« »Ich, äh, ich weiß nicht, was ich anziehen soll«, sagt sie.

Zieh einfach irgendetwas *an! Und zwar sofort.* »Du hast doch diese schwarze Anzughose«, schlage ich ihr vor. »Mit einer weißen Bluse und dieser kurzen Weste mit der Schnalle auf dem Rücken wäre die perfekt.«

»In Ordnung. Danke«, murmelt sie und tritt den Rückzug an.

Ich atme auf, doch dann bleibt sie noch einmal stehen und dreht sich zu mir um. »Du siehst übrigens super aus.«

Ich schlucke. »Danke.« *Und jetzt geh. Ich halte die bizarre Stimmung einfach nicht mehr aus.*

Sie nickt und geht. Das war echt knapp. Wenn sie noch länger nur in diesem Handtuch dort gestanden hätte, wäre ich wahrscheinlich vollends durchgedreht.

Wir kommen eine Viertelstunde später als geplant im Diamante's an. Payton macht sich deshalb Sorgen, aber ich erkläre ihr, dass es hier in LA als schick gilt, unpünktlich zu sein. Ich werde am Empfang sofort erkannt und wir werden zu dem Tisch geführt, am dem Lauren schon sitzt.

»Hallo!« Lauren steht auf und küsst die Luft rechts und

links neben meinen Wangen. Ich finde das ein bisschen lächerlich, aber ich erwidere die Geste. Hier in Hollywood ist das nun mal so üblich.

»Lauren Atwell, Payton Taylor. Payton, Lauren«, stelle ich die zwei einander vor. Lauren mustert Payton von oben bis unten. Dann fängt sie an zu strahlen. »Hi, Payton. Freut mich wirklich sehr.«

Auch Payton lächelt durch und durch charmant. »Ich gratuliere zu der neuen Rolle«, sagt sie und schüttelt Laurens ausgestreckte Hand. Als sich ihre Handflächen berühren, beginnt die Luft um sie herum zu knistern, und ich kann praktisch die Funken zwischen ihnen sprühen sehen. *Na wunderbar!*

»Ich habe uns schon mal eine Flasche Château bestellt.« Sie setzt sich wieder hin und signalisiert dem Kellner, dass er den Wein einschenken soll.

»Na toll«, murmele ich, und mir wird klar, dass ich mich unbedingt zusammenreißen muss, wenn dieser Abend nicht mit einer Katastrophe enden soll. Ich schnappe mir mein Weinglas, leere es in einem Zug und halte es dem Kellner wieder hin.

»Danke«, wendet Payton sich erst Lauren und danach dem Ober zu.

»Also, Payton, bist du Model oder so?«, setzt Lauren an.

Payton wird rot und räumt mit einem nervösen Kichern ein: »Ich bin am College.«

»Aber du wärst das *perfekte* Model.«

Am liebsten würde ich mich auf sie stürzen und sie würgen, bis sie keinen Piep mehr sagen kann. So was ist mir noch nie passiert. Ich bin nicht gewalttätig und eigentlich hat sie nichts falsch gemacht. *O doch, das hat sie! Sie macht sich an meine Liebste ran!* Auch wenn sie eigentlich nicht meine Liebste, sondern einfach ... Ach, verdammt! Wie konnte ich so dumm sein, Payton einer hübschen jungen Frau mit hohen Wangenknochen vorzustellen, die nach Belieben entweder auf Männer oder Frauen steht?

»Sie fängt bald an der MALA an«, sage ich, um meine eigene Stimmung aufzuhellen und um Lauren klarzumachen, dass Payton viel mehr als bloß wunderschön ist.

Für ihren überraschten Blick hätte ich ihr am liebsten eine reingehauen. Anscheinend dachte sie, dass Payton eins von diesen hübschen, hirnlosen Geschöpfen ist, die in der Hoffnung, hier entdeckt zu werden, nach LA kommen. »An der MALA. Das ist echt beeindruckend. Es heißt, dass sie dort nur Ausnahmetalente annehme.«

»Das bin ich sicher nicht«, schränkt Payton grinsend ein.

»Natürlich bist du das«, erkläre ich und Payton sieht mich böse an. »Was ist? Du bist total unglaublich, und Lauren, du solltest mal die Songs hören, die sie schreibt. Sie sind phänomenal und gehen echt zu Herzen.«

Lauren nickt. »Und was machst du als Hauptfach? Klassik oder zeitgenössische Musik?«

»Tatsächlich habe ich als Hauptfach Filmmusik belegt«, erwidert Payton und nippt vorsichtig an ihrem Wein.

»Dann bist du an der MALA auf jeden Fall richtig.«

Während wir essen, unterhalten sich die beiden immer weiter, und ich höre schweigend zu. Ich fühle mich wie eine Fliege an der Wand. Sie verstehen sich wirklich blendend und wenn ich mit einem Mal tot umfallen würde, würde ihnen das wahrscheinlich nicht mal auffallen. Am schlimmsten ist, dass nicht nur Lauren wie verrückt mit Payton flirtet, sondern Payton ihr *mindestens* genauso schöne Augen macht wie sie ihr. Am liebsten würde ich ihr sagen, dass sie ja nicht auf das dämliche Geschwätz von diesem Sternchen reinfallen soll. Doch es besteht durchaus die Chance, dass sich die beiden wirklich *mögen*, und wenn das der Fall ist, habe ich kein Recht, mich ihnen in den Weg zu stellen. Ich habe keinen Anspruch auf Payton. Sie kann mir nicht gestohlen werden, da sie nie mir gehört hat. *Sehr gut, da kommt die nächste Flasche Wein!*

»Oh, Kendall«, wendet Lauren sich jetzt endlich auch einmal an mich. »Gehst du eigentlich auf den Time Zone Ball?«

»Machst du Witze? Mein PR-Mann hat gesagt, dass ich mich unbedingt dort blicken lassen muss. Und er hat mich quasi gezwungen, mit Gunner Roderick dorthin zu gehen.«

Lauren stößt ein ersticktes Lachen aus. »Kendall Bettencourt und Gunner Roderick, das neue Traumpaar Hollywoods.«

Ich nicke zustimmend. »Genau, und wenn's nach Lawrence ginge, würden wir jede Menge wunderschöne blonde, blauäugige Kinder kriegen, die den Hollywood-Thron besteigen, wenn wir beide irgendwann in Rente gehen. Im Ernst, uns beiden bleibt wahrscheinlich gar nichts anderes übrig, als brav mitzuspielen und in der nächsten Zeit zusammen zu verschiedenen Events zu gehen. Wenn Lawrence erst mal die PR-Maschine angeschmissen hat, gibt es kein Entkommen.«

Payton runzelt die Stirn. »Was ist der Time Zone Ball?«

»Die alljährliche Silvesterparty im *Beverly Regency Hotel*«, erklärt Lauren.

»Ein guter Anlass für die ganzen Stars, sich schick zu machen, zu besaufen und wild miteinander rumzumachen«, füge ich hinzu.

»Das klingt nach jeder Menge Spaß«, stellt Payton augenrollend fest.

»So schlimm ist es gar nicht. Bis auf die Tatsache, dass ich bisher immer noch keine Begleitung habe«, stellt Lauren fest.

Ich weiß genau, was sie im Schilde führt, und überlege, ob ich kurz aufs Klo gehen soll, damit ich nicht vor aller Augen einen Wutanfall bekomme. Aber ich bleibe sitzen und stehe die weitere Unterhaltung durch.

Wie nicht anders zu erwarten, fragt Lauren an Payton gewandt: »Willst du vielleicht mit mir dorthin gehen?«

»Du willst mit *mir* auf diesen Ball?« Offensichtlich ist Payton immer noch nicht klar, dass sie ein wunderschöner Schwan und kein hässliches Entlein ist.

»Genau, ich will, dass *du* mit dir auf diesen Ball gehst«, stimmt Lauren ihr lachend zu. »Weshalb klingst du so überrascht?«

»Weil ich … ein Niemand bin.«

Lauren nimmt ihre Hand und sieht ihr ins Gesicht. »Niemand ist ein Niemand, und vor allem bist du jemand, den ich gerne besser kennenlernen will.«

Mein Gott, ich halte es nicht länger aus! Wenn sie so weitermachen, flippe ich gleich hier vor allen Leuten aus. Was weiteres Futter für die Medien wäre. *Sag einfach Nein, Payton, du würdest ja auch kein Koks nehmen, nur weil es dir angeboten wird!*

»Es wäre mir natürlich eine Ehre, mit dir auf den Ball zu gehen, nur habe ich leider nichts Passendes anzuziehen.«

Das hat sie nicht gesagt. Ich spüre, wie mein Blutdruck durch die Decke schießt.

»Das kriegen wir schon hin«, tut Lauren ihre Ängste ab. »Es reicht, wenn du mir sagst, welche Designer du am liebsten trägst.«

Ich zucke mit den Achseln, als Payton mich ansieht. *Du denkst doch nicht im Ernst, dass ich dir helfe, dich einer anderen an den Hals zu werfen, Schatz.*

Am Ende räumt sie etwas hilflos ein: »Darüber habe ich bisher noch niemals nachgedacht.«

»Ich nehme an, Vincenzo Montebello würde dir fantastisch stehen«, legt Lauren fest und sieht mich fragend an. »Was denkst du, Kendall?«

Ich denke, dass du besser das Thema wechseln solltest, wenn ich dir nicht deinen hübschen, kleinen Hals umdrehen und dir die Zunge rausreißen soll. Wie bitte? Nein! Scheiße, was ist denn mit dir los, Kendall? Ich lehne mich auf meinem Stuhl zurück, verschränke meine Arme vor der Brust und zwinge mir ein Lächeln ins Gesicht. »Ehrlich gesagt, würde Payton meiner Meinung nach sogar in einem Kartoffelsack fantastisch aussehen.«

Wieder wird Payton rot. »Ich mag Victoria Westfeld.«

»Du stehst also auf sexy Punkrock.« Ich kann deutlich hören, dass auch Lauren dieser Stil gefällt. »In Ordnung, wenn ich dir ein Westfeld-Kleid besorge, gehst du mit mir auf den Ball?«

»Auf jeden Fall«, stimmt Payton grinsend zu, und mir ist klar, dass sie bezweifelt, dass sich innerhalb von nur drei Tagen so ein Kleid auftreiben lässt. Sie weiß nicht, wie die Dinge hier laufen, aber das wird sie bald sehen. Wenn Hollywood bei den Designern anklopft, lassen sie für die Stars alles stehen und liegen.

»Fantastisch.« Lauren grinst. »Dann hole ich dich morgen ab und wir fahren runter an den Rodeo Drive zur Anprobe. Passt dir ein Uhr?«

Vor Überraschung verschluckt Payton sich an ihrem Wein. »Ist das dein Ernst?«

»Mein entschiedener und bitterer Ernst.«

Okay, es reicht! Ich winke nach der Rechnung und der Ober legt mir eine Ledermappe mit dem Ausdruck auf den Tisch. Ich schiebe eilig meine Kreditkarte hinein. Eigentlich prahle ich nicht damit, wie viel Geld ich verdiene, aber gerade ist es mein letzter Trumpf. Auch wenn sich Payton sicher nicht für meine Kohle interessiert. Für sie zählt sicher eher, wie viel charismatischer und kühner als ich Lauren ist.

Mit einem gezwungenen Lächeln sage ich: »Sie wird um ein Uhr fertig sein, und wenn ich sie dafür persönlich aus dem Bett zerren muss.«

»Hervorragend. Kann ich noch deine Nummer haben?«

»Sicher.« Payton nickt und beide tauschen ihre Nummern aus.

»Sehr gut. Dann sehen wir uns morgen.«

Wir verabschieden uns und brechen eilig auf. Als mein Wagen vorgefahren wird, steigen wir ein und unter lautem Aufheulen des Motors fahre ich los. Als ich den Kopf drehe, sehe ich, dass sich Payton an den Griff über der Tür geklammert.

»Der blöde Bentley«, knurre ich. »Ich vergesse manchmal einfach, wie viel PS er hat.«

»Schon gut. Nur bring uns bitte nicht mit dieser Kiste um.«

»Das habe ich nicht vor, auch wenn ich nichts versprechen kann.« Mit einem Seufzer füge ich hinzu: »Sah aus, als würdet du und Lauren euch echt gut verstehen.«

»Wahrscheinlich«, stimmt sie achselzuckend zu.

»Wahrscheinlich? Sie will mit dir auf den Time Zone Ball und fährt mit dir zu einer Anprobe bei *Westfeld*. Es mehr als nur *wahrscheinlich*, dass du ihr gefallen hast.«

»Okay, dann mag sie mich halt.«

»Und du? Magst du sie auch?«, frage ich, als hätte ich ein Recht dazu. Im Grunde aber hätte ich mir diese Frage auch ganz einfach sparen können, weil ihr träumerischer Blick mir schon genug verrät.

»Auf alle Fälle hat sie nett gewirkt. Das ist alles, was ich nach einem Treffen sagen kann.«

Okay, ja. Lauren ist *wirklich* nett, und wenn sie Payton glücklich machen könnte, stünde es mir ganz bestimmt nicht zu, mich ihnen in den Weg zu stellen. »Es schadet sicher nicht, wenn du ihr eine Chance gibst. Immerhin hat sie einen makellosen Knochenbau.« *Einen verflucht guten Knochenbau!*

9

PAYTON

Seit Sonnenaufgang sitze ich im Studio und spiele mit der MIDI-Software herum. Ich habe letzte Nacht kein Auge zugekriegt. Nach dem Abendessen war ich völlig durch den Wind. Ich kann immer noch nicht glauben, was geschehen ist. Ich bin seit weniger als achtundvierzig Stunden hier, und schon wird mir vom Universum eine Chance geboten, die ich unmöglich verstreichen lassen kann. Lauren ist hübsch, wirkt cool und hat gesagt, dass sie mich »besser kennenlernen« will. Es kommt mir vor, als würde Venus rufen: »Hier ist jemand, auf dem du all deine Energien schenken kannst und der das Gleiche für dich tun wird!« Ich sollte diese Chance ergreifen und der Göttin auf Knien dafür danken. Ich kann hier ja nicht ewig rumheulen wie eine liebeskranke Loserin. Vielleicht ist sie genau das, was ich brauche, wenn ich je über meinen Kummer wegen Kendall hinwegkommen will. All meine bisherigen Bemühungen haben ja nichts genützt. *Das heißt, ich werde Lauren eine Chance geben, ja, genau.*

Ich mixe gerade einen Track, als jemand mir auf die Schulter tippt. Ich schiebe mir die Kopfhörer von meinen Ohren ins Genick.

Ich sehe auf und stelle fest, dass Kendall vor mir steht und sich den Schlaf aus noch müden Augen reibt. »Warum bist du schon so früh wach?«

Weil ich die ganze Nacht mit mir gerungen habe, ob ich ein Mädchen daten soll, um ein anderes zu vergessen. »Weil mir im Schlaf eine geniale Idee für ein Stück gekommen ist«, flunkere ich. »Ich will versuchen, Klassik mit elektronischer Musik zu verbinden.«

Müde lässt sie sich in meinen Schreibtischsessel fallen und reißt den Mund zu einem Gähnen auf. »Klingt interessant.«

»Find ich auch – auch wenn's vielleicht in einer Katastrophe enden wird.«

»Ich glaube nicht, dass irgendetwas, was du machst, jemals in einer Katastrophe enden wird.«

Ach nein? »Danke. Und warum bist du selbst schon so früh auf?«

Mit einem gleichmütigen Achselzucken lügt sie, ohne rot zu werden: »Ich war einfach nicht mehr müde.«

»Ich wollte gerade Kaffee machen. Willst du auch einen?«

Sie nickt, und als wir runter in die Küche gehen, nimmt sie dort am Frühstückstresen Platz. Ich lasse meinen Kaffeezauber walten und nach einem ersten Schluck Haselnusslatte grinst sie mich an. »Ich kenne keinen Barista, der so guten Kaffee kocht wie du.«

»Das ist der wahre Grund, weshalb ich zu dir nach LA gekommen bin. Damit ich dir hier jeden Morgen einen ordentlichen Kaffee kochen kann.«

»Meinetwegen gern«, gibt sie zurück und trinkt den nächsten Schluck.

»Also, ich denke, du hast recht. Wegen Lauren, meine ich. Ich sollte ihr wahrscheinlich eine Chance geben. Das heißt, wenn sie überhaupt Interesse an mir hat.«

»Keine Angst, das hat sie«, murmelt sie in ihren Kaffee. »Ich habe in den letzten Wochen öfter mit ihr abgehangen und weiß, dass sie ein wirklich guter Mensch ist. Wahrscheinlich feiert ihr, bevor du dich versiehst, den ersten Jahrestag von eurem Kennenlernen in Paris.«

Ein ungläubiges Lachen dringt aus meinem Mund. »Ach ja? Du weißt doch selbst, dass man den Tag nicht vor dem Abend loben soll.«

»Ach nein?« Augenrollend steht sie auf, schlendert Richtung Kühlschrank und stellt fest: »Da ist ja gar nichts drin.«

»Das liegt vermutlich daran, dass du nie kochst und es dir immer auswärts besorgst.«

Sie sieht mich an und plötzlich fängt sie haltlos an zu lachen.

»Was?«

»Du bist die *schlimmste* Lesbe, die mir *je* begegnet ist.«

»Was?«, frage ich noch einmal, und Kendall sieht mich an, als wäre doch wohl offensichtlich, was sie damit sagen will.

Ich brauche einen Augenblick, um zu verstehen, was an dem Satz, dass jemand sich etwas zu essen besorgt, so witzig ist. Dann reiße ich die Augen auf und stelle mit empörter Stimme fest: »Wow, ich wusste gar nicht, dass du gedanklich in der Gosse lebst.«

»Gleich neben einem notgeilen, pickeligen Teenager. Wir verstehen uns bestens.«

»Es freut mich, dass du dort zumindest Freunde hast.«

Sie wackelt mit den Brauen, dann hört sie wieder auf zu lachen, als ginge ihr plötzlich etwas wirklich Ernstes durch den Kopf. »Lass uns zu Whole Foods fahren. Vor deinem heißen Date mit Lauren hast du dafür doch noch Zeit, oder?«

Auf jeden Fall. Außerdem bin ich mir gar nicht sicher, ob es je wirklich zu einem heißen Date mit Lauren kommen wird. »Aber du fährst.«

»Okay. Dann zieh dich erst mal an«, gibt sie zurück und ein koboldhaftes Lächeln huscht über ihr Gesicht.

Whole Foods ist abartig, und ich meine nicht nur die Preise. Er kommt mir vor wie der Versammlungsort des Hohen Rats von Hollywood. Anscheinend kaufen sämtliche Berühmtheiten Kaliforniens hier ein, und obwohl ich weiß, dass Stars auch bloß Menschen sind, fühle ich mich unwohl – wie Aschenputtel auf einem Fest im königlichen Palast. *Und dabei wollte ich doch so tun, als sei ich ein angehender Rockstar oder so.*

»Bitte, entspann dich.« Kendall schnappt sich ein paar Bananen und wirft sie in den Wagen, den sie schiebt. »Du sagst doch selber immer, dass das ganz normale Menschen sind.«

»Aber das heißt noch lange nicht, dass es für mich in Ordnung ist, mich zwischen ihnen zu bewegen.«

Sie lacht. »Dich zwischen ihnen zu bewegen? Sind das Aliens, oder was? Und wenn sie Aliens sind, was bin dann ich?«

»Ich weiß es nicht. Die nächste Königin der Kolonie?«

»Als die ständige Begleiterin der Kronprinzessin bist du ja wohl selbst ein VIP. Also fang endlich an, dich auch so zu benehmen, ja?«

»Okay.« Ich greife nach der Sonnenbrille, die in ihren Haaren sitzt, und schiebe sie mir ins Gesicht. Dann nehme ich noch eine Pose ein als wäre ich ein zukünftiger Superstar und frage übertrieben lässig: »Besser?«

»Allerdings.«

Ich nehme ihr den Wagen ab und schiebe ihn den nächsten Gang hinunter. »Cool.«

Bei den Konserven treffen wir Rebecca Gordon, Kendalls Partnerin aus *Idol Worship*, und sie stellt uns gegenseitig vor. Am liebsten hätte ich sie geradeheraus gefragt, wie sie die Sexszene mit Kendall fand, weil ich wahrscheinlich niemals die Gelegenheit bekommen werde, sie zu küssen. Aber ich nicke ihr nur zu und sage »Hey«, wie es ein Rockstar tun würde, auf den die Berühmtheit seines Gegenübers nicht mal ansatzweise

Eindruck macht. Sie und Kendall plaudern höflich über irgendwelchen sterbenslangweilen Kram, und ich studiere währenddessen eingehend den Nährwert einer Dose Mais in Sahnesauce, die – natürlich – nicht mal den geringsten Nährwert hat.

Ich lege ein Glas mit eingemachten Gurken in den Wagen.

»Hat mich gefreut, Payton«, ruft Rebecca, und ich schiebe die von Kendall geborgte Fliegerbrille in die Stirn. »Mich auch.« Ich schaffe es, vollkommen gleichgültig zu klingen. Wenn Kendall einen VIP will, kriegt sie Payton 2.0.

»Das war sehr weltläufig«, stellt Kendall spöttisch fest.

»Was soll das heißen?«

»Das heißt, dass ich gern wüsste, warum du plötzlich so cool tust, dass man in deiner Nähe Frostbeulen bekommt?«

Ich setze ihre Sonnenbrille wieder auf. »Du wolltest, dass ich cool bin, also war ich cool.«

»Du solltest die charmante und bewundernswerte Payton sein, kein Riesenarschloch.« Sie wendet mir den Rücken zu und stapft davon.

Okay. Anscheinend muss ich an der neuen Payton noch ein bisschen arbeiten. Ich laufe ihr mit schnellen Schritten hinterher und murmele beschämt: »Tut mir leid. Ich brauche einfach noch ein bisschen Zeit, um mich in deiner Welt zurechtzufinden. Bisher fühle ich mich einfach völlig fehl am Platz.«

Sie wendet sich mir eilig wieder zu und lässt eine Riesentafel Schokolade in den Einkaufswagen fallen. »Sei einfach nur du selbst, dann passt du mühelos in meine Welt und alle werden dich mögen, ganz gleich, ob berühmt oder nicht. Zum Beispiel gestern Abend bei dem Essen warst du ganz du selbst, und Lauren war von dir so hingerissen, dass sie sogar an Silvester mit dir ausgehen will.« Sie seufzt. »Verstehst du nicht? Du bist jemand, den man einfach mögen *muss*. Und wer dich besser kennenlernt, wird dich einfach lieben.«

Ach ja? Verdammt. Ich weiß nicht, wie ich darauf reagieren soll. »Noch mal, es tut mir leid. Ich werde zukünftig versuchen, wieder mehr ich selbst zu sein.«

»Das hoffe ich. Und jetzt lass uns zur Kasse gehen. Ich hab Lauren versprochen, dass du fertig bist, wenn sie kommt.«

»Zu Befehl, Ma'am.«

Ich bedenke sie mit einem treuherzigen Blick und lächelnd stellt sie fest: »Ich liebe es, wenn du so guckst.«

***

»Das war grandios, als ich dir Lindsay Pratt in der Schlange an der Kasse vorgestellt habe und meintest: ›Oh, hey, als Prostituierte warst du wirklich gut. Bisher hab ich die Rolle nur dir und Julia Roberts wirklich abgenommen.‹ Alle fanden es saulustig!«, sagt Kendall, während sie die Mandarinen in den Obstkorb legt.

»Sie war in dem Film *wirklich* gut.«

»Das stimmt. Du solltest langsam duschen gehen. Es ist schon kurz nach zwölf.«

»Okay.« Ich wende mich zum Gehen.

»Und zieh was Heißes an«, ruft sie mir hinterher.

»Such du mir einfach etwas aus«, bitte ich sie, und als ich aus der Dusche komme, hat sie mir eine Jeans mit Löchern und ein abgeschnittenes schwarzes Tanktop rausgelegt. Vorn auf dem T-Shirt steht »OBEY«, und jedes Mal wenn ich dieses Ding trage, ziehen mich Jared, Sarah und Kendall damit auf, dass meine Brüste auch ohne Aufforderung jeden dazu bringen, mir zu gehorchen. Und wenn mir irgendwelche Kerle unverhohlen auf die Brüste starren, kommt es mir manchmal so vor, als hätten sie vielleicht recht damit.

Ich föhne mir die Haare, zieh die Klamotten an und kehre ins Wohnzimmer zurück, wo Kendall auf dem Sofa liegt und irgendeine schlecht geschriebene und noch erbärmlicher gespielte Seifenopfer guckt. Sie reißt die Augen auf, als sie mich sieht, und stellt zufrieden grinsend fest: »Ich hätte Stylistin werden sollen.«

»Leihst du mir noch mal deine Sonnenbrille aus? Ich finde, sie vervollständigt den Look.«

»Klar.« Sie setzt sich auf und wühlt in ihrer Handtasche. »Setz dich mal neben mich.«

Ich nehme widerstrebend bei ihr auf dem Sofa Platz.

»Guck nach oben.«

»Manchmal bist du wirklich seltsam.« Trotzdem lege ich den Kopf zurück.

»Nur mit den Augen, nicht mit deinem ganzen Kopf.«

Ich bin verwirrt. »Warum denn das?«

»Nun mach schon«, fordert sie mich auf und schnalzt mit der Zunge.

Achselzuckend drehe ich den Kopf nach vorn und rolle meine Augen Richtung Decke, als sie sich plötzlich rittlings auf mich schwingt. Ihr Gewicht presst die Luft aus meinem Brustkorb und ich atme mit einem zischenden Geräusch aus. Ich fahre so sehr zusammen, dass sie fast von mir herunterfällt. Aber sie klammert sich an meinen Schultern fest und weist mich an: »Sitz still, damit ich dich in Ruhe schminken kann. Wie wäre es mit Smokey Eyes?«

»Okay.«

»Sehr gut, kommt sofort.«

Plötzlich fällt mir auf, wie winzig klein und zart sie ist. Sie wiegt wahrscheinlich keine fünfzig Kilo, und ich habe Angst, sie könnte von meinem Schoss fallen und zerbrechen. »Und warum hast du dich dafür auf meinen Schoß gesetzt? Könntest du dich nicht einfach hinstellen?«

»So ist es einfacher, weil wir auf Augenhöhe sind.«

Tatsächlich sind wir eher auf Lippenhöhe, aber was soll's. Ich will einfach, dass sie mich fertig schminkt und so schnell wie möglich wieder aufsteht. Neben ihr zu liegen war schon schwer genug, aber diese Form der körperlichen Nähe halte ich wirklich nicht aus. Wenn sie so weitermacht, bekomme ich wahrscheinlich einen Herzinfarkt.

Mikes Stimme erklingt aus der Gegensprechanlage bei der Tür, aber unglücklicherweise konzentriert sich Kendall weiter auf mein Mascara. »Ich will, dass du perfekt aussiehst«, erklärt sie, während sie noch immer rittlings auf mir sitzt.

»Entschuldigung, Ms. Taylor«, setzt der arme Mike noch einmal an. »Ms. Atwell ist gekommen, um Sie einzusammeln.«

»Um mich *einzusammeln*? Ist sie etwa bei der Müllabfuhr? Das zeigt mir wieder mal, dass ihr berühmten Leute wirklich Aliens seid!«, ereifere ich mich und lachend beugt sich Kendall so weit vor, dass ihre Stirn auf meine Schulter trifft.

O Mann. Beweg dich, Kendall! Bitte!

»So.« Jetzt endlich steigt sie wieder von mir ab, tritt vor die Gegensprechanlage und drückt auf den Antwortknopf. »Schicken Sie sie noch kurz rauf, Mike.«

Während wir auf Lauren warten, unterzieht mich Kendall einer Musterung, und ohne dass ich dazu aufgefordert werde, drehe ich mich einmal um mich selbst und frage: »Wie sehe ich aus?«

Mit Daumen und mit Zeigefinger ahmt sie eine Waffe nach und macht ein Schussgeräusch. »Mordsmäßig heiß.«

Dann klopft es an der Tür. »Tief durchatmen«, sagt Kendall.

Mein letztes Date ist ewig her, deswegen reicht es nicht, tief durchzuatmen. Ich lehne mich an die Couch und gebe mir die Mühe, möglichst cool zu wirken, als Lauren erscheint.

»Hey, du«, grüßt Lauren Kendall gut gelaunt mit ihrem gedehnten Südstaatenakzent.

»Hallo«, erwidert Kendall und sie begrüßen sich wieder mit Luftküsschen.

Dann wendet Lauren sich an mich und ich kann deutlich sehen, wie ihr der Atem stockt. *Okay, es fühlt sich verdammt gut an, wenn jemand so auf einen reagiert.* Und wie nicht anders zu erwarten, stellt sie fest: »Du siehst fantastisch aus, Payton.«

»Du auch.«

»Können wir gehen? Ich parke nämlich in der zweiten Reihe.« Lauren kichert. »Ups.«

Ich nicke zustimmend.

»Moment.« Eilig schiebt mir Kendall noch die Fliegerbrille in die Haare und tritt lächelnd einen Schritt zurück.

»Danke.«

Dann reicht Lauren mir die Hand, und als ich sie ergreife, führt sie mich zur Tür. »Bis später, Kendall.«

»Amüsiert euch, Kinder«, wünscht uns Kendall, starrt auf unsere Hände und drückt hinter uns die Tür ins Schloss.

In der Boutique am Rodeo Drive nimmt die Designerin uns höchstpersönlich in Empfang. Lauren umarmt sie, als seien sie schon seit einer Ewigkeit befreundet. Dann macht sie einen Schritt zurück und stellt mich vor: »Das ist Payton, meine reizende Begleitung für den Time Zone Ball.«

»Ich bin ein großer Fan von Ihren Entwürfen, Ms. Westfeld«, erkläre ich und reiche ihr die Hand.

Statt eines Händedrucks bekomme ich selbst zwei in die Luft gehauchte, hollywoodsche Wangenküsse verpasst. »Bitte, alle meine Freundinnen nennen mich Victoria.« *Okay, also Ms. Westfeld für mich.* Sie unterzieht mich einer indiskreten Musterung und kommt dann sofort auf den Punkt. »Wie groß sind Sie, Payton?«

»Eins einundachtzig, wobei es bestimmt nicht auf den Zentimeter genau drauf ankommt.«

»Bei Models schon«, erklärt Victoria mir in ernstem Ton.

Sehr interessant, aber ich bin kein Model. Der Vergleich ist vollkommen aus der Luft gegriffen. »In Ordnung, danke«, sage ich und unterdrücke das Verlangen, »gut zu wissen« hinzuzufügen, weil ich nicht sarkastisch klingen will.

»Und was für eine Größe haben Sie? Vierunddreißig?«

Unbehaglich stopfe ich die Hände in die Taschen meiner Jeans. »An guten Tagen. Die meisten meiner Sachen sind eher sechsunddreißig.«

»Hmm, ein ungeschliffener Diamant«, murmelt Victoria und verschwindet hinter einem schweren schwarzen Samtvorhang.

»Was redet sie da?«, flüstere ich Lauren zu.

»Sie mag deine Figur. Was ich ihr nicht verdenken kann.«

»Oh.« Mein Unbehagen nimmt noch zu. Ich fühle mich wie bei der Fleischbeschau und das gefällt mir gar nicht.

Dann taucht Victoria, einen Stapel dunkler Kleider mit Schnallen und Reißverschlüssen über dem Arm, wieder auf. Sie sind sehr extravagant und sicher nichts, was ich mir auch nur ansatzweise leisten kann. »Am besten fangen wir mit diesen an.« Sie hält mir drei Kleider hin, führt mich in einen Raum, wo ich mich umziehen kann, und einen Moment später tauche in einem bodenlangen, engen, schulterfreien Kleid aus schmutzig goldenem und schwarzem Stoff wieder im Laden auf. Die Seiten sind so weit ausgeschnitten, sodass meine Hüften und selbst meine schrägen Bauchmuskeln zu sehen sind. *Da kann ich auch gleich nackt auf die Silvesterparty gehen.*

Bei meinem Anblick läuft Lauren praktisch der Speichel aus dem Mund. Das ist zwar irgendwie schmeichelhaft, aber gleichzeitig stößt es mich ab. Die Designerin nickt mit dem Kopf wie einer dieser Wackeldackeln auf den Hutablagen in alten Volvos. »Die anderen Sachen brauchen Sie im Grunde nicht einmal mehr anzuziehen. Dieses Kleid ist wie für Sie gemacht.«

Noch immer sieht mich Lauren lüstern an, dann zeigt sie mit dem Daumen auf Victoria und sagt: »Tu, was sie sagt.«

»In Ordnung. Das war einfach«, murmele ich auf dem Weg

zurück in die Garderobe. Kurz darauf komme ich, das Kleid auf meinem ausgestreckten Arm, wieder nach vorn. Victoria nimmt es mir behutsam ab, und ehe ich es schaffe, einen Blick aufs Preisschild zu erhaschen, tütet sie es bereits ein. »Verzeihung, was kostet das, bitte?« Ich zerre die Kreditkarte aus meinem Portemonnaie. *Wenn Mom die Abrechnung bekommt, wird sie begeistert sein.*

Mit einem verwirrten Blick in Laurens Richtung sagt Victoria: »Sie sind anscheinend noch nicht lange in LA.«

»Wie bitte?« *Will mich die Frau beleidigen? Ich finde, dass das relativ herablassend klang.*

Als Lauren die Verärgerung in meiner Stimme hört, erklärt sie mir: »Wenn man sich irgendwo für ein Event einkleiden lässt, sind diese Sachen nur geliehen, nicht gekauft.«

»Und dieses Kleid ist ein Geschenk«, mischt sich Victoria ein. »Sehen Sie es einfach als Willkommensgeschenk an.«

Es kommt mir irgendwie nicht richtig vor, so ein Geschenk von einem Menschen anzunehmen, dem ich gerade erst zum ersten Mal begegnet bin. Es fühlt sich an, als würde ich deshalb auf irgendeine Weise in Ms. Westfelds Schuld stehen. Anscheinend spürt Lauren mein Zögern, denn sie legt beruhigend eine Hand in meinen Rücken und ruft dadurch ein Gefühl von freudiger Erwartung in mir wach. »Das ist okay, Payton«, erklärt sie mir und ihre Stimme ist so sanft wie ihr Gesichtsausdruck.

Dann drückt Victoria mir die Tasche mit dem Kleid in die Hand. »Bitte, ich bestehe drauf.«

»Vielen Dank. Das Kleid ist wirklich wunderschön«, erkläre ich und akzeptiere das Geschenk.

Beim Abschied drückt Ms. Westfeld mir noch die Visitenkarte ihres Ladens in die Hand. »Sollten Sie sich doch entscheiden, dass Sie modeln wollen, hätte ich Sie wirklich gern in einer meiner Shows.«

O nein. Ich habe sicher kein Interesse daran, meinen Körper gegen Geld zur Schau zu stellen. »Ich glaube nicht, dass ich das möchte, aber trotzdem vielen Dank.«

Ich halte für Lauren die Tür des Wagens auf und sie verzieht verwundert das Gesicht.

Ein leises, leicht verlegenes Lachen dringt aus meinem Mund. »Was ist?«

»Nichts. Ich kann mich bloß nicht daran erinnern, wann mir zum letzten Mal die Tür von einem Menschen aufgehalten worden ist, ohne dass er Geld dafür bekommen hat.«

»Ich wollte einfach höflich sein.« Ich hänge die Tüte mit dem Kleid an den Haken hinter meinem Sitz und steige ein.

»Das Kleid ist fast so schön wie du«, bemerkt Lauren und eine heiße Röte schießt mir ins Gesicht. Ich kann es deutlich spüren und muss mir auf die Lippe beißen, um nicht reflexartig zu behaupten, dass das blanker Unsinn ist.

Sie merkt, dass ich verlegen bin, und sieht mich fragend an. »Du weißt echt nicht, wie hübsch du bist, nicht wahr?«

Bevor ich es verhindern kann, sage ich augenrollend: »Ich seh ganz normal aus, find ich.«

»Wow, höflich und bescheiden. Mir war gar nicht klar, dass es so Menschen tatsächlich noch gibt.«

»Du bist doch auch höflich.«

»Ah, aber bescheiden bin ich nicht?«, fragt sie spielerisch.

»Das kann ich noch nicht sicher sagen«, sage ich scherzhaft und fasse plötzlich ungeahnten Mut. Ich bin noch nicht bereit, den Ausflug zu beenden, und wahrscheinlich muss ich mich drum bemühen, wenn ich wirklich so was wie ein Date mit diesem Mädchen haben will. »Wenn du nichts anderes vorhast, könnten wir ja vielleicht noch zusammen was essen gehen«, schlage ich vor und halte in Erwartung ihrer Reaktion den Atem an.

»Das wäre toll«, stimmt sie mit einem erfreuten Lächeln zu. Sie wählt ein Restaurant in Santa Monica aus, das *Killian's Kitchen* heißt. Es ist ein kleiner, ruhiger Laden und die heimelige Atmosphäre sagt mir durchaus zu. Im Gegensatz zu Kendall, die, egal wohin sie geht, von schreienden Fans belagert wird, ist Lauren bisher nur von einer Handvoll Leute angesprochen worden. Es freut mich, dass so die Chance auf ein ernsthaftes Gespräch besteht.

Beim Lunch erzähle ich ihr davon, wie ich in New Jersey aufgewachsen bin und mein Grandpa mir schon als kleines Mädchen Klavierspielen beigebracht hat. Im Gegenzug erzählt sie mir, dass ihre Eltern, als sie zehn war, extra aus Kentucky nach LA gezogen sind, damit sie, um für Rollen vorzusprechen, nicht mehr ständig pendeln musste.

»Sie sind echt cool mit all dem umgegangen«, erklärt sie mir. »Sie waren damals beide Professoren an der Universität von Louisville. Aber dann ist meine Mom an die UCLA gewechselt und mein Dad hat eine Stelle an der USC bekommen. Das heißt, es ging von jetzt auf gleich nach Kalifornien, obwohl mein großer Bruder alles andere als begeistert davon war. Er hatte gerade mit der Highschool angefangen und wollte seine neuen Freunde nicht verlieren.«

»Er hat den Schock bestimmt schnell überwunden, als er all die knapp bekleideten Mädchen hier durch die Stadt stolzieren gesehen hat«, werfe ich scherzhaft ein.

»Genauso war's.«

»Das klingt, als würdet du und deine Eltern euch sehr nahestehen.«

»Auf jeden Fall. Als ich dann irgendwann bei meinen Eltern ausgezogen bin, hat meine Mom darauf bestanden, dass ich in der Nähe bleibe, deshalb habe ich mir etwas direkt gegenüber von ihrem Haus gesucht.«

Ich lache leise auf. »Das kann ich nachvollziehen. Ich hatte wirklich Angst, dass meine Mutter einen Herzinfarkt bekommen würde, wenn sie hört, dass ich die Absicht habe, nach LA zu ziehen.«

»Und, hat sie einen gekriegt?«

»Nicht ganz. Sie wollte einfach wissen, ob es wirklich gute Gründe für den Umzug gibt. Du weißt schon, dass ich hier das richtige studieren kann.« *Statt wie ein kleines Hündchen hinter Kendall herzulaufen, oder was?* »Also, wie sehen deine weiteren Pläne aus und wann setzt du sie um?«

»Mein Bruder hat mir vorgeschlagen, dass wir beide zusammen ein Drehbuch schreiben, deshalb trete ich erst wieder vor die Kamera, wenn die Aufnahmen für *The Relishing* beginnen.«

»Dann bist du also Schauspielerin *und* Autorin? Echt beeindruckend.«

»Ich schreibe erst mal einfach nur zum Spaß, auch wenn wir selbstverständlich hoffen, dass am Schluss ein Film draus werden wird.«

In ihrem Stück geht es um das Leben einer fiktionalen Sängerin, die in den 1940ern in Jazzclubs auftritt, was zu einer längeren Unterhaltung über unsere gemeinsame Vorliebe für Jazz führt. »Falls es was gibt, wovon ich was verstehe, dann von Jazz. Was ich natürlich meinem Grandpa zu verdanken habe, der mit einigen der Besten aufgetreten ist. Und nicht umsonst ist eins von meinen absoluten Lieblingsalben *Lady Sings the Blues*.«

Sie ringt nach Luft. »Mein Gott, ich *liebe* Billie Holiday!«

»Ich habe mich schon an verschiedenen eigenen Versionen von *God Bless the Child* versucht, aber dieser Song ist einfach viel zu gut, als dass ihn jemals irgendjemand covern könnte.«

»Wie wäre es mit einem Deal? Falls ich je grünes Licht für dieses Drehbuch kriege, machst du dafür die Musik.«

»Du hast mich doch bisher noch gar nicht spielen gehört, ganz zu schweigen von den Sachen, die ich komponiere.«

»Ich bitte dich. Sie haben dich an der MALA aufgenommen, ohne dass du dort persönlich vorspielen musstest, Kendall schwört auf dein Talent, und dazu hat eine Legende des Underground-Jazz dir das Klavierspiel beigebracht. Das reicht mir als Beweis dafür, dass du es draufhast.«

»Hm. Ich kann die Fakten wohl nicht leugnen.«

»Dann haben wir also einen Deal?«

Vielleicht ist das genau das, was ich brauche, um den Fuß hier in die Tür zu kriegen, und vor allem hätte ich tatsächlich Lust, bei dem Projekt dabei zu sein. Zum Zeichen, dass ich mich geschlagen gebe, werfe ich die Hände in die Luft. »In Ordnung, warum nicht? Ich bin dabei.«

Sie lächelt. »Toll!«

Die Kellnerin versteht meine in die Luft gereckten Hände als Signal, dass sie die Rechnung bringen soll. Sie legt sie mitten auf den Tisch, wendet sich eilig wieder ab und ich und Lauren brechen gleichzeitig in leises Lachen aus.

»Sieht aus, als würde sie uns nicht mehr haben wollen«, stelle ich kichernd fest und Lauren sieht auf ihre Uhr.

»Das kann ich nachvollziehen, wir sitzen schon seit zwei Stunden hier.«

»Wir sollten wirklich langsam gehen.«

Wir beide greifen nach der Rechnung und als unsere Hände sich dabei berühren, huscht ein scheues Grinsen über ihr Gesicht. Trotzdem lässt sie ihre Hand auch weiter auf der Rechnung liegen und auch ich ziehe den Arm nicht gleich zurück. Es ist zur Abwechslung mal nett, nicht gleich auszuflippen, nur weil ein Mädchen mich berührt.

»Das übernehme ich.«

»Nein, ich.«

»Ich habe dich gefragt, ob wir zusammen essen gehen, deshalb bezahle ich«, beharre ich auf meiner Position.

Sie wackelt mit den Brauen. »Hm. Ich kann die Fakten wohl nicht leugnen.«

Das ist mein Text, aber sie spricht ihn viel süßer als ich. »Nein, das kannst du nicht.«

***

Erst kurz vor Sonnenuntergang erreichen wir das Apartmenthaus. Sie stellt den Wagen ab und bringt mich noch zu Tür. Ich würde sie gern fragen, ob sie Lust hat, noch mit raufzukommen, aber ich möchte nichts überstürzen und sie soll keinen falschen Eindruck von mir kriegen.

»Es war ein schöner Tag. Ich danke dir.«

»Es hat mir auch gefallen.« Ich nehme die Tüte mit dem Kleid von der linken in die rechte Hand und halte sie kurz hoch. »Und danke für das Kleid.«

»Schon gut. Dann hole ich dich an Silvester hier gegen neun mit meinem Wagen ab.«

»In Ordnung, super.«

Als sie auf mich zutritt, will ich automatisch einen Schritt nach hinten machen, schaffe es aber, stehen zu bleiben und ihr weiter ins Gesicht zu sehen. *Wird sie mich jetzt küssen? Sollte ich mich von ihr küssen lassen? Was ist bei einem ersten Date angebracht?* Bevor mein innerer Aufruhr endgültig die Oberhand gewinnt, umarme ich sie kurz und gebe ihr dazu noch einen Wangenkuss.

Ein breites Lächeln auf den Lippen, tritt sie wieder einen Schritt zurück. »Bis bald.«

»Bis bald.«

Sie winkt mir, während sie zurück zu ihrem Wagen geht, und wie benommen sehe ich ihr hinterher.

Dann fahre ich hinauf zu Kendall, die mit einem Glas Rotwein und *The Relishing* gemütlich auf dem Sofa liegt. *Seit wann trinkt Kendall ohne Anlass Alkohol? Das ist mir neu.*

»Hallo.«

»Du warst ja ewig unterwegs.« Sie hebt kurz den Kopf und

steckt die Nase gleich wieder in ihr Buch. »Ich nehme an, du hast dich amüsiert.«

Ich schlendere zum Sofa, lege die Tasche mit dem Kleid auf der Lehne ab und nehme neben Kendall Platz. »O ja, das habe ich. Nach der Boutique waren wir noch zusammen essen.«

»Schön«, erklärt sie in so gleichgültigem Ton, als wäre es ihr völlig egal, ob ich diesen Tag genossen habe oder nicht.

Ich will was dazu sagen, lasse es dann aber sein und frage einfach: »Und wie hast du den Tag verbracht?«

»Vor allem hiermit.« Sie zeigt auf das Buch und fügt hinzu: »Es ist echt gut. Ich kann verstehen, dass sie es verfilmen wollen.«

»Ach ja? Dann muss ich es mal lesen, wenn du damit fertig bist.«

»Ja, sicher«, stimmt sie achselzuckend zu. »Sieht aus, als hättest du dein Kleid gekriegt. Darf ich es sehen?«

»Okay.« Ich öffne die Tasche, aber Kendall hebt die Hand.

»Moment. Ich will es an dir sehen.«

»Aber bringt das denn nicht Unglück?«

»Wovon redest du?« Sie lacht. »Das ist schließlich kein Hochzeitskleid. Und selbst ein Hochzeitskleid darf nur der Bräutigam nicht vorher sehen.«

»Okay, wahrscheinlich hast du recht.«

»Also ziehst du es für mich an?«

Warum eigentlich nicht? Lauren fand, dass ich in dem Kleid fantastisch aussehe. Vielleicht sagt der Anblick Kendall ja genauso zu. »Bin sofort wieder da.«

Ich bin so aufgeregt bei dem Gedanken, wie sie reagiert, dass ich in zehn Sekunden umgezogen bin. Ich laufe eilig wieder los, dann aber bleibe ich im letzten Augenblick noch vor dem Spiegel stehen und bürste sorgfältig mein Haar. Danach betrachte ich mein Spiegelbild und komme zu dem Schluss, dass dieses Kleid mir wirklich ganz gut steht. *Es wird schon schiefgehen,* mache ich mir selber Mut und trete wieder durch die Tür des Wohnzimmers. »Tada!«

Ihr Buch fällt krachend auf den Boden und sie springt vom Sofa auf. Ich sehe ihre riesigen Pupillen und sie starrt mich mit großen Augen an. Ängstlich frage ich: »Wie findest du's?«

»Ich denke, dass Neujahr die Zeitungen voll mit Aufnahmen von dir in diesem Aufzug sein werden.«

»Ach, red keinen Quatsch.«

»Du weißt, dass es so kommen wird.« Sie pfeift und fügt hinzu: »Die Modejournalisten werden völlig aus dem Häuschen sein, wenn sie dich sehen.«

Ich tue diesen Satz mit einem Schnauben ab. »Victoria Westfeld wollte mich für eine ihrer Modeschauen engagieren. Kannst du dir das vorstellen?«

»Auf jeden Fall.«

»Ach ja? Ich bin dafür doch nicht mal annähernd dürr genug. Ich *esse,* und ich esse *gern.*«

»Das stimmt, aber du gehst auch gern laufen und das gleicht all die Kalorien wieder aus.«

»Und was trägst du auf diesem Ball?«

»Ein ärmelloses hellblaues De-Leche-Paillettenkleid. Ich hole es am Dreißigsten ab.«

»Klingt toll. Ich könnte dich dorthin begleiten, wenn du willst.«

Sie scharrt verlegen mit den Füßen. »Gunner Roderick kommt mit, weil er noch einen Kummerbund und eine Fliege, die farblich zu meinem Outfit passen, haben will.«

»Oh, tut mir leid. Ich wusste nicht, dass du ein Date mit diesem Gunner hast.«

»Das habe ich auch nicht«, klärt sie mich eilig auf. »Und auch Silvester auf dem Ball haben wir kein Date. Lawrence hat mit Gunners Leuten abgesprochen, dass ich dort mit ihm zusammen hingehen soll. Aber ich kenne ihn eigentlich kaum.«

»Vielleicht stellst du ja fest, dass du ihn magst, wenn du ihn etwas besser kennenlernst.« *Vielleicht wäre es gar nicht schlecht, wenn was aus euch wird. Dann würde mir vielleicht endlich ein für alle Mal klar werden, dass du von* mir *in dieser Hinsicht niemals etwas wollen wirst.*

»Vielleicht.« Sie klopft sich auf den Bauch. »Ich fühle mich auf einmal ein bisschen schwabbelig. Am besten gehe ich noch ein wenig runter in den Fitnessraum.«

»Okay, viel Spaß.« *Trainier dir deinen Speck für diesen Gunner ab.*

»Danke«, sagt sie bissig und marschiert entschlossen los.

10

KENDALL

Ich laufe schon seit vierzig Minuten mit ordentlichem Tempo, aber mir geht immer noch nicht die Puste aus. Das wilde Hämmern meines Herzens und das Qualmen des Laufbandmotors sind mir vollkommen egal. Ich möchte die Gefühle, die ich habe, ausmerzen – koste es, was es wolle. Ich halte es nicht länger aus.

Ich hätte nicht gedacht, dass es so wehtun würde, sie so gut gelaunt von einem Date mit einer anderen heimkommen zu sehen. Es sollte mir nicht wehtun. Ich sollte mich für meine beste Freundin freuen, wenn sie einen Menschen findet, der kein vollkommenes Arschloch ist. Ich habe sie ja selbst dazu gedrängt, ihr Glück bei Lauren zu versuchen. Aber ich bin weder aufgeregt für sie noch kann ich mich darüber freuen, dass die beiden sich anscheinend wirklich gut verstehen. Ich fühle mich einfach nur mies.

Entschlossen springe ich vom Laufband und marschiere Richtung Hantelbank. Normalerweise stemme ich nur Fünfzehn-Kilo-Hanteln, aber heute Abend quäle ich mich mit den fünfundzwanzig Kilo schweren Brocken ab. Die Dinger sind viel zu schwer für mich und schon nach wenigen Wiederholungen wechsele ich den Arm. Wenn ich so weitermache, wird es böse enden, aber das ist mir egal. Mein Unterarm fängt an zu brennen, bevor es plötzlich in meinem Ellenbogen kracht. Ein heißer Schmerz zuckt durch meinen Arm in Richtung Handgelenk. Ich habe mir ganz sicher was gezerrt, aber was soll's. Ich lasse meine Hantel auf den Ständer fallen, eile durch den Gang zur Eismaschine, wickele mir ein Handtuch voller Eiswürfel um den verletzten Ellenbogen, stolpere zum Lift und fahre wieder rauf. *Verdammt! Ich kann doch nicht mit einem geschwollenen blauen Arm über den roten Teppich beim Time Zone Ball marschieren.* Ich höre jetzt schon, wie mir mein Agent und mein PR-Mann die Leviten lesen, wenn es solche Bilder von mir in der Presse gibt.

Als ich mich elend in die Wohnung schleppe, sehe ich, dass Payton gerade irgendwas auf ihrem Smartphone schreibt. Aber dann springt sie eilig auf und fragt entsetzt: »Verdammt, was ist passiert?«

»Ich habe es ein bisschen übertrieben«, scherze ich.

Sie greift nach meinem Arm und wickelt ihn behutsam aus dem Handtuch aus. Der innere Bereich des Ellenbogens schillert schon in einem dunklen Lilaton, und Payton ringt nach Luft.

»Guck nicht hin. Es sieht schlimm aus.« Ich versuche, meinen Arm zurückzuziehen, aber sie lässt ihn nicht los.

»Hör auf, Kendall. Das sieht echt übel aus. Am besten fahren wir ins Krankenhaus.«

»Wo wir stundenlang im Wartezimmer sitzen werden, nur damit uns dann ein Arzt, der keine Ahnung hat, sagt, dass er leider nichts machen kann? Nein danke.«

Payton seufzt. »Dann lass mich deinen Arm zumindest kühlen und verbinden.«

»Und womit? Ich habe kein Verbandszeug oder etwas in der Art da«, erkläre ich und komme mir wie eine Vollidiotin vor. Payton bedenkt mich mit einem ungläubigen Blick. »Was ist?«, frage ich. »Ich habe so was hier noch nie gebraucht. Normalerweise bin ich nicht so ungeschickt.«

»Natürlich bist du das.« Kopfschüttelnd greift sie nach dem Schlüsselbund, der auf dem Couchtisch liegt. »Ich hole etwas aus der Apotheke, und bis ich zurück bin, kühlst du weiter deinen Arm«, weist sie mich an, und ehe ich ihr widersprechen kann, ist sie schon fort.

Zwanzig Minuten später taucht sie wieder auf und kippt den Inhalt einer Tüte – zwei selbstkühlende Kühlbeutel, eine Packung Schmerztabletten, einen selbstklebenden Kompressionsverband und einen Schokoriegel – auf dem Frühstückstresen aus.

»Schokolade?«

»Die wirst du auf alle Fälle brauchen.« Sie bedeutet mir, dass ich mich an den Tresen setzen soll, aktiviert einen der Kühlbeutel, umwickelt ihn mit einen paar Blättern Küchentuch, legt ihn auf meinen Arm und bindet ihn mit dem Verband dort fest. »Ist das zu eng?«

Ich schüttele den Kopf.

»Sehr gut.« Sie schenkt mir ein Glas Wasser ein und drückt es mir zusammen mit zwei Schmerztabletten in die Hand. »Gleich wird's dir besser gehen.«

Ich werfe die Tabletten ein und grinse. »Danke. Aber woher kennst du dich so gut mit solchen Sachen aus?«

»Weißt du nicht mehr, wie übel zugerichtet ich von manchen Fußballspielen nach Hause gekommen bin?«

Ich lache. »O mein Gott. Du bist beim Fußballspielen so heftig rangegangen, dass kein Auge trocken geblieben ist. Sie haben dich nicht umsonst ›Payton, die Schmerzensbringerin‹ genannt. Das stand zumindest auf einigen der Schilder, die die Leute hochgehalten haben.«

»Ja, okay, ich habe vielleicht hin und wieder jemanden verletzt, aber ich hab mir selber auch tausendmal die Knöchel,

Knie oder Schultern ausgerenkt«, sagt sie, während sie mich zum Sofa führt.

Sobald ich sitze, kniet sich Payton vor mich und zieht mir die Schuhe aus. Dann setzt sie sich zu mir, schnappt sich die Fernbedienung und zappt sich durch die Kanäle, bis sie irgendwo auf eine Doku über menschliche Chimären und Genmutationen stößt.

»Wie geht es deinem Arm?«, fragt sie mich zwischendurch.

»Ein bisschen besser«, murmele ich und lehne meinen Kopf an ihre Schulter.

Als sie den Arm um mich legt, fallen mir die Augen zu, und in dem Wissen, dass sie mich liebt – wenn auch nicht auf die Art, wie ich es mir wünsche –, nicke ich ein.

Es ist der Morgen vor dem Time Zone Ball und gegen zehn lässt der Portier mich wissen, dass Gunner Roderick gekommen ist. Statt ihn einzuladen raufzukommen, sage ich, dass er kurz warten soll, obwohl mir klar ist, dass das nicht wirklich höflich ist. Mein Ellenbogen schmerzt noch immer und am liebsten würde ich zu Hause bleiben. Aber ich ziehe mich widerwillig an, denn ich kann mich schlecht vor den heutigen Terminen drücken kann.

Bevor ich gehe, steckt mir Payton noch die Packung mit den Schmerztabletten in die Tasche und legt einen neuen Verband um meinen Arm. »Sieht ziemlich gut aus, aber trotzdem solltest du den Arm noch schonen. Ja nichts Schweres damit heben, und wenn er zu sehr weh tut, wirf einfach noch mal zwei Schmerztabletten ein.«

»Ich bin bestimmt zurück, bevor ich neue Tabletten brauche. Wir holen nur mein Kleid ab und fahren kurz zu seinem Schneider, und da ich ganz sicher nicht die Absicht habe, ihn danach spontan zum Essen einzuladen, bin ich gegen Mittag zurück.«

»Okay«, sagt sie und ich marschiere los.

Unten nimmt mich Gunner höflich in Empfang, bevor der Blick aus seinen leuchtend grünen Augen auf den dämlichen Verband um meinen Ellenbogen fällt. Am besten hätte ich ein langärmliges T-Shirt angezogen. *Gott, ich sehe sicher furchtbar aus.*

»Das sieht recht schmerzhaft aus.«

Er ist anscheinend nicht besonders helle. Aber das sind hübsche Jungen schließlich nie. »Geht schon.«

Wir gehen zu seinem Wagen und fahren schweigend in die Stadt, doch dann geraten wir in einen Stau. *Na toll, jetzt muss ich auch noch Small Talk mit ihm machen.*

Er zeigt auf meinen Arm. »Was ist passiert?«

»Ich habe beim Workout mit Gewichten nicht aufgepasst und eine Muskelzerrung oder so.«

Es hätte mich nicht überrascht, wenn er in schallendes Gelächter ausgebrochen wäre oder wie ein echter Macho behauptet hätte, dass Mädchen sich beim Training mit Gewichten immer verletzen. Stattdessen sieht er mich mit einem mitfühlenden Lächeln an. »Es ist mir auch schon oft passiert, dass ich mich übernommen habe.«

»Es war echt dumm von mir. Ich wusste, dass die Gewichte zu schwer für mich waren.«

»Das kommt selbst bei den besten Bodybuildern vor«, klärt er mich lächelnd auf. »Du wirst im Handumdrehen wieder fit sein. Wirst schon sehen.«

Dann ist er also attraktiv *und* nett? Das heißt, dass er auf jeden Fall ein Date für diesen blöden Ball gefunden hätte, auch ohne dass man uns verkuppelt. Wahrscheinlich sollte ich es nicht tun, aber irgendwie muss ich ihm die Frage einfach stellen: »Ich hoffe, du hältst mich nicht für superneugierig, aber warum gehst du mit mir auf diesen Ball? Es gibt doch sicher jede Menge Frauen, die glücklich wären, mit dir auszugehen, und wir beide kennen uns kaum.«

»Genau das ist der Grund. Ich war hin und weg von deiner Leistung in *In Heaven's Arms*, und wenn wir beide uns ein bisschen besser kennen, hast du vielleicht Lust, einmal mit mir zusammenzuarbeiten.«

»Das ist sehr nett, dass du das sagst. Aber ich kenne einige deiner Filme und weiß, wie toll du spielst. Du hättest es dir gar nicht so kompliziert machen müssen.«

»Tja, nicht schlimm. Und Danke für das Kompliment.«

Normalerweise gibt es jedes Mal, wenn in LA zwei Leinwandstars verschiedener Geschlechter irgendwo zusammen in Erscheinung treten, ein unglaubliches Trara. Zu meiner Überraschung kommen wir aber praktisch unbemerkt ans Ziel.

Ich frage im De Leche gleich nach meinem Kleid und Gunner schlendert durch den Laden und ist völlig überwältigt von der Auswahl an Abendgarderobe. »Warum in aller Welt ist Frauenmode derart kompliziert? Wir Kerle haben genau zwei Möglichkeiten, uns herauszuputzen: Anzug oder Smoking, etwas anderes gibt es nicht.«

Ich lache auf. »Ich habe keine Ahnung. Vielleicht liegt es einfach daran, dass wir Frauen flatterhafter sind.«

»Das erklärt einiges«, sagt er und schnipst mit den Fingern.

»Aber nagele mich nicht drauf fest. Das ist nur eine Theorie«, erwidere ich rasch, als eine Angestellte mit dem Kleid für mich erscheint.

Gunner tritt neben mich und betrachtet konzentriert das Kleid. »Das haben unsere Stylisten wirklich gut hingekriegt. Ich glaube, dass das weiße Smokingjackett, das ich trage, super dazu passt.«

»Meine Stylistin ist furchtbar. Wenn es nach ihr ginge, hätte ich das grässliche magentafarbene Tüllkleid, das da vorn hängt, tragen sollen. Ich habe dieses Kleid hier selber ausgesucht.«

»Magenta? Das ist eine Neonfarbe, oder?«, fragt mich Gunner und verzieht entgeistert das Gesicht.

»Jedenfalls ist es ziemlich grell.«

»Da bin ich wirklich dankbar, dass du nicht auf sie gehört hast. Ich wäre zwar Manns genug gewesen, um das abzuziehen, aber kein Mann sollte jemals zum Tragen eines pinkfarbenen Kummerbunds gezwungen sein.«

Er sieht fantastisch aus, ist nett und lustig, aber trotzdem fühle ich mich nicht einmal ansatzweise zu ihm hingezogen.

»Glaubst du, wir finden einen Kummerbund, der farblich zu dem Blau des Kleides passt?«, frage ich ihn, sobald wir wieder auf der Straße sind.

»Ich hatte eigentlich gehofft, dass du mir dabei vielleicht helfen könntest«, gibt er achselzuckend zu. »Mein Stylist sagt, ich sei die Sorte Mann, die Karo- und Paisleymuster kombinieren würde. Er läuft also keine Gefahr, seinen Job zu verlieren. Eigentlich hätte er mein Outfit ausgesucht, aber dann hieß es, dass du dich darum kümmern willst.«

»Ich lasse mich genauso gerne einkleiden wie jedes andere Mädchen auch, aber ich kann es nicht leiden, wenn mir jemand vorschreibt, was ich anziehen soll.«

»Du willst unabhängig sein. Das mag ich sehr bei einer Frau.« Bei diesem Satz legt er die Hand auf meinem Oberschenkel ab.

Es ist so weit. Jetzt macht er sich an mich heran. Und wenn ich seinem Charme nicht gleich verfalle, ist er sicher verwirrt.
»Das ist heutzutage eine wirklich seltene Eigenschaft bei Frauen«, stimme ich sarkastisch zu und schiebe seine Hand von meinem Bein.

»Das ist sie«, antwortet er mit ausdrucksloser Stimme. Von diesem Augenblick an benimmt er sich wie ein schmollendes Kind. Bis wir mein Haus erreichen, starrt er stumm und schlecht gelaunt geradeaus. Als ich aussteige, sagt er nur: »Mein

Wagen wird um neun Uhr hier sein«. Dann tritt er das Gaspedal durch und braust davon.

Mein Gott, wie ich dieses Gelaber von Typen, die mir an die Wäsche wollen, leid bin. Haben sie mit diesem Schwachsinn *je* Erfolg? Vielleicht bei Frauen ohne Grips, aber ganz sicher nicht bei mir. Ich bin nur froh, wenn dieser blöde Ball überstanden ist. Ich steige in den Lift und fasse für das neue Jahr den Vorsatz, Lawrence an die Luft zu setzen, ehe er den nächsten lahmen PR-Gag für mich planen kann.

In meiner Wohnung angekommen, weht mir ein würziger Geruch aus der Küche entgegen. »Ich hoffe, du hast Hunger«, ruft Payton mir vom Herd zu. »Es gibt Lasagne, aber ich garantiere für nichts.«

»Ich bin vollkommen ausgehungert und es riecht hervorragend.«

Sie grinst. »Wie war's mit Gunner?«

»Der kennt nicht einmal den Unterschied zwischen Satin und Polyester. Er hat sich einen Kummerbund und eine Fliege in einem leuchtenden, grellen Blau ausgesucht und war beleidigt, als ich ihm erklärt habe, dass die Farbe nicht zu meinem Kleid passt. Und zu allem Überfluss hat er mich noch begrapscht.«

Sie murmelt einen Fluch und wirft ihren Löffel in die Spüle. »Er hat dich, ohne dich zu fragen, angefasst?« Sie ballt wütend ihre Fäuste.

»Ich kann ihn für dich umbringen, wenn du willst«, bietet sie mir an. »Ich glaube nicht, dass jemand ihn vermissen wird, als Schauspieler ist er im besten Fall mittelmäßig. Und so könntest du heute Abend auf den Ball gehen, mit wem auch immer du willst.«

War sie schon immer so beschützend zu mir? Ich glaube, schon. »Schon gut. Wenn ich jeden ermorden lassen würde, der mich einfach, ohne mich zu fragen, anfasst, wären die Straßen von LA mit Leichen übersät.«

»Das wäre für dein Image sicher nicht so gut.«

»Wahrscheinlich könnte ich dann nur noch Dominas und Kriminelle spielen. Wobei das beides sicher ziemlich amüsant wäre.«

»Deine Fans würden es bestimmt *lieben*, dich in Latex oder einem Gefängnisoverall zu sehen.«

»Erst mal muss es ihnen reichen, mich in einem Kettenhemd zu sehen. Darin laufe ich in meiner nächsten Rolle rum.«

»Daws wird ihnen sicher auch gefallen. Und jetzt schwing deinen Hintern zu mir rüber, damit ich mir deine Kampfverletzung ansehen kann.« Ich schlendere zu ihr hinüber und strecke den Arm aus. Sie löst den Verband und tastet vorsichtig an dem blau-schwarz verfärbten Ellenbogen herum. »Tut es noch weh?«

»Nicht doll«, behaupte ich, verziehe aber das Gesicht.

»Er ist schon deutlich abgeschwollen, aber der blaue Fleck verblasst wahrscheinlich nicht so schnell.«

»Das kriegen mein Make-up-Team problemlos hin. Sie kommen extra etwas früher, um ihn abzudecken, sodass man heute Abend nichts sieht.«

»Sehr gut.« Sie dreht sich um, zieht die Lasagne aus dem Ofen, sieht sie kritisch an und stellt dann mit einem Achselzucken fest: »Wenn's wie Lasagne riecht und aussieht, muss es wohl Lasagne sein.«

Sie ist so niedlich, dass ich einfach lachen muss. »Seit wann weißt du, wie man Lasagne macht?«

»Ich wünschte, meine Mutter wäre hier und könnte dieses Essen sehen. Wenn ich ihr am Telefon erzähle, dass ich die Lasagne hinbekommen habe, glaubt sie mir ganz sicher kein Wort.«

»Keine Angst. Ich werde mich für dein neu entdecktes kulinarisches Talent verbürgen.«

Um sieben erscheint Lawrence mit den Haar- und Make-up-Stylisten. Kaum ist er durch die Tür getreten, regt er sich furchtbar auf, dass der riesengroße blaue Fleck in meinem ärmellosen Kleid nicht zu übersehen sein wird. Ich bitte ihn, sich zu beruhigen, und sage ihm, dass das Make-up-Team darauf vorbereitet ist.

Ich bin fertig angezogen und sitze mit einem kalten Bier vor dem Frisiertisch, warte darauf, dass mir Frank die Haare macht, und erblicke dabei Paytons Spiegelbild. In ihrem Kleid sieht sie fantastisch aus. So gut, dass alle innehalten, um sie anzustarren. Sie grinst ein bisschen ängstlich, als sie plötzlich unerwartet von fünf Augenpaaren gemustert wird.

»Wow, Payton.« Lawrence springt begeistert von der Couch. Er hat sie vorher schon gelegentlich gesehen, wenn wir zusammen auf PR-Tour in New York waren und uns Payton dort zum Lunch getroffen hat, aber so schick gekleidet wie heute kennte er sie nicht. »In diesem Aufzug wirst du heute Abend allen anderen die Schau stehlen, Schätzchen.«

»Danke.«

Sie wird rot und Lawrence brüllt: »Felicia, warum schminkst du Payton nicht, bis Frank und Brit mit Kendalls Haaren fertig sind?«

»O nein, schon gut«, stößt Payton stammelnd aus.

»Lass sie dich schminken«, weise ich sie an. »Und wenn sie fertig ist, wird Frank deine Haare glätten. Du wirst makellos aussehen.«

Seufzend nimmt sie auf dem Stuhl an meiner Seite Platz. »In Ordnung, wenn du meinst.«

***

Das Wort »makellos« reicht eigentlich nicht annähernd aus, um Paytons Anblick zu beschreiben. Ihr Haar ist glatt und glänzt wie kaffeebrauner Taft, und durch das Gold auf ihren Lidern werden ihre bernsteinbraunen Augen noch betont. Ich wende mich eilig ab, ehe ich noch anfange zu sabbern.

»Okay, die Damen, das war's«, erklärt Felicia und klappt ihren Koffer wieder zu. Ich danke ihr und ihren Leuten, bringe sie zur Tür und verabschiede sie mit Luftküsschen.

»Unser Wagen müsste in ein paar Minuten hier sein, Kendall.« Lawrence reicht mir meine Tasche, scheucht mich in den Flur und ich sehe ihn an und rücke seine Fliege ordentlich zurecht. »In deinem Smoking siehst du wirklich schick aus«, lobe ich und füge einschränkend hinzu: »Wobei es mich überrascht, dass jemand mit so einem ausgeprägten Sinn für Stil der Ansicht ist, dass ein Idiot wie Gunner Roderick ein passender Begleiter für mich ist.«

Er stöhnt. »Heißt das, dass ich ihn auf die Liste zu den ganzen anderen Typen setzen soll, die du nicht leiden kannst?«

»Warum versuchst du nicht, zur Abwechslung mal einen Kerl zu finden, der mich nicht sofort begrapscht? Das ist doch sicher nicht zu viel verlangt.«

»Okay, das mache ich.« Er nickt. »Warum kommst du nicht schon mit runter in die Lobby, Payton, Schatz? Lauren wird sicher pünktlich sein. Sie ist *immer* pünktlich.« Er sieht mich von der Seite an, und mir ist klar, was er mir damit sagen will. *Jaja, verstehe. Das ist eine weitere tolle Eigenschaft von Lauren, die mir fehlt.*

Payton nickt knapp. »Es ist sehr nett, dass Sie mich mitnehmen wollen.«

Obwohl es keinen Grund gibt, dass wir so dicht beieinanderstehen, berühren sich unsere Schultern auf der Fahrt im Lift. Ich kann sehen, dass sie schwitzt, obwohl sie sich die größte Mühe gibt, nicht aufgeregt zu sein. »Ganz ruhig. Tu einfach so, als würdest du auf eine dieser langweiligen Highschool-Partys gehen, zu denen du mich immer mitgeschleppt hast«, schlage ich ihr leise vor.

»Nur dass ich dort ganz sicher nicht in einem Designerkleid

im Wert von mehreren Tausend Dollar aufgelaufen bin und dort auch niemand Fotos von mir machen wollte.«

»Das haben sie nur deshalb nicht getan, weil sie sich von dir nicht die Beine brechen lassen wollten.«

Sie schnaubt. »Kann sein.«

Dann geht die Tür des Fahrstuhls wieder auf, wir steigen mit Lawrence auf den Fersen aus, und fast im selben Augenblick hält ein weißer Wagen vor dem Haus. Gunner und seine PR-Frau Stacy steigen aus. Lawrence nimmt sie lächelnd in Empfang und gibt ihnen die Hand. Ich reiche Stacy ebenfalls die Hand und lächele sie freundlich an, doch Gunner kann zur Hölle fahren und dort für alle Zeiten schmoren. Dann bietet er mir seinen Arm und grimmig hake ich mich bei ihm ein und zische: »Solange wir gezwungen sind, zusammen aufzutreten, kann ich so tun, als würde ich dich mögen. Aber siehst du dieses wunderschöne Mädchen da?« Ich nicke mit dem Kopf in Paytons Richtung. »Sie kommt aus New Jersey und hat italienische Wurzeln, und wenn du mich noch einmal angrabschst, könnte es passieren, dass sie dich verschwinden lässt. Capito?«

Er schüttelt steif den Kopf, und ich muss beinahe lachen. Stattdessen rufe ich nach Payton und stelle sie ihm vor. Für einen kurzen Augenblick kommt es mir vor, als ob er sich vor Angst fast in die Hosen macht. Natürlich ist es nicht schön, dass viele Menschen Italiener automatisch mit der Mafia assoziieren, aber in diesem Fall kommt mir das Vorurteil durchaus gelegen.

Dann fährt auch schon der zweite Wagen vor und Laurens Truppe springt heraus. Sie steigt als Letzte aus und sieht in ihrem weißen Kleid mit Spaghettiträgern und schwarzen Steinen auf dem Rücken einfach super aus.

Sie kommt ins Haus, zieht Payton an die Brust und gibt ihr einen beidseitigen Wangenkuss, bei dem sich ihre Wangen tatsächlich berühren. Ich weiß nicht, ob ich gleich in Ohnmacht fallen oder mich vor allen übergeben muss. Mir ist schwindelig.

Zu meiner Überraschung rettet Gunner mich, indem er einen Arm um meine Taille legt und mich stützt.

»Ich weiß, dass ich dich nicht berühren soll, aber du warst mit einem Mal erschreckend bleich«, raunt er mir zu.

Ich klammere mich an ihm fest, bis ich mich wieder selbst auf den Beinen halten kann. »Danke.«

»Gern geschehen.«

Ich reiße mich zusammen, bringe ein übertrieben gut gelauntes Hallo über die Lippen und Lauren lässt ihren Blick an mir herunterwandern und stellt anerkennend fest: »Das ist ein wirklich tolles Kleid!«

»Deins auch, Süße!« Dann wende ich mich wieder Gunner zu. »Ich bitte dich, bring mich, so schnell es geht, hier raus.«

Er lächelt breit und plötzlich finde ich ihn wieder durchaus nett. Dann ruft er laut: »Okay, Leute, wir sollten langsam fahren, wenn wir den Auftritt vor der Presse nicht verpassen wollen.«

Die anderen nicken zustimmend und wir eilen wie eine Herde Kühe zu den Fahrzeugen, die draußen stehen. Was für eine aufmerksamkeitssüchtige Truppe wir doch sind, denke ich. Ich werfe einen letzten Blick auf Payton und sie strahlt, als sie in Laurens Wagen steigt. *Na toll.*

Nach wenigen Minuten haben wir unser Ziel erreicht und steigen unter dem Geschrei der Fans aus unserem Wagen aus. Sie stehen hinter Stahlzäunen und halten Filmposter und Bilder in die Luft. Ein paar von meinen Fans haben auch das Buch *The Relishing* dabei. Es herrscht ein noch größerer Rummel als gewöhnlich, obwohl die Nachricht, dass ich in dem Film mitspielen werde, gerade erst raus hat. Ich will nicht totgetrampelt werden, also halte ich ein wenig Abstand zu den Barrikaden. Gleichzeitig ärgert es mich jedes Mal, dass Zäune und Security die Leute, die uns finanzieren, indem sie DVDs und Kinokarten kaufen, von uns, den Stars, fernhalten.

Wir erreichen die Fanzone und eilig drückt mir Lawrence zwei silberne Kugelschreiber in die Hand. Ich schreibe eigentlich mit rechts, doch meinen Namen kriege ich inzwischen ohne Mühe simultan mit beiden Händen hin. Ich will so viele Autogramme geben wie möglich. Schließlich gehen die Leute für eine Unterschrift von mir in diesem Gedränge Gefahr für Leib und Leben ein.

Lawrence geht vor, damit ich nicht zu lange stehen bleibe, und wenn ihn die Leute um ein Foto mit mir bitten, weist er sie mit einem »Sie bleibt nur für Autogramme stehen« zurück. Ich folge ihm, aber plötzlich komme ich an einem Mann mit einem kleinen blonden Mädchen auf den Schultern vorbei, das das gleiche T-Shirt von *The Relishing* anhat wie er. Ich unterschreibe auf der ersten Seite des Buchs, das er mir hinhält, und plötzlich nehme ich die Schienen an den dünnen Mädchenbeinen wahr. Die Kleine ist so still und wohlerzogen, dass ihr Anblick mir zu Herzen geht.

»Ihre Tochter?«, frage ich den Mann, und als er nickt, erkundige ich mich: »Wie heißt sie denn?«

»Jessie.« Er kitzelt ihr den Bauch und sie lacht fröhlich auf.

»Soll ich noch eine Widmung für sie in das Buch schreiben?«

»Ja bitte. Jessie mit ie. Sie liebt das Buch sehr und wenn sie groß ist, will sie wie Ciara sein.«

»Haben Sie auch eine Kamera dabei?«

Er nickt und zerrt ein Smartphone aus der Tasche seiner Jeans. Ich streife meine hochhackigen Schuhe ab und klettere über den Zaun. En heißer Schmerz durchzuckt meinen verletzten Arm, ich aber klettere weiter, und als ich mich auf der anderen Seite runterlasse, bricht die Menge in noch lauteren Jubel aus. Es ist, als sähen mich die Leute plötzlich auch in Wirklichkeit als Superheldin an. Verdammt, sie *lieben* mich und das ist ein fantastisches Gefühl!

Dann packt mich Lawrence bei der Schulter und fragt mich so leise, dass nur ich es hören kann: »Verflucht noch mal, was machst du da?«

»Ich bin die Superheldin, die sie sonst nur in den Filmen sehen«, flüstere ich zurück und bitte Jessies Vater, meinem PR-Mann kurz sein Smartphone zu geben.

»Ich will, dass du ein Foto von uns Dreien machst«, belle ich Lawrence an, und er ist derart überrascht, dass er es einfach tut.

Dann klettere ich zurück auf meine Seite, ziehe meine Schuhe wieder an und prüfe, dass die Bilder auf dem Smart-phone nicht verwackelt sind. Zufrieden nehme ich es Lawrence wieder ab und halte es dem Vater hin. »Hier, bitte sehr.«

Der Mann sieht mich aus tränenfeuchten Augen an. »Ich danke Ihnen tausendmal.«

»Es ist mir eine Freude«, sage ich und winke seiner Tochter zu. »Schön, dich kennenzulernen, Jessie!«

Ich bleibe auch noch stehen, als mich Lawrence weg von meinen Fans und rüber zu den Fotografen scheuchen will. »Schreib dir erst noch den Namen und die Adresse dieses Mannes auf. Ich will, dass er vier VIP-Karten für die Premiere von *The Relishing* hier in LA bekommt.«

Ich gehe davon aus, dass er mir widersprechen wird, doch er sagt nur: »Okay, ich kümmere mich darum. Geh du schon einmal rüber auf die Medientribüne, ja?«

Dann taucht plötzlich Gunner aus dem Nichts an meiner Seite auf und sieht mich fragend an. »geht's dir wieder besser?«

Ehrlich gesagt haben das Geschrei und die Bewunderung von meinen Fans mich kurzfristig vergessen lassen, dass ich Payton nicht gesehen habe, seit ich angekommen bin. »Es geht mir wieder etwas besser. Danke, dass du fragst.«

»Schon gut. Und jetzt lächeln wir beide erst mal in die Kameras.«

Wir lächeln und posieren erst zusammen und dann einzeln für die Bilder, und als ich gerade den Rücken meines Kleides zeige, holt die Menge hinter mir vernehmlich Luft. Eilig sehe ich zu Lauren rüber, die auf dem roten Teppich Autogramme verteilt. Payton steht neben ihr und sieht total nervös und überwältigt aus. Und sie wird noch nervöser, als Lauren sie den roten Teppich hinaufführt. Während Lauren mit den Fotografen scherzt und die perfekten Posen für sie einnimmt, steht Payton stumm und reglos neben ihr.

Verdammt. So viel dazu, dass es mir wieder besser geht.

Noch immer schießen die verfluchten Fotografen ihre Bilder und die Journalisten wollen von Lauren wissen, wer die unbekannte, schöne junge Frau an ihrer Seite ist. Lauren nennt ihren Namen, sagt, sie sei Musikerin und weist dann auf mich. »Und sie ist die beste Freundin unserer wunderbaren Ms. Kendall Bettencourt.« Sofort verlangen die Fotografen, dass sich Payton für die Aufnahmen in Pose wirft und etwas zu ihrem Outfit sagt. Sie aber steht auch weiter völlig reglos da, als wäre sie zu einer Salzsäule erstarrt, und Gunner raunt mir zu: »Ich glaube, sie braucht etwas Hilfe.«

Ich überlege kurz, ob ich Lauren die Sache nicht allein ausbaden lassen soll, aber ich kann Payton ganz unmöglich jemandem überlassen, der nicht weiß, wie man ihr aus dem Panikmodus heraushilft. Deswegen gehe ich zu ihr hinüber, nehme ihre Hand und fordere sie mir lauter Stimme auf: »Na los, wir wollen dich auch von hinten sehen.« Lächelnd fängt sie an, sich langsam um sich selbst zu drehen, und unter lautem Ah und Oh drücken die Fotografen auf die Auslöser der Kameras.

»Und jetzt erzähl mir, wen du heute Abend trägst.« Ich stoße sie leicht mit dem Ellenbogen an, damit sie die Reporter ansieht, während sie ihre Antwort gibt.

Dann tritt sie endlich auf die Mikrofone zu. »Victoria Westfeld. Ist das Kleid nicht einfach wunderschön? Ich komme mir darin wie eine richtige Prinzessin vor.«

Lauren tritt neben sie, legt ihr eine Hand auf den Rücken und stellt mit lauter Stimme fest: »Und so siehst du auch aus.« *Na toll, Lauren, lass sie von jemand anderem aus dem Wasser ziehen und wirf ihr dann erst eine Rettungsweste hin.*

Zum denkbar ungünstigsten Zeitpunkt wird mir wieder schlecht. Wir sollten langsam in den Ballsaal gehen, aber ich kann Payton nicht alleine lassen, bevor sie und Lauren nicht hier auf der Medientribüne fertig sind. Vor allem werde ich sie niemals wiederfinden, wenn ich sie jetzt aus dem Blick verliere. Im Ballsaal werde ich mich unters Volk mischen und mit möglichst vielen Leuten tanzen müssen.

»Na los«, fordert mich Gunner auf. »Ich nehme an, jetzt kommt sie auch allein zurecht.«

»Okay.« Mit einem Seufzer wende ich mich Payton zu. »Sieh zu, dass du dich amüsierst. Wir treffen uns dann später, ja?«

Sie nickt. »Okay. Bis dann.«

Als ich mit Gunner in den Ballsaal gehe, sehe ich, dass Payton sich jetzt angeregt mit ein paar Journalisten unterhält. Sie wirkt tatsächlich ganz entspannt, auch wenn sie Laurens Hand umklammert hält. *Das hätte ich mir denken sollen. Ich helfe ihr, die Angst zu überwinden, aber* Lauren *profitiert davon, dass es ihr wieder besser geht.* Denk nicht darüber nach, befehle ich mir streng. Geh rein und tanze und unterhalte dich.

»Ich hoffe, du tanzt gerne. Ich habe nicht vor, den ganzen Abend rumzusitzen«, wende ich mich wieder Gunner zu.

»Ich tanze sehr gern.« Nach einer Pause fügt er noch hinzu: »Es tut mir leid, dass ich mich heute Morgen wie ein Arsch benommen habe. Ich habe kein Talent zum Flirten, und wenn ich dann auch noch einen Korb bekomme, reagiere ich meist ziemlich blöd. Aber vielleicht können wir ja noch einmal von vorn anfangen. Ich würde wirklich gern mit dir befreundet sein.«

Er klingt, als würde er es ehrlich meinen, und er ist super mit den beiden Beinahe-Zusammenbrüchen umgegangen, die ich heute Abend schon hatte. Er hat nicht einmal gefragt, ob ich einen an der Klatsche habe oder so. Ja, ich würde ebenfalls sehr gern mit ihm befreundet sein.

»Warum vergessen wir den Morgen nicht und gehen los und amüsieren uns?«

»Genauso machen wir's«, stimmt Gunner mir erleichtert zu und sieht mich fragend an. »Wie wär's, wenn wir als Erstes unsere Runden drehen und dann das Tanzbein schwingen.«

Ich lache auf. »Da klingt zwar ziemlich altmodisch, aber meinetwegen. Auch wenn ich erst mal was zu trinken brauche.«

11

PAYTON

Der ganze Abend ist mir irgendwie zu viel. Als wären die Gespräche mit den Journalisten und die Unmengen an Fotos, die ich von mir schießen lassen muss, noch nicht genug, stellt mich Lauren obendrein noch praktisch jeder Berühmtheit vor, auf die wir im Ballsaal treffen. Ich treffe Leinwandstars, bekannte Namen aus der Musikbranche, Designer und Designerinnen, und es würde mich nicht überraschen, wenn gleich auch noch der Präsident der Vereinigten Staaten auftauchen und mir die Hand geben würde. Alle behaupten, dass mein Kleid »der Wahnsinn« ist und ich »wie geschaffen für die Modebranche« bin. Was anderes als mein Aussehen interessiert die Leute offenkundig nicht. Ich habe Dutzende Gespräche über Kleider, Schmuck und Sportwagen mit angehört, aber niemand hat bisher auch nur mit einem Wort den jämmerlichen Zustand unseres Planeten, unsere wirtschaftlichen Schwierigkeiten, die globale Politik, die gnadenlose Abholzung des Regenwaldes oder irgendetwas anderes, was wirklich von Bedeutung ist, erwähnt. Sind diese Leute wirklich so oberflächlich so stecken sie so tief in ihrer Wohlstandsblase, dass sie nicht wissen, mit was für riesigen Problemen unsere Welt zu kämpfen hat?

Nur Lauren zuliebe lasse ich den nicht endenden Strom an hirnlosen Gesprächen weiter über mich ergehen. Irgendwann realisiert sie, wie schwer es mir auf Dauer fällt, meine Verachtung für die Leute zu verbergen, und sagt: »Du weißt gar nicht, wie peinlich mir das ist. Ich schwöre dir, auf diesen Festen haben die Leute immer Angst, sie selbst zu sein. Die meisten meiner Freundinnen und Freunde sind wirklich cool, wenn sie nicht gerade in einer Gruppe unterwegs sind.«

»Wahrscheinlich ist es schwer, den Schein zu wahren und gleichzeitig man selbst zu sein«, stimme ich zu, auch wenn ich weiter skeptisch bin. Am liebsten würde ich sie fragen, wie sie dieses dämliche Gelabere erträgt. Sie ist ja ein ganz normaler Mensch, echt und authentisch. Zumindest kommt es mir so vor.

»Ich hole mir noch ein Glas Sekt. Wie steht's mir dir?«

»Ich nehme auch noch eins.« Wahrscheinlich sollte ich ein bisschen langsam machen, denn ich habe heute Abend schon genügend Alkohol in mich hineingekippt. Ich sollte mich definitiv hüten, mich so sehr zu betrinken, dass ich morgen in der Zeitung erfahre, dass ich irgendetwas Superpeinliches gemacht habe, beispielsweise nackt den Sunset Boulevard hinuntergelaufen bin.

»Und wenn ich wieder da bin, tanzen wir, okay?«

»Ja sicher«, sage ich, und sie läuft Richtung Bar.

Kaum dass sie fort ist, verwickelt mich irgendein selbstverliebter Popstar in ein absolut inhaltsleeres Gespräch. Ich sehe, dass er eine Uhr trägt, und bevor er seine völlig unglaubwürdige Erzählung weiterausführen kann, frage ich ihn, nach der Uhrzeit. Es ist zwanzig nach elf. Ich habe Kendall seit Beginn der Party kein einziges Mal gesehen. Sie hat gesagt, dass sie mich finden würde, aber offenkundig hat sie sich bisher nicht sonderlich bemüht. Wahrscheinlich hat sie eine ganz wunderbare Zeit mit ihrem blonden, durchtrainierten Mr. Hollywood, durchtanzt mit ihm die Nacht oder sitzt in einer ruhigen Ecke irgendwo und amüsiert sich königlich bei einem unterhaltsamen Gespräch.

»Dein Sekt, Payton.« Lauren ist wieder da und drückt mir eins der beiden vollen Gläser, die sie mitgebracht hat, in die Hand. Ich leere es in einem Zug und stelle es auf einem Tisch in unserer Nähe ab. »Wow«, stellt sie beeindruckt fest. »Okay, bereit zu tanzen?«, fragt sie mich und schenkt mir ein süßes Lächeln, das von Herzen kommt, aber trotzdem bin ich immer noch total gereizt.

Ich spitze meine Ohren, weil ich bei all dem Lärm sonst die Musik nicht hören kann. Es ist ein flotter Song mit jeder Menge Synthesizer. »Ja, okay, mit dem Lied komme ich zurecht.«

»Super.« Sie packt meine Hand und führt mich durch das Meer des Showbiz-Adels auf die Tanzfläche.

Sie tanzt im Rhythmus der Musik und passt sich ohne Mühe an die jeweiligen Lieder an. Mit ihren geschmeidigen, hypnotischen Bewegungen zieht sie mich total in ihren Bann. Sie zieht mich an sie heran und gleitet erst an mir herunter und danach wieder herauf. Ich kann die Wärme ihres Körpers spüren und den feuchten, heißen Schweiß, der ihr aus allen Poren dringt. »Du tanzt echt gut«, raunt sie mir zu und ihr Atem kitzelt mich am Ohr.

»Du auch.«

Dann schlingt sie mir die Arme um den Hals und wie aufs Stichwort kommt ein langsamerer Song. Ich selbst gerate wegen des abrupten Tempowechsels etwas aus dem Gleichgewicht und stolpere fast. »Sollen wir eine Pause machen?«, fragt sie in besorgtem Ton.

»Nein. Es ist bloß ewig her, seit ich mit jemandem getanzt habe, und ich bin mir nicht sicher, ob ich führen kann«, gebe ich unsicher zu.

»Natürlich kannst du das. Du musst dich einfach dem Rhythmus des Songs anpassen, weiter nichts.«

Ich atme durch, lege ihr meine Hände um die Hüften, schließe meine Augen und konzentriere mich auf die Musik. Dann übernimmt die Musikerin in mir das Kommando und mein Hirn sagt meinen Füßen, dass sie sich im Takt der Basstrommel bewegen sollen. Lauren passt sich problemlos an mich an, und als ich meine Augen wieder öffne, stellt sie lächelnd fest: »Siehst du? Es ist wie Fahrrad fahren.«

»Mit dir zu tanzen macht mehr Spaß als Fahrrad fahren.« Zu meiner Überraschung steigt ihr eine leichte Röte ins Gesicht, und sie wendet sich lächelnd ab. Doch sie erholt sich schnell und lehnt den Kopf an meine Schuler an.

Es fühlt sich gut an, eine andere Frau im Arm zu halten, ohne dabei mir Sorgen darüber zu machen, ob sie diese Geste falsch versteht. Es ist total unkompliziert. Lauren mag mich und ich mag sie, und wir berühren uns beim Tanzen und haben eine gute Zeit. Ich muss nichts anderes tun, als diesen Augenblick zu genießen, und das tue ich.

Es kommt mir vor, als würde dieser Song niemals zu Ende gehen, doch irgendwann ist er vorbei und Lauren gibt mir einen Kuss auf die Wange. »Ich danke dir. Du bist ein wirklich wundervolles Date für diesen Ball.«

Bevor ich eine Antwort geben kann, bricht die Musik plötzlich ab und der DJ lässt die Menge wissen, dass es jetzt nur noch ein paar Minuten bis zum Jahreswechsel sind.

Dann fängt der Countdown an. Lauren ergreift meine Hand und sieht mich an, während sie wie alle im Raum von dreißig rückwärts zählt. Ich steige auch ein. »Siebenundzwanzig! Sechsundzwanzig!«

Immer noch sieht Lauren mich aus ihren geheimnisvollen, dunklen Augen an. Ich bin mir ziemlich sicher, dass man in den Augen hübscher Mädchen die Geheimnisse der Welt ergründen kann. Ich hätte Lust, herauszufinden, welche Geheimnis hinter *ihren* Augen liegen. »Zwölf! Elf!«

Plötzlich fällt mir ein, was um Mitternacht geschehen wird.

Die Leute küssen sich. Soll ich dann Lauren Atwell küssen? Unbedingt! »Drei! Zwei!«

»Eins!« Ich nehme ihr Gesicht in meine Hände, wünsche ihr ein frohes neues Jahr und presse ihr die Lippen auf den Mund. Sie vergräbt ihre Hände tief in meinen Haaren und erwidert den Kuss. Rund um uns herum wünschen die Leute sich mit lauten Stimmen ein frohes neues Jahr. Dann rieselt ein Konfettiregen von der Decke und in einer Ecke stimmt jemand traditionell »Auld Lang Syne« an. Doch all das interessiert mich nicht. In diesem Augenblick bin ich in meiner eigenen Welt. Lauren und ich küssen uns, als hinge unser Leben davon ab. Ich wusste gar nicht mehr, wie es ist, jemanden aus ganzer Seele zu küssen. Es ist ein wunderbares, unvergleichliches Gefühl.

Ich unterbreche den Kontakt erst, als ich das Bedürfnis, Luft zu holen, nicht mehr ignorieren kann. Auch Lauren holt tief Luft und atmet dann geräuschvoll wieder aus. »Verdammt.«

Ich lache auf. »Ich weiß.«

»Tja, jetzt, wo wir bis Mitternacht hier durchgehalten haben, können wir von mir aus gern von hier verschwinden, wenn du willst.«

Das will ich schon, seit wir hier angekommen sind, aber ich weiß nicht, ob sie jetzt einfach *gehen* will oder etwas anderes vorhat. Ich sollte Lauren deutlich zu verstehen geben, dass ich *nicht so leicht zu haben* bin. Um mich zu kriegen, braucht es mehr als ein, zwei Dates.

Es ist, als könnte sie Gedanken lesen, denn sie sagt: »Moment! Das klang vielleicht ein bisschen zweideutig. Ich wollte ganz bestimmt nicht sagen, dass wir beide ... na, du weißt schon. Mir reicht's einfach hier, deswegen dachte ich, wir könnten noch wo hingehen, wo ...«

»Es nicht so gerammelt voll mit berühmten Leuten ist?«

»Wo es *generell* nicht so gerammelt voll ist wie hier.«

»Kannst du denn einfach hier verschwinden, wann du

willst?« Hat sie jetzt ihren Job gemacht und kann nach Hause gehen wie ein normaler Mensch? »Wo könnten wir denn an Silvester hin, wo nicht jede Menge anderer Leute sind?«

»Im östlichen Teil von Palos Verdes gibt es eine Stelle, die ich sehr mag. Man kann von dort aus auf die ganze Stadt hinuntersehen und sich vorstellen, sie sei schön«, sagt sie achselzuckend. »Ich könnte meinen Leuten sagen, dass wir gehen und den Wagen nehmen, und sie bestellen sich dann ein Taxi. So haben wir es schon häufiger mal gemacht.«

»In Ordnung, aber vorher sollte ich noch Kendall suchen und ihr sagen, dass wir abhauen.«

Sie zeigt über die Tanzfläche. »Ich schätze, dass sie irgendwo da drüben ist. Da steht Gunner. Sie ist sicher irgendwo in der Nähe.«

Ich drehe meinen Kopf, und als ich ihn entdecke, sehe ich auch Kendall, die tatsächlich gerade einmal einen Meter weiter steht. »Bin sofort wieder da. Wirst du hier auf mich warten? Ich will dich nicht in dem Gedränge verlieren.«

Sie grinst. »Ich werde mich nicht von der Stelle rühren.«

Als ich mir den Weg durch das Gewühl bahne, entdeckt Gunner mich. Er winkt mir unauffällig und tippt Kendalls Schulter an. Sie ist in ein Gespräch mit einer kleinen Gruppe anderer Celebritys vertieft und lässt sich offenbar nur ungern dabei stören, denn sie beachtet Gunner kaum. Er aber gibt ihr zu verstehen, dass sie sich umdrehen soll, und als sie mich entdeckt, kommt es mir vor, als gäbe es für sie plötzlich nur noch mich. Statt sich noch einmal nach den anderen umzusehen, marschiert sie direkt auf mich zu, und ihr Gesicht verrät mir, dass sie fest entschlossen ist, mich zu erreichen, ganz egal, was auch geschieht. Während ich selbst mich mühsam durchs Gedränge kämpfen musste, teilt die Menge sich für Kendall wie das Rote Meer. Wir gehen aufeinander zu und treffen uns dann mitten auf der Tanzfläche.

»Es tut mir leid, dass ich dich nicht schon eher gefunden

habe«, flüstert sie mir zu. »Jedes Mal, wenn ich nach dir suchen wollte, ist jemand stehen geblieben und hat mir ein Gespräch aufgedrückt.«

»Schon gut. Ich hab mir schon gedacht, dass es so laufen würde.«

»Und, hast du dich bisher amüsiert?«

»Tatsächlich, zu meiner eigenen Überraschung. Lauren möchte langsam gehen. Wir fahren noch nach Questa Verdi oder so, um die Aussicht zu genießen.«

»Palos Verdes«, korrigiert sie mich und lacht. »Ich habe schon gehört, dass man von dort aus einen wunderbaren Blick hat.«

»Ich wollte dich nur wissen lassen, dass wir gehen.«

Sie nickt. »Okay. Genieß den Rest der Nacht.«

»Das werde ich. Wir sehen uns dann zu Hause«, gebe ich zurück und mache eilig wieder kehrt.

»Moment!« Entschlossen zieht sie mich noch mal zurück. Sie sieht dabei so ängstlich aus, als müsste sie mir etwas Weltbewegendes gestehen und hätte keine Ahnung, wie sie das Geständnis formulieren soll. Wobei ich vielleicht auch nur hoffe, dass sie mir was sagen möchte, oder meine eigenen Ängste auf sie projiziere.

»Willst du reden?«, frage ich, um sie dazu zu bewegen, mir zu sagen, was ihr auf der Seele liegt.

Sie sieht sich unter all den anderen Gästen um und schüttelt knapp den Kopf. »Ach, es ist nichts. Ich wollte dir nur ein frohes neues Jahr wünschen.« Sie stellt sich auf die Zehenspitzen, gibt mir einen Kuss auf die Wange und schiebt mich wieder weg, noch bevor ich mich über diese Geste freuen kann. »Und jetzt hau ab.« Sie zeigt auf jemanden hinter mir, und drehe mich um und entdecke Lauren, die sich lautlos an uns angeschlichen hat. Dann scheucht mich Kendall fort und taucht wieder in der Menge ab.

Lauren lächelt mich an. »Bereit zu gehen?«

»Auf jeden Fall.«

Im schwachen Licht der Straßenlampen kommt mir Palos Verdes wie die reinste Märchenlandschaft vor. Aus den riesengroßen Villen auf den Hügeln kann man auf den Ozean und auf die Skyline von LA hinuntersehen.

Der Wagen hält an einem Fleck, von dem aus man auf den Pazifik sieht. Ich steige aus und Lauren kommt zu mir, ergreift meine Hand und nimmt mit mir am Rand der Klippe Platz. Wir baumeln mit den Beinen und ich nehme die phänomenale Aussicht, die Gerüche und Geräusche, die uns hier umgeben, in mir auf. Die Großstadtlichter funkeln in der Ferne wie die Sterne, die wir über uns am rabenschwarzen Himmel sehen. Es ist total romantisch und wahrscheinlich sieht der Himmel hier bei Sonnenuntergang wie ein Gemälde aus, das mit besonderen Farben gemalt wurde, die Namen wie *Erdbeerfelder*, *Kobaltblauer Zauber* oder *Ringelblumensonne* tragen.

Ich lasse alles auf mich wirken und am Ende wende ich mich Lauren zu und stelle fest: »Du hattest recht. Es ist hier wirklich wunderschön.«

Sie hebt den Kopf von meiner Schulter, sieht mir ins Gesicht und fügt hinzu: »Fast so schön wie du.«

In meinem Magen flattern Schmetterlinge, weil ich Lauren ungeachtet der Gefühle, die ich schon seit einer Ewigkeit für Kendall habe, *wirklich* mag. Natürlich mag ich auch ihr Aussehen, aber vor allem mag ich ihre Ehrlichkeit und dass sie einfach sie selbst ist. Sie gibt sich nicht als jemand anderes aus und ist dabei ungeheuer selbstbewusst. Das bewundere ich an ihr.

Mit einem Mal erkenne ich, wie leid ich es inzwischen bin, wie eine jämmerliche liebeskranke Närrin meiner besten Freundin hinterherzutrauern, die nun mal auf Männer steht.

Ich quäle mich damit nur selbst, und das ist vollkommen verrückt! Ich bin an diesem wunderschönen Ort mit einer wunderschönen jungen Frau, die auf mich steht. Weswegen sollte ich das nicht genießen? Schließlich ist das Leben viel zu kurz, um nicht die schönen Dinge mitzunehmen, die man angeboten kriegt. Für wen zum Teufel hebe ich mich auf? *Für jemanden, der niemals romantische Gefühle für dich haben wird! Und was hat's dir gebracht, dich all die Jahre zurückzuhalten? Lauren ist toll, und du hast heute auf jeden Fall genug getrunken, um den Mut aufzubringen, das jetzt mit ihr durchzuziehen.*

Entschlossen küsse ich sie auf den Mund, löse mich von ihr und küsse sie erneut. »Lass uns in meine Wohnung fahren«, flüstere ich. Mein Gesicht ist ganz dicht an ihren Lippen, und es macht mir plötzlich nichts mehr aus, dass ich noch Jungfrau bin. Vielleicht liegt es an Laurens mühelosem Charme. Ganz egal, aus welchem Grund – sie gibt mir das Gefühl, dass ich bei ihr gut aufgehoben bin. Selbst wenn ich mich wie eine ahnungslose Jungfrau verhalten sollte – was ich wahrscheinlich tun werde –, wird sie geduldig und freundlich bleiben. *Ich habe keine Angst. Nein. Ich bin cool und entspannt.*

»Wir können auch zu mir fahren«, schlägt sie vor. »Ich wohne allein.«

»Ja, aber bis in meine Wohnung ist es nicht so weit.« *Und ich will nicht auf halber Strecke den Mut verlieren.* Ich küsse sie erneut und lachend beißt mir Lauren zärtlich auf die Lippe.

»Also gut.«

12

KENDALL

Neujahr erwache ich aus einem alkoholbedingten Koma und bekomme meine Augen gerade so weit auf, dass ich die verschwommenen Umrisse meiner Möbel ausmachen kann. Ich war vergangene Nacht so voll, dass ich mich nicht mal mehr daran erinnere, wie ich in mein Bett gekrochen bin. Seit ein paar Wochen schieße ich mich regelmäßig ab. Warum auch nicht? Wenn ich was getrunken habe, ist mir Payton und alles andere egal. Dann läuft mein Leben wieder rund. Die ganze Welt interessiert sich für mein Leben? Cool! Meine Mutter will mich einfach nicht erwachsen werden lassen und behandelt mich noch immer wie ein kleines Mädchen? Kein Problem! Natürlich ist mir klar, dass es nicht gut ist, regelmäßig so viel Alkohol zu trinken, und dass ich damit aufhören sollte, bevor es deswegen ernsthafte Probleme gibt.

Trotz meines umnebelten Kopfs nehme ich wahr, dass nebenan die Glotze eingeschaltet ist. *Das heißt, dass Payton bereits aufgestanden ist.* Obwohl ich mich am liebsten noch mal im Bett verkriechen würde, zwinge ich mich, meine Beine aus dem Bett zu hieven, ziehe eine Jogginghose an und schleppe mich nach drüben, weil ich Payton guten Morgen sagen will.

Aber als ich das Wohnzimmer betrete, verschlägt es mir die Sprache. Payton ist nicht allein. Lauren liegt an ihrer Seite auf dem Sofa ausgestreckt und hat ihren Kopf in Paytons Schoß gelegt. Die beiden gucken *The Twilight Zone* und kichern dabei wie kleine Mädchen. *Und die dumme Tussi hat auch noch Paytons Deadmau5-Shirt an!* Von all den T-Shirts, die sie hat, ist das *mein* absolutes Lieblingsteil! Ich hatte es schon unzählige Male an – aber nie nach einer heißen Nacht, in der sie sich das Hirn von mir rausvögeln lassen hat. *Ich sollte hier in Paytons T-Shirt auf dem Sofa liegen und mit ihr zusammen irgendeine blöde Serie schauen!*

Okay, jetzt habe ich wirklich vollends den Verstand verloren. Er macht sich aus dem Staub und – zack! – ist schon zur Wohnungstür raus. Ich beschließe kurzerhand, ihm zu folgen, und gehe mit schnellen Schritten zur Tür. Aber Lauren hört mich, als ich nach meinen Wohnungsschlüsseln greife. Sie setzt sich auf und streckt den Kopf über die Rücklehne der Couch. »Hallo.«

Am liebsten hätte ich sie angeschrien, dass sie, verdammt noch mal, aus meiner Wohnung abhauen soll. Stattdessen murmele ich etwas von einem vollen Tag und stürze in einem Tempo durch die Tür, als hätte ich ein ganzes Tütchen Speed geschluckt.

Ich schwinge meinen beduselten Hintern in die Garage, springe in den Wagen und beschließe, etwas herumzufahren, bis meine blöde Eifersucht sich legt. Im Grunde ist es idiotisch, dass mir diese Sache derart zusetzt, weil die Typen schließlich bei mir Schlange stehen. Ich bin Kendall Bettencourt, das Beste, was es nach Grace Kelly hier in dieser Stadt je gegeben hat! Zumindest wird das allgemein behauptet. Vielleicht sollte ich also so tun, als wäre auch ich selbst davon überzeugt.

Auf halbem Weg zum Hollywood Sign klingelt mein Smartphone und mein ohnehin schon hoher Stresslevel schießt weiter in die Höhe.

»Kendall? Kommt mein Anruf gerade ungelegen?«, höre ich Gunners gestresste Stimme am anderen Ende.

»Nein.« Ich seufze tief. »Was gibt's?«

»Die Reinigung hat die verdammte schwarze Anzugjacke mit den roten Nadelstreifen, die ich morgen zu diesem Neujahr-bedeutet-neue-Hoffnung-Dingsda tragen soll, ruiniert, und ich erreiche meinen Stylisten nicht! O Mann, ich bin am Arsch! Er hatte diese Jacke von Van Ludwig ausgeliehen! Wie dem auch sei. Ich muss ein neues Outfit finden, und du weißt selbst, dass ich ein hoffnungsloser Fall bin, was Shopping angeht.«

»Okay. Am besten atmest du erst mal tief durch. Wo bist du gerade?«

»Bisher sitze ich noch zu Hause auf der Couch und kratze mich am Arsch.«

»Hast du eine schlichte schwarze Anzug- oder Smokingjacke? Beides würde gehen«, schlage ich ihm lachend vor.

»In meinem Schrank hängt nichts, was mein Stylist mich bei der Arbeit tragen lässt. Ich leihe dieses ganze Zeug nur aus. Ich hab hier nichts außer meinen Sneakern, einem Dutzend T-Shirts und ein paar löcherigen Jeans.«

»Okay. Bis morgen kriegst du nirgendwo mehr einen Maßanzug, das heißt, du musst was von der Stange kaufen. Triff mich in einer halben Stunde bei Bourdain's am Rodeo Drive, okay?«

»Ich bin in einer Viertelstunde dort«, erklärt er und legt auf.

Gunner hat sich gestern als echt netter Kerl herausgestellt. Wir hatten auf dem Time Zone Ball ein gutes, längeres Gespräch darüber, wie es ist, als Celebrity ständig die Erwartungen anderer erfüllen zu müssen. Er muss als Frauenheld auftreten und von mir wird erwartet, dass ich mit so einem Typ Mann zusammen bin. Also spielen wir beide mit, weil niemand wissen soll, dass er in Wahrheit ein sensibler, einfühlsamer Junge ist und ich auf Mädchen stehe – oder auf ein *bestimmtes*

Mädchen, das die große Liebe meines Lebens ist. Das habe ich ihm aber selbstverständlich nicht erzählt.

Als ich auf den Laden zulaufe, steht er ziemlich verzweifelt auf dem Bürgersteig.

»Vielen Dank. Du rettest mir den Arsch.«

»Irgendwer muss dir den Arsch ja retten, wenn du sonst nur auf der Couch sitzt und dran kratzt.«

»Stimmt«, sagt er und hält die Ladentür für mich auf.

»Geht es dir gut? Du siehst echt fertig aus.«

»Ich bin mit einer Erkältung aufgewacht, aber statt daheim zu bleiben und mich zu erholen, muss ich ja zu diesem blöden Bankett.«

»Ich würde dir ja vorschlagen, einfach blauzumachen. Aber bei dem Event geht's um einen guten Zweck.«

»Es wäre falsch, dort nicht hinzugehen«, pflichtet mir Gunner bei und wendet sich dann dem Verkäufer zu. »Ich brauche einen schwarzen Zweireiher in Größe achtundvierzig und eine passende Hose, Größe zweiunddreißig.«

»Wow, du kennst deine Größen und kannst ihm genau erklären, was du willst. Du hättest mich gar nicht gebraucht«, stelle ich lachend fest, aber er bleibt völlig ernst.

»Hast du jemals darüber nachgedacht, dem Leben hier in Hollywood den Rücken zuzukehren? Ich schon. Manchmal überlege ich, ob ich aufs College gehen oder wieder nach Wyoming ziehen und Pferde züchten soll. Der ganze Glamour hier ist doch nicht echt.«

»Ich bin noch nicht so lange hier, und auch wenn du natürlich recht hast – anderswo ist das Leben auch nicht leichter.«

Der Angestellte kommt zurück und hält Gunner einen Anzug hin. Während er in anprobiert, bliebe ich vorn im Laden stehen. Ein paar Minuten später kommt er grinsend mit dem Anzug auf dem Arm zurück.

»Sieht aus, als würde es passen«, bemerkte ich.

»In seinem tiefsten Inneren weiß man immer, wenn es

passt, selbst wenn man es anfangs nicht erkennen kann oder akzeptieren will.«

»Okay, Meister Yoda, sprechen wir hier noch von dem Anzug oder von etwas anderem?«

»Du weißt genau, wovon ich spreche – oder besser gesagt *von wem*.« Er bezahlt den Anzug und läuft schweigend Richtung Tür.

»Was meinst du?« Ich eile ihm hinterher.

»Als Lauren gestern Abend aufgetaucht ist, wärst du offensichtlich am liebsten auf sie losgegangen. Und es war nicht schwer dahinterzukommen, warum du so sauer warst. Es geht um Payton, stimmt's?«

Ich schließe meinen Wagen mit der Fernbedienung auf. »Red doch kein Blech, Gunner.«

»Ich weiß, wovon ich spreche. Ich bin mit vier Schwestern aufgewachsen und kenne mich mit verliebten Mädchen aus. Du bist offensichtlich in Payton verschossen, und ich finde, du solltest der Sache eine Chance geben.« Er beugt sich übers Wagendach und fährt mit leiser Stimme fort. »Wir leben im einundzwanzigsten Jahrhundert. Ich wage zu bezweifeln, dass irgendjemand ein Problem damit hätte, dass du auf Frauen stehst.«

Na super, schrei es doch gleich in alle Welt hinaus. »Darüber will ich nicht hier auf offener Straße sprechen. Steig ein.«

»Okay.« Er setzt sich in den Wagen und zieht die Tür ins Schloss. Ich nehme hinter dem Lenkrad meines Wagens Platz.

»Erzähl mir erstens bitte nicht so einen Schwachsinn. Ja, wir leben im einundzwanzigsten Jahrhundert, aber bei Weitem nicht alle Leute in den Staaten sind so aufgeklärt, wir du behauptest. In den Nachrichten sieht man täglich, dass es noch immer jede Menge Hassverbrechen gibt. Und zweitens habe ich bisher mit keinem Wort gesagt, dass ich auf Frauen stehe.«

»Aber so ist es.«

»Ich war noch nicht fertig!«, fauche ich ihn an und wirbele

zu ihm herum. »Und drittens geht dich meine sexuelle Orientierung einen feuchten Kehricht an. Wenn wir zusammen ausgehen, geht es dabei einzig ums Geschäft. Es ist nicht so, als ob das echte Dates wären.«

»Weil du lieber mit Payton ausgehen würdest, nicht mit mir.«

Du kannst jeden haben, den du willst, was, Kendall? Tja, dann solltest du dich mal bemühen, Gunner zu wollen. Dein Leben wird deutlich leichter sein, als es in den letzten Wochen war. »Würdest du bitte deine blöde Klappe halten?« Eilig packe ich den Kragen seines T-Shirts, ziehe ihn zu mir heran und presse ihm verzweifelt, aber entschlossen meine Lippen auf den Mund. Er ist von diesem Anschlag völlig überrascht, aber dann beugt auch er sich etwas vor. Ich denke, dass er mich jetzt an sich ziehen wird, aber stattdessen legt er mir die Hände auf die Schultern und schiebt mich mit sanftem Druck zurück auf meinen Sitz.

Im Ernst? »Hast du vergessen, deine Pillen einzuwerfen, oder was? Ich küsse dich, und du weist mich zurück?«

»Hör zu, du bist wunderschön und meistens ziemlich cool, aber ich weiß nun mal, dass du nicht wirklich auf mich stehst.«

Ich winke ab. »Aber du bist ein Mann und ich habe ja mit keinem Wort gesagt, dass es hierbei um Liebe geht.«

»Ich bin ein Mann, aber kein Neandertaler. Wenn ich etwas mit einer Frau anfange, ist mir wichtig, dass sie was von mir will. Und du willst sicher nichts von mir.« Mit diesen Worten öffnet er die Tür und steigt aus meinem Wagen aus. »Fahr heim und überleg dir, was du willst, Kendall. Glaub mir, dann wird's dir besser gehen.«

Man fühlt sich selten so beschissen, wie wenn man von jemandem zurückgewiesen worden ist. Und was noch schlimmer ist – er hatte völlig recht, auf meinen blöden Flirtversuch nicht einzugehen. Ich eiere jetzt schon ewig rum und weiß im Grunde selbst nicht, wovor ich mich beschützen will. Weswegen gebe ich nicht einfach offen zu, dass ich mich anscheinend mehr für Frauen interessiere als für Männer. Das ist ein lächerliches Detail, verglichen mit der Tatsache, dass ich zum ersten Mal in meinem Leben unsterblich verliebt bin. Ist es wichtig, dass es dabei um ein Mädchen geht? Ganz egal, ob ich nun lesbisch, bi oder was auch immer bin – es geht um das, was ich für jemand anderen empfinde, nicht um irgendwelche Schubladen, in die ich passe oder nicht.

Als ich nach Hause komme, bin ich vollkommen erschöpft. Das Erste, was mir auffällt, ist, dass alle Lampen in der Wohnung eingeschaltet sind und oben aus dem Studio leise Musik nach unten dringt, und mein Herz zieht sich zusammen. Payton ist zu Hause und hellwach. Ich wäre sicher weniger gestresst, wenn ich beim Heimkommen festgestellt hätte, dass Einbrecher die ganze Bude auf den Kopf gestellt haben.

Warum ist sie nicht unterwegs und macht mit Lauren einen drauf? Ich sollte sie wahrscheinlich wissen lassen, dass ich wieder da bin, ehe sie bemerkt, dass jemand in der Wohnung ist und bei der Polizei anruft. »Hallo. Ich bin zu Hause«, brülle ich in Richtung Studio.

Oben wird es still und dann streckt sie den Kopf übers Geländer und ruft: »Hi.«

»Ich hätte nicht gedacht, dass du zu Hause bist. Weswegen bist du nicht mit Lauren unterwegs?«

»Ich hatte keine Lust. Ich habe schon die ganze Zeit versucht, dich anzurufen. Ich muss mit dir reden.«

»Worüber?« Ich lege meine Tasche auf den Tisch und atme tief durch. Als ich mich wieder umdrehe, fahre ich erschrocken zusammen, weil sie plötzlich direkt vor mir steht.

»Darüber, dass du heute Morgen plötzlich einfach abgehauen bist. Was war denn los?«

»Darüber, dass ich heute Morgen einfach *was?*«, fauche ich sie an. »Na gut, wenn du so besorgt bist, werde ich dir sagen, warum ich so plötzlich *abgehauen bin!*« Ich habe keinen Grund, sie so anzuschreien, aber ich kann nichts dagegen tun. Ich bin so außer mir, dass ich nicht mehr klar denken kann. »Ich bin unglaublich angepisst, Payton. Bin total sauer auf mich selber, weil ich in den letzten Wochen eine blöde, feige Kuh gewesen bin! Ich habe es nicht fertiggebracht, dir zu sagen, wie es mir wirklich geht – und was ich fühle. Ich hab gemerkt, dass ich mehr als nur Freundschaft von dir will, und der Gedanke macht mir eine Heidenangst! Aber das spielt jetzt keine Rolle mehr, denn jetzt ist es zu spät, weil du mit Lauren schläfst und ...«

»Willst du mich verarschen?«, übertönt sie mich. »Ich *wollte* mit ihr schlafen. Ich habe es wirklich versucht und war *kurz* davor es zu tun, und plötzlich lag ich da und habe mir die Augen aus dem Kopf geheult. Es war unglaublich peinlich und unangenehm, halbnackt und zu einem Ball zusammengerollt auf meinem Bett zu liegen und einem Menschen, den ich wirklich gerne habe, zu erzählen, dass mein Herz schon ewig einer anderen gehört. Eigentlich seit ich denken kann. Meine Güte, Kendall! Seit ich zwölf bin, kämpfe ich dagegen an, aber es hat nichts genützt!«

Sie hat schon seit Jahren Gefühle für mich? Seit Jahren? Mein Gott, bin ich blind, oder was? »Da bin ich aber froh«, murmele ich verschämt und Payton steht mir gegenüber und starrt mich aus ihren großen honigfarbenen Augen an. *Sie ist so süß. Ich kann unmöglich ...*

Doch, ich kann. Ich stürze auf sie zu und sie kracht mit dem Rücken an die Wand. Dann streichele ich ihr seidig weiches Haar und presse ihr begierig meine Lippen auf den Mund. Sie küsst mich anfangs zögerlich zurück, dann aber gleitet sie mit ihrer Zunge über meine Zähne. Dieser Kuss lässt sich mit keinem vergleichen, den ich je mit einem Mann gehabt habe.

Statt fordernd küsst mich Payton fragend und behutsam, aber gleichzeitig so sinnlich, dass es eine Freude ist.

Mein eigener Mund ist wild und gierig, denn er hätte sie bereits viel eher erforschen wollen, und jetzt, da unsere Lippen sich getroffen haben, sollen sie für alle Zeit verschmolzen sein. Von nun an möchte ich sie täglich Hunderte Male küssen, bis ans Ende aller Zeit.

Ich streife meine Schuhe ab und schlinge Payton ein Bein um die Hüfte und die Arme um den Hals. Sie schiebt die Hände unter meinem Kleid auf meinen Hintern. Auf einmal reicht es mir nicht mehr, sie nur zu küssen. Ich brauche *alles*, was sie mir geben kann. »Bitte, Payton«, flüstere ich an ihrem Mund. »Ich will mit dir schlafen.«

Sie reißt den Kopf zurück und sieht mich fragend an. In Ihren Augen leuchten Freude, aber gleichzeitig auch Angst. »Wir ... Wahrscheinlich sollten wir ...«

Wir sollten es vielleicht wirklich langsam angehen, aber wenn wir das jetzt nicht durchziehen, verlässt mich womöglich wieder der Mut. »Keine Sorge. Ich will es auch.«

Als ich das sage, lächelt sie, hebt mich hoch und trägt mich zur Couch. Dort legt sie mich behutsam ab und kniet sich über mich.

Sie küsst erst meine Lippen, dann meinen Hals. Ich erschaudere und glühendes Verlangen breitet sich in meinem Innern aus. Sie schiebt die dünnen Träger meines Kleids herunter, leckt an meinem Schlüsselbein, und wie von Sinnen reiße ich die Knöpfe ihrer Bluse auf. Ich will mit meinen Händen *jeden Zentimeter ihrer Haut* berühren, und entschlossen befreie ich sie von der Bluse, dem BH, den Jeans und ihren Boxershorts. Gleichzeitig streift sie mein Höschen über meine Beine, und im Handumdrehen sind wir beide nackt und Payton stützt sich über mir auf ihren starken, schlanken Armen ab.

Dann hört sie plötzlich auf.

Verdammt! Was ist, wenn sie nicht will? Ich hätte mich viel-

leicht nicht wie von Sinnen auf sie stürzen sollen? Wir hätten vielleicht länger reden und uns vergewissern sollen, dass wir dasselbe wollen.

»Was ist?« Ich atme so schwer, dass ich kaum sprechen kann.

»Du bist so ...« Payton mustert mich von Kopf bis Fuß und mir kommt es so vor, als würde mich zum ersten Mal im Leben jemand wirklich wahrnehmen. »Du bist so *wunderschön*.«

Das habe ich schon eine Million Mal gehört, aber bisher hat mir niemand das Gefühl gegeben, *wirklich* schön zu sein. Ich möchte mich bei ihr dafür bedanken. Nur ihretwegen fühle ich mich schön und clever genug, alles zu erreichen, was ich will. Aber die Dankbarkeit, die ich dafür empfinde, lässt sich nicht in Worte fassen, also lasse ich es sein, schließe die Augen und presse ihr abermals die Lippen auf den Mund.

Sie legt mir ihre Hände auf die Brüste, gleitet mit der Zunge bis hinab auf meinen Bauch, noch tiefer, hält dann an und sieht mich zwischen meinen gespreizten Schenkeln hindurch fragend an. »Bist du dir sicher?«

Was? Ist das dein Ernst? Noch nie in meinem Leben war ich mir so sicher wie in diesem Augenblick. »O ja.«

Die Antwort reicht ihr aus.

Sie ist nervös und unsicher, auf welche Art und wo sie mich berühren soll, aber dann findet sie ihren Rhythmus und mein Hirn schickt das Signal an meine Lippen, ihr zu sagen, dass sie völlig richtig liegt. »O ja. Genau.«

Nach wenigen Minuten ziehen Schockwellen durch meinen Körper. Es ist, als würden meine Nervenenden plötzlich unter Dauerstrom stehen. So etwas habe ich noch nie erlebt. Es ist ein überraschendes, herrliches Gefühl.

Sind das da etwa ihre Finger? Heiliges ...

Ich höre, ein leises Wimmern über meine Lippen dringen, und lege meine Hand unter ihr Kinn, damit sie ihren Zauber unterbricht. Sie nimmt den Kopf zurück und starrt mich an, aber ich weiß nicht, was ich ihr sagen soll. Ich liege völlig reglos da, ringe nach Luft und Payton schiebt sich an mir hoch und legt den Kopf auf meiner Schulter ab.

Dann kann ich endlich wieder atmen, rolle mich mit ihr herum und küsse sie genauso leidenschaftlich wie beim ersten Mal. Und dann bin *ich* mit einem Mal nervös. Ich will, dass Payton sich so gut fühlt wie ich selbst. Aber was, wenn mir das nicht gelingt? Gibt es hierfür vielleicht irgendwelche Regeln, wie beim Sport oder so? Ich habe keine Ahnung. In Sport war ich eh schon immer *eine gottverdammte Niete!*

Bevor die Panik endgültig die Oberhand gewinnt, bewegt sich Payton unter mir. »Es ist okay«, erklärt sie mir, als hätte sie die Dinge, die mir durch den Kopf gehen, per Osmose in sich aufgesaugt. »Du musst nichts tun, was du nicht willst.« Sie klingt so schrecklich ernst, dass ich plötzlich noch entschlossener als zuvor. *Ich kriege das auf alle Fälle hin!*

»Aber ich *will*«, erkläre ich ihr atemlos und bewege meine Lippen an ihrem Körper hinab. Dann bahnt sich meine Zunge ihren Weg hinunter zwischen ihre Schenkel. Sofort spannt Payton sich an, und ich bin überrascht, dass ich spüren kann, wie sie innerlich pulsiert. Es ist, als würde jemand eine winzig kleine Trommel in ihr schlagen. Dann hebt sie plötzlich ruckartig die Hüften an.

»Kendall!« Mein Name hat noch nie so sexy geklungen wie in dem Moment, in dem sie kommt, die Hand in meinem Haar vergräbt und meinen Kopf nach hinten zieht.

Ich bin total erschöpft. Verwundert breche ich auf ihr zusammen und stelle fest, dass ich vom Sex mit irgendwelchen Jungs nie so befriedigt und vor allem nie so überwältigt war, wie ich es in diesem Moment bin.

Sie schließt mich in die Arme und küsst meine Stirn und danach liegen wir erfüllt und eng umschlugen auf der Couch, bevor sie irgendwann das Schweigen bricht und von mir wissen will: »Geht es dir gut?«

Ich hatte gerade den mit Abstand geilsten Sex in meinem Leben, und zwar mit einer Frau. *Das kann nur eins bedeuten.* Ich breche in erleichtertes Gelächter aus, weil die Erkenntnis zwar erschreckend, aber vor allem unendlich befreiend ist. Das Rätsel darum, weshalb mir beim Sex mit Männern immer was gefehlt hat, ist gelöst. Es lag nicht an ihnen, es lag an mir. *Verdammt.* »Ich glaube, ich bin lesbisch.«

»Gut. Dann können wir das ja vielleicht mal wiederholen«, sagt Payton spielerisch.

Ich will ihr sagen, dass ich das vielleicht *nie mehr* mit jemand anderem machen möchte als mit ihr. Ich will ihr sagen, dass ich sie von ganzem Herzen liebe, aber ich befürchte, dass durch dieses eine kleine Wörtchen vielleicht alles anders wird. Ich meine, sie selbst hat nichts von Liebe gesagt. Sie hat gesagt, dass sie Gefühle für mich hat, aber das ist etwas anderes als »Ich liebe dich« zu sagen. Die Finessen der Sprache sind in dieser Hinsicht alles andere als bedeutungslos. *Schon klar, Kendall. Dieser eine Satz ist wichtig, aber mit ihr Sex auf deiner Couch zu haben bedeutet rein gar nichts, was?* »Vielleicht.« Ich küsse Payton, stehe auf und mache ein paar Schritte in Richtung meines Schlafzimmers. Dann drehe ich mich nach ihr um, und plötzlich sieht sie vollkommen verängstigt aus.

»Hätte ich das nicht sagen sollen?«, fragt sie.

Ich schüttele den Kopf, und als ich weiter nichts sage, richtet sie sich panisch auf. »Wo gehst du hin?«

»Ins Bett«, erkläre ich ihr nonchalant. »Kommst du mit?« *Ich lade Payton ein, mit mir das Bett zu teilen, aber ich bin zu feige, ihr meine Liebe zu gestehen.*

Noch immer sieht mich Payton forschend an, doch dann erhellt ein Lächeln ihr Gesicht. »Na klar.«

13

Goldenes Sonnenlicht fällt durch die Fenster, doch ich werde nicht vom Licht, sondern von warmem Atem und einem sanften Kuss in meinen Nacken geweckt. »Guten Morgen«, flüstert Kendall. »Guten Morgen«, flüstere ich noch ganz benommen, reibe mir die Augen und versuche, mich auf das Gefühl nackter Haut an meinem Rücken zu konzentrieren. Es fühlt sich seidig an und leicht, ganz anders als der kratzige Stoff meines Schlafanzugs. Ich hebe vorsichtig die Decke an und sehe, dass wir beide völlig unbekleidet sind. *Sie ist ... Ich bin ... Verdammt! Das heißt, dass gestern Abend war kein Traum. Ich habe es mir nicht nur eingebildet, sondern es ist tatsächlich passiert. Was, wenn es eine einmalige Sache war, und sie es inzwischen bereut? Was, wenn das jetzt das Ende unserer Freundschaft ist? Na los, Payton, sag irgendwas!* »Bitte sag mir, dass ich nicht träume und wir wirklich zusammen hier liegen.«

»Dass du nicht träumst? Kitschiger geht's ja wohl nicht«, erwidert sie kichernd. »Und ja, es ist alles real, du liegst wirklich neben mir in meinem Bett.«

»Kannst du mich kneifen, damit ich ganz sicher bin?«

»Da weiß ich was Besseres«, sagt sie und küsst mich auf den Mund.

Sie macht sich wieder von mir los und lachend sage ich: »Ich *wusste*, dass ich träume, weil du heute Morgen nicht mal schlechten Atem hast!«

Sie geht mit einem Kissen auf mich los. »Ach, halt den Mund und gib mir eine Umarmung.«

»Mit Vergnügen«, sage ich und ziehe sie an meine Brust.

Sie schmiegt sich an mich an, schnuppert an meiner Wange und schlägt vor: »Am besten bleiben wir den ganzen Tag im Bett.«

»Lässt dein Terminkalender das denn zu, du total gefragter Superstar?«

»Zur Hölle mit den blöden Terminen«, murmelt sie und nimmt mich fester in den Arm. »Ich gehe heute nirgends hin.«

»Wir sollten wenigstens versuchen, heute ein wenig produktiv zu sein.«

»Ach, Mensch.« Sie seufzt. »Ich will heute nichts tun, wofür ich irgendwelche Kleider anziehen muss.«

»Und was, wenn ich mit dir was machen will, wofür wir uns nicht unbedingt anziehen müssen?«

»Im Ernst?« Sie zieht die Brauen hoch und sieht dabei unglaublich sexy aus. Dann richtet sie sich auf, klettert so geschmeidig wie ein Panther auf mich drauf und klemmt mich zwischen ihren Beinen ein. Sie beugt sich über mich, und während sie mir direkt in die Augen blickt, rutscht gleichzeitig die Bettdecke vom Bett und enthüllt sie mir in ihrer ganzen splitternackten Pracht. *Ach, Kendall, du bist einfach perfekt.*

Sie gleitet mit den Händen über meinen Bauch, hält auf der Innenseite meines linken Schenkels an, und mein Gehirn stellt für einen Augenblick die Arbeit ein. »Wolltest du das hier mit mir machen?«, fragt sie und grinst wie eine kleine Teufelin.

»Nicht ganz. Ich hatte eigentlich an deinen Keyboardunterricht gedacht.«

»Das hier kann auch eine Musikstunde werden.« Sie küsst mein Brustbein. »Ich könnte dir beibringen zu singen?«

»Ich kann schon singen.«

Behutsam schiebt sie ihre Hand an meinem Bein herauf. »Dann bring du es mir bei.«

»Moment.« Entschlossen packe ich ihr Handgelenk. »Glaubst du nicht auch, dass wir vielleicht ein bisschen langsam machen sollten? Versteh mich nicht falsch, gestern Abend war *unglaublich,* aber es soll doch nicht plötzlich nur noch um Sex gehen, wenn wir zusammen sind.«

Verärgert runzelt sie die Stirn. »Es geht nicht nur um Sex. Du weißt, wie wichtig du mir bist. Aber gestern Abend war das erste Mal, dass ich beim Sex gekommen bin.«

Ich bin ihr wichtig. Na toll. Das klingt ziemlich verhalten. Vielleicht konzentriere ich mich besser erst mal darauf, dass kein Typ sie jemals so befriedigt hat wie ich. »Im Ernst? Du meinst, du hattest vorher noch nie einen Orgasmus?«

»Ja«, räumt sie errötend ein. »Ich dachte immer, dass ich einfach nicht kommen kann.«

»Aber warum hast du mir das nie erzählt?«

»Weil wir bisher nie über Sex gesprochen haben. Dieses Thema haben wir bisher immer ausgespart.«

»Weil ich nicht wissen wollte, *was für Zeug* du mit *welchen* Typen treibst«, gebe ich zu.

»Das kann ich nachvollziehen. Ich wollte auch nicht wirklich wissen, was du so treibst. Und jetzt verstehe ich auch, warum das so war.« Lächelnd schwingt sie sich von mir herunter und steht auf. »Gibst du mir jetzt eine Klavierstunde?«

»Vielleicht ziehst du dich dafür doch am besten an. Wenn ich ständig deinen knackigen, nackten Hintern vor mir habe, bin ich sonst zu abgelenkt für irgendwelchen Unterricht.«

»Meinetwegen.« Sie stapft durch den Raum, zerrt einen Bademantel aus dem Schrank und hüllt sich darin ein. »Dann zieh du besser auch was an. Sonst kann ich meine Hände wahrscheinlich nicht lange auf den Tasten lassen.«

»Okay. Dann treffen wir uns gleich im Studio.«

***

Sie ist unglaublich süß, als sie verwirrt vor ihrem Keyboard sitzt. Ich versuche, ihr das Notenlesen beizubringen, aber es gelingt mir einfach nicht. »Sie sind im Violinschlüssel geschrieben«, erkläre ich. »Jede Linie und jeder Zwischenraum steht für eine Note. Die Noten auf den Linien von unten nach oben heißen E, G, H, D, F. Und in den Zwischenräumen liegen F, A, C, E.«

»Das ist doch echt bescheuert. Warum halten sie sich bei der Reihenfolge nicht einfach an das Alphabet – C, D, E, F, G, H? Das könnte ich mir merken. Und warum zum Teufel sind das A und C in den Zwischenräumen? Wer hat sich diese Scheiße ausgedacht?«

»Das war irgendein Römer«, kläre ich sie lachend auf. »Aber okay, versuchen wir's mal so.« Ich zeige auf die Linien. »E, G, H, D, F, ›Es geht hurtig durch Fleiß‹.«

»Es geht hurtig durch ... Ach, verdammt!« Ihr Smartphone schrillt und eilig geht sie dran. »Oh, hallo. Du bist *wo*? Dir ist schon klar, dass dich das ein bisschen wie ein Stalker aussehen lässt? Okay, wir können reden.« Sie legt wieder auf und meint: »Gunner ist hier. Ist es für dich okay, wenn er auf einen Sprung heraufkommt?«

Hmm. »Dann sollte ich mich vielleicht schnell noch richtig anziehen.«

»Nein. Dies hier ist deine Wohnung. Er kommt sicher damit klar, dass wir hier in unseren Bademänteln chillen.«

»Okay.« Ich nicke. Kendall geht zur Gegensprechanlage und gibt Gunner die Erlaubnis, kurz zu uns hochzukommen. Ein paar Minuten später steht er in der Tür und fühlt sich sichtlich unwohl. Ich streckte den Kopf übers Geländer und verfolge ihr Gespräch.

»Die Sache gestern tut mir leid. Es steht mir nicht zu, dir zu sagen, wie du dein Leben leben sollst. Ich hab mich noch nie in einen Typen verknallt, deshalb kann ich nicht nachvollziehen, wie du dich fühlst.«

»Nein, *mir* tut's leid. Du hattest recht. Ich musste diese Sache klären, und das habe ich getan.« Sie zeigt mit ihrem Daumen über ihre Schulter Richtung Galerie und Gunner hebt den Kopf und lächelt, als er mich auf der Empore stehen sieht. »Hey, Payton.« Dann vergräbt er seine Hände in den Taschen seiner Jeans und sieht Kendall fragend an. »Also, wie soll's jetzt weitergehen? Es kommt mir irgendwie nicht richtig vor, so zu tun, als wären wir zwei ein Paar, obwohl eigentlich zwischen dir und Payton was läuft.«

Obwohl zwischen uns was läuft. Okay, klar.

»Ich weiß nicht.« Kendall dreht sich um und sieht mich fragend an.

Ich zucke mit den Schultern. Ich habe Jahre gebraucht, um jemandem zu erzählen, dass ich nicht auf Jungen stehe. Da kann ich kaum erwarten, dass sie diesen Schritt in ein paar Tagen macht. Das wäre eindeutig zu viel verlangt. »Es gibt so viele Regeln, die man hier in Hollywood beachten muss. Ich weiß nicht genau, wie der Hase hier läuft, aber ich weiß, dass es nicht einfach ist. Ich denke, Gunner und du solltet erst mal weiter gemeinsam Events besuchen, bis du, na, du weißt schon, bis du selber so weit bist.« Ich blicke zwischen Gunners ungläubiger Miene und den aufgerissenen Augen meiner besten Freundin hin und her.

Dann murmelt sie: »Es tut mir leid. Ich werde mich bald outen, das verspreche ich.«

»Ich weiß.«

»Okay«, stellt Gunner fest. »Dann ist das also für keinen

von uns ein Problem. Aber was ist mit Lawrence? Weihen wir ihn ein?«

»Auf keinen Fall. Er mein PR-Mann, nicht mein Seelenklempner. Ich werde es ihm erst erzählen, wenn er es erfahren muss.«

»Okay, dann wäre das also geklärt.« Gunner reibt sich seinen Nacken und tritt unbehaglich von dem einen auf den anderen Fuß. »Dann macht mal da weiter, wo ihr von mir unterbrochen worden seid.«

»Das machen wir«, stimmt Kendall ihm mit einem unterdrückten Lachen zu. »Ich meld mich bei dir.«

Unser denkwürdiges erste Mal ist jetzt zwei Monate her, und wir sind immer noch so orientierungslos wie kleine Mädchen, die sich irgendwo im Wald verlaufen haben. Wir schlafen miteinander und sind exklusiv, aber wir haben noch immer keine offizielle Bezeichnung für unsere neue Art der Beziehung bestimmt. Ich würde gerne einen Namen dafür finden, denn inzwischen sind wir deutlich mehr als nur ›beste Freundinnen‹. Aber ich hab Schiss, das Thema anzusprechen, und ich wüsste auch gar nicht, wie. »He, Kendall. Was zur Hölle tun wir eigentlich? Ich liebe dich nämlich, weißt du, und ich wäre sehr froh, wenn's dir genauso ginge.« Peinlich. Und was, wenn es ihr *nicht* so geht wir mir? Wenn das hier nur eine flüchtige Affäre für sie ist? Ich habe keine Ahnung, wie ich damit umgehen würde. Ich werde niemals eine andere als sie wollen. Also was, wenn sie sich gar nicht an mich binden will?

Es wird nicht einfacher dadurch, dass uns kaum wirklich Zeit zum Reden bleibt. In Kendalls Leben herrscht totales Chaos. Bei all den Drehbuch-Workshops und Kostümanproben, all dem Kraft-, Fecht- und Kampfsporttraining für *The Relishing* und der Vorbereitung auf die Pressetour für *Idol*

Worship kriege ich sie nur noch nachts im Bett und gelegentlich morgens zu einem kurzen Frühstück zu sehen.

Und ich selbst habe hier inzwischen auch alle Hände voll zu tun. Ich habe an der MALA angefangen und das Gefühl, so hintendran zu sein, dass ich eigentlich vierundzwanzig Stunden täglich komponieren sollte, um die anderen irgendwie und irgendwann mal einzuholen. Die Konkurrenz ist gnadenlos und all die anderen, die dort studieren, sind mir Lichtjahre voraus.

Kendall streckt den Kopf bei mir herein und reißt mich aus meinen Überlegungen. Ich sitze gerade an einem Streichquartett, das ich bis nächste Woche schreiben soll. »Na, das sind aber jede Menge leere Notenblätter.«

»Ach, was du nicht sagst. Was gibt's?«

Sie strahlt mich an. »Die Fechtstunde heute wurde abgesagt, das heißt, ich habe endlich wieder einmal einen freien Nachmittag! Ich dachte, wir könnten was zusammen unternehmen – da du mich gestern Abend schon hängen gelassen hast.«

»Ich musste eine Gruppenarbeit fertig machen, Kendall. Das bedeutet, dass es auch noch für drei andere zeitlich passen musste. Gestern Abend war der einzig mögliche Termin, am dem wir uns im Studio treffen konnten. Das hatte gestern Vorrang, statt dir in einem Restaurant gegenübersitzen und so zu tun, als seien wir einfach nur ›beste Freundinnen‹. Und ich hab dich ganz bestimmt nicht hängen lassen. Immerhin hab ich dir zwei Nachrichten aufs Band gesprochen und ein halbes Dutzend Nachrichten geschickt. Es tut mir leid, dass du beim Training warst und erst um sieben auf dein Smartphone gucken konntest, aber du hast kein Recht, dich aufzuregen, weil ich *einmal* nicht ins Restaurant gekommen bin, obwohl du selbst *so gut wie nie* zu Hause bist.«

»Ach nein?«, fängt Kendall an, sich aufzuregen, bricht dann aber plötzlich wieder ab. »In Ordnung, du hast recht. Bei mir war in den letzten Wochen wirklich jede Menge los, aber jetzt bin ich hier und will, statt mich mit dir zu streiten, einen schönen Nachmittag zusammen verbringen, bevor die anderen alle kommen, weil du mir nämlich furchtbar fehlst.«

Ich registriere erst mal nur, dass ich »ihr furchtbar fehle« – aber sie hat auch gesagt »bevor die anderen alle kommen«. Ich starre sie mit großen Augen an. »Moment, bevor die anderen alle kommen?«

»Heute Abend werden die Gay and Lesbian Cinema Committee Awards verliehen. Du hast doch wohl nicht vergessen, dass wir dort zusammen hingehen.«

An diese blöde Preisverleihung habe ich vor lauter Stress wegen dem Studium nicht mal mehr für einen Augenblick gedacht. Verdammt. »Wir gehen da ja nicht wirklich *zusammen* hin. Wir sind dort einfach nur zur selben Zeit am selben Ort.«

Tatsächlich nimmt mich Lauren zu der Preisverleihung mit, was total unfair ist. Ich habe kein Problem damit, wenn Kendall sich auch weiter offiziell von Gunner zu Veranstaltungen begleiten lässt. Aber Lauren zu benutzen, damit niemand merkt, was wirklich läuft, ist alles andere als cool. Auch wenn sie sich nach einem langen, peinlichen Gespräch zu dritt bereit erklärt hat, uns zu helfen und mit mir zusammen auf Events zu gehen, bei denen sich die beiden anderen blicken lassen müssen, damit niemand merkt, dass Kendall eigentlich mit mir zusammen ist.

Aber Lauren mag mich noch immer, weshalb die Spannungen zwischen ihr und Kendall manchmal unerträglich sind. Und das ist meine Schuld. Bevor ich auf der Bildfläche erschienen bin, waren sie gute Freundinnen. Es ist ein seltsames Gefühl, der Grund für die veränderte Beziehung zwischen zwei Frauen, die ich beide mag, zu sein. Es ist beinahe, als könnten sie sich plötzlich nicht mehr riechen und als würde zwischen ihnen eine heiße Konkurrenz herrschen.

Doch das ist nicht der Grund, warum ich nicht zu dieser Preisverleihung will.

»Ich bleibe vielleicht doch besser hier. Mein Stück muss in

vierzehn Tagen fertig sein und bisher weiß ich nicht mal, wie ich mit dem Cellopart beginnen soll.«

Als würde all das keine Rolle spielen, verschränkt Kendall ihre Arme vor der Brust und sieht mich unter ihren langen Wimpern hervor an. »Bitte«, bettelt sie. »Der Visibility Award bedeutet mir so viel. Ich will, dass du dabei bist, wenn er mir verliehen wird.«

»Okay, ich komme mit.« Ich kann ihr einfach keine Bitte abschlagen. Strahlend springt sie auf mich zu und küsst mich zärtlich auf den Mund.

»Um sechs kommt Lawrence mit den Haar- und den Make-up-Leuten, und später holen Gunner und Lauren uns ab.«

Ich lege gerade die Rubinohrringe an – ein Geschenk von Kendall –, als Lauren hinter Gunner in die Wohnung kommt. Die Ohrringe sind zwar nicht unbedingt mein Stil, aber zu dem Kleid sehen sie fantastisch aus. Bevor ich mein Spiegelbild bewundern kann, küsst Kendall Gunner freudig beide Wangen und lächelt Lauren etwas unbehaglich an. »Hallo!«, rufe ich von meinem Platz, an dem Felicia mich gerade fertig schminkt. Felicia sieht mir prüfend ins Gesicht, und als sie mich entlässt, stehe ich auf und schlendere zu den anderen. Um Kendalls wenig freundliche Begrüßung wieder wettzumachen, nehme ich nach Gunner absichtlich auch Lauren in den Arm und sie stellt anerkennend fest: »Du siehst fantastisch aus.«

»Vielen Dank. Du auch.« Ich blicke instinktiv auf Kendall und kann sehen, wie sie die Zähne aufeinanderbeißt.

»Genau wie Kendall«, sagt Gunner schnell. Er will anscheinend eine Explosion verhindern, und am liebsten würde ich ihn küssen, denn tatsächlich ist die Atmosphäre plötzlich nicht mehr ganz so angespannt.

»In Ordnung, Leute«, meldet Lawrence sich zu Wort.

»Jetzt, wo uns allen klar ist, dass die Frauen hier im Raum mal wieder super aussehen, fahren wir am besten langsam los. Als Ehrengast der Preisverleihung sollte Kendall schließlich pünktlich sein.«

»Genau.« Kendall eilt zum Frühstückstresen, greift nach ihrer Clutch, kommt zurück, hält uns die Tür der Wohnung auf und sperrt hinter sich ab.

Bei unserer Ankunft am Navarro Theater nehmen uns lange nicht so viele Fans in Empfang, wie ich erwartet habe. Es sind aber zahlreiche Fotografen und Reporter dort aufmarschiert. Kendall und Gunner gehen ein Stückchen vor uns, aber auch Lauren und ich posieren mit etwas gezwungenem, aber breitem Lächeln auf dem roten Teppich für die Kameras.

Sobald wir im Gebäude sind, tritt Kendall einen Schritt zur Seite, lässt die anderen aus ihrer Gruppe vor und wartet, bis ich bei ihr bin. »Ich kann es kaum erwarten, dich aus diesem Kleid zu schälen, wenn wir wieder zu Hause sind«, flüstert sie mir zu.

Ihr warmer Atem trifft dabei auf meine Haut und ich erschaudere. »Ich bin mir sicher, dass du dazu später die Gelegenheit bekommen wirst.«

»Das hoffe ich doch«, stellt sie mit einem vielsagenden Heben ihrer Brauen fest. »Aber jetzt suche ich am besten meinen Platz, bevor ich mich schon jetzt nicht mehr beherrschen kann.«

»Tu das.« Ich sehe Kendall hinterher, als sie den Kinosaal betritt.

»Ihr solltet wirklich vorsichtiger sein«, raunt Lauren mir mit vorwurfsvoller Stimme zu. »Es sah so aus, als wärt ihr zwei am liebsten gleich an Ort und Stelle übereinander hergefallen.«

»Echt?«

»Ihr habt Glück, dass hier drinnen keine Presse erlaubt ist.«

Ich nicke. »Danke, danke für den Hinweis.«

»Kein Problem. Und, bist du bereit?« Entschlossen nimmt sie meine Hand. Ich nicke, muss aber das Verlangen unterdrücken, meine Hand zurückzuziehen.

Wir sitzen rechts von Spencer St. Germaine und von Rebecca Gordon, Kendall und Gunner haben links von ihnen Platz genommen. Als wir zu unseren Plätzen eilen, wirft Kendall einen Blick auf unsere verschränkten Hände und verzieht verärgert das Gesicht. Auch Gunner merkt, dass ihr Gesichtsausdruck sich ändert, und ich bin erleichtert, als er ihr anscheinend zuraunt, dass sie sich beruhigen soll, denn sie seufzt hörbar auf, meint dann aber: »Okay.«

Die Show fängt an und nacheinander werden alle, die einen Preis gewonnen haben, auf das Podium geholt – als beste Darstellerin und bester Darsteller, fürs beste Drehbuch, für den besten Film und die beste Regie. Ganz zuletzt wird der Visibility Award verliehen. Obwohl es nicht die Norm ist, dass Stars aus einem Film geehrt werden, der noch gar nicht in den Kinos angelaufen ist, geht der Preis an Kendall und Rebecca für ihre Leistung in *Idol Worship*. Sie werden überschwänglich für die Darstellung zweier junger Frauen gelobt, für die es alles andere als einfach ist, im Rampenlicht zu stehen, und dann ruft der Redner beide auf die Bühne und sie kriegen ihre Preise überreicht. Die beiden laufen unter lautem Beifall los, bekommen jeweils eine kleine vergoldete Statue in die Hand gedrückt und in Erwartung ihrer Dankesreden wird es still im Saal.

Rebeccas Rede ist alles andere als originell. Sie dankt dem Team von *Idol Worship* und ihrem Agenten, der sie auf die

Rolle hingewiesen hat. Dann endet sie und Kendall tritt ans Mikrofon.

»Inzwischen ist mir klar, dass in Film und Fernsehen noch viel öfter LGBT-Charaktere gezeigt werden müssen, damit sie endlich *sichtbar* werden und das Publikum erkennt, dass sie mit den gleichen Problemen zu kämpfen haben wie alle anderen auch. Es macht mich stolz und glücklich, dass mir die Gelegenheit geboten wurde, in *Idol Worship* diesen verletzten, aber sehr realen Charakter darzustellen. Vielen Dank an das Gay and Lesbian Cinema Committee dafür, dass es der Botschaft dieses Films durch den Preis Anerkennung und Reichweite verleiht. Ich danke Ihnen allen.«

Nach dieser Rede gibt es donnernden Applaus. Die Leute springen auf und hören erst auf zu klatschen und zu pfeifen, als die beiden wieder Platz genommen haben und als Kendall mit den Händen das Signal für Ruhe gibt. Ich starre sie verwundert an – ihre Rede war unerwartet leidenschaftlich. Doch dann beugt sich Lauren zu mir rüber und stellt zynisch fest: »Das hat sie wirklich schön gesagt. Es macht sie also stolz, dass sie eine Lesbe *spielen* durfte. Aber, dass sie im wahren Leben auf Frauen steht, soll niemand wissen.«

»Also. Erstens muss sie selber wissen, wie sie damit umgehen will, und zweitens überrascht es mich, dass du so wütend bist. Wir wissen beide aus eigener Erfahrung, wie schwer es sein kann, offen zu den eigenen Neigungen zu stehen.«

»Ich mein ja nur. Wir lange soll das noch so weitergehen? Berühmt zu sein heißt nun mal, dass die ganze Welt die Nase in dein Leben steckt und meint, sie hätte einen Anspruch drauf, alles bis ins kleinste Detail über einen zu wissen.«

»Lass sie ihn Ruhe, ja?«

»Okay. Wir werden sehen, ob du gleich noch genauso viel Verständnis für sie hast.«

»Was soll das heißen?«, frage ich, und da es im Saal auf einmal wieder geworden ist, kann jeder meine Stimme hören.

Ich werde rot und Lauren flüstert: »Nichts. Vergiss, dass ich etwas gesagt habe.«

»In Ordnung, Leute«, setzt in diesem Augenblick der Moderator wieder an. »Jetzt kommt der wirklich interessante Teil des Abends, denn jetzt fangen wir mit der Versteigerung der Küsse an!«

Bei seinen Worten wendet Lauren sich der Bühne zu und ich bin dankbar für die Unterbrechung unseres unschönen Gesprächs. »Die Erlöse der Auktion gehen an eine Reihe Wohltätigkeitsorganisationen wie das California Equality Project und den True Colors Higher Education Fund. Die teilnehmenden Stars kommen bitte auf die Bühne.«

Ich nehme aus dem Augenwinkel wahr, das Kendall aufsteht und sich durch die Reihe schiebt. Sie bleibt kurz bei mir stehen und raunt mir zu: »Das ist für einen guten Zweck. Reg dich nicht auf.«

Weswegen sollte ich das tun? Glaubt sie etwa im Ernst, es macht mir etwas aus, wenn sie sich gleich für einen *guten Zweck* von irgendeinem reichen Trottel küssen lässt? Bin ich ein kleines Kind, das grundlos eifersüchtig wird? Oder eine Egoistin, die der Community nicht helfen will? »Schon gut«, sage ich. »Tu deine gute Tat.«

Zusammen mit zwei anderen, einer Sängerin Namens Lenore und einem unbekannten Footballspieler der Los Angeles Crusadors, steigt sie wieder auf das Podium. Als Erstes ruft der Moderator die Gebote für Lenore auf. Sie gehen so schnell ein, dass er kaum hinterherkommt, doch schließlich ist das Höchstgebot erreicht. Zweitausendneunhundert Dollar. Ich frage mich, ob es das wohl wert ist. Ein Stück hinter mir jubelt die Gewinnerin und gesellt sich zu Lenore auf die Bühne. Dann kommt der Footballspieler dran und eine Frau auf einem

Balkon ist völlig aus dem Häuschen, weil sie sich für fast viertausend Mäuse von dem Typen küssen lassen darf.

»Last, but not least haben wir die wundervolle Kendall Bettencourt. Sie spielt die Hauptrolle im Blockbuster *In Heaven's Arms,* und wie Sie alle mitbekommen haben, wurde ihr der diesjährige Visibility Award verliehen. Wir fangen bei tausend Dollar an. Bestimmt gibt es jemanden im Saal, der diesen läppischen Betrag für einen Kuss von Kendall lockermacht.«

Ich höre aufgeregtes Murmeln und dann ruft ein Mann von hinten: »Ich!«

»Sehr gut. Wie wäre es mit zwei? Zweitausend Dollar, Leute. Also bitte, allein für ihr Kleid hat Kendall mehr bezahlt!«

»Zweitausend«, ertönt eine Frauenstimme vorne links. Der Mann erhöht auf zweitausendvierhundert und es bricht ein kleiner Wettkampf zwischen beiden aus. Als sind sie bei viertausend angekommen sind, mischt sich plötzlich noch eine dritte Stimme ein.

»Achttausend!« Es ist eine Männerstimme ganz in meiner Nähe, die mir irgendwie bekannt vorkommt. Ich drehe meinen Kopf nach links und ... Es ist Gunner. Gunner hat für einen Kuss geboten.

Verdammt, was geht hier ab?

»Der Zuschlag geht an Mr. Gunner Roderick! Romantischer geht's wirklich nicht!«

Die Menge bricht in lauten Jubel aus und alle – außer mir und Lauren – applaudieren. Lauren nimmt meine Hand und hält sie fest. »Das ist nur ein PR-Gag. Den hat Lawrence inszeniert. Bist du okay?«

O nein, ich bin ganz sicher nicht okay. Die Sache zwischen mir und Kendall ist auch so schon alles andere als einfach, und jetzt denkt sie, dass sie rumlaufen und einfach jemand anderen küssen kann?

Ich habe mich bemüht, verständnisvoll zu sein und sie zu unterstützen, wo es geht, aber am Ende aber bin ich auch nur ein Mensch. Wir alle haben unsere Grenzen und ich habe meine Grenze eindeutig erreicht. »Ich brauche frische Luft.«

»Okay.« Lauren springt auf und zieht mich hoch. Das Letzte, was ich sehe, ehe wir den Saal verlassen, ist, dass Kendall kreidebleich geworden ist.

Wir laufen schnurstracks Richtung Tür und halten erst vor dem Theater wieder an. »Jetzt atme erst einmal tief durch«, bittet mich Lauren, während sie mir sachte auf den Rücken klopft. »Ich weiß, die Sache hat dich durcheinandergebracht, aber ich weiß auch, dass Kendall spätestens in zwei Minuten hier sein wird.«

»Ach ja? Und woher weißt du das?«

»Weil sie ganz sicher nicht so dumm ist, dir nicht hinterherzukommen und dir alles zu erklären.«

Tatsächlich erscheint Kendall schon in diesem Augenblick in der Theatertür und ich und Lauren drehen uns nach ihr um.

»Payton?«

»Ich sollte wohl besser gehen.« Lauren läuft los, bleibt kurz bei Kendall stehen und schüttelt unmerklich den Kopf. Ich soll sie vermutlich nicht hören, aber sie spricht gerade laut genug, dass ich verstehe, wie sie zu ihr sagt: »Wenn du ihr das Herz brichst, sammele ich die Scherben ein und klebe sie.«

»Vergiss es!«, erwidert Kendall. »Das wird nie passieren!«

Inzwischen bin ich außer mir vor Zorn. Ich kann ihn schmecken, er hat das metallische Aroma frischen Bluts. Doch vielleicht ist es gar nicht der heiße Ärger, den ich schmecke, sondern wirklich Blut, weil ich mir auf die Zunge beißen musste, um bei Laurens Worten nicht zu explodieren.

Zum Glück war Lauren schlau genug, ins Haus zurückzukehren, bevor ich ihr den Kopf abreißen konnte. Aber sie ist lange nicht so wichtig wie die Person, die mir gegenübersteht. Ich strecke meine Hand nach Paytons aus, aber sie zieht sie ruckartig zurück, als würde sie sich nicht an mir verbrennen wollen. *O Gott, wie komme ich aus dieser Scheiße wieder raus?* »Hör zu, Payton, es tut mir *wirklich* leid. Lawrence hat diesen Auftritt inszeniert und ich ...«

»Ach, hör doch auf«, fällt sie mir in so harschem Ton ins Wort, dass es mir einen Stich versetzt. »Jaja, es war für einen guten Zweck, deswegen soll ich mich nicht aufregen. Aber ich reg mich eben trotzdem auf, und falls ich überreagiere, ist das eben so!« Dann wird sie plötzlich still und Tränen strömen über ihr Gesicht, mischen sich mit ihrer Mascara und zeichnen lange schwarze Streifen auf ihren Wangen.

Verdammt, ich hätte sie ganz sicher nicht zum Weinen bringen wollen.

Ich habe plötzlich einen dicken Kloß im Hals und die Gewissensbisse hinterlassen einen fauligen Geschmack in meinem Mund. *Was auch immer du sagst, Kendall, bau jetzt keinen Mist!* »Für mich und Gunner ist es leicht, den anderen etwas vorzuspielen ... Das heißt, nein. Was ich sagen will, ist ... Verdammt, ich weiß nicht, wie ich es erklären soll.« Ich seufze tief. »Ich habe keine Ahnung, wie ich den verdammten Superstar, für den mich alle halten, damit in Einklang bringen soll, wer ich wirklich bin. Es ist, als würde ich auf einem Drahtseil balancieren, und zwar ohne Netz. Auf der einen Seite sind da all die Leute und Sachen, die mich interessieren *sollen,* und ihnen gegenüber stehen die Leute und die Dinge, die mir *wirklich* wichtig sind. Ich habe das Gefühl, als würden alle etwas von mir wollen, was ich ihnen nicht geben kann. Ich spiele ständig irgendeine Rolle und ich schaffe es einfach nicht, den Menschen zu zeigen, wer ich wirklich bin. Verstehst du, was ich damit sagen will?«

Sie fährt sich mit den Händen durchs Gesicht und sieht mich reglos an. »Verstehe. So ging es mir ja auch jahrelang. Es dauert ewig, bis man mit sich selbst im Reinen ist. Aber ich will ja gar nicht, dass du plötzlich in den landesweiten Nachrichten erklärst, dass du auf Frauen stehst. Ich hätte einfach gern, dass du und Gunner es mit euren Rollen nicht so übertreibt. Ich muss bei Partys und Premieren nicht die Frau an deiner Seite sein, aber dass du durch die Gegend läufst und jemand anderen küsst, ist nicht okay für mich.«

Okay, das kann ich nachvollziehen. Ich kann ja bereits den Gedanken daran, dass sie jemand anderen küsst als mich, nicht ertragen, und ich habe keine Ahnung, wie ich reagieren würde, wenn ich sie in den Armen einer anderen sehen würde. »Ich werde nie wieder jemand anderen küssen, das verspreche ich. Lawrence kann mir wen auch immer als Begleiter an die Seite stellen, aber er bringt mich sicher nicht noch mal dazu, etwas zu tun, worüber du dann vielleicht traurig bist. Und dazu werde ich ihm sagen, dass er all meine Termine für den Rest der Woche canceln soll. Ich gehe Freitag nur auf diese blöde dreiwöchige Promo-Tour, wenn ich davor genügend Zeit mit dir verbringen kann.«

»Und was ist mit der Party für die Ellie-Nominierungen morgen Abend? Da musst du ja wohl auf alle Fälle hin. Die dürftest du nicht mal versäumen, wenn sie dich am Ende doch nicht nominieren sollten. Aber *wenn* du nominiert wirst und nicht dort auftauchst, stößt du jede Menge einflussreicher Leute vor den Kopf und wirst in Zukunft garantiert nie wieder auf die Kandidatenliste irgendeiner Preisverleihung hier in Hollywood gesetzt.«

»Ich gehe nur zu dieser Party, wenn du mitkommst.« Ich verschränke meine Arme vor der Brust, aber Payton rollt so sehr mit den Augen, dass ich befürchte, dass sie nie mehr richtig gucken können wird.

»O Mann, da rastet Lawrence doch wahrscheinlich völlig aus. Er hat diese Sache zwischen dir und Gunner doch so akribisch inszeniert.«

»Genau, er hat sie inszeniert. Nur spiele ich jetzt nicht mehr mit. Ich will mit dir auf diese Party gehen.«

»Im Ernst?«

Sie scheint mir nicht zu glauben und das tut mir in der Seele weh. »*Natürlich.*«

Payton schnieft. »Okay.«

Noch einmal strecke ich die Hand in ihre Richtung aus und diesmal lässt sie es geschehen. »Komm her.« Ich ziehe sie an meine Brust und wische mit den Daumen die Reste der verlaufenen Mascara aus ihrem Gesicht. Die Gegend hier ist sehr belebt und jeder kann uns sehen. Aber ich kann es mir jetzt nicht leisten, Angst davor zu haben, dass uns vielleicht irgendwer als Liebespaar erkennt. »Möchtest du noch mal reingehen? Die Show ist fast vorbei. Wir können auch einfach abhauen und nach Hause fahren.«

»Am besten gehen wir wieder rein. Es würde sich bestimmt nicht so gut machen, wenn du einfach nicht zurückkommst. Und wir wollen ja auch nicht, dass sich die ganze Gay-Community von dir beleidigt fühlt.«

»Das stimmt. Es wäre ziemlich dumm von mir, sie so vor den Kopf zu stoßen.«

»Allerdings.«

»Okay, dann machen wir es so. Wir sehen uns den Rest der Show noch an und dann verschwinden wir vor allen anderen, nehmen uns ein Taxi und fahren heim, bevor uns ein Reporter oder sonst jemand anquatschen kann.«

»Das klingt nach einem guten Plan. Aber was wirst du Lawrence sagen, wenn er später anruft und sich aufregt, weil du einfach so verschwunden bist?«

»Dann lasse ich ihn einfach auf die Mailbox schreien.«

»Gut. Ich habe nämlich wirklich keine Lust, dass sein Gebrüll uns zwei beim Kuscheln stört. Und ich muss wirklich dringend etwas kuscheln, wenn mir nicht der Schädel platzen soll.«

»Okay, dann ist es also abgemacht. Wenn er mich nachher anruft, lasse ich ihn auf die Mailbox schreien. Und jetzt bringen wir erst mal den Rest von diesem grauenhaften Abend hinter uns.«

Tatsächlich kommen wir schon eine gute Viertelstunde nach dem Ende des Events zu Hause an. Kaum hatte uns der Moderator eine gute Nacht gewünscht, hat Payton mich so schnell am Arm gepackt, dass mir fast schwindelig geworden ist. Ehe jemand anderes Gelegenheit hatte, das Theater zu verlassen, habe ich ein Taxi für uns herangewinkt – und das, obwohl ein

Taxi in Downtown LA so schwer zu finden ist wie dieser blöde Walter in den Wimmelbildern. *Ich habe Stunden damit verbracht, den verdammten Kerl zu suchen, und ihn meistens trotzdem nicht entdeckt.*

Payton lässt ihre Tasche auf den Couchtisch fallen, streift ihre Schuhe ab und wirft sich rücklings auf die Couch. Als ich mich zu ihr setze, murmelt sie: »Ich hoffe, Lauren geht es gut.«

Ist das ihr Ernst? Sie macht sich Sorgen, wie die arme Lauren *unseren Streit verkraftet hat?* Ich würde gerne fragen, was das soll, lasse es dann aber sein. Mein Bedarf an Drama ist für den heutigen Abend erst mal gedeckt. »Ihr wird's schon gut gehen. Gunner hat versprochen, dass er sie nach Hause bringt. Auch wenn mir das im Augenblick nicht wirklich wichtig ist.«

»Dir vielleicht nicht, aber sie ist meine Freundin«, hält mir Payton vor. »Deswegen fände ich es schön, wenn du ein bisschen netter zu ihr wärst. Du würdest dir damit auch selbst einen Gefallen tun. Immerhin werdet ihr bei *The Relishing* zusammen vor der Kamera stehen, und sicher wäre die Zusammenarbeit angenehmer, wenn ihr euch nicht bekriegt.«

Verdammt. Das stimmt. »In Ordnung, du hast recht. Am besten rufe ich sie morgen an und frage, ob sie die Friedenspfeife mit mir rauchen will. Und Gunner wird sich morgen bei dir melden, weil er dich auch noch persönlich um Verzeihung bitten wollte, uns jetzt aber erst mal unsere Ruhe lassen will.«

Bevor mir Payton eine Antwort geben kann, klingelt mein Telefon. Ich zerre es aus meiner Tasche, werfe einen Blick auf das Display und seufze, als ich sehe, dass es Lawrence ist.

»Gib mir das blöde Ding!« Entschlossen schnappt sich Payton das Gerät, weist seinen Anruf ab, schaltet es aus und gibt es mir zurück. »Du kannst es wieder anstellen, wenn wir schlafen gehen. Mir ist klar, dass du morgen einen großen Tag hast und dein Team durchdreht, wenn du nicht erreichbar bist.«

»Danke.« Ich muss lachen und dann fällt mir plötzlich ein

Moment aus unserer Kindheit ein, der mich noch lauter lachen lässt. Da Payton keine Ahnung hat, woran ich gerade denke, klärte ich sie eilig auf. »Kannst du dich noch daran erinnern, wie wir zwei im vierten Schuljahr mal in unserem Garten waren und es zu diesem blöden Schaukelunfall kam? Ich bin beim Schaukeln abgesprungen und hab mir den Knöchel verknackst.«

»Nicht verknackst, sondern gebrochen«, korrigiert sie mich.

»Egal, es geht mir um was anderes. Ich habe dagelegen und geschrien wie am Spieß, und du bist sofort angerannt gekommen, hast mich huckepack genommen und ins Haus geschleppt. Ich hatte Angst und riesengroße Schmerzen, aber du warst ungeheuer mutig.«

»Ach, stimmt. Ich habe dich ins Haus getragen, auf die Couch fallen lassen und du hast gesagt, ich wäre deine Heldin und dann hast du mich ...«

»Geküsst, genau. Als meine Mom nach oben gerannt ist, um die Autoschlüssel aus dem Schlafzimmer zu holen und mit mir ins Krankenhaus zu fahren, habe ich dich auf den Mund geküsst.«

Sie schmiegt sich enger an mich an und lacht. »Wie konnte ich das nur vergessen?«

»Keine Ahnung. Schließlich war das unser erster Kuss.«

»Da waren wir beide neun. Das zählt nicht richtig.«

»Natürlich tut es das, jedenfalls für mich. Seit dem Augenblick weiß ich, dass mir mit dir zusammen nichts passieren kann, und neben meinem Dad bist du die Einzige, die mir je ein Gefühl von Sicherheit vermittelt hat.«

»Ich bin ganz sicher keine Heldin, aber ich bin froh, wenn du dich bei mir sicher fühlst.«

»Das tue ich. Aber gerade bin ich einfach nur total erledigt. Wollen wir schlafen gehen?«

Sie starrt mich an, springt dann plötzlich auf, beugt sich zu mir herunter, hebt mich mit beiden Armen hoch und küsst mich auf den Mund. »Edles Fräulein«, beginnt sie mit einem grauenhaften britischen Akzent. »Ich trage Euch bis an die Ränder dieser Welt. Oder, falls das näher ist, in unser Schlafgemach.«

Das aufdringliche Schrillen meines Telefons reißt mich aus einem süßen Traum. In Gedanken reite ich immer noch mit Payton auf einen Sonnenuntergang zu, als mir ein Blick auf meinen Wecker zeigt, dass es erst halb sechs Uhr früh ist. *Verdammt, hoffentlich ist der Anruf wirklich wichtig.* Im Dunkeln taste ich nach meinem Blackberry, der auf dem Nachttisch liegt. *Verdammt noch mal, ich hätte wirklich noch ein bisschen weiterträumen wollen!* Gähnend sehe ich auf das Display und merke, dass der Anruf von zu Hause kommt.

»Hallo?« Vom Schlaf ist meine Stimme rau und aus dem Augenwinkel sehe ich, dass Payton sich bewegt. *Sie muss in einer Stunde los, wenn sie nicht ihren ersten Kurs verpassen will.*

»Kendall, Liebes!«, dringt die Stimme meiner Mutter an mein Ohr. »Habe ich dich geweckt?«

»Ja, Mom, das hast du.« Ich huste und dann frage ich sie panisch: »Was ist los?« Es kann nur einen Grund dafür geben, dass sie mich so früh aus den Federn wirft. Es ist etwas mit meinem Dad. »O Gott, geht's Daddy gut?«

Sobald die Frage raus ist, ist auch Payton wach und trotz des morgendlichen Dämmerlichts kann ich die Angst in ihren Augen sehen. Sie wälzt sich eilig aus dem Bett und macht die Nachttischlampe an, und als es hell ist, sehe ich, dass sie nicht bloß besorgt, sondern vollkommen erschüttert ist. Sie sieht mich fragend an, und ich hebe die Hand, um ihr zu zeigen, dass ich mich erst mal auf das Gespräch mit meiner Mutter konzentrieren muss.

»Ja, Schätzchen, deinem Daddy geht es gut. Ich kann nicht glauben, dass du noch geschlafen hast«, stellt meine Mutter lachend fest.

Und ich kann nicht glauben, dass du mich um diese Uhrzeit völlig grundlos anrufst. Ich frage sie gereizt: »Du weißt schon, dass ihr drei Stunden weiter seid als wir?«

»Es tut mir leid. Aber wir sind unglaublich aufgeregt und dachten, dass du bereits aufgestanden wärst. Wir wollten bei dir anrufen, um dir zu gratulieren, bevor dein Dad zur Arbeit muss!«

»Äh, ich weiß nicht, was du meinst.«

»Weißt du das wirklich nicht?«, fragt meine Mutter mich in missbilligendem Ton.

»Nein, Mom, ich weiß es wirklich nicht. Was soll der Scheiß, worum geht's?«

»Kendall Ann Bettencourt! Du weißt, dass du nicht fluchen sollst«, sagt sie reflexartig, fährt dann aber begeistert fort. »Du wurdest heute Nacht für den Elite Award nominiert, Schätzchen!«

Es rauscht so laut in der Leitung oder vielleicht auch in meinem Kopf, dass ich ein bisschen brauche, bis die Bedeutung ihrer Worte bei mir angekommen ist. Ich kann nur noch verschwommen sehen, und es kommt mir so vor, als hätte mich ein schwarzes Loch verschluckt. Plötzlich liegt ein fremdartiger, himmlischer Glanz auf allen Gegenständen hier in meinem Zimmer. *Bin ich vielleicht tot?* Aber warum halte ich dann immer noch mein Smartphone in der Hand? *Und warum kann ich, wenn ich tot bin, immer noch die Stimme meiner Mutter hören?* »Moment, Mom. Was?«

»Du bist für einen Ellie nominiert! Das haben sie gerade in den Nachrichten im Fernsehen gebracht.«

Jetzt nimmt mein Hirn die Worte auf, aber vor Überraschung bringe ich keinen Ton heraus. Ich sitze schweigend auf dem Bett, bis mich das Kreischen meiner Mutter in die Wirklichkeit zurückholt. »Hast du gehört, Kendall?«

Ich nicke und vergesse, dass sie mich durchs Telefon nicht sehen kann. »Ja, ich ... Ich habe dich gehört. Danke, dass du mir Bescheid gegeben hast. Ich muss jetzt los, aber ich rufe später noch mal an, okay?«

»Okay. Wir lieben dich! Und noch mal, gratuliere!«

»Danke. Hab euch auch lieb«, murmele ich schnell und lasse meinen Blackberry auf die Matratze fallen. Er prallt dort ab und hüpft mir in den Schoß, und während ich ihm mit den Augen folge, wird mir klar, dass Payton ängstlich darauf wartet, zu erfahren, was der Grund für diesen Anruf war.

»Ist alles gut?«, fragt sie und plötzlich breche ich in Tränen aus. Es ist total idiotisch, aber ich kann nichts dagegen tun. »Du machst mir Angst, Kendall. Bitte sag mir, was passiert ist.« Eilig schlingt sie mir die Arme um die Taille und zieht mich an ihre Brust, und schluchzend schmiege ich mich an sie an.

Dann schniefe ich »beste Schauspielerin« und Payton lockert ihren Griff und sieht mir forschend ins Gesicht.

»Was sagst du da?« *Jetzt schnallt sie es,* geht es mir durch den Kopf. *Das sehe ich dem Blitzen ihrer Augen an.* »Mein Gott! Sie haben dich nominiert?«

Ich presse meine Schläfe gegen ihre Schulter und als ich stumm nicke, ruft sie: »Kendall! Sie haben dich für einen *Ellie* nominiert!« Sie bricht in lautes Lachen aus. »Das ist doch kein Grund zum Heulen. Das ist einfach wunderbar!«

»Aber das kann nicht sein«, stoße ich hicksend aus und sie schiebt mir behutsam meinen Pony aus der Stirn.

»Beruhig dich, Süße. Reg dich erst mal ab.«

Ich atme tief durch. »Ich kann es immer noch nicht glauben«, sage ich dann. »Wirklich nicht. Das muss ein Irrtum sein.«

»Ganz sicher nicht. Die Nominierten werden sorgsam ausgewählt, das heißt, dein Name ist bestimmt nicht aus

Versehen auf der Liste gelandet. Außerdem haben doch alle schon seit Monaten gesagt, dass das passieren wird.«

»Aber ich höre nicht darauf, was andere Leute sagen und was in den Medien über mich geschrieben wird.«

»Ellie-Kandidatin Kendall Bettencourt«, meint Payton, während sie mir eine Träne von der Wange wischt. »Das klingt fantastisch, findest du nicht auch?«

»Ich weiß nicht.« Wieder schniefe ich. »Aber ich nehme an, dass ich mich jetzt daran gewöhnen muss.«

»Was du problemlos schaffen wirst«, sagt sie aufmunternd. »Ich weiß, dass du das hinbekommen wirst.«

»Und wieder mal gelingt es dir, mich zu beruhigen, wenn ich völlig panisch bin.«

»Natürlich«, stimmt mir Payton zu und legt mir ihre Hände ans Gesicht. »Vor allem bin ich richtig stolz auf dich. Du hast diese Nominierung echt verdient.«

»Habe ich nicht.«

»Natürlich hast du das. Sonst hätten sie dich nämlich ganz bestimmt nicht nominiert.« Lächelnd neigt sie ihren Kopf, doch ehe unsere Lippen sich begegnen, schrillt mein gottverdammter Blackberry zum zweiten Mal. Ich gebe Payton durch mein Schnauben zu verstehen, dass ich nicht die Absicht habe, dranzugehen.

»Nimm ab«, weist sie mich an. »Ich geh duschen.«

»Okay.« Ich greife nach dem Smartphone, lasse es dann aber noch ein paarmal klingeln und genieße es, ihr auf dem Weg ins Badezimmer hinterherzusehen.

Erst danach nehme ich den Anruf an. »Hi, Lawrence.«

»Hi? Mehr hast du nicht zu sagen? Dann lass mir dir ein paar Dinge sagen: Ich fand es nicht gut, dass du gestern Abend einfach wortlos abgehauen bist. Ich muss nicht wissen, was du vorhast und mit wem, doch ich *muss* wissen, wenn du gehst. Und zweitens, gratuliere. Sie haben dich für einen Ellie nominiert.«

»Danke, ich weiß. Ich habe mir deswegen bereits zehn Minuten lang die Augen aus dem Kopf geheult.«

»Hat James dich angerufen? Dieser Hurensohn! Ich habe ihm gesagt, dass *ich* es dir erzählen will.« Er klingt wie ein verwöhntes Kleinkind, das einen Wutanfall hat, was ziemlich witzig ist.

»Nein, meine Mutter hat mich angerufen. Meine Eltern haben es in den Nachrichten gehört.«

»Oh. Okay. Wie dem auch sei, am besten gehst du heute erst einmal auf Tauchstation. Mein Telefon steht nicht mehr still, weil dich jetzt alle interviewen wollen, aber ich will, dass du erst heute Abend auf der Nominierungsparty mit den Journalisten sprichst.«

Mir wird ein bisschen schlecht, als Lawrence von der Party spricht. »Apropos Nominierungsparty«, sage ich. »Ich habe nicht die Absicht, dort mit Gunner hinzugehen.«

»Was?«, stößt er entgeistert aus.

Verdammt. »Ich weiß, so war es abgemacht, aber ich habe schon mit ihm gesprochen, und es ist für ihn in Ordnung, dass ich mit Payton hingehen will.«

»Heißt das, du bist mit Gunner durch? Ich kann dir nicht andauernd jemand Neues suchen, Schätzchen, und wenn du deine Freunde so oft wechselst wie deine Unterhose, kommt das bestimmt nicht gut an.«

»Ich bin nicht mit ihm ›durch‹«, sage ich und versuche meinen Frust zu unterdrücken. »Und ich will nicht, dass du mir einen anderen Typen suchst. Aber bitte, kann ich wenigstens an diesem einen Abend einmal die sein, die ich wirklich bin, und zu der blöden Party mitnehmen, wen ich will?«

»Okay. Bring meinetwegen Payton mit. Am besten kommt ihr selbst ins Hilton. Ich werde keine Zeit haben, euch abzuholen, weil ich all die Interviewtermine für dich machen muss.«

»Okay. Dann treffen wir uns dort«, sage ich knapp und lege auf.

»Ich merke immer, wenn es Lawrence war«, meint Payton, als sie, in ein Handtuch eingewickelt, wieder aus dem Bad geschlendert kommt. »Wenn du auflegst, wirkst du jedes Mal gestresst. Was ist passiert?«

»Nicht viel. Er hat genervt wie immer und versucht, mir vorzuschreiben, was ich machen soll. Ich soll erst einmal nicht mit Journalisten sprechen, also habe ich für heute so etwas wie Hausarrest.«

»Es tut mir leid, dass er immer so ein strenger Idiot zu dir ist.« Sie legt mir die Hände um die Hüften und stellt fest: »Wobei der Hausarrest ja vielleicht ganz lustig werden kann, wenn ich heute das College schwänze.«

Ich schlinge ihr die Arme um den Hals, stelle mich auf die Zehenspitzen, küsse ihre Wange und gestehe: »Du machst mich ganz feucht.«

»Ach ja?«

»Mit deinem Haar. Es tropft mich voll.« Ich stupse grinsend ihre Nasenspitze an. »Was hast denn du gedacht? Du schwänzt heute sicher nicht. Zieh dich an und fahr zur Uni. Ich will nicht, dass du meinetwegen einen Kurs versäumst.«

Eilig schlüpft sie in ein Paar Jeans und ein verwaschenes pinkfarbenes T-Shirt, hebt ihre Tasche vom Boden auf und rennt zur Tür. »Bis dann.«

Den ganzen Tag lang klingelt pausenlos mein Telefon. Alle, denen ich jemals meine Nummer überlassen habe, einschließlich der Leute, die seit Jahren nicht mehr bei mir angerufen haben, wollen mir gratulieren. Nur gut, dass Payton gegen fünf Uhr heimkommt, ehe mir der ganze Rummel richtig auf die Nerven geht. »Hallo, ich bin zu Hause«, erklingt ihre Stimme hinter meiner Couch.

»Wie war dein Tag?« Ich stehe auf, um sie zu küssen, und

das Erste, was ich sehe, ist ein riesengroßer Blumenstrauß aus pinkfarbenen Lilien und leuchtend blauen Orchideen. Der Anblick dieser Blütenpracht in den Armen meines Lieblingsmenschen ist einfach überwältigend. Mit Tränen in den Augen werfe ich mich ihr so stürmisch an die Brust, dass sie beinahe das Gleichgewicht verliert.

»Ich hätte nicht gedacht, dass es derart gefährlich ist, dir Blumen mitzubringen«, stößt sie zwischen all den Küssen, die ich wahlweise auf ihren Mund und ihre Wangen regnen lasse, aus.

»Es tut mir leid! Zum Dank dafür, dass du mir ordentlich zu meiner Nominierung gratulieren möchtest, bringe ich dich fast um. Ich danke dir. Die Blumen sind einfach wunderschön.«

»Schon gut. Ich verzeihe dir. Und gern geschehen.«

Ich nehme ihr die Blumen ab, und während ich im Küchenschrank nach einer Vase suche, fragt sie mich von hinten: »Und, warst du den ganzen Tag zu Hause, wie es Lawrence dir befohlen hat?«

»Ich war kurz schwimmen, aber davon abgesehen war ich brav und habe seine Anweisung befolgt.«

»Dann hast du also die verschwitzten Kerle mit den Kameras, die draußen auf dich lauern, noch nicht gesehen?«

»Verdammt. Von denen habe ich bisher gar nichts bemerkt. Haben sie dich bedrängt?«

»Nicht wirklich. Ein paar von den Typen haben mich zwar erkannt und wollten wissen, wie du auf die Nominierung reagiert hast, aber keine Angst, ich habe nichts gesagt.«

»Ich habe keine Angst.« *In Wahrheit habe ich eine Riesenpanik, dass diese Kletten versuchen werden, über Payton an mich ranzukommen, aber das erzähle ich ihr nicht. Wir haben es bisher geschafft, ihnen aus dem Weg zu gehen, was allerdings hauptsächlich daran liegt, dass man uns selten nur zu zweit irgendwo sieht. Am besten spreche ich, so schnell es geht, ein anderes Thema an.* »Hat Gunner bei dir angerufen?«

»Er hat eine ganze Reihe ellenlanger Nachrichten geschickt. Ich hätte wirklich nicht gedacht, dass es so viele Arten gibt, auf die man jemand um Verzeihung bitten kann.«

»Dann hast du ihm also verziehen?«

»O ja, ich habe ihm verziehen. Und ich hab ihm erklärt, dass er so etwas wie gestern Abend nicht noch einmal tun sollte, wenn ich keine *Pizza Rustica* aus seinen Eiern machen soll.«

»Das klingt ziemlich schmerzhaft.«

»Ich weiß«, stimmt sie mir unbekümmert zu. »Am besten machen wir uns langsam fertig, wenn wir pünktlich loskommen wollen.«

»Wahrscheinlich. Das Make-up-Team ist bestimmt schon unterwegs.«

***

Als wir das Haus verlassen, um zur Party zu gehen, werde ich richtig nervös. Ich weiß nicht, warum, aber ich bin der festen Überzeugung, dass dieser Abend eine Katastrophe werden wird. Als wir in den Wagen Richtung Hilton steigen, nimmt das Gefühl noch zu. Der Wagen parkt direkt vorm Haus, und wir brauchen eigentlich nur zehn Sekunden, um darin zu verschwinden, aber während dieses Augenblickes stürmen zwanzig Paparazzi gleichzeitig mit ihren Fragen auf mich ein. Ich muss mich zusammenreißen, um nicht nach Paytons Hand zu fassen, und das grelle Blitzlicht all der Kameras lässt mich zusammenfahren.

»So schreckhaft bist du sonst doch nicht«, stellt Payton fest. »Was geht dir gerade durch den Kopf?«

»Die tausend Interviews, die ich gleich geben muss. Und dazu weiß ich, dass ich mich im Saal auf all die anderen Leute konzentrieren muss. Ich will dich nicht alleine lassen, aber sicher bleibt mir keine andere Wahl.«

»Mach dir keine Gedanken über mich. Ich komme schon

zurecht. Und keine Sorge wegen dieser Interviews. Du solltest heute Abend feiern und dich amüsieren, denn schließlich wurdest du als eine von wenigen für den angesehensten Filmpreis nominiert, der hier in Hollywood verliehen wird.«

»Ich finde nicht, dass das beruhigend klingt.«

»Du bist unglaublich süß, wenn du nervös bist«, erklärt Payton und dann haben wir das Hotel erreicht.

»In Ordnung. Bringen wir es hinter uns.«

Kaum sind wir ausgestiegen, bricht das Chaos über uns herein. So viele Journalisten links und rechts von einem roten Teppich habe ich noch nie gesehen, und plötzlich macht die Gegenwart der Medien mir richtig Angst. Ich höre nicht, aus welcher Richtung all die Rufe kommen. Es ist, als wären wir zwischen meterhohen Mauern, die aus Lärm errichtet wurden, eingesperrt.

»Ich muss so schnell wie möglich Lawrence finden«, belle ich in Paytons Ohr.

»Ich glaube, dass er uns bereits gefunden hat.« Sie zeigt in die Richtung, aus der sich ein Mann den Weg durch das Gedränge bahnt. Ich bin nicht groß genug, um ihn zu sehen, aber sie hat sich nicht getäuscht. Wenig später hat er uns erreicht und ich erkenne, dass es wirklich mein PR-Mann ist.

»Das ist ja der totale Wahnsinn, Lawrence!«, brülle ich.

»Ich weiß. Eins nach dem anderen. Als Erstes kommen die Fotos auf dem roten Teppich«, legt er fest und wendet sich kurz Payton zu. »Du weißt inzwischen, wie das läuft, nicht wahr? Und nach den Fotos gehen wir rein und dort gibt Kendall ihre Interviews. Es tut mir leid, Payton, dann bist du kurz auf dich gestellt, aber ich habe einen Tisch im VIP-Bereich für uns bestellt, an den du dich dann schon mal setzen kannst. Oder geh an die Bar, wenn dir das lieber ist. Bereit, Ladys?«

»Bereit«, meint sie und als ich nicke, gehen wir los.

Die Fotos auf dem roten Teppich werden schnell geschossen und dann geht es weiter in den Interviewbereich. Nach dreißig Journalisten ist mir klar, dass alle die gleiche Antwort auf die immer gleiche Frage wollen. »Wie fühlen Sie sich nach Ihrer Nominierung für den Elite Award?«

Es ist total erschreckend, als ob die letzte Barriere eingerissen und ich den Medien jetzt völlig hilflos ausgeliefert bin. »Ich bin total bewegt und finde, dass das eine unglaubliche Ehre ist.«

Ich lasse ungefähr noch hundert weitere Gespräche über mich ergehen, bis es nach Lawrence Meinung endlich reicht.

Ich lasse mich von ihm in den Ballsaal eskortieren, wo Payton, einen Drink in der Hand, mit einer Gruppe junger Kerle, die ihr auf die Brüste starren, am Tresen steht. Auch sie bemerkt mich gleich, und ich beschließe, sie so lange anzusehen, bis sie ihren Blick abwenden muss. Ich lächele, doch, *verdammt*, je länger ich in ihre Richtung schaue, umso größer wird mein Wunsch, quer durch den Saal zu brüllen: »Payton Taylor, ich bin vollkommen verrückt nach dir!«

Ich wende mich kurz Lawrence zu. »Ich gehe erst mal rüber an die Bar.« Wahrscheinlich ist es ein Fauxpas, nicht auf die vielen Leute einzugehen, die mit mir reden wollen, aber mich interessiert gerade nur noch Payton mit dem ordentlich zu einem hohen Pferdeschwanz gebundenen, glatten Haar und kaum geschminkten, aber wunderschönen Gesicht. In dem bodenlangen Kleid aus cremefarbenem Satin mit tiefem V-Ausschnitt sieht sie einfach fantastisch aus. *Ich danke Gott auf Knien dafür, dass es dieses wunderbare Mädchen gibt.*

Ich gehe wie in Zeitlupe auf Payton zu und ergreife ihre Hand. Sie umklammert immer noch ihr Weinglas, während sie sich willenlos von mir durch eine Hintertür in eine menschenleere Gasse ziehen lässt.

»Bist du okay?«, fragt sie verwirrt.

»Das *muss* jetzt einfach sein«, erkläre ich und küsse sie, als würde ich vor lauter Liebe für sie überquellen. Das Weinglas fällt ihr aus der Hand und ich kann hören, wie es auf dem Asphalt zerspringt. Wir stehen in einem Meer aus Scherben, doch ich lasse nicht von ihren Lippen ab.

»Sie werden uns erwischen«, flüstert sie an meinem Mund.

»Ganz sicher nicht. Sieh dich doch um. Wir sind hier ganz allein.«

»Abgesehen von den Tausenden von Leuten, die im Ballsaal sind. Aber wenn's dir egal ist, ist es mir das auch.«

»Im Augenblick auf jeden Fall«, erkläre ich und küsse sie erneut.

Entschlossen legt sie mir die Hände auf die Schultern, schiebt mich etwas von sich fort und sagt: »Das interessiert dich nur nicht, weil gerade niemand in der Nähe ist. Aber es wird dich sehr wohl interessieren, sobald jemand heraus- oder den Weg herunterkommt. Wir hören also besser auf, bevor uns hier jemand erwischt.«

»Ich will aber nicht aufhören, bevor uns jemand erwischt. Ich will in meinem ganzen Leben nicht mehr damit aufhören.« *Ich will dich küssen, bis die Sonne mit der Erde kollidiert und nur ein Häuflein Asche von uns beiden übrig bleibt.*

Sie sieht mir forschend ins Gesicht, und ich kann sehen, wie unsicher sie ist. Dann aber schlingt sie mir die Arme um den Hals und grinst mich an. »In Ordnung. Worauf wartest du? Los, küss mich!«

Das tue ich – und höre ewig nicht mehr damit auf.

***

Um kurz nach zwölf am nächsten Mittag schlage ich total verwirrt die Augen auf. Mein Schädel dröhnt und müde rolle ich mich auf die Seite, wo statt Payton nur ein Zettel liegt.

»Sorry, dass ich mich nicht verabschiedet habe, aber ich wollte dich nicht wecken. Ich fahre mit dem Taxi heim, damit ich mich noch für das College umziehen kann. Wir sehen uns nach dem Unterricht zu Hause. P.« *Ein Taxi? Was?*

Dann fällt mir alles wieder ein. Nach unserer wilden Knutscherei in dieser Gasse hinter dem Hotel haben wir uns wieder reingeschlichen, sind aber nicht noch einmal in den Saal zurückgekehrt. Stattdessen haben wir uns eine Suite genommen und die Party zu zweit mit zwei Flaschen Schampus und dem besten Sex, den ich jemals im Leben hatte, fortgesetzt. Ich lächele vor mich hin. *Jetzt weiß ich auch, woher mein Kopfweh kommt und warum die Luft im Zimmer so dick ist.*

Ich greife nach meinem Smartphone, aber der Akku ist leer. Ich hänge es kurz an den Strom und sehe, dass seit gestern Abend sechs neue Nachrichten eingegangen sind. Die ersten fünf sind von Lawrence, der von Mal zu Mal erboster klingt. Das fünfte Mal hat er vor einer knappen Stunde angerufen und ich höre deutlich, dass er *mehr* als sauer auf mich ist. »Wie oft habe ich dir gesagt, dass du dein gottverdammtes Smartphone immer eingeschaltet haben musst, Kendall? Wir müssen dringend miteinander reden. Komm so schnell es geht in mein Büro.« Ich seufze und dann höre ich mir noch die letzte Nachricht ein. Sie ist von meinem Dad. »Hey, Krümelchen, hast du heute Morgen schon die *Daily Post* gesehen? Warum rufst du mich nicht kurz an?«

Okay? Ich weiß nicht, ob ich erst bei Lawrence oder erst bei meinem Dad anrufen soll. Jedenfalls klang mein Vater lange nicht so schlecht gelaunt wie Lawrence. Ich sollte Lawrence vielleicht wissen lassen, dass es eine Weile dauern wird, bevor ich zu ihm ins Büro kommen kann. Ich muss erst mal heim, dort duschen und mir etwas anderes anziehen – ich kann ja schlecht in meinem Kleid von gestern Abend bei ihm aufkreuzen. Dann also in Gottes Namen zuerst Lawrence. Ich wähle seine

Nummer, stehe auf und suche nach dem Kleid, das Payton mir ausgezogen hat.

»Verdammt, wo steckst du?«, schnauzt mich mein PR-Mann grußlos an.

»Mein Akku war leer, aber warum lässt du mich nicht erst mal richtig wach werden?«

»Wir haben ein ernsthaftes Problem, Schätzchen. Schwing deinen Arsch, so schnell es geht, in mein Büro, okay?« Er klingt besorgt und das kommt bei ihm so selten vor, dass ich verwundert frage: »Ist jemand gestorben, oder was?«

»Es ist etwas passiert, und wenn wir uns nicht sofort darum kümmern, könnte das das Ende deiner Karriere sein.«

Ich lache auf. »Jetzt übertreib mal nicht. Falls sie ein Nacktbild von mir haben, kann ich dir versichern, dass das eine Fälschung ist.«

Aber er stimmt nicht in mein Lachen ein. »Am besten reden wir darüber nicht am Telefon. Komm her, sobald du kannst«, weist er mich noch mal an und legt dann einfach auf.

Ich habe wirklich keinen Bock, zu Lawrence ins Büro zu fahren. Seufzend schlüpfe ich in mein Kleid und trete den endlos langen Walk of Shame durchs Hotel bis nach draußen an, wo vor der Tür die Taxis stehen.

***

Zwei Stunden später fahre ich bei Lawrence vor und schlendere in sein Büro. »Also, was gibt's für ein Problem?«

»Seite dreizehn.« Wütend knallt er eine aktuelle *Daily-Post*-Ausgabe auf den Tisch.

Ich blättere die Zeitung durch und stoße auf ein riesengroßes Bild von Payton und mir selbst in der Gasse hinter dem Hotel. Ich schlinge ihr darauf die Arme um den Hals und es sieht aus, als würden wir im Mondschein tanzen, während sie mich zärtlich küsst. Tatsächlich ist es ein sehr schönes Bild von uns, nur leider ist es in der Klatschkolumne einer zweitklassigen, landesweit verlegten Zeitung abgedruckt und hat die wenig schmeichelhafte Überschrift: »Zur Feier ihrer Nominierung knutscht die Ellie-Kandidatin Kendall Bettencourt mit einer Frau.«

Wer hat die Aufnahme gemacht? Ich habe keine Menschenseele dort gesehen! *Also bitte, Kendall! Du warst so sehr auf Payton konzentriert, dass du gar nichts anderes mehr mitbekommen konntest. Es ist sowieso egal, denn jetzt ist es zu spät. Du bist am Arsch.* Mein Gott, bestimmt hat auch mein Dad das Bild gesehen! Und meine Mom! Das heißt, dass ich den beiden jede Menge erklären oder sie belügen muss. *Okay, beruhig dich erst einmal. Eins nach dem anderen.*

»Ich sehe das Problem«, sage ich und schaue zu Lawrence auf. »Normalerweise bringen sie die Kolumne immer schon auf Seite acht. Wir sollten uns bei jemandem beschweren.«

»Das ist nicht witzig, Kendall! Kannst du mir mal sagen, wie ich diese Angelegenheit den Medien verkaufen soll? Soll ich etwa erzählen, dass du betrunken draußen rumgestolpert bist, das Gleichgewicht verloren hast und aus Versehen mit den Lippen auf dem Mund von deiner Mitbewohnerin gelandet bist? Sag mir, was ich den Journalisten sagen soll! In einem kurzen Satz, denn länger hören sie mir wahrscheinlich gar nicht zu!«, brüllt er mich an. Dann nimmt er mit vor der Brust verschränkten Armen auf der Kante seines Schreibtischs Platz.

Hat er mich wirklich angebrüllt? »Okay, du Arsch!«, brülle ich zurück. »In einem Satz: Ich glaube, dass ich Payton liebe. Reicht das, oder soll ich dir auch noch genau erzählen, wo und wann und wie's dazu gekommen ist?«

»Das reicht«, wehrt er mit plötzlich ruhiger, überraschend mitfühlender Stimme ab. Er trommelt mit seinen Fingern auf die Glasplatte des Schreibtischs, und ich kann geradezu sehen, wie es in seinem Hirn arbeitet. »Ich wünschte, du hättest mir das früher erzählt. Jetzt kann ich nur noch versuchen, den

Schaden zu begrenzen. ›Kendall Bettencourt ist lesbisch!‹ Das ist eine Schlagzeile, die sich kein Klatschblatt entgehen lassen wird. Es wird einen ordentlichen Shitstorm geben.«

»Mein Gott.« Ich rudere hektisch mit den Armen durch die Luft. »Dir geht's anscheinend nur darum, dass sie ein Mädchen ist. Das ich sie vielleicht liebe, ist dir anscheinend vollkommen egal. Warum zum Teufel spielt es eine Rolle, *wen* ich liebe? Warum kann ich denn nicht einfach ein verliebtes Mädchen sein?«

»Weil du nicht einfach *irgendein* verliebtes Mädchen bist.« Er seufzt. »Hör zu. Ich weiß, du bist noch jung. Du bist verliebt und du bist glücklich, und wenn du nicht du wärst, könnte dir die Meinung aller anderen völlig egal sein. Aber du bist nun einmal Kendall Bettencourt und stehst im Rampenlicht! Die Leute *lieben* und bewundern dich, und alles, was du tust, wird gründlich durchgekaut, ob du das möchtest oder nicht. Natürlich können dir die Leute wehtun, und du musst auch an Payton denken, die den Paparazzi, den Reportern und den Stalkern jetzt genauso ausgeliefert ist wie du.«

»Die Warnung kommt ein bisschen spät, Lawrence! Ich habe selbst schon über all diese Dinge nachgedacht. Darüber, wie es mit meiner Karriere möglicherweise weitergeht, wenn ich mein Leben offen lebe, und was es unter Umständen für Payton heißt, wenn über jeden Schritt, den sie in Zukunft macht, ausführlich in den Zeitungen berichtet wird.« *Ich wollte doch bloß unserer Beziehung eine Chance geben – ohne dass uns jemand anderes die Bedingungen diktiert. Doch dafür ist es jetzt zu spät. Bald wird sich die ganze Welt in unser Leben einmischen.*

Plötzlich breche ich wie ein jämmerlicher Idiot in Tränen aus. »Ich halte weder Paytons Hand, wenn wir zusammen draußen sind, noch ist sie die, die neben mir über den roten Teppich läuft. Wir gehen inzwischen kaum noch aus dem Haus, weil draußen ständig irgendwelche Paparazzi auf der

Lauer liegen, und ich keine Lust habe, so zu tun, als sei sie nur meine Mitbewohnerin. Aber ich traue mich eben auch nicht, ihnen zu sagen, dass wir zusammen sind. Ich weiß nicht, was ich machen soll. Ich habe Schuldgefühle, weil ich nicht zu unserer Beziehung stehe, und ich schäme mich, weil ich nicht offen dazu stehen *kann*! Ich soll für alle jemand sein, der ich nicht bin, und manchmal würde ich mir lieber selbst das Herz mit einer Zange rausreißen, statt weiter diese ganzen Erwartungen zu erfüllen.«

»Beruhig dich erst einmal und hör mir zu.« Er schiebt mir eine Schachtel Taschentücher hin. »Wenn du dich outen willst, dann oute dich. Ich kann nicht sicher sagen, wie die Leute darauf reagieren werden, wenn sie hören, dass du auf Frauen stehst. Vielleicht wirst du zu einer Symbolfigur der Lesben- und Schwulenbewegung, oder vielleicht wird es dann schwierig, weiter Hauptrollen für dich zu kriegen, für die du Männer küssen musst. Ob so oder so, es wird auf alle Fälle irgendwie weitergehen. Aber du musst innerlich für den Shitstorm, der jetzt womöglich über dich hereinbrechen wird, gewappnet sein.«

»Genau das ist ja das Problem. Ich bin *überhaupt* nicht gewappnet. Für nichts. Bisher wissen nicht mal meine Eltern was von dieser Angelegenheit.« Ich breche abermals in Tränen aus. »Mein Gott! Wenn ich ein Junkie wäre oder saufen würde, kämen die Leute damit klar. Aber weil ich lesbisch bin, soll plötzlich niemand mehr was von mir wissen wollen? Die Welt ist einfach krank!«

»Das stimmt.« Er legt mir seine Hände auf die Schultern und zwingt mich, ihm ins Gesicht zu sehen. »Ich denke, dass du jetzt erst mal mit deinen Eltern reden musst. Das ist der erste Schritt. Fahr heim, ruf deine Eltern an und sag ihnen die Wahrheit, denn das haben sie verdient. Und danach überlegen wir uns, wie's weitergehen soll.« Er bringt mich an die Tür und nimmt mich völlig überraschend in den Arm. Ich habe mich bisher noch nie von ihm umarmen lassen, aber es ist nett zu sehen, dass er auf meiner Seite ist. »Gib mir nach dem Gespräch Bescheid, wie es gelaufen ist, und denk dran, dass du immer auf mich zählen kannst, egal, was auch passiert.«

»In Ordnung«, sage ich und laufe eilig los.

15

PAYTON

Nach einem endlos langen Tag am College komme ich nach Hause und entdecke Kendall, die, den Kopf zwischen den Händen, an der Frühstückstheke sitzt. Ich schätze, dass sie einen Kater hat. Ich bin selbst noch völlig dehydriert und wage kaum, mir vorzustellen, wie sich ein Leichtgewicht wie sie nach dem Genuss einer ganzen Flasche Schampus fühlen muss. Ich stelle meine Tasche lautlos auf den Boden, schleiche mich von hinten an sie an und plötzlich geht mir auf, dass es um etwas anderes als einen Kater geht. Als ich die Hand auf ihre Schulter lege, richtet sie sich auf, und obwohl sie mich nicht zurückweist, spüre ich, dass die Berührung sie zusammenfahren lässt.

»Okay, was ist los?«

Sie fährt zu mir herum und sieht so furchtbar aus, dass mir der Atem stockt. Ihre Augen sind blutunterlaufen, als wären alle Äderchen geplatzt, und ihre Nase ist so rot und so geschwollen, dass es aussieht, als hätte sie Grippe und müsse sich ständig schnäuzen. Tatsächlich fängt sich Kendall jeden Winter eine Grippe ein, und wenn sie früher deshalb nicht zur Schule kommen konnte, habe ich ihr jeden Mittag von mir selbst und meiner Mom gekochte Hühnersuppe und die Hausaufgaben für den jeweiligen Tag vorbeigebracht und obendrein versucht, den durchgenommenen Mathestoff mit ihr zusammen nachzuholen, weil sie nie besonders gut in Mathe war.

Doch das hier ist was anderes. Es macht mir Angst, dass sie nicht hustet und nicht niest. Mit einer Grippe kann ich umgehen, doch ich habe keine Ahnung, was ihr grauenhaftes Aussehen zu bedeuten hat und wie ich darauf reagieren soll. »Im Ernst, was ist passiert?«

»Die *Daily Post* hat mich geoutet«, klärt mich Kendall nüchtern auf. »Ich hatte angenommen, dass du das inzwischen mitbekommen hast.«

»Wie hätte ich das mitbekommen sollen? Du weißt doch selbst, dass sich von unseren Freundinnen und Freunden niemand dafür interessiert, was in der Welt passiert, und meine Mom statt irgendwelcher blöden Klatschblätter nur seriöse Zeitungen liest.«

»*Meine* Mutter hat das Bild auf jeden Fall gesehen.« Sie spielt mir die von Mrs. B. auf ihrer Mailbox hinterlassene Nachricht vor.

Sie klingt so wütend und so laut, dass man sie in der ganzen Wohnung hören kann. »Was hast du dir dabei *gedacht*, Kendall? Mir war schon vorher klar, dass dieser Lawrence keine Ahnung hat, was er da treibt, aber das hier bringt das Fass zum Überlaufen! Erst lässt er dich eine Lesbe spielen, und damit dieser Film genügend Geld einspielt, bringt er dich jetzt auch noch dazu, dass du sogar im Alltag so tust, als würdest du auf Mädchen stehen. Warum machst du da mit? Wir haben dich zu einer anständigen jungen Frau erzogen und ich kann nicht glauben, dass ...« Dann bricht die Nachricht ab.

»Ich bin bisher nicht drangegangen, wenn sie angerufen hat«, gibt Kendall zu. »Ich bin nicht gerade wild auf das Gespräch mit ihr.«

»Das kann ich gut verstehen«, pflichte ich ihr bei. Wenn irgendwer auf meiner Mailbox eine solche Nachricht hinterlassen hätte, wäre ich auch nicht froh. »Ruf sie doch einfach jetzt zurück und schalte deinen Blackberry auf Lautsprecher. Jetzt bin ich hier und helfe dir.«

Sie holt tief Luft und wählt die Nummer ihrer Eltern.

»Hallo?«

Sie atmete auf und sagt erleichtert, aber immer noch ein bisschen zögernd: »Hallo, Dad.«

»Na, Krümel. Dieser Tag war sicher nicht ganz leicht für dich.«

»Ich fürchte, dass er gleich noch schlimmer werden wird. Ich muss nämlich mit Mom sprechen, falls sie zu Hause ist.«

»Das ist sie, doch bevor ich ihr den Hörer gebe, gibt es da noch etwas, was ich selber wissen muss.«

»Okay?«

Wir hören ein leises Rascheln in der Leitung, anscheinend hält er kurz den Hörer zu, um mit seiner Frau zu sprechen. Dann spricht er wieder zu Kendall: »Im Gegensatz zu deiner Mutter kann ich auf diesem Foto deutlich sehen, dass ihr euch wirklich liebt. So ist es doch, nicht wahr?«

»Ja, Dad, wir lieben uns.«

Wenn dieser Augenblick für Kendall nicht so schrecklich wäre, würde ich vor Freude schreien. Es ist das erste Mal, dass sie in einem Satz von mir und Liebe spricht.

»Das freut mich sehr für euch«, erklärt ihr Dad und es ist nicht zu überhören, dass er diese Worte ehrlich meint. Dann sagt er: »Warte. Hier kommt Mom.«

»Zumindest geht mein Vater cool mit dieser Sache um«, stellt Kendall immer noch verbittert fest. Ich setze mich neben sie und drücke ihre Hand.

»Ich dachte schon, du rufst mich überhaupt nicht mehr zurück«, stellt ihre Mutter fest. Sie klingt jetzt nicht mehr wütend, sondern völlig ausdruckslos, als wäre sie ein Roboter.

»Das wollte ich auch nicht. Was ich dir zu sagen habe, wird dir nicht gefallen, aber hör mir bitte trotzdem zu und blende es dann nicht gleich wieder aus wie alles andere, was du nicht hören willst.«

»Okay, ich höre. Also sag, was du zu sagen hast.«

»Die Sache ist weder auf Lawrence' Mist gewachsen noch auf dem von jemand anderem. Das ist kein Werbegag, das hat sich niemand ausgedacht. Ich bin lesbisch und ich bin es leid, so zu tun, als würde ich auf Männer stehen.«

Ich habe nie zuvor erlebt, dass Mrs. B. so lange schweigt. Jeder, der sie kennt, weiß, dass sie normalerweise keine zwei Sekunden ihre Klappe halten kann. Und gerade deshalb ist ihr Schweigen schlimmer als jede noch so schlimme Beleidigung.

Am Ende murmelt sie: »Ich weiß nicht, was ich dazu sagen soll.«

Verzweifelt blinzelt Kendall gegen die Tränen an, die in ihren Augen aufsteigen. Ich drücke ihre Hand ein bisschen fester. Kendall gibt auf und stößt mir rauer Stimme aus: »Soll ich dir sagen, was du dazu sagen sollst, Mom? Du könntest beispielsweise sagen, dass sich deswegen nichts ändert und du mich auch weiter liebst.«

»Natürlich liebe ich dich weiter, Kendall, aber du kannst ja wohl nicht behaupten, dass sich deswegen nichts ändern wird. Ich weiß beim besten Willen nicht, woher du plötzlich diese Neigung hast. Du hattest früher schließlich jede Menge Freunde, und ich nehme an, es liegt vielleicht ganz einfach dran, dass du dem Richtigen bisher noch nicht begegnet bist.«

Kendall stöhnt leise auf. »Das stimmt, ich hatte früher jede Menge Freunde, aber irgendwie hat sich das nie ganz richtig angefühlt. Eigentlich musste ich mich immer dazu überwinden, mit irgendwelchen Jungen auszugehen. Wirklich zu ihnen hingezogen habe ich mich aber nie gefühlt. Und du willst doch nicht im Ernst behaupten, dass dir diese *Neigung* nicht schon früher an mir aufgefallen ist. Ich habe, seit ich denken kann, fast jeden wachen Augenblick mit Payton verbracht. Das hätte dir und auch mir selber schon vor Jahren etwas sagen sollen!«

»Ich wusste gleich, dass es um Payton geht! Aber, Schätzchen, sie ist deine beste Freundin und da kann es schon passieren, dass du etwas anderes in die Freundschaft zwischen euch hineininterpretierst. Vielleicht hat dich die Tatsache, dass Payton lesbisch ist, verwirrt. Es könnte also immer noch passieren, dass du dich irgendwann in einen netten jungen Mann verliebst.«

Auf Kendalls Wangen malen sich zwei rote Flecken ab. »Na, vielen Dank. Mir ist durchaus bewusst, dass Freundschaft etwas anderes als Liebe ist. Und hierbei geht es nicht um Payton, sondern um mich selbst. Selbst wenn es Payton in meinem Leben nicht gäbe und ich ihr *niemals* begegnet wäre, würde ich auf Frauen stehen. Das ist mir endlich klar.«

»Nur ist dir offensichtlich *nicht* bewusst, was für weitreichende Auswirkungen dieser plötzliche Entschluss haben kann. Du scheinst nicht zu verstehen, was du damit riskiert. Es ist auch schon für ganz normale Menschen alles andere als einfach, ihre Homosexualität zu leben, aber als Person des öffentlichen Lebens sollest du ein Vorbild für die anderen sein!«

Kendall verzieht angewidert das Gesicht. Sie gibt sich offensichtlich alle Mühe, ruhig zu bleiben, aber ich fürchte, dass sie bald explodieren wird. Es ist, als könnte ich den drohenden Rauch aus dem Vesuv aufsteigen sehen und gleichzeitig wissen, dass die Zeit nicht reicht, um zu fliehen.

»Es geht hier nicht um irgendwas, was ich *beschlossen* habe, oder meinen Lebensstil!«, bricht es aus ihr heraus. »Als hätte ich je eine Wahl gehabt! Denkst du im Ernst, ich wäre eines Morgens aufgewacht und hätte mir gesagt: ›Wie stelle ich's am besten an, mir unnötig das Leben schwer zu machen? Ach, ich weiß. Ab heute stehe ich auf Frauen!‹ So ist es nicht gewesen, Mom! Ich habe nicht *entschieden,* dass mir Frauen lieber sind. So was ist einfach Schicksal, so was sucht man sich nicht aus, okay? Und so wie jeder andere kann auch ich nur mit den Karten spielen, die mir das Schicksal zugewiesen hat.«

»Das kann und werde ich nicht einfach akzeptieren, Kendall«, feuert Mrs. Bettencourt zurück. »Man hat im Leben *immer* eine Wahl. Leider musst du inzwischen selbst entscheiden, weil du *vor dem Gesetz* erwachsen bist. Ich kann dir nur sagen, wenn es nach mir gegangen wäre, wäre diese Sache zwischen dir und Payton *nie* passiert. Du sagst, es hätte nichts mit ihr zu tun, doch offenkundig ist das Gegenteil der Fall. Sie übt eindeutig einen schlechten Einfluss auf dich aus! Du warst schließlich ganz normal, bevor du wusstest, dass sie selbst *so geartet* ist.«

»Du bist ja vollkommen verrückt!«

»O nein, ich habe völlig recht. Und weißt du was? Mach, was du willst, aber wenn du schlau bist, lebst du diese Neigungen nicht offen aus. Die Menschen hier in unserem Land verabscheuen Homosexuelle, auch wenn sie das Gegenteil behaupten und sich damit brüsten, sich die kranken Filme, die ihr dreht, im Kino anzusehen.«

»Diese Menschen sind homophob«, raunzt Kendall ihre Mutter an. »Und es klingt so, als würdest selbst auch zu dieser Kategorie Mensch gehören. In Zukunft wirst du dir diese kranken Filme wohl oder übel anschauen müssen, wenn du mich überhaupt noch sehen willst. Im Übrigen bin ich noch immer ganz *normal*. Genau wie jeder andere homosexuelle Mensch auf dieser gottverdammten Welt.« Sie knallt den Blackberry so heftig auf den Tresen, dass der Bildschirm springt. »Verdammt! Jetzt brauche ich ein neues Telefon *und* eine neue Mom. Nur schade, dass es neue Mütter nicht zu kaufen gibt!«, regt sie sich auf. Doch ihre Wut ist nur gespielt, das sehe ich ihr an. Sie ist vor allem fürchterlich verletzt.

»Es tut mir wirklich leid.« Das ist echt schwach, doch mehr fällt mir im Augenblick nicht ein. Ich bin gerade viel zu dankbar, dass ich selbst eine derart tolle, aufgeschlossene Mutter habe, um darüber nachzudenken, wie ich Kendall trösten soll. Die Härte und die Kälte ihrer Mutter haben mich völlig umgehauen. Ich wusste schon vorher, dass sie nicht begeistert reagieren würde, aber dass sie derart hässliche Dinge sagen würde, hätte ich beim besten Willen nicht gedacht.

»Was, wenn sie recht hat?«, wendet Kendall sich mir zu. »Auch Lawrence hat gesagt, dass es nicht einfach werden wird. Was, wenn die Leute mich hassen, wenn ich offen lesbisch bin? Dann könnten es die Studios sich auf Dauer nicht mehr leisten, mich für große Rollen zu engagieren. Ich habe mich total ins Zeug gelegt, um dorthin zu gelangen, wo ich heute bin, und all das könnte ich jetzt wegen eines kleinen Teils dessen, wer ich bin, verlieren. Aber das potenzielle Ende meiner Karriere ist gar nicht das Schlimmste. Viel schlimmer wäre, dass du dann nicht mehr das Haus verlassen könntest, ohne dass dir jemand eine Kamera oder ein Mikro vor die Nase hält. Und so ein Leben wünsche ich dir sicher nicht.«

Ich weiß inzwischen, wie die Presse ist. Durch die Events, bei denen ich mit Lauren war, und seit ich hier bei Kendall wohne, weiß ich, was es heißt, berühmt zu sein. Doch meinetwegen sollen sich mir die Paparazzi an die Fersen heften, wenn sie wollen. Das wäre es auf alle Fälle wert, wenn wir uns dafür nicht mehr irgendwo in eine menschenleere Gasse oder eine dunkle Ecke schleichen müssten, um uns zu küssen. Natürlich sind ihre Vorbehalte berechtigt, aber daran hätte sie ein bisschen früher denken sollen – bevor die ganze Welt in der *Daily Post* ein Foto von uns sieht, auf dem wir rumknutschen.

»Mach dir keine Gedanken über mich. Ich komme schon zurecht. Du bist die Hauptdarstellerin in diesem Stück und es ist unfair, dass dich dieses Käseblatt einfach geoutet hat. Du hättest das Recht gehabt, dich erst einmal selbst mit deiner sexuellen Orientierung arrangieren zu können. Aber das Foto ist jetzt nun mal in der Welt und es beweist, dass du auf jeden Fall nicht nur auf Männer stehst. Wie willst du jetzt noch vermeiden, dass du endgültig geoutet wirst?«

»Ich habe keine Ahnung«, jammert sie.

Ich auch nicht. »Also gut.« Ich drücke ihr mein Smartphone in die Hand. »Dann soll dir Lawrence jetzt mal zeigen, dass er all das Geld, das du ihm zahlst, wert ist.«

»Können wir nicht – ich weiß nicht – einfach sagen, dass das Bild ein Fake ist oder so. Es gibt doch Tausende von Bildbearbeitungsprogrammen, mit denen man so etwas hinbekommen könnte!«, sagt Kendall laut und füllt schon zum zweiten Mal ihr Weinglas auf.

Als Lawrence leise seufzt, klingt es durch den Lautsprecher des Telefons wie ein Orkan. »Bedauerlicherweise geht das nicht. Wer sich mit der Software auskennt, kann mühelos beweisen, dass das Foto keine Fälschung ist.«

Verdammt, Lawrence, hättest du nicht einfach Ja antworten können? »Also, wie sehen ihre Möglichkeiten aus? Wie kriegen wir die Sache aus der Welt?«

»Das ginge nur, indem wir diesen Kuss als einmalige Sache präsentieren und eine Pressekonferenz organisieren, auf der wir erklären, eine Mischung aus Alkohol und Kendalls Riesenfreude über ihre Nominierung hätten sie dazu gebracht, sich ihrer ältesten und besten Freundin überglücklich an den Hals zu werfen. Und danach müsste sie natürlich ihre Auftritte mit Gunner noch verstärken und ihm kaum noch von der Seite weichen, um auf diese Art zu ›beweisen‹, dass sie doch auf Männer steht.«

»O nein.« Kendall nimmt meine Hand. »Ich habe dir versprochen, dabei nicht mehr mitzumachen, und das habe ich auch so gemeint.«

»Das war, bevor es dieses Foto gab, aber das ist jetzt nun mal in der Welt. Natürlich bin ich von dem Vorschlag alles andere als begeistert, aber ich mache mit, wenn es nicht anders geht.«

»Das ist noch nicht alles«, fällt Lawrence mir ins Wort. »Wenn uns die Leute die Geschichte wirklich glauben sollen, musst du dich in der nächsten Zeit von Kendall fernhalten. Dann darf man euch nicht mehr zusammen sehen.«

»Wie soll das bitte gehen?«, schreit Kendall ihn an. »Sie wohnt schließlich bei mir. Da kann sie sich wohl schwer von mir fernhalten!«

Auch ohne dass er es erklärt, ist mir klar, was Lawrence meint. Ich hasse den Gedanken und ich hasse Lawrence dafür, dass er ihn hatte, aber leider hat er recht. Ich bin für Kendalls Karriere ein Hindernis. Und vielleicht bin ich, wie es ihre Mutter sagt, ganz allgemein nicht gut für sie. *Der Weg zur Hölle ist mit guten Vorsätzen gepflastert.* Offenbar ist an dem alten Spruch tatsächlich etwas dran.

»Es ist ganz einfach, stimmt's, Lawrence? Ich ziehe aus und halte mich von Kendall fern.«

Sein Schweigen reicht als Antwort aus.

»Und was schätzt du, wie lange das so bleiben müsste?«, erkundige ich mich.

»Für immer.«

Kendalls Unterlippe zittert und in ihren Augen steigen Tränen auf.

Ich zwinge mich, ihr elendes Gesicht zu ignorieren, renne in mein Zimmer, zerre eine meiner Reisentaschen aus dem Schrank und stopfe irgendwelches Zeug hinein. Ich weiß gar nicht wirklich, was ich tue. Ich fühle mich wie in Trance und spüre eine eigenartige Mischung aus dem Drang, das Richtige zu tun, und Empörung.

Ich höre Kendall »Fick dich, Lawrence« brüllen, bevor sie in mein Zimmer stürmt. »Das lasse ich nicht zu!« Sie schnappt sich meine Tasche und wirft sie so wütend auf den Boden, dass sich der gesamte Inhalt auf dem Teppich vor dem Bett verteilt.

»Verdammt, Kendall. Bitte mach's mir nicht noch schwerer!« Ich sammele die Sachen wieder ein und schaffe es wie durch ein Wunder, nicht zu heulen, während ich ihr erkläre: »Du kannst dich jetzt noch nicht outen. Du bist dir doch selbst noch gar nicht wirklich sicher, ob du lesbisch bist. Das ist *okay*, aber die Presse wird dich nie wieder in Ruhe lassen, wenn sie uns auch weiterhin zusammen sieht. Du musst mich gehen lassen, also bitte lass mich gehen.«

Sie steht nur da und starrt mich an und ihre unglückliche, *schuldbewusste* Miene tut mir in der Seele weh.

Ich rappele mich vom Boden auf, damit wir wenigstens auf Augenhöhe sind. »Es ist nicht deine Schuld.«

»Natürlich ist es das!«, schluchzt sie. »Du hast es verdient, mit jemandem zusammen zu sein, der offen zu dir stehen kann.«

»Du hast gesagt, dass du das eines Tages schaffen wirst, und ich bin sicher, dass dir das auch irgendwann gelingen wird. Du gehst es einfach langsam an.«

»Dann ist das also nicht das Ende?«, stößt sie wimmernd aus.

Vielleicht. Ich hoffe, nicht. Mit einem gezwungenen Lächeln sage ich: »Wir legen einfach eine kurze Pause ein. Und du weißt besser als die meisten anderen, dass Pausen per Definition nur vorübergehend sind.«

»Okay«, sagt sie leise und nickt. »Wo gehst du hin? Hoffentlich nicht wieder zurück nach New Jersey.«

»Ganz sicher nicht. Ich will weiter hier aufs College gehen. So sehr ich mich auch manchmal beklage, das Studium an der MALA gebe ich ganz bestimmt nicht auf. Wenn ich es dort schaffe, steht mir die ganze Welt offen.« Ich schultere meine Tasche, drehe mich noch mal nach Kendall um und nicke Richtung Schrank. »Den Rest von meinen Sachen hole ich, wenn du zu deiner Pressereise aufgebrochen bist. Wenn du nicht zu Hause bist, sitzen hier bestimmt keine Paparazzi mehr in den Büschen.«

»Okay.« Sie wischt sich ein paar Tränen fort, doch als ich

gehen will, greift sie meinen Arm, um mich zurückzuziehen. Ich ramme meine Füße in den Boden. Es ist das allererste Mal in meinem Leben, dass ich sie *nicht* küssen will. »Wenn ich dich küsse, habe ich ganz sicher nicht die Kraft zu gehen.«

»Aber wie soll ich dich gehen lassen, wenn du mich nicht wenigstens zum Abschied küsst?«

Bevor sie anfängt, mich auf Knien anzubetteln, lege ich den Arm um ihre Taille, ziehe sie so eng an meine Brust, als würde ich für alle Zeit mit ihr verschmelzen wollen, und sie küsst mich mit einer solchen Leidenschaft, als wäre es der allererste und gleichzeitig der allerletzte Kuss, den sie mir gibt.

Dann mache ich mich wieder von ihr los und trete, ohne mich noch einmal nach ihr umzudrehen, aus der Wohnung in den Flur.

Ich fahre eine Zeitlang durch die Gegend und lande schließlich im La Cienega Park. In der Hoffnung, dass die warme, abendliche Luft mich etwas tröstet, setze ich mich auf die Kühlerhaube meines Wagens. Ich sitze eine Weile da und merke, dass ich nicht nur furchtbar traurig, sondern hoffnungslos verloren bin.

Doch es gibt *einen* Menschen, der mir sagen kann, wie es jetzt für mich weitergehen soll. Ich wühle in den Taschen meiner Cargohose, bis ich auf mein Smartphone stoße, wähle die einzige Nummer, die ich auswendig kann. Sofort erklingt die vertraute Stimme am anderen Ende. »Hi, Schatz.«

»Hi, Mom.«

Ich tische ihr die ganze traurige Geschichte auf und gebe unumwunden zu, wie unglücklich ich deshalb bin. Sie ist nicht einmal ansatzweise darüber überrascht, dass ich und Kendall all die Monate zusammen waren. Sie meint, das habe sie sich bereits lange vor Erscheinen des verräterischen Fotos in der *Daily Post* und dem Beschwerdeanruf von Grace Bettencourt gedacht. Mrs. Bettencourt hat Mom anscheinend nur wenige Minuten nach dem Ende ihres Telefongesprächs mit Kendall angerufen, um sich darüber zu beklagen, dass ich das Leben ihrer Tochter ruiniert habe. Aber – genau wie früher – wusste meine Mutter schon längst Bescheid. Sie meint, sie hätte mich deshalb nicht nerven wollen, und wäre davon ausgegangen, dass ich ihr davon erzählen würde, wenn ich selbst darüber sprechen möchte. So hätte ich es immer schon gemacht. Sie sagt mir, dass sie sich für mich freut, dass ich so glücklich war, und dass es sie sehr traurig macht, dass ich Herzschmerz habe.

»Vielleicht braucht Kendall einfach etwas Zeit, um alles aus dem rechten Blickwinkel zu sehen«, fügt sie hinzu. »Es war auch für dich nicht leicht, bis dir bewusst wurde, dass du das Recht hast, glücklich zu sein, genau wie jeder andere auch. Und wenn man so berühmt ist wie Kendall, macht es das bestimmt nicht einfacher.«

Vielleicht hatten Kendall und ich einfach von Beginn an keine Chance. Sie ist ein Star in Hollywood, ich bin ein langweiliges Mädchen aus New Jersey. Wir leben nach verschiedenen Gesetzen in total verschiedenen Welten, und auch wenn ich einmal kurz in ihre Welt hineingeschnuppert habe, war ich dort nun einmal nur vorübergehend zu Gast. Sie selbst gehört hierher, wo sie am besten glänzen kann, aber ich bin nur ein Überbleibsel ihres alten Lebens, das sie viel zu lange mit sich rumgetragen hat. »Ich weiß, wie schwer es für sie ist. Deshalb bin ich ja ausgezogen. Ihr Leben ist auch ohne mich schon kompliziert genug. Es war uns beiden gegenüber unfair, sie auf diese Art zu outen, und es ist nicht richtig, wenn unsere Beziehung plötzlich eher eine Belastung als ein Segen für uns ist.«

»Ach, mein Schatz. Egal, wie es jetzt weitergeht, vergiss nicht, dass du hauptsächlich wegen des Studiums nach LA gezogen bist. Die Ausbildung, die du dort an der MALA

kriegst, ist Gold wert und du solltest unbedingt zu Ende bringen, was du angefangen hast.«

»Das will ich mehr als alles andere. Aber ich kann mir
dieses Studium nicht mehr leisten. Ich finde sicher keinen Job,
mit dem ich gut genug verdiene, um die Studiengebühren zu
bezahlen, wenn ich mich nicht prostituieren oder dealen will.«

»Was beides nicht infrage kommt«, stellt meine Mutter
lachend fest. »Aber der Rest des Jahres ist bereits bezahlt, nicht
wahr? Und bis zum Herbstsemester fällt uns sicher etwas ein.
Hast du bis dahin irgendwelche Freundinnen oder Freunde, wo
du wohnen kannst? Zumindest, bis du einen Job gefunden hast,
von dem du leben kannst.«

Gunner? O nein, auf keinen Fall. *Aber es gibt noch jemand
anderes, bei dem ich vielleicht wenigstens vorübergehend unter-
kommen könnte ...* »Ich denke, schon. Ich weiß nicht. Dazu
müsste ich telefonieren.«

»Okay, dann mach das und gib mir Bescheid, wie es
gelaufen ist. Wenn's hart auf hart kommt, nimm dir für die
ersten Tage irgendwo ein Zimmer im Hotel und zahl mit deiner
Kreditkarte.«

»In Ordnung. Danke, Mom. Ich hab dich lieb.«

»Ich dich auch.«

Ich lege auf und schreibe Lauren eine Textnachricht. »Hi.
Ich will nicht stören, aber hast du vielleicht gerade etwas Zeit?
Ich brauch Hilfe.«

Sie schreibt mir umgehend zurück. »Schon gut, Schätzchen.
Was gibt's?«

»Ich weiß gar nicht, wo ich anfangen soll.«

Bevor ich ins Detail gehen kann, schreibt sie zurück, dass
sie auf einem Event ist, der Moment gerade nicht ideal für ein
längeres Gespräch und ich sie besser bei ihr zu Hause treffen
soll. Sie schickt mir die Adresse und mir wird bewusst, dass ich
bisher noch nie in ihrer Wohnung war. Bisher war Lauren
immer wild darauf, mit mir zusammen ausgehen. Sie schleift

mich ständig in Cafés, Boutiquen, Restaurants und zu Events, wohingegen Kendall Panik davor hat, dass man uns irgendwo zusammen sehen könnte. Der Gedanke tut mir in der Seele weh. Ich trete kräftiger aufs Gaspedal und fliege regelrecht den Wilshire Boulevard hinab, bis ich in Westwood bin, wo mich mein Navi zu einem schlossähnlichen Bau am Birchwood Drive führt. Das Gebäude ist aus grauem Stein und Holz mit einem runden Turm neben der Eingangstür. Ich parke hinter Laurens blauem BMW Coupé, marschiere die Betontreppe hinauf und drücke auf die Klingel. *Keine Antwort.*

Ich nehme auf der Treppe Platz und während ich dort warte, klingelt pausenlos mein Telefon. Anscheinend wechseln Jared und Sarah sich beim Wählen ab. *Sie haben also auch das blöde Foto in der Daily Post gesehen.* Ich bin noch zu bedrückt, um ihnen zu erzählen, was passiert ist, deshalb drücke ich die Anrufe der beiden einen nach dem anderen weg. *Ob sie wohl auch bei Kendall angerufen haben? Schließlich ist sie gerade mehr auf echte Freunde angewiesen als ich selbst. Sie muss das Ganze jetzt irgendwie allein durchstehen.* Ich schicke beiden kurze Nachrichten, dass sie sich erst einmal bei Kendall melden sollen. Danach schalte ich mein Smartphone aus und lege unglücklich den Kopf auf meinen Knien ab, denn mehr kann ich im Augenblick nicht tun.

Nach einer Weile taucht zu meinen Füßen ein Schatten auf und sperrt das Licht der Straßenlampe aus.

»Hi«, sagt Lauren und sieht auf mich herab.

»Hallo.« Ich sehe zu ihr auf und stelle fest: »Du siehst mal wieder super aus.« Die schwarze Lederweste, Skinny Jeans und Biker Boots stehen ihr echt gut, und mein gebrochenes Herz ist kein Grund, ihr gegenüber unhöflich zu sein.

»Danke.« Sie setzt sich neben mich. »Ich habe von der Aufnahme gehört und wollte bei dir anrufen, aber dann dachte ich, dass das vielleicht ein bisschen ungelegen kommt. Habt ihr die Angelegenheit geklärt?«

Ich habe ihr noch nicht berichtet, was passiert ist, aber wahrscheinlich strahle ich ein solches Maß an Trauer aus, dass sich sogar die ISS daran orientieren könnte. »Wenn du ›klären‹ meinst, dass ich bei Kendall ausgezogen bin und sie jetzt erst mal ewig nicht mehr sehen werde, ja, dann haben wir sie geklärt.«

»Shit. Wie schrecklich.« Stirnrunzelnd legt Lauren eine ihrer Hände auf mein Knie. »Das tut mir wirklich leid. Aber zumindest bist du nicht obdachlos! Bleib einfach erst mal hier. Und denk bloß nicht, dass du mir deshalb auf irgendeine Art verpflichtet wärst. Eigentlich ist es sogar gut, wenn jemand hier ist, während wir auf Promotour für *Idol Worship* sind.«

»Kendall reist morgen ab. Und du?«

»Ich habe morgen frei. Samstag geben Spencer und ich hier noch ein paar Interviews und treffen Kendall und Rebecca erst am Montag in New York.«

»Hättest du Zeit, mit mir zusammen den Rest von meinem Zeug bei Kendall abzuholen. Ich konnte nicht alles einpacken, als ich vorhin abgehauen bin.«

»Ja, klar.«

»Weißt du, ich denke im Moment, dass es verkehrt war, je zu hoffen, dass Kendall und ich mehr als nur beste Freundinnen sein könnten. Jedenfalls ist das Ganze im Augenblick total verfahren.«

»Also bitte, das sagst du doch nur, weil du so traurig bist. Es ist einfach krass, wie verschossen du in Kendall bist. Du hattest keine Wahl. Dein *Herz* wollte sie nun mal. Auch wenn du mir vielleicht nicht glaubst – ich habe gehofft, dass es zwischen dir und Kendall funktioniert. Ich habe gesehen, wie sehr du es selbst gehofft hast, und ich wollte einfach, dass du glücklich bist – auch wenn du es mit jemand anderen als mir bist. Wer weiß? Vielleicht verliebst du dich ja eines Tages doch noch in mich. Ich gebe die Hoffnung jedenfalls noch nicht auf.«

Vielleicht ist es die simple Argumentation oder die Tatsache, dass Lauren mich ermutigt, trotz aller Trauer weiter optimistisch zu bleiben, doch plötzlich breche ich in Tränen aus.

»Ich hasse es, wenn Mädchen weinen«, meint sie irgendwann und steht entschlossen auf. »Am besten holen wir erst mal deine Sachen aus dem Auto, gehen ins Haus und trinken was. Und dann gucken wir so lange Zombiefilme, bis klar ist, dass es eigentlich keinen Grund zum Jammern gibt, weil uns immerhin keine widerlichen Menschenfresser auf den Fersen sind.«

Ich wische mir die Tränen fort und lächele sie an. »Das klingt nach einem guten Plan.«

Nach zwei Wochen in Laurens Haus fällt es mir noch immer schwer, mit meinen Gedanken ganz allein zu sein. In der ersten Woche hat mich Kendall täglich angerufen, aber die Gespräche waren schmerzlich kurz und wir haben am Ende immer heulend aufgelegt. Es tut einfach zu sehr weh, mit ihr zu sprechen und zu wissen, dass ich sie nicht sehen kann. Bei ihrem letzten Anruf habe ich deshalb einfach gewartet, bis die Mailbox angesprungen ist, und danach hat sie es nicht noch mal versucht.

Ich weiß nicht, was ich mit mir anfangen soll, und meine Tage laufen immer nach demselben langweiligen Muster ab. Ich stehe auf, fahre ans College, wo ich dank der brillant orchestrierten Pressekonferenz von Lawrence jetzt für alle die skandalträchtigste Person des Jahres bin, fahre heim und krabbele zurück ins Bett.

Mir ist alles egal. Notenschlüssel, Tonartvorzeichen und Zeitmaße – alles egal. Ich habe keine Freude mehr am Komponieren. Für mich gibt es keinen Unterschied mehr zwischen Sechzehntel- und Achtelnoten, alles ist mir völlig schnurz.

Ich habe nicht einmal mehr Lust, mit irgendwem zu reden,

und bin dankbar, dass Lauren es gelegentlich schafft, mich von meinem Elend abzulenken, indem sie mir täglich Video- und E-Mail-Clips von ihren Abenteuern auf der Pressereise schickt.

Am Sonntagmorgen schlage ich die Augen auf und sehe mir das neueste Video, das sie geschickt hat, an. Die Kamera macht einen Schwenk durch einen Pub mit jeder Menge Red-Sox-Fanartikeln an den Wänden, und dann sieht man Spencer St. Germaine, Rebecca Gordon und Lauren an der Bar. »Okay«, sagt Lauren in die Kamera. »Wir sind in Boston und in einer Bar, die Fenway Faithful's heißt, und der gute Spencer ist mal wieder *hackevoll*.« Sie lenkt die Kamera auf Spencer und Rebecca und sagt ihnen, dass sie mich grüßen sollen. Rebecca sagt Hallo und lächelt in die Kamera, während Spencer mit den Armen rudert und mit lauter Stimme brüllt: »Hi, Payton, ich vermisse dich, du scharfe Braut!«

Dann gibt es einen Schnitt, die zwei Frauen schleppen ihn in ein Hotelzimmer, er krabbelt ins Bett, und als er einge-schlafen ist, bemalen Lauren und Rebecca sein Gesicht mit bunten Textmarkern und kichern so vergnügt, dass ich selbst lachen muss. Ich bin so dankbar dafür, dass ich umgehend Laurens Nummer wähle, und schon nach dem zweiten Klin-geln kommt sie an den Apparat.

»Na, hat dir das gefallen?«, fragt sie und kichert abermals.

»Ja, das hat es. Danke, dass du mir den Film geschickt hast.«

»Gern geschehen. Ich dachte mir, dass du das witzig finden würdest. Und was treibst du gerade?«

»Ich habe mich um einen Aushilfsjob in einem Tonstudio beworben, weil ich inzwischen so blank bin, dass ich mir nicht einmal mehr einen Schaufensterbummel leisten kann. Und was machst du?«

»Ich warte darauf, dass der Zimmerservice mir einen Salat raufbringt. Ich habe Hunger, bin aber zu faul, um runter ins Bistro zu gehen.« Im selben Augenblick klopft es an ihre Tür. »Wenn man vom Teufel spricht«, fährt Lauren fort und nimmt das Smartphone mit. »Äh, hi, kann ich was für dich tun?«, fragt sie und ich kann hören, dass ihr plötzlich etwas mulmig zumute ist. Das heißt, dass sie mit jemand anderem als dem Zimmerservice spricht.

»Oh, du bist gerade am Telefon. Da will ich dich nicht stören«, höre ich Kendalls Stimme sagen.

»Schon gut. Was gibt's?«

»Ich soll dich von Rebecca fragen, ob du mit uns shoppen gehen willst.«

Er herrscht einen Moment Stille. Dann meint Lauren: »Bitte sag ihr, es war nett, an mich zu denken, aber danke, nein.«

»Okay, das mache ich.«

»Danke.«

Ich höre, wie die Tür wieder ins Schloss fällt, bevor Lauren sagt: »Sie sieht inzwischen aus wie eine wandelnde Tote. Es ist ganz offensichtlich, dass sie dich echt liebt und leidet wie ein Schwein. Ich wünschte mir um euer beider willen, sie wäre stark genug, um zu ihren Gefühlen zu stehen.«

»Ich weiß nicht, was ich dazu sagen soll.«

»Es tut mir leid. Da ging's dir gerade etwas besser und jetzt habe ich das ganze Elend wieder aufgewärmt.«

»Mach dir deswegen keinen Kopf. Ich komme schon zurecht. Aber ich muss jetzt langsam los. Ich glaube, es ist Tage her, seit ich zum letzten Mal unter der Dusche stand«, sage ich scherzhaft.

Sie greift die Vorlage sofort auf und antwortet neckisch: »Das klingt heiß. Ich bin mir sicher, dass du total verführerisch riechst.« Sie kichert. »Aber bevor du dich gleich auf den Weg machst, muss ich dich noch etwas fragen.«

»Ganz egal, was es auch ist, die Antwort ist auf alle Fälle Ja. Ich bin dir etwas schuldig dafür, dass ich die ganze Zeit hier wohnen kann.«

»Bevor du Ja sagst, lass mich dich erst fragen und denk dann in Ruhe über deine Antwort nach.«

Das klingt beängstigend. Vielleicht wäre es doch besser, in jedem Fall Nein zu sagen. »Okay, schieß los.«

»Ich würde gern mit dir zu den Elite Awards gehen. Es ist das erste Mal, dass ich dort eingeladen bin, und ich würde das Erlebnis gern mit jemand teilen, den ich wirklich mag. Vor allem dachte ich, du wärst wahrscheinlich gerne dabei, falls Kendall diesen Preis gewinnt.«

»Scheiße. An dem Abend habe ich schon etwas vor.«

»Du bist eine ganz jämmerliche Lügnerin, ist dir das klar?«

»Ich weiß«, räume ich ein. »Aber ich soll mich schließlich von ihr fernhalten, deswegen ist es sicher besser, nicht dorthin zu gehen.«

»Ich bitte dich, sie hat ja wohl keinen Gerichtsbeschluss erwirkt, dass du dich ihr nicht nähern darfst. Vor allem wirst du dort mit *mir* sein, und zwar zur Abwechslung mal richtig.«

Das stimmt. Ich darf dort vielleicht nicht mit Kendall reden, aber auch wenn ich Abstand zu ihr halten müsste, könnte ich ihr so zeigen, dass sie immer noch auf meine Unterstützung zählen kann. »Okay, ich komme mit. Unter einer Bedingung.«

»Und die wäre?«

»Dass ich bei der Preisverleihung noch mal etwas von Victoria Westwood tragen darf.«

Sie lacht. »Okay. Und diesmal haben wir sogar drei Wochen Zeit. Das heißt, dass sie extra ein Kleid für dich entwerfen kann.«

»Dann fahren wir, wenn du heimkommst, gleich in ihr Geschäft! Am besten gibst du ihr schon mal Bescheid, dass sie sich bis nächste Woche etwas überlegen soll.«

»Das mache ich.«

Montag und Dienstag liefen ganz gut, aber heute bin ich seltsam drauf. Ich bin erleichtert, aber gleichzeitig auch ziemlich aufgeregt, denn heute Morgen haben sie mir Bescheid gegeben, dass ich in dem Tonstudio anfangen kann. Die Arbeitszeiten sind ein bisschen ätzend – überwiegend abends und am Samstag, wenn die MALA ihre Studios an externe Musiker vermietet –, aber die Bezahlung ist mit fünfzehn Mäusen pro Stunde mehr als gut. Natürlich kriege ich nur deshalb so viel Geld, weil mich die Uni bezahlt. So viel verdient ein Tontechniker nach Abschluss des Studiums nur, wenn er einen Vertrag bei einer Plattenfirma kriegt. Aber egal. Ich will damit sicher nicht mein Leben lang mein Geld verdienen. Wobei ich momentan eigentlich nicht an die Zukunft denke, weil ich mich erst mal aufs Überleben konzentrieren muss.

Jedenfalls hält meine Freude über meinen Job nicht lange an. Ich sitze in der Mensa über irgendwelchen Drum Charts, als mir auffällt, dass im Fernsehen an der Wand MusicTube läuft. Der Moderator kündigt eine Frage-Antwort-Stunde mit den Stars von *Idol Worship* an. Ich versuche, mich weiter auf die blöden Notenblätter zu konzentrieren, doch plötzlich dreht der Typ hinter der Essenstheke die Lautstärke herauf und gegen meinen Willen hebe ich den Kopf und starre den verdammten Bildschirm an.

Da sitzt sie und sieht trotz der frisch geschnittenen goldenen Haare, der dezent geschminkten babyblauen Augen und der pinkfarbenen Lippen geradezu erschreckend lustlos aus. Sie wirkt wie eine Marionette, bei der irgendwo im Hintergrund jemand die Fäden zieht.

»Ist das nicht Kendall Bettencourt?«, fragt eins der Mädchen am Tisch neben meinem und zeigt mit seinem Bleistift auf den Fernseher.

»Sieht ganz so aus.«

»Hat sie was eingeworfen, oder was? Sie steht ja völlig neben sich und sieht total fertig aus.«

»Frag sie.« Das andere Mädchen zeigt auf mich. »He, Payton, deine Freundin sieht total erledigt aus. Bestimmt fehlt ihr der Sex mit dir, den es angeblich nie gegeben hat.«

»Ach, leck mich.« Ich schnappe meinen Block und meine Tasche und verschwinde durch den Ausgang in den Hof. Dort lasse ich mich auf die Mauer sinken, fange an zu heulen und frage mich, ob ich jemals ihr Gesicht im Fernsehen oder einer Zeitschrift sehen können werde, ohne das Gefühl zu haben, ich hätte eine Stange Dynamit geschluckt.

Es kommt mir vor wie eine Ewigkeit, seit ich bei Kendall ausgezogen bin. *Ob es wohl irgendwann kein Kampf mehr ist, mich morgens aus dem Bett zu quälen?* In diesem Augenblick beschließe ich, den Rest der Woche an der Uni blauzumachen, mich ins Bett zu hauen, die Vorhänge zu schließen, um zu vergessen, dass die Sonne existiert. Natürlich ist mir klar, dass mir das auch nicht helfen wird, aber wenn ich wach bin, geht mir endlos dieser Abend in der dunklen Gasse durch den Kopf, als sie mich geküsst hat, als stünde der Weltuntergang direkt bevor. Ich wünschte mir, so wäre es gewesen, denn seit diesem Abend stehe ich nicht nur ohne meine große Liebe, sondern gleichzeitig auch ohne meine beste Freundin da.

16

KENDALL

Jetzt ist es nur noch eine gute Viertelstunde bis zur Landung auf dem Los Angeles Airport. Nachdem ich mir drei Wochen lang ein Lächeln ins Gesicht gezwungen und mich bei all den Fernseh-, Zeitschriften- und Zeitungsinterviews als Gunners Freundin ausgegeben habe, freue ich mich auf daheim. Aber als mir klar wird, dass Payton mich dort nicht erwarten wird, schiebe ich mir schnell meine Sonnenbrille ins Gesicht und weine lautlos vor mich hin. Inzwischen schaffe ich es, so diskret zu heulen, dass niemand mehr etwas davon zu merken scheint.

Lawrence sitzt neben mir. Er weiß, dass ich am Flennen bin, und reicht mir die Papierserviette, die auf seinem Tisch liegt. »Ich habe Gunner herbestellt. Er holt dich am Gepäckband ab, also wisch dir die Tränen weg, bevor du aus dem Flieger steigst, und tu um Gottes willen so, als würdest du dich freuen, ihn zu sehen.«

»Okay«, schniefe ich unglücklich und tue, was er sagt. Ich werde mich auch gar nicht zwingen müssen, mich zu freuen, wenn ich Gunner sehe, denn es ist schön, zur Abwechslung mal mit jemandem zusammen zu sein, der mir weder irgendwelche Infos aus der Nase ziehen will noch Mitleid mit mir hat, weil ich drei Wochen lang gezwungen war, der ganzen Welt etwas vorzuspielen.

Wir landen, und noch bevor der Flieger richtig steht, springe ich auf. Doch bevor ich einen Schritt nach vorne machen kann, packt Lawrence meinen Arm. »Gibt's sonst noch was, woran ich denken soll?« *Ich tue alles, was du willst. Aber lass mich raus aus diesem Ding.*

Er schüttelt knapp den Kopf. »Es könnte alles anders sein. Das habe ich dir von Anfang an gesagt. Es gefällt mir gar nicht, dich so unglücklich zu sehen.«

Es könnte alles anders sein? Tja, stimmt. Eigentlich ist es meine eigene Schuld, dass alles so gekommen ist. Wobei meine Mom von der Idee natürlich total begeistert war. Das hätte mir eigentlich zeigen sollen, dass ich auf dem falschen Weg bin, genauso wie die Tatsache, dass Payton mich verlassen hat. »Ich bitte dich, du hast es selbst gesagt. Die Leute lieben und bewundern mich. Und so muss es bei einem Star doch sein. Die Leute sehen zu mir auf und wollen so sein wie ich. Ich bin Amerikas Liebling. Nicht weil irgendjemand mich dazu gezwungen hätte, sondern weil ich es so wollte. Ich habe mich entschieden und jetzt muss ich eben mit den Konsequenzen leben.« Wütend mache ich mich von ihm los und eile auf den Ausgang zu.

Als ich aus dem Flieger steige, wartet Gunner wie versprochen am Gepäckband und vor lauter Freude, ihn zu sehen, werfe ich mich ihm begeistert an die Brust. Er schwenkt mich durch die Luft, stellt mich dann wieder ab und sagt: »Willkommen daheim.« Dann nickt er über seine Schulter in Richtung einer Gruppe Fotografen und flüstert mir ins Ohr: »Medienalarm! Es tut mir leid. Sie sind mir von zu Hause bis hierher gefolgt.«

Genau. Und mir ist klar, worum es diesen Kerlen geht. Sie wollen ein Foto von uns beiden schießen, das sich für viel Geld verkaufen lässt. Das können sie meinetwegen haben. Warum nicht? Wen interessiert das noch? Ich raune Gunner zu, dass er mich küssen soll. »Und zwar nicht so, wie du deine Mutter küssen würdest.«

Die Aufforderung schockiert ihn, das ist ihm deutlich anzusehen. Aber dann überwindet er sein Zögern, zieht mich an die Brust, beugt sich schwungvoll über mich und presst mir seine Lippen auf den Mund. Der Kuss erinnert mich derart an den von Payton, dem ich dieses ganze Elend zu verdanken habe, dass ich mich zusammenreißen muss, um nicht zu schreien. Doch seine Lippen fühlen sich ein bisschen trockener und rauer an und rufen nicht mal einen Hauch Begehren in mir wach. Entschlossen kneife ich die Augen zu und küsse ihn zurück. *Na los, Kendall, du küsst ihn ja bloß für die Kameras.* Ich kann das grelle Licht der Blitze trotz geschlossener Lieder sehen, ich kann die Fotoapparate klicken hören, und dann ist es geschafft. Er zieht mich wieder hoch und lässt mich wieder los, und lächelnd bitte ich ihn darum, dass er meine Taschen holt.

Er nickt. »Na klar, mein Schatz, und dann verschwinden wir von hier.«

Seit ich vor einer Woche heimgekommen bin, versuche ich, so viel wie möglich unterwegs zu sein. Ich absolviere einen öffentlichen Auftritt nach dem anderen, um den schmerzlichen Erinnerungen in der Wohnung zu entgehen. Erst gestern fiel mir auf, dass ihr Duft immer noch in meinem Bettzeug hängt und mich sogar im Schlaf verfolgt. Sofort nach dem Aufstehen habe ich die Sachen in die Reinigung geschickt.

Mit jedem Tag wird deutlicher, dass die Wohnung ohne Payton irgendwie nicht mehr dieselbe ist. Sie ist erst durch sie zu einem echten Zuhause geworden und jetzt ist sie zu ruhig, zu leer, zu tot, als dass ich mich darin noch wohlfühlen kann.

Mein Gott! Es gibt Milliarden Menschen auf der Welt, und wie vielen von ihnen wird das ganz besondere Glück zuteil, dass ihre beste Freundin gleichzeitig auch ihre große Liebe ist? Ich hätte selbst zu den paar Glücklichen gehören können, hätte mir mit Payton eine wunderbare Zukunft aufbauen, Kinder mit ihr haben und den Rest meines Lebens mit ihr teilen können, doch ich habe es total verbockt. Ich habe so wenig Rückgrat wie eine Qualle.

»Hallo? Ms. Bettencourt? Hier unten wartet Mr. Roderick auf Sie«, reißt mich die Stimme vom Empfang aus meinem Selbstmitleid.

O nein! Ich wollte ja mit Gunner essen gehen! Ich rufe unten an, erkläre, dass ich unterwegs bin und stürze in den Lift, wo mir mein Spiegelbild den sorgfältig frisierten, makellos geschminkten, trendig angezogenen Star zeigt, der ich noch immer bin. Ich habe diesen Status zwar nur retten können, indem ich meine Seele verkauft habe, doch das sieht man mir nicht an.

Dann öffnet sich die Tür des Fahrstuhls wieder und mit einem schiefen Lächeln nimmt mich Gunner in Empfang. »Wir müssen miteinander reden.«

***

Ich danke der Bedienung, die mir den Salatteller serviert, und schiebe lustlos mit der Gabel ein paar Blätter auf dem Teller hin und her.

»Sie ist sehr hübsch«, stellt Gunner fest und nickt der Bedienung hinterher.

»Kann sein.«

»Du hast sie nicht mal angesehen.«

»Na und?«

»Du hättest sie dir ansehen sollen, wenn du auf Frauen stehst.«

Vor lauter Schreck fällt mir die Gabel aus der Hand. »Wie bitte?«

»Du hast mich schon verstanden«, stellt er fest. »Es macht dich kaputt, dass du den Menschen, den du liebst, auf Abstand hältst, und so tust, als ob du etwas wärst, was du nicht bist. Und für mich ist das auch nicht wirklich angenehm.«

Ich sehe mich verstohlen um und bin mir sicher, dass das Pärchen, das in unserer Nähe sitzt, uns gut verstehen kann, wenn es die Ohren spitzt. »Müssen wir darüber *hier* reden?«

»Spielt es denn eine Rolle, wo wir diese Unterhaltung führen? Egal ob hier, im Auto oder in deiner Wohnung wäre sie auf alle Fälle immer gleich. Es geht darum, dass dieses würdelose Schauspiel endlich enden muss. Ich hätte bereits nach allem, was bei den Visibility Awards geschehen ist, einen Schlussstrich ziehen sollen.«

Ich beuge mich über den Tisch und raune ihm mit leiser Stimme zu: »Tu bloß nicht so, als würdest nur du mir einen Gefallen tun. Wir wissen beide, dass du selbst davon profitierst, wenn wir zwei zusammen auftreten.«

»Das stimmt. Ich wusste, dass wir beide davon profitieren würden, wenn die Öffentlichkeit denkt, dass wir zusammen sind. Aber jetzt profitiert keiner von uns beiden mehr. Inzwischen tut es mir wirklich leid, dass ich bereit war, dieses kranke Spiel so lange mitzuspielen. Du bist völlig von der Rolle, seit Payton bei dir ausgezogen ist. Und nur, damit du's weißt: Ihr geht es genauso schlecht wie dir. Sie sieht aus, als hätte sie nur knapp einen Exorzismus überlebt.«

Ich spitze neugierig meine Ohren. »Du hast sie gesehen?«

»Gestern Abend. Sie war mit Lauren auf der West Hollywood Arts Gala. Ich bin wirklich froh, dass ich allein hingegangen bin, weil du zu müde warst. So hatte ich die Chance, ein bisschen mit ihr abzuhängen. Wenn sie dich gesehen hätte, hätte sie wahrscheinlich auf der Stelle kehrt gemacht.«

»Moment. Du sagst, sie hätte nicht gut ausgesehen?«

»Sie sah fantastisch aus. Zumindest auf den ersten Blick. Sie war wirklich toll zurechtgemacht. Aber ihre Augen haben sie verraten. Der Schmerz, den sie verspürt, hinterlässt nun einmal Narben. Ehrlich, ich glaube, wenn sie sich entscheiden müsste, ob sie atmen oder dich noch einmal sehen könnte, würde sie dich sehen wollen.«

Ich werfe meine Stoffserviette auf den Tisch. »Musstest du mir das erzählen? Denkst du, wenn du mir so einen Scheiß erzählst, macht es das einfacher für mich?«

»Wenn es dir schlecht geht, ist das deine eigene Schuld, Schatzi. Du hast dich selbst dafür entschieden, diesen Weg zu gehen. Es hält dir niemand eine Waffe an den Kopf und zwingt dich, zu entscheiden, ob du dich die oberflächliche Liebe der Massen oder Paytons echte Liebe willst. Wobei ich nicht mal weiß, ob nicht auch beides möglich ist. Ich meine, schau mich an. Ich bin in einer verdammten Kleinstadt in den High Plains aufgewachsen, und weiß, dass es keine Rolle spielt, ob jemand hetero- oder homosexuell ist.«

»Mit einer Sache hast du völlig recht: Meine Liebe *hätte* stärker sein sollen als die Angst vor der Zurückweisung durch irgendwelche Leute, die ich gar nicht kenne. Aber offensichtlich war das nicht der Fall. Das hier ist nicht nur eine kurze Auszeit, sondern die Beziehung zwischen mir und Payton ist vorbei.«

»So fertig, wie du in den letzten Wochen bist, weißt du offensichtlich, dass du's vermasselt hast. Aber zum Glück gibt es eine simple Lösung für dieses Problem. Oute dich, sei öffentlich mit Payton zusammen und scheiß auf irgendwelche theoretischen Reaktionen und Folgen, die es haben könnte.«

»Ach ja? Du bist von einem anderen Stern, wenn du denkst, dass das so einfach ist. Ich habe meine Homosexualität so lange verleugnet, dass ich im Grunde selbst kaum glaube, dass ich lesbisch bin. Mit den Interviews auf dieser Pressetour und all den Auftritten mit dir habe ich mir mein eigenes Grab geschaufelt. Es gibt kein Zurück mehr für mich.«

»Wie kann ein Mensch nur so vernagelt sein wie du?«, fragt

er mich laut. »Payton opfert ihr eigenes Glück, um dich zu schützen und damit du weiter alle hintergehen kannst. Mein Gott, die meisten Menschen wünschen sich ihr Leben lang, eine solche Liebe zu finden, und du wirfst sie einfach weg, aus Angst davor, was *vielleicht* irgendwelche Leute denken könnten, die du gar nicht kennst. Aber das ist es ganz bestimmt nicht wert.«

»Ich weiß, du meinst es gut, aber es interessiert mich nicht, was du von dieser Sache hältst.«

»Okay, *Schatz*.« Er fischt ein paar Scheine aus der Tasche, wirft sie, ohne nachzuzählen, auf den Tisch und sagt: »Ich glaube nicht, dass es noch etwas zu sagen gibt.«

»Ganz sicher nicht.« Wir beide stehen auf, und als wir gehen, ergreift er meine Hand, als wäre er mein Vater und ich selbst ein ungezogenes Kind, und raunt mir zu: »Wir müssen schließlich das Gesicht wahren.«

Kurz nachdem mich Gunner vor der Haustür abgesetzt hat, rufe ich so ziemlich alle Leute an, die ich in der Gegend kenne, und lade sie zu einer Riesenparty ein. Danach gebe ich bei Jason's Wine & Spirits eine Großbestellung auf, nach deren Ausführung vermutlich kaum noch irgendwas bei ihnen in den Regalen stehen wird. Das ist etwas, was ich an meinem Leben in LA wahrscheinlich mehr als alles andere liebe: Spirituosenläden, die nach Hause liefern, und die Angestellten dieser Läden, die bereit sind, nach ihrer Schicht als Bartender bei den Kunden einzuspringen.

Bis Sonnenuntergang haben sich etwa dreihundert Leute in meiner Wohnung eingefunden, von denen die Hälfte nackt in meinem Pool herumtollt. Mark Carter ist in Paytons Studio und macht mit ihrem Equipment schreckliche Musik. Er spielt seinen bekannten Remix von Giuseppe Ottavianis *Lost for*

Words, und alle fangen an zu grölen, als wären sie in einem Club. Mehrere Leute verteilen Plastiktütchen mit weißem Pulver. Ich selbst nehme kein Koks, aber was kümmert es mich, wenn die anderen sich auf diese Weise amüsieren wollen?

Eigentlich habe ich all diese schönen Leute – unzählige Stars und ein paar ganz normale, aber wirklich coole Typen, die ich nie zuvor gesehen habe – nur in meine Wohnung eingeladen, um der grauenhaften Einsamkeit für ein paar Stunden zu entgehen.

Jetzt stehe ich im Wohnzimmer und stelle fest, dass ich all diesen Leuten völlig egal bin. Sie sind nur wegen der Getränke hier. Aber was soll's? Ich könnte selbst einen Drink vertragen und brülle über die Musik hinweg: »Ich brauche einen Tequila! Jetzt sofort!«, und ohne, dass ich auch nur einen Schritt in Richtung Theke mache, halte ich plötzlich in jeder Hand ein kleines Shotglas aus Plastik.

Ich kippe beide Shots herunter, schließe kurz die Augen, klappe sie dann wieder auf und stelle fest, dass alles um mich herum sich wie in Zeitlupe bewegt. Die Fete ist der Hammer, ich bin der Hammer! Ich binde mein Haar zu einem Pferdeschwanz, mische mich unter die verschwitzten Leute, werfe meine Arme in die Luft und tanze inmitten all dieser wundervollen Menschen, als gäbe es kein Morgen.

Ich wache auf, und vom Geräusch aneinanderschlagender, leerer Glasflaschen platzt mir fast der Kopf. Das Letzte, woran ich mich noch erinnere, sind die Cops, die gekommen sind und Spencer St. Germaine von einem Paparazzo weggerissen haben, der sich heimlich auf der Party eingeschlichen hatte. *Warum schwankt mein Bett so? Scheiße, ein Erdbeben!*

Ich bin zwar noch nicht völlig bei mir, aber klar genug, um zu wissen, dass ich meinen Hintern schleunigst unter einen

Türrahmen schwingen sollte, damit mich keine einstürzende Wand erschlagen kann. Ich setze mich hektisch auf und stellte fest, dass das Erdbeben nur Lawrence ist, der am Fußteil meines Betts rüttelt.

»Endlich ist die Prinzessin wach!« Mit einem Seufzer nimmt er auf dem Rand meiner Matratze Platz. »Ich hatte langsam Angst, du wärst vielleicht gestorben.«

»Sterben? Schlafen, nichts weiter. Und zu wissen, dass ein Schlaf das Herzweh und die tausend Stöße endet, die unseres Fleisches Erbteil, 's ist ein Ziel, aufs innigste zu wünschen!«

»Vielen Dank, Mel Gibson, das hast du sehr schön gesagt.«

»Nicht wahr? Sag allen, die du kennst, dass ich sogar mit einem Monsterkater und halb geschlossenen Augen, Shakespeare zitieren kann. Also, was machst du hier?«

»Du bist seit vorgestern nicht mehr ans Telefon gegangen«, erklärt er ruhig.

»Seit vorgestern? Und du tauchst jetzt erst hier auf? Wie sehr du dich doch verändert hast, seit meine Seele gestorben ist. Es muss toll für dich sein, dass ich inzwischen widerspruchslos alles mache, was du sagst.«

»Ich bin gekommen, weil ich sicher gehen wollte, dass du morgen Abend bei den Elite Awards in Bestform bist. Wenn ich gewusst hätte, dass du nicht zu erreichen bist, weil du im Drogenkoma liegst, hätte ich eher nach dir gesehen. Das passt gar nicht zu dir. Du warst doch immer viel zu ehrgeizig und bodenständig, um die Nächte durchzufeiern und dir irgendwelche Sachen einzuwerfen wie die kleinen Starlets, die hier auftauchen und denken, dass man das in Hollywood so machen muss.«

Natürlich hat er recht. So bin ich nicht. Und so will ich auch nicht werden. Ich wollte nur *für einen gottverdammten Augenblick* vergessen, dass ich es wahrscheinlich niemals wieder schaffen werde, glücklich zu sein. »Ich schwöre dir, mit Drogen habe ich noch immer nichts am Hut. Aber ich habe ziemlich viel getrunken, und anscheinend hat mir irgendwer etwas ins Glas gekippt.«

»K.-O.-Tropfen in einem Drink – so fängt es an. Bevor du dich versiehst, ist Alkohol nicht mehr genug. Dann fängst du mit den harten Sachen an und von da an geht es mit dir bergab. Das habe ich schon oft erlebt.« Mit einem weiteren Seufzer fährt er fort: »Ich bin seit dreißig Jahren im Geschäft, Kendall, und niemals war ich um einen Klienten so besorgt wie gerade um dich.«

Das sollte er auch sein, denn wenn mein Leben weiter so beschissen bleibt, steige ich aus. Mein Leben ist die Hölle und wird es auch bleiben, ganz egal, wie viele Preise ich gewinne, wie viel Geld ich mit der Filmerei verdiene und wie viele Leute bei den Filmpremieren behaupten, mich zu »lieben« und begeistert meinen Namen schreien. »Ich habe mehr Geld auf dem Konto, als ich jemals brauchen werde, aber davon kann ich mir nicht die Dinge kaufen, die das Leben lebenswert machen, stimmt's? All die Anerkennung, die mir die Kolleginnen und Kollegen zollen, und die Bewunderung Millionen Fremder – sie bedeuten mir sehr viel, aber nicht so viel wie Payton. Ich kann nicht glauben, was ich ihr antue. Was ich mir selbst antue. Ich meine, ganz im Ernst. Ich hätte nicht gedacht, dass ich im Leben jemals irgendwen so lieben kann. Vielleicht kann ich zwar ohne Payton *überleben,* aber ein *echtes Leben* ist das nicht.«

»Dann weißt du also endlich, was du machen musst?«, fragt Lawrence mich und schlägt sich auf die Knie. »Du musst ihr zeigen, dass sie wichtiger als deine Angst und wichtiger als das ist, was irgendwelche Leute vielleicht sagen werden. Du hattest bisher nie ein Problem damit, Leuten zu sagen, dass sie zur Hölle fahren sollen, wenn's nötig war. Also sei wieder die Kendall, die ich kenne, und zeig allen Hatern, die aus ihren Löchern kriechen und dich fertigmachen wollen, den Stinkefinger, indem du du selbst, verliebt und endlich *glücklich* bist. Es war verkehrt, zu denken, dass du dich um deiner Karriere willen selbst verleugnen musst.«

»Aber auch wenn ich versuche, einfach ›ich‹ zu sein, bekomme ich deswegen Payton nicht zurück. Sie spricht nicht mehr mit mir und geht nicht mal ans Telefon, wenn ich sie anrufe. Und ich verstehe ja, dass sie nichts mehr von mir wissen will. An ihrer Stelle würde ich auch nicht mehr mit mir sprechen wollen.«

»Das macht sie nicht, weil sie es möchte, sondern weil sie denkt, dass sie dir dadurch hilft. Ich wette, sie ist genauso verloren wie du und spricht nur deshalb nicht mit dir, weil das zu schmerzhaft für sie ist.«

»Na toll. Und was soll ich jetzt tun?«

»Ich habe da eine Idee. Aber dafür muss ich erst einmal an ein paar Infos kommen, die mindestens so streng unter Verschluss gehalten werden wie geheime Kommunikationsprotokolle der CIA. Das heißt, dass du mit niemandem darüber reden darfst, wenn ich dafür nicht gehängt, gestreckt und geviertelt werden soll.«

»Wenn diese supergeheimen Infos helfen, dass alles wieder gut wird, nähe ich mir eigenhändig meinen Mund zu, bis du mir eine Schere gibst, um die verdammten Nähte wieder aufzutrennen.«

Mit einem schiefen Lächeln fragt er mich: »Habe ich dir schon mal gesagt, dass du echt witzig bist?«

Ich schüttelte den Kopf und er steht auf und schiebt mit seinen Füßen ein paar Flaschen aus dem Weg. »Ein Mädchen mit Humor, das allerdings in einem gottverdammten Saustall lebt. Ich bin echt froh, dass du dich endlich outen wirst. Noch so ein Monat, und du wärst im Müll erstickt. Am besten schicke ich dir erst mal eine Putzkolonne, die hier gründlich sauber macht.«

Ich lächele. »Vielen Dank.« *Dafür, dass er nicht nur in*

meiner Bude, sondern überhaupt in meinem Leben Ordnung schafft.

Als der Wagen vor dem ehrwürdigen Providence Theatre hält, läuft mir ein kalter Schauer über den Rücken. Es ist die passende Umgebung für diese Preisverleihung, bei der es für mich um alles geht. Ich habe einen dicken Kloß im Hals, und nie zuvor habe ich mir so sehr wie in diesem Moment gewünscht, ich könnte in die Zukunft schauen. Ich habe meinen Glückspenny dabei und alle mir bekannten Gottheiten um Beistand angefleht. *Aber was, wenn das nicht reicht?*

»Ich hoffe, du musst dich nicht gleich übergeben«, stellt Lawrence mit untypisch nervöser Stimme fest. »Du siehst nämlich so aus.«

»Sie kommt schon klar«, stößt Gunner zähneknirschend aus. »Lassen Sie sie einfach in Ruhe. Sie ist nervös, sonst nichts. Das wären Sie bei einer Ellie-Nominierung ja wohl auch.«

Ich wünschte, ich könnte ihm erzählen, dass ich nicht wegen meiner Nominierung so unglaublich nervös bin. Aber wenn ich ihm das sagen würde, müsste ich ihm auch den wahren Grund für meine Aufregung erklären, und dann würde Lawrence mich mit einem stumpfen Buttermesser meucheln.

»Ich fühle eben mit ihr mit. Ich bin *für* sie nervös«, klärt Lawrence Gunner murmelnd auf.

»Wie bitte?«, fragt ihn Gunner streng.

Wir stehen eindeutig alle ziemlich unter Druck, und durch die angespannte Stimmung wird mein Unbehagen noch verstärkt. »Könntet ihr *beide* bitte die Klappe halten?«, fahre ich die Männer an. »Seid einfach still und lasst mich machen, ja?«

»Okay«, ertönt es wie aus einem Mund, und beide verziehen beleidigt die Gesichter wie zwei kleine Jungen, die von ihrer Mutter gescholten wurden.

Dann öffnet der Chauffeur die Tür des Fonds, und Gunner sieht mich fragend an. »Bereit?« Entschlossen lege ich die Hand auf seinen Arm und nicke ihm zu.

Die Abendluft ist kühl, und als wir aus dem Wagen steigen, fangen die Fotografen mit dem Bilderblitzkrieg an. Sie unterbrechen ihre Knipserei nur, um mir irgendwelche Anweisungen zuzurufen, doch alles, was ich höre, ist »Kendall, Kendall, Kendall!« Inzwischen kann ich meinen eigenen Namen nicht mehr hören.

»Kendall?«

»Was?«, fahre ich Gunner ungehalten an.

»Da vorn ist Payton«, klärt er mich mit leiser Stimme auf und nickt unmerklich mit dem Kopf.

»Payton ist *hier*?« Hier auf dem roten Teppich hinter uns? *Mein Gott, so war es nicht geplant!* Sie soll zu Hause sein, um sich die Show im Fernsehen anzusehen! Oder zu Hause sein und irgendetwas anderes tun! Es hätte mir durchaus genügt, wenn sie die Einzelheiten später irgendwann erfahren hätte, aber ihre Reaktion auf die Geschehnisse heute Abend live zu sehen? Das überlebe ich wahrscheinlich nicht.

Sie ist ein paar Schritte vor mir und posiert mit Lauren für die Kameras. In dem schräg geschnittenen schwarz-dunkelbraunen Westfeld-Kleid sieht sie mal wieder fantastisch aus. Sie unterhält sich freundlich lächelnd mit den Journalisten, als hätte sie in ihrem Leben nie was anderes gemacht. Sie schafft es, einfach nur sie selbst zu sein, und kann deshalb mit diesen Barrakudas viel besser umgehen als ich. Am besten gucke ich mir ein paar Sachen von ihr ab.

Schützend nimmt Gunner meine Hand. »Wir können auch vor den Paparazzi flüchten und direkt reingehen, wenn du willst.«

Er ist ein wirklich guter Freund, und das, obwohl ich bei unserem letzten Restaurantbesuch nicht gerade nett zu ihm war. Ich sollte mich dafür auf jeden Fall bei ihm entschuldigen.

»Schon gut. Ich komme schon zurecht. Aber hör zu, bei unserem letzten Essen war ich echt nicht nett zu dir. Das tut mir leid.«

»Das ist doch Schnee von gestern«, tut er meine Worte ab.

»Und es gibt da noch etwas anderes, wofür ich dich bereits im Vorfeld um Verzeihung bitten muss. Ich werde heute Abend etwas tun, was zumindest mein eigenes, vielleicht aber auch dein Leben erst mal ziemlich auf den Kopf stellen wird.«

»Dafür haben wir ja unsere Presseleute«, stellt er achselzuckend fest. »Wir richten irgendein Chaos an, und sie räumen den Mist dann wieder weg. Mach dir deswegen also keinen Kopf und tu einfach, was nötig ist.«

Ich schlinge ihm die Arme um den Hals und drücke ihn. »Du bist mein Held.«

»Ich weiß«, stimmt er mir grinsend zu. »Und wenn dich jetzt nicht noch der Mut verlässt, bringen wir die Angelegenheit zusammen hinter uns.«

Nach unserer ersten Frage-Antwort-Runde mit den Journalisten sehe ich, dass Kendall nur ein Stückchen weiter steht. In ihrem schimmernd taubenblauen Hauch von einem Kleid sieht sie einfach *fantastisch* aus, und auch ihr Haar und ihr Make-up leuchten mit gewohnt makellosem Glanz.

»Du bist plötzlich ganz blass«, stellt Lauren fest.

Natürlich bin ich das. Es tut mir bereits weh, an sie zu *denken,* und jetzt sehe ich sie vor mir. Und zu allem Überfluss ist sie natürlich immer noch das schönste Wesen, das mir je begegnet ist. »Allmählich wird mir die Hektik hier doch etwas zu viel.« Vor allem will ich hier ganz sicher nicht mehr stehen, wenn Kendall mit Gunner ihre Runde dreht.

Lauren spricht mit ihrem PR-Mann, der an ihrer Seite steht. »Wir können jetzt reingehen, wenn du willst. Ich bin hier durch.«

»Ja, bitte.«

Arm in Arm gehen wir rein und Lauren reißt die Augen auf, als sie den riesengroßen Saal mit Kronleuchtern und sonstigem Glitzer und Prunk sieht. Und als der Oberkellner uns zu einem Tisch ganz vorne bei der Bühne führt, ringt sie hörbar nach Luft. »Mein Gott. Ich hätte nicht gedacht, dass mir ein Platz ganz vorn gebührt. Mir hätte auch ein Tisch ganz hinten irgendwo gereicht.« Kichernd schnappt sie sich zwei Gläser Champagner von dem Tablett, mit dem ein Ober seine Runden dreht. »Anscheinend sind wir *echte* VIPs. Nicht schlecht.«

»Stimmt«, sage ich und nehme ihr eins der Gläser ab. »Aber beklag dich jetzt besser nicht. Für viele Leute wäre das hier die Erfüllung ihres größten Traums.«

»Da hast du recht. Und vielleicht werde ich ja selber eines Tages nominiert. Wobei das hier schon mal ein wirklich guter Anfang ist.«

»Auf einen guten Anfang«, sage ich und stoße mit ihr an. Die Gläser klirren lauter als erwartet, aber Lauren strahlt mich an. »Hoppla. Ich dachte kurz, sie würden zerbrechen. Ich bin wirklich untauglich für so feine Gesellschaften.«

Ich lächele, aber dann taucht Kendall wieder in meinem Gesichtsfeld auf. Sie geht mit Gunner durch den Gang zu ihrem Tisch, der leider in direkter Nähe unseres eigenen Tisches steht. Sie lächelt nervös, als sie meinen Blick bemerkt, und ich bemühe mich, so zu tun, als ließe ihre Nähe mich vollkommen kalt. *Na toll. Jetzt sitzt sie mir den ganzen Abend gegenüber und ich muss versuchen, sie zu ignorieren.*

»Mist, tut mir leid.« Lauren nickt mit dem Kopf dorthin, wo Kendall Platz genommen hat. »Das fühlt sich für dich bestimmt beschissen an.«

»Das tut es«, bestätige ich ihr. »Aber wenn ich genug Champagner trinke, ist es mir wahrscheinlich irgendwann egal.«

»Moment.« Sie winkt einem vorbeigehenden Ober mit einer noch vollen Flasche zu, und als er eilig angelaufen kommt, drückt sie ihm eine Hundert-Dollar-Note in die Hand. »Bitte achten Sie darauf, dass meine Freundin immer nachgeschenkt bekommt.« Er füllt mein Glas eilig wieder auf und kehrt an seinen Platz zurück. Als ich einen Schluck trinke, merke ich, dass mich der Kerl jetzt nicht mehr aus den Augen lässt.

Lauren bemerkt auch, wie konzentriert er auf mein Glas starrt, und bricht in schallendes Gelächter aus. »Jetzt weiß ich sicher, dass es ein besonderer Abend werden wird.« Sie klopft auf ihren Arm, als trüge sie dort eine Uhr, und ruft dem Kellner zu: »Alle zwanzig Minuten, ja?«

Eine Stunde und drei alkoholische Getränke später geht es mir tatsächlich überraschend gut, doch mit dem Schampus reicht es mir jetzt erst mal. Der aufmerksame Kellner und Lauren runzeln verwirrt die Stirn, als ich nicht noch mal nachgeschenkt bekommen will. Ich wollte schließlich nur ein bisschen locker werden und mich nicht betrinken – und inzwischen stören mich die Blicke, die Kendall mir immer wieder zuwirft, nicht mehr halb so sehr wie zu Beginn des Abends. Tatsächlich sind uns unsere Blicke gerade erst begegnet und mein Magen hat nicht mal den allerkleinsten Satz gemacht.

Wobei es ihr im Gegensatz zu mir nicht wirklich gut zu gehen scheint. Die Anspannung und Panik sind ihr überdeutlich anzusehen. Sie hat zwar immer so getan, als ob ihr der Preis eigentlich gar nicht wichtig wäre, aber mir ist klar, dass jeder in der Branche von so einer Ehrung träumt. Ich hätte trotzdem nicht gedacht, dass es sie so sehr mitnehmen würde. Am liebsten würde ich jetzt zu ihr hingehen, den Arm um ihre Schultern legen und ihr sagen, dass sie sich entspannen soll. Nur hätte ich dann ganz umsonst vier Wochen lang versucht, nicht völlig durchzudrehen.

»Gleich ist sie dran«, murmelt Lauren mir zu.

»Okay.« Ich starre wieder Kendall an. Lawrence bemerkt meinen Blick, gibt ihr aber nicht Bescheid. Stattdessen steht er auf, entschuldigt sich und kommt dann schnellen Schrittes direkt auf uns zu. Statt zu verfolgen, was er tut, starrt Kendall weiter unbehaglich auf das Podium.

»Hi, Süße.« Lawrence hockt sich vor mich und stützt seine Ellenbogen auf den Knien ab.

Na toll. Jetzt zieht er mir die Ohren lang. Das hat mir gerade noch gefehlt. »Falls du mich dran erinnern willst, dass ich nicht ins Kendalls Nähe kommen soll – es tut mir leid, aber man hat uns nun mal diesen Tisch hier zugewiesen«, fauche ich ihn an.

»Im Gegenteil. Ich wollte fragen, ob du nicht kurz zu ihr rübergehen und ihr alles Gute wünschen kannst. Ich glaube, dass sie jetzt ein bisschen Unterstützung brauchen kann.«

Ich dachte, dass ich Kendall dadurch unterstütze, dass ich auf Distanz zu ihr gegangen bin. »Hat sie dafür nicht dich?«

»Doch, natürlich, aber Kendall hätte sicher lieber dich statt mich an ihrer Seite sitzen, oder was meinst du?«

»Und was ist mit ...?«

Bevor ich meinen Satz beenden kann, fällt Lauren mir ins Wort. »Nun stell dich doch nicht dümmer, als du bist. Er hat gesagt, dass du mit Kendall reden sollst. Das heißt, du machst dich besser langsam auf den Weg«, scheucht sie mich los.

»Meine Güte, ja, okay.«

Lawrence begleitet mich an Kendalls Tisch, bietet mir seinen bisherigen Sitzplatz an und setzt sich selbst auf einen anderen Stuhl. Aber Kendall nimmt mich gar nicht wahr. Es ist, als wäre sie in eine unheimliche Trance verfallen, und erst, als ich mich räuspere, sieht sie mich aus tränenfeuchten Augen an. *Verdammt, ich habe endgültig genug davon, immer das zu tun, was für sie richtig ist. Jetzt werde ich zur Abwechslung mal tun, was für mich selber richtig ist.* Ich nehme ihre Hand und drücke sie. »Schon gut. Du wirst es überleben, ganz egal, was auch geschieht. Egal ob du gewinnst oder verlierst, für mich wirst du für alle Zeit die beste Schauspielerin sein. Aber keine Angst, ich bin mir sicher, dass du diesen Preis gewinnen wirst.«

»Danke«, flüstert sie und dann betritt der Moderator die Bühne, räuspert sich und liest vom Teleprompter ab: »Für die beste weibliche Hauptrolle sind diesmal nominiert ...« Nach jedem Namen hält er eine kurze Rede über die bisherige Karriere der betreffenden Person. Als fünfte Kandidatin kommt Kendall an die Reihe. »Ms. Bettencourt, Sie sind zum ersten, aber sicher nicht zum letzten Mal im Rennen um diese Auszeichnung. Sie hauchen Ihren Figuren jugendlichen Enthusiasmus und Leidenschaft ein, unter anderem in *In Heaven's Arms*, dem Film, mit dem Sie groß herausgekommen sind. Ganz Hollywood freut sich darauf, zu sehen, wie es mit Ihrer sicher langen und beeindruckenden Karriere weitergehen wird.«

Kendall lächelt und formt mit den Lippen lautlos »Danke«, während rund um sie herum Applaus ertönt. Dann wendet sie sich kurz an mich und raunt mir leise zu: »Brich bitte nicht in Tränen aus, wenn ich die Sache, ohne selbst zu heulen, bis zum Ende durchziehen soll.«

Ich habe keine Ahnung, was sie damit meint, doch ehe ich sie fragen kann, wird auf der Bühne schon der Umschlag mit dem Namen der Gewinnerin geöffnet, und der Moderator ruft: »Der Ellie geht an Kendall Bettencourt!«

Der ganze Saal steht auf und bricht in Jubel aus, und ich und Kendall springen auf und fallen einander überglücklich um den Hals. »Du hast gewonnen!«, brülle ich und klammere mich noch immer an ihr fest. »Du hast *gewonnen*!«

»Ich weiß.« Sie macht sich widerstrebend von mir los und grinst mich etwas ängstlich an, bevor auch Lawrence sie umarmt, sie auf die Wange küsst und erstaunlich nüchtern »Gratuliere« sagt.

Dann geht sie auf die Bühne zu, und als sie sie erklimmt, sehe ich Lawrence fragend an. »Warum seid ihr beide so gefasst?«

Er zwinkert mir zur Antwort zu und plötzlich geht mir auf,

dass sie schon vorher wussten, dass sie den Preis gewinnen würde. Mit hundertprozentiger Sicherheit wussten sie das schon den ganzen Abend lang.

»Jetzt kommt der interessante Teil«, stellt Lawrence fest, als er erkennt, dass er mir sonst nichts mehr erklären muss. »Hör genau zu.«

Als würde ich was anderes tun, wenn Kendall ihre große Dankesrede hält! Sie nimmt die goldene Figur entgegen und das Publikum nimmt wieder Platz, in gespannter Erwartung der Rede, die sie jetzt halten wird.

»Okay. Ich werde mich so kurz wie möglich fassen. Erstens danke ich dem Komitee für diesen unglaublichen und irgendwie beängstigenden Moment«, beginnt sie und die Leute lachen leise auf.

»Ich danke Lawrence Mackin und James Sovkov sowie allen anderen bei der Agentur, die dazu beigetragen haben, dass ich so weit gekommen bin. Ebenso danke ich der Crew und den Kollegen und Kolleginnen bei *In Heaven's Arms,* und ich denke Michal Jarvis, unserem Regisseur, dafür, dass er darauf vertraut hat, dass ich diese Rolle spielen kann, und mich unterstützt hat, wo er nur konnte. Ich danke meinem Vater, David Bettencourt, der stets die Stimme der Vernunft in meinem Leben war, und Mom, ich möchte, dass du weißt, dass ich dich lieb habe. Ein weiterer riesengroßer Dank gilt allen meinen Freunden, Freundinnen und Fans, die einfach super sind, und ...«, plötzlich streckt sie einen Arm in meine Rich- tung aus und es wird totenstill im Saal, als tausend Augen- paare sehen, auf wen sie zeigt, »... ganz besonders danke ich Payton Taylor, dafür, dass sie immer, *immer* für mich da ist und mich gelehrt hat, auf mein Herz zu hören.« Sie unter- bricht sich und wischt eine Träne, die ihr über das Gesicht läuft, fort. »Ich liebe dich mehr, als ich in Worte fassen kann. Dich gehen zu lassen, war der größte Fehler, den ich je in meinem Leben gemacht habe. Ich hoffe, dass wir eines Tages noch einmal von vorn beginnen können, wenn du das noch willst.«

Plötzlich ertönt Musik zum Zeichen dafür, dass die Redezeit vorbei ist, doch obwohl Kendall signalisiert wird, die Bühne zu verlassen, gibt es tosenden Applaus und Kendall hält noch einmal die Trophäe über ihren Kopf, verbeugt sich tief und tritt erst dann den Rückzug an.

Ich habe alles mitbekommen, aber nichts davon ist wirklich zu mir durchgedrungen, und jetzt bin ich selbst wie in Trance. *Hat Kendall sich tatsächlich hier zur besten Sendezeit im Fernsehen geoutet und der ganzen Welt erzählt, dass sie mich liebt? Ja, das hat sie. Und dir selbst droht plötzlich der Erstickungstod! Hol Luft, Payton, hol erst mal Luft!*

»Payton.« Lawrence packt mich bei den Schultern, schüttelt mich sanft durch und holt mich dadurch in die Wirklichkeit zurück.

Ich atme auf und wende mich ihm zu. »Warum ist mein Gesicht so nass?«

»Weil du in Tränen ausgebrochen bist.«

»Ach ja?« Ich betaste meine Wangen und nicke. »Stimmt.«

Leise lachend hängt er mir das Band mit seiner Backstage-Karte um. »Komm mit.« Er greift nach meiner Hand und führt mich aus dem Saal durch eine Seitentür in einen langen, hellen Flur.

»Wo gehen wir hin?«

Kopfschüttelnd führt er mich durch eine zweite Tür in einen Raum, in dem es von Reportern, Fotografen und Aufnahmegeräten wimmelt, und sobald die Kerle mich entdecken, machen sie bereits die ersten Bilder und bestürmen mich mit Fragen, bevor Lawrence brüllt: »Okay, es reicht. Für Fragen ist auch noch wann anders Zeit.« Wir schieben uns durch das Meer aus Journalisten bis zu einem Absperrband, bei dem ein langhaariger, muskulöser Hüne Wache steht. Auf einem Schild steht: »Nur für Mitglieder des Komitees, Preisträger*innen und deren Entourage.«

Kendall steht ganz hinten und hat uns den Rücken zugewandt, und wieder packt mich Lawrence bei den Schultern und sagt: »Na, dann mal los, Süße. Es ist natürlich deine Entscheidung, aber an deiner Stelle würde ich zu ihr gehen und ihr sagen, dass du sie auch liebst. Sich vor der gesamten Welt im Fernsehen zu outen ist ungefähr das Mutigste, was ich mir vorstellen kann. Und sie hat es für dich getan, weil sie dich braucht und ohne dich nicht leben kann.«

Jetzt gibt es für mich kein Halten mehr. Ich stürze auf sie zu, packe ihre Schulter, drehe sie zu mir herum und dann stehen wir uns schweigend gegenüber, bis ich das Geräusch von meinem eigenen Atem nicht mehr hören kann. »Ich kann nicht glauben, dass du das getan hast.«

»Ich hatte keine andere *Wahl*. Ich hätte dich nie gehen lassen sollen. Ich hatte solche Angst und war total verwirrt ... Es war wie eine dunkle Wolke, durch die überhaupt kein Sonnenlicht mehr durchgedrungen ist. Die musste sich erst mal verziehen, damit ich wieder etwas sehen konnte, aber Payton, es gibt nichts, was ich nicht an dir liebe. Du bist der mit Abstand netteste und rücksichtsvollste Mensch, der mir jemals begegnet ist. Du bist unglaublich klug und mutig und in jeder Hinsicht einfach wunderschön. Und am allermeisten liebe ich, dass ich mit dir zusammen einfach ich sein kann. Bei dir kann ich einfach ein alberner Spaßvogel sein, der lahme Witze macht.«

Ich muss lachen. »Das bist du, und außerdem bist du ganz schön sexy und ziemlich cool.« Dann schlinge ich ihr meine Arme um die Taille, ziehe sie an meine Brust und küsse sie mit einer solchen Leidenschaft, dass meine Lippen kribbeln – auch noch lange nachdem unser Kuss geendet hat. Sie legt mir ihre Arme um den Hals und flüstert dicht an meinen Lippen: »Es tut mir leid, dass ich so lange gebraucht habe.«

»Schon gut. Ich liebe dich.«

»Ich liebe dich auch. Und jetzt gibt es nichts mehr, was uns noch auseinander bringen könnte. Bitte komm zurück nach Hause.«

Unser Zuhause – es hat mir so gefehlt! »Na klar«, sage ich. »Ich habe nur darauf gewartet, dass du mich bittest, zurückzukommen.«

»Mein Gott! Warum hast du mich nicht davor gewarnt, dass es hier in Atlanta so heiß wie in der Hölle ist?«, schimpft Payton und lässt ihre Reisetasche auf den Boden unseres Zimmers fallen. Lachend drücke ich ihr eine Flasche eisgekühltes Wasser in die Hand und küsse sie geräuschvoll auf den Mund.

»Als ob es in LA jetzt besser wäre. Es ist *Juli.*«

»Warum denkst du, habe ich so viel in Gunners Wohnung abgehangen, bevor er nach Paris geflogen ist? Und warum zur Hölle ist es im Valley so viel kühler als an allen anderen Orten in LA?«

Mit einem amüsierten Grinsen sage ich: »Weil es in Tälern nun mal kühler ist, Payton.«

Sie guckt mich böse an, schubst mich aufs Bett und kitzelt mich. »Hör zu, du elendige Besserwisserin. Ich habe fast fünf Stunden in dem blöden Flieger verbracht, um dich hier bei den Dreharbeiten zu besuchen und in einem Kettenhemd zu sehen. Also sei lieber nett zu mir, wenn ich nicht gleich wieder nach Hause fliegen soll.«

»Du musst auf jeden Fall bis morgen zu meinem Geburtstag bleiben. Außerdem hast du zum ersten Mal zwei

Tage nacheinander frei, seit du deinen neuen Job begonnen hast.«

»O Mann.« Sie reißt den Mund zu einem Gähnen au. »Ich hätte nie gedacht, dass es so stressig ist, anderen beim Komponieren zu assistieren. Und der Hauptkomponist ist total neurotisch. Zumindest habe ich genug zu tun, solange ihr hier dreht. Sie sagen jetzt schon, dass *The Relishing* der Film des Jahres wird. Da kriege ich fast Lust, ihn mir mal anzusehen.«

Ich schlage ihr leicht auf den Arm. »Ist es nicht Grund genug, dass Lauren und ich darin mitspielen?«

»Natürlich ist es das – vor allem, dass *du* mitspielst, meine Schönheit.«

»Gut.« Ich küsse ihre Nasenspitze und sie steigt vom Bett und streckt die Arme über ihren Kopf. »Ich werde erst mal duschen, und wie wäre es danach mit einem schönen, ausgedehnten Nickerchen?«

»Au ja!«

Sie geht ins Bad, streckt dann aber den Kopf noch mal heraus. »Ich habe übrigens für halb neun einen Tisch in diesem Sun-Dial-Ding reserviert, in das du immer schon mal gehen wolltest.«

»Ach, Baby. Du bist viel zu gut zu mir.«

Es ist schon acht und ich stehe immer noch im Badezimmer und schminke mich. Payton erscheint in der Tür, verschränkt die Arme vor der Brust und sieht mir forschend ins Gesicht. »Typisch Filmstar«, stellt sie grinsend fest. »Du machst dich derart aufwendig zurecht, dass du mal wieder den gesamten Zeitplan völlig durcheinanderwirfst.«

»Es ist ja wohl nicht meine Schuld, dass ich nicht von Natur aus so eine Schönheit bin wie du.«

Noch immer grinsend tritt sie hinter mich, schlingt mir die

Arme um die Taille, legt ihr Kinn auf meiner Schulter ab und meint: »Ich *bitte* dich. Du siehst fantastisch aus. Das weißt du selbst.«

»Natürlich weiß ich das.«

»Aber im Ernst. Wenn du dich nicht beeilst, kommen wir zu spät. Lauren ist schon unten in der Lobby und hat mir geschrieben, dass der Wagen und die *Paparazzi* draußen stehen. Ich hätte gar nicht gedacht, dass es in Georgia auch Paparazzi gibt.«

Ich lache glucksend auf. »Wir sind jetzt seit acht Monaten zusammen und du weißt noch immer nicht, dass es keinen einzigen paparazzifreien Ort auf Erden gibt?«

»Tja, immerhin hab ich für den Fall der Fälle extra meine sexy Weste an.« Sie klappt den Kragen hoch und tänzelt hin und her. »Aber solange wir in diesem Zimmer bleiben, wird es kein Bild vom ›*heißesten berühmten Paar des Jahres*‹ geben. Ich kann also verstehen, wenn du heute Abend nicht mehr aus dem Badezimmer kommst. Die Strategie ist echt brillant.«

»Okay, okay. Ich trage nur noch schnell Lipgloss auf, dann können wir gehen.«

***

»Ihr habt mal wieder eine halbe Ewigkeit gebraucht«, stellt Lauren fest, als wir in die Lobby kommen.

»Ich fange langsam an, die Zeit zu vermissen, als wir kein Wort miteinander gesprochen haben«, gebe ich zurück und strecke ihr die Zunge raus.

»Und ich vermisse die Zeit, als ihr beide euch nicht zusammen in der Öffentlichkeit gezeigt habt. Am besten bringen wir es einfach hinter uns.«

Feixend nimmt Payton meine Hand. »Bereit?«

»Na klar.«

Gemeinsam schieben wir uns durch die Drehtür in die

schwüle Abendluft und sofort wird die Dunkelheit vom Blitzlicht der Kameras erhellt.

»Hi, Leute.« Lauren winkt den Fotografen zu. »Wie
geht's?«

Sie hat einfach ein unerschütterlich freundliches Tempera-
ment, und wie nicht anders zu erwarten, gehen die Paparazzi
fröhlich und mit schmeichelhaften Kommentaren über ihr
Outfit auf die Frage ein. Fliegen fängt man eben wirklich
leichter mit Honig als mit Essig. Je kooperativer man sich zeigt,
um so rücksichtsvoller gehen die Kerle mit einem um. Wobei es
durchaus hilft, dass ich jetzt nichts mehr zu verbergen habe und
mich ihnen unbekümmert präsentieren kann.

»Kendall!«, ruft ein Typ mit einer Videokamera. »Es heißt,
seit Ihrem Coming-out hätten Sie Stress mit Ihrer Mom. Was
sagen Sie dazu?«

Okay, auch wenn ich mit diesen Kerlen inzwischen besser
klarkomme als früher – die Probleme zwischen mir und meiner
Mutter gehen sie ganz bestimmt nichts an. »In allen Familien
gibt es Höhen und Tiefen, und ich bin mir sicher, dass auch Sie
schön öfter einmal Streit mit Ihren Eltern hatten, oder nicht?«

»Klar«, stimmt er mir leise lachend zu. »Noch eine Frage an
Sie beide, und dann lassen ich und meine Kumpel Sie in
Ruhe.«

»Also gut.«

»Payton, im Ernst, wann haben Sie beide vor, zu heiraten?«

»Meine Güte.« Sie wird rot, doch dann fügt sie hinzu: »Sie
sind anscheinend ziemlich gut in Ihrem Job. Wenn es so weit
ist, bekommen Sie das sicher mit. Wobei das noch ein wenig
dauern wird.« Die Fotografen lachen, und dann wünschen sie
uns einen schönen Abend und ziehen sich tatsächlich wie
versprochen in die Dunkelheit zurück.

Wir steigen in unseren Wagen ein und Payton schmiegt
sich an mich an. »Inzwischen weißt du wirklich, wie du mit den
Typen umgehen musst.«

»O ja, sehr beeindruckend«, räumt auch Lauren ein. »Ich weiß, dass einem die Paparazzi manchmal wahnsinnig auf die Nerven gehen. Aber wenn man cool mit ihnen umgeht, können sie auch ziemlich lustig sein.«

»Inzwischen ist mir klar, dass es mir selbst das Leben leichter macht, wenn ich ein bisschen freundlicher zu ihnen bin.«

»Ach, Baby, ich bin wirklich stolz auf dich.« Payton küsst mir sanft die Wange und vergräbt dann ihr Gesicht an meinem Hals.

»Okay, wenn ihr so weitermacht, steige ich aus und laufe bis zum Restaurant.«

Payton und ich sehen uns an und rücken lachend etwas voneinander ab.

Zu Paytons Freude treten wir mit nur mit fünf Minuten Verspätung durch die Tür des Restaurants. Der Oberkellner nimmt uns lächelnd in Empfang und führt uns in den Speisesaal.

Ich reiße überrascht die Augen auf, als wir an einen Tisch geleitet werden, der schon voller Leute ist. Als ich sehe, dass die anderen Gäste Sarah, Jared, meine Mutter und mein Vater sind, bin ich total sprachlos. »Überraschung!«, rufen sie im Chor, und dann umarmt mich Jared so fest, dass er mir beinahe das Rückgrat bricht, Sarah strubbelt mir das Haar und gibt mir einen Wangenkuss, mein Vater schwenkt mich durch die Luft wie früher, als ich noch ein kleines Mädchen war. Meine Mutter lächelt mich etwas unsicher an.

Ich trete auf sie zu, und als ich sie umarme, zieht sie mich an ihre Brust und sagt: »Es tut mir leid, Kendall. Das Einzige, was zählt, ist, dass du glücklich bist – und ich kann sehen, dass dich Payton wirklich glücklich macht.«

»Danke, Mom. Du weißt gar nicht, wie viel es mir bedeutet, das von dir zu hören.«

Sie lässt mich wieder los, tätschelt mir die Wange und noch immer ganz benommen setze ich mich hin. Ich kriege nur am Rande mit, wie Payton Lauren der Runde vorstellt, bevor sie sich zu mir setzt. Ich überhöre fast, wie Dad erzählt, dass Payton all die Leute eingeflogen hat, weil morgen mein Geburtstag ist.

»Moment.« Ich nehme Paytons Hand. »Du hast sie eingeflogen?«

»Du bist jetzt nicht mehr die Einzige mit einem tollen Job in Hollywood.« Sie wackelt fröhlich mit den Augenbrauen. »Lawrence taucht später auch noch auf. Er führt anscheinend vorher noch ein Telefongespräch mit irgendeinem Regisseur. Und meine Mutter hätte auch gern kommen wollen, aber leider muss sie arbeiten. Sie hat dir aber ein Geschenk geschickt, dass ich dir allerdings erst geben darf, wenn dein Geburtstag ange-fangen hat. Und auch die anderen Geschenke gibt's erst später im Hotel.«

In meinen Augen steigen Tränen auf. »Es gibt kein schö-neres Geschenk als all die Leute, die in diesem Raum versam-melt oder in Gedanken bei mir sind.«

Lächelnd wiederholt Payton das, was sie an ihrem eigenen Geburtstag letztes Jahr von mir zu hören bekommen hat: »Ich will an deinem Geburtstag keine Tränen sehen. Nicht einmal Freudentränen, klar?«

MEHR VON BOOKOUTURE DEUTSCHLAND

Für mehr Infos rund um Bookouture Deutschland und unsere Bücher melde dich für unseren Newsletter an:

www.bookouture.com/bookouture-deutschland-sign-up

Oder folge uns auf Social Media:

 facebook.com/bookouturedeutschland

 twitter.com/bookouturede

 instagram.com/bookouturedeutschland

EIN BRIEF VON KRISTEN

Vielen Dank, dass ihr das Buch gelesen habt. Ich hoffe, dass euch die Geschichte von Kendall und Payton so zu Herzen gegangen ist wie mir. Wenn sie euch gefallen hat, bin ich euch sehr dankbar, wenn ihr eine Rezension auf Amazon oder Goodsreads verfasst. Das Feedback meiner Leserschaft ist für mich von unglaublichem Wert, und vielleicht bringen eure Rezensionen auch andere dazu, mal eins meiner Bücher in die Hand zu nehmen!

Wenn ihr eine E-Mail erhalten wollt, sobald mein nächstes Buch herauskommt, braucht ihr euch einfach hier registrieren:

www.bookouture.com/bookouture-deutschland-sign-up

Und wenn es euch interessiert, woran ich gerade schreibe, oder wenn ihr einfach mal Hallo sagen wollt, könnt ihr mir bei Facebook und Twitter folgen.

Nochmals vielen Dank!

Kristen

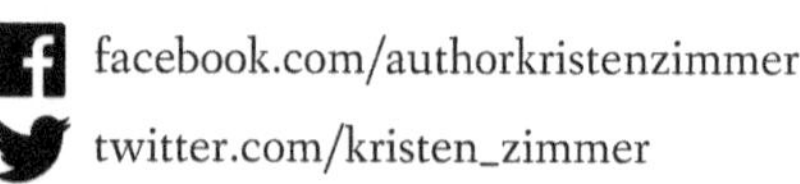

facebook.com/authorkristenzimmer

twitter.com/kristen_zimmer